KB059068

아무래도 제 몸은
완전무적인 것 같아요

Story by Chartsufusa

3

챠츠후사

illustration by Fuumi

일러스트 **후미**

박춘상 옮김

메어리 레가리야

사피나 카르샤나

Characters

레루달
이크포
포아드

자하 에렉실

튜테

마기루카 후툴리카

"오오…… 뭐냐? 용서해주는 것이냐?"
에밀리아가 그렇게 말하자
표범이 그녀의 코끝을 핥았다.
그것만으로도 에밀리아의
침울했던 얼굴이 밝아지며
생기가 돌아왔다.
"아주 귀…… 귀엽구나!
이건 뭐냐?
무조건 가지고
돌아가겠다!"

아무래도 제 몸은 **완전무적**인 것 같아요 3

Contents

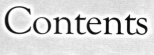

알디아 왕국의 북쪽에는 작은 나라가 하나 있다. 바로 '에인 호르스 성교국(聖教國)'이다. 이름을 보면 알 수 있듯 대륙 교회의 총본산이 위치한 소국이다.

격조 높고 예술적이기로 유명한 대성당 안으로 깊이 들어가면 방이 하나 나오는데, 그곳에 네 사람이 앉아 있었다. 다른 사람은 없었다. 그 방에 들어갈 수 있는 사람은 성교국의 교황과 지금 모여 있는 추기경 넷뿐이었다.

하지만 이 네 사람은 딱히 친해 보이지 않았다. 오히려 서로를 경계하며 침묵을 유지하고 있었다.

"그래서 '전석경(前席卿).' 이번 실패를 어떻게 책임질 건가요?"

침묵을 깨고, 우아하게 앉아 있는 여성이 원탁을 끼고 앞에 앉아 있는 남자를 비웃으며 물었다.

"'후석경(後席卿).' 시, 실패라니…… 그렇게까지 비하할 것은."

"영멸기관(永滅機關)의 절반은 써먹지도 못하고, 무리하게 습격을 감행하여 신기(神技)마저 쓰고도 왕비는커녕 희군조차 저세상으로 보내지 못했는데, 그게 추태가 아니면 뭔가요?"

'후석의 추기경'이라 불리는 여성이 다리를 꼬더니 거만한 눈빛으로 내려다보며 요염한 웃음을 흘렸다.

지방이 잔뜩 낀 게 자기 주머니는 잘 부풀릴 것같이 생긴 중년 남자—— '전석의 추기경'이 우물쭈물 항의했지만, 그는 그녀의 말에 대구할 수가 없었다.

"그건 나도 묻고 싶구먼. 고작 학생 축제인데 왜 그렇게 무리한 계책을 쓴 건가?"

후석경 왼쪽에 앉아 있던 남자가 고개를 끄덕이며 말했다.

"후훗, '좌석경(左席卿)'도 그렇게 생각하지요?"

후석경은 의기양양한 눈으로 좌석경을 쳐다봤다. 요염한 빛이 어려 있는 촉촉한 그 눈동자는 남자를 포로로 사로잡을 듯이 매력적이었다. 실제로도 그녀의 매력에 매혹된 남자가 적지 않다. 그녀에게는 그만한 미모와 능력이 있다. 그러나 '좌석의 추기경'은 아무래도 좋다는 듯 그녀를 무시했다. 그는 중년이었으나 다부진 몸을 하고 있었다. 추기경보다는 오히려 전사가 더 잘 어울릴 것 같은 인상이었다.

"고작 학생 축제라고 얕잡아본 게 실수였습니다. 기관 녀석들을 시켜 소란을 일으키고자 여러 계책을 벌였는데, 학생들이 생각보다 신속하고 냉정하게 대처하더군요. 저도 처음 보는 경비 체제였습니다……. 다만 도중에 마녀 공주가 골렘을 소환하면서 대신 소동을 일으켜주었기에 행사장 안에 있는 걸 이용하기로 계획을 살짝 바꾸었죠. 곧바로 이튿날 행사장에 어중간하게 그려놓았던 언데드 소환의식 마법진을 완성하려고 했습니다만, 이조차도 예상했는지 금세 대처하더군요. 너무나도 대응이 빨라서 신기(神技)에 의지할 수밖에……."

두 사람이 압박을 가하자 전석경이 식은땀을 흘리며 변명했다. 전석경이 자신이 세웠던 계획이 어떻게 번번이 막혔는지 예를 들어 설명하자 두 추기경도 의아해했다.

"아무래도 새 경비체제가 전과 비교도 안 될 만큼 철저한 모양이군요. 분명 제1왕자가 주도한 이벤트라고 했었지요? 왕을 닮아 어리석다고 들었는데, 아니었던 모양이군요……."

"아무리 불완전했다고는 해도 신기를 학생 네 명이 막아냈다니 믿기지 않는군……. 왕자가 그 학원을 여러모로 개혁하고 있다는 소문이 나돌던데, 그것도 사실이었나?"

책망하던 두 사람의 기세가 사그라지자 전석경도 점점 차분해졌다.

"이번 건으로 신기를 잃어버리는 바람에 교황님께서 대단히 통탄하셨습니다."

후석경 오른편에 앉아 있던 젊은이가 입을 연 순간, 세 추기경이 바짝 긴장했다. 이것만 봐도 네 추기경의 서열을 알 수 있었다.

'우석(右席)의 추기경'이라 불리는 중성적인 청년은 나이에 걸맞지 않게 냉정했다. 이 넷 중에 유일하게 교황을 알현할 수 있는 사람이었다.

"전석경은 알디아 왕국의 동향을 주시하면서 대응하도록."

"마, 말씀대로 하지요……. 우석경."

전석경은 좌석경과 후석경이 책망했을 때보다 더 초조한 표정으로 식은땀을 삐질삐질 흘렸다. 후석경은 그 모습을 비웃듯이 쳐다봤다. 좌석경은 전석경 따윈 흥미가 없다는 듯이 앞으로 어떻게 대처할지 궁리했다.

"후석경."

"예. 저는 전석경과는 달리 초조하지도, 무모하지도 않습니다. 모든 일이 순조롭게 진행되고 있지요. 또 만약을 대비해 레리렉스 왕국의 '그 남자'를 회유해뒀습니다. 곧 모든 것이 완성될 겁니다."

우석경이 말을 걸자 후석경은 두 추기경과는 달리 황홀한 표정을 하고 있었다.

"우석경께서 주신 그 신수(神獸)는 제 휘하의 대장에게 잠시 빌려주었습니다. 마녀는 아직 '그곳'을 찾지 못했고요. '그 남자'에겐 보험 삼아 이것저것 넘겨줄 생각입니다. 그는 이제 제게 거역할 수가 없을 테니까요……. 후후후훗. 쓸모없는 아무개 추기경과는 달리 반드시 우석경과 교황님의 기대에 부응해 보이겠습니다."

"그럼 여러분. 더는 교황님께 추태를 보여드리지 않도록 잘 부탁하겠습니다."

후석경의 교태 섞인 목소리는 들리지도 않는지 우석경은 그대로 회합을 끝마쳤다.

"알디아 왕국 제1왕자와 그를 둘러싼 네 명의 학생이라……."

우석경의 혼잣말은 방에 울리지도, 세 추기경의 귀에 닿지도 않았다.

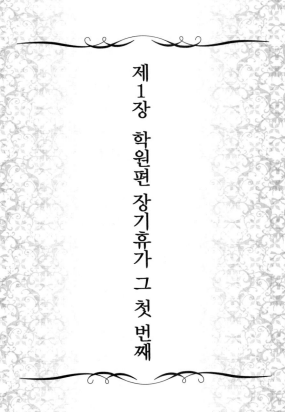

제1장 학원편 장기휴가 그 첫 번째

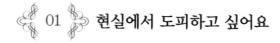

01 현실에서 도피하고 싶어요

온화한 오후. 나는 오랜만에 자택 정원에서 차를 즐기고 있었다. 오늘은 학원제가 끝난 뒤에 찾아온 임시 휴교일이다.

"메어리 님, 새로운 찻잎을 구해왔어요."

"어머, 향기가 좋네요. 잘 마실게요."

사피나가 우아하게 미소 지으며 권하자 나는 우아하게 잔을 들었다. 그러고는 눈을 감고서 향기를 즐긴 뒤 한 모금 마셨다.

"아주 맛있어요. 사피나 씨."

감았던 눈을 서서히 뜨고서 맞은편에 앉은 사피나에게 감상을 말했다. 그러자 조용한 공간을 수놓듯이 귀여운 작은 새들이 지저귀는 소리가 들려왔다.

"어머, 사피나 씨, 들었어요? 우리의 차담회를 꾸며주려고 귀여운 작은 새들도 노래하고 있어요."

"어머, 멋져요. 메어리 님."

우리 두 사람은 우아하게 웃으며 정원을 둘러봤다.

"자자, 두 사람 모두 현실도피는 그쯤 해두죠. 보고 있는 내가 다 마음이 아프네요."

일부러 눈을 피하고 있었건만, 그녀의 가차 없는 말에 나와 사피나의 표정이 그대로 굳어버렸다.

"우후훗, 대체 무슨 말씀을 하시는 거예요? 마기루카 씨도 참.

현실도피라니요. 그렇죠? 사피나 씨."

"맞아요. 메어리 님."

옆에 앉아 있던 마기루카가 어이없다는 눈으로 쳐다보자 나는 온화한 미소로 화답했다. 사피나도 나를 따라서 미소 지으며 차를 마셨다.

"그럼 다시 말씀드리죠. 이번에 두 분이 세운 공적을 높이 사 왕궁에서 폐하를 알현할 수 있는 자리를 만들었습니다. 이게 현실이에요. 두 사람 모두."

""………….""

마기루카의 말에 나와 사피나는 그대로 얼어버렸다. 너무 큰 충격에 손에 무심코 힘이 들어갔는지 마치 얼어붙는 효과음처럼 잔이 빠직, 하고 깨졌다. 튜테가 깨진 잔을 조용히 회수했다.

그로부터 몇 분 뒤 현실이 서서히 나를 엄습했다.

"크아아아아아아앗! 현실이, 현실이 엄습해온다아아아!"

나는 머리를 싸쥐고서 하늘을 올려다보며 몸부림쳤다.

"메, 메어리 님, 진정하세요!"

내가 몸부림치자 마기루카가 급히 달래기 시작했지만, 그런 말 한마디에 내 마음이 가라앉을 리 없었다.

"사피나 씨도 보고만 있지 말고 메어리 님을…… 어? 사피나 씨?!"

마기루카는 사피나를 보자 그대로 굳어버렸다. 사피나는 마치 영혼이 빠져나간 것처럼 입을 반쯤 벌린 채 축 처져서 꼼짝도 하지 않고 있었다.

"크크크큭. 그대들은 정말 재미있구나."

마기루카 반대편에 앉아 있던 공주님이 소리 죽여 웃었다. 오늘은 메이드 옷이 아니라 멀쩡한 옷차림이었지만, 말할 것도 없이 암행 중이었다.

"앗, 고, 공주 전하! 꼴사나운 모습을 보여드려서……."

마기루카가 일어서서 몸부림치는 나와 영혼이 빠져나간 사피나를 대신하여 사과하자 에밀리아가 제지했다.

"개의치 마라. 그대들은 내 친구가 아니더냐. 딱딱한 소리는 거두도록. 오히려 꼴사나운 모습을 더 보여줬으면 싶구나. 그게 더 재밌으니까 무흐흐♪"

에밀리아가 작은 악마처럼 웃자 나는 흠칫 놀라 제정신을 차렸다. 사피나도 몸을 흠칫 떨고서 영혼을 되찾았다.

"그 괴물 앞에서도 겁먹지 않고 싸워 이겨놓고 고작 그 바람둥이랑 만난다는 말에 허둥대다니, 우스운 일이로고."

(국왕 폐하를 바람둥이라고 부르다니. 밖에서 듣는 일이 없었으면.)

"아, 참. 잊어버리고 있었다만, 그 기술은 뭐였느냐? 마법을 동시에 다섯이나 쓰거나 검이 한 번에 네 방향을 베는 것도 신기한데, 두 기술을 합치다니. 그런 터무니없는 발상을 현실로 만드는 녀석은 본 적이 없다."

그 이야기는 별로 달갑지 않은 화제인데.

"공주 전하. 너무 과장이세요. 그치? 사피나."

"에헤헤, 맞아요. 전부 매직 아이템의 힘을 빌렸을 뿐이죠. 아이템이 없었으면 불가능했어요."

"그, 그런가?"

에밀리아의 찬사를 완곡하게 부정하면서 사피나에게 슬쩍 눈짓하자 그녀도 부끄러워하며 수긍했다. 이야기가 더 커지지 않도록 내가 고안해낸 '아이템이 없으면 우리도 불가능했습니다' 작전의 개시 신호다. 이렇게 말하면 대부분 수긍하며 화제를 바꾼다. 부끄럼쟁이인 사피나도 사람들의 주목을 받는 걸 좋아하지 않았기에 이 작전에 따라주었다.

"나 참. 이래서 천재들은……. 아무리 아이템이 있다 해도 그런 기술은 아무나 구사할 수 있는 게 아니라고요."

마기루카가 뭐라고 투덜거렸지만, 나에게는 전혀 도움이 되지 않는 말이라서 모른 체했다.

"화제를 되돌리겠는데, 공주 전하는 폐하를 아세요?"

화제를 돌리고자 나는 에밀리아에게 물었다.

"으음, 그 녀석이 이렇게 조그마했을 적부터 알고 지냈지. 일단 이웃이니까 말이지."

에밀리아가 손가락으로 쪼끄마하다는 제스처를 보이며 말했다.

(아니, 아니, 아니, 국왕 폐하께서 그렇게 작을 리가 없잖아.)

에밀리아의 엉뚱한 소리 덕분에 나도 점점 냉정을 되찾아갔다.

"뭐, 여하튼 그렇게 긴장할 필요 없다. 그 녀석은 잠깐 눈을 팔면 금세 다른 여자한테 가서 말을 걸고, 매번 그걸 들켜서 이리샤한테 주먹으로 얻어맞는 팔푼이일 뿐이다."

(그런 사생활은 듣고 싶지 않았는데.)

내 머릿속에 있는 폐하의 인물상이 점점 추레해진다. 마기루카와 사피나도 어떻게 반응해야 좋을지 몰라서 쓴웃음만 지을 뿐이었다.

"다만 그 녀석의 아들은 생각보다 어엿하더군. 처음에는 말투가 똑같길래 부전자전인가 싶었는데, 한동안 못 본 사이에 볼만한 구석이 있는 남자가 됐어."

에밀리아가 무언가 떠올리듯 고개를 끄덕이며 말했다.

"예, 뭐, 메어리 님이 부지불식간에 혼내준 덕분에."

"오호, 그대 때문이었나?"

마기루카가 헛웃음을 지으며 폭로했다.

"아니, 그런 듣기 거북한 말을! 마기루카도 신나서 같이 했잖아!"

"어머, 그랬던가요?"

"함께 넙죽절까지 했으면서 이 배신자아아아! 그 죗값으로 그 풍만한 둔덕을 내게도 나눠줘!"

"무, 무슨 말을 하는 건가요?"

내가 시치미를 뚝 떼는 마기루카에게 항의하며 특정 부위를 가리키자 그녀는 얼굴을 붉히고 팔로 가슴팍을 가리며 몸을 움츠렸다.

"크크크큭. 정말로 그대들은 재밌구나. 우리나라에 초대하고 싶을 정도야. 오! 나답지 않게 제법 괜찮은 생각이군♪"

에밀리아가 불쑥 내뱉은 말에 우리는 말문을 잃었다.

(마족의 나라에 갈 수 있을 리가 없잖아! 국왕 폐하를 뵙는 것만으로도 이렇게 심장이 아픈데, 마왕을 어떻게 만나냐고!)

"흐음, 볼일이 좀 떠올랐다. 그럼 이만."

에밀리아가 자리에서 일어서 날개를 꺼낸 뒤 붕 떠올랐다.

"자, 잠깐만요! 초대라니, 농담이죠?"

에밀리아는 내 말을 듣고 수상쩍게 히죽 웃기만 하고서 날아가버렸다.

남겨진 우리는 멍하니 하늘만 쳐다봤다.

(아아…… 불길한 예감만 드는데.)

# 02 알현입니다

드디어 그날이 왔다.

학원장을 비롯한 우리 네 사람은 나란히 무릎을 꿇고 있었다.

이곳은 왕의 방. 오늘은 국왕 폐하를 알현하는 날이다.

나는 고개를 숙여 바닥을 내려다보며 어서 그 순간이 오기를 기다리고 있었다. 긴장감이 장난이 아니었다.

(오에엑, 너무 긴장한 나머지 토할 것 같아. 어서 끝났으면!)

나는 바짝 메마른 입안으로 침을 꿀꺽 삼키고서 오로지 바닥만 내려다봤다. 뭐라도 좋으니까 내 긴장을 풀어줄 만한 게 있으면 좋겠다 하고 바닥을 살펴봤지만, 바닥이 너무 깨끗한 탓에 아무것도 찾을 수 없었다.

"다들, 고개를 들게."

무릎을 꿇고 고개를 숙이고 있자 남자의 목소리가 들려왔다. 내 심장이 터질 만큼 크게 뛰었다. 나는 실례가 되지 않도록 고개를 서서히 들었다.

(아니, 죄송합니다. 너무 긴장해서 그저 동작이 굼떴을 뿐이에요. 미안합니다. 허세를 부려봤습니다.)

앞쪽, 높은 단 위에 놓인 왕좌에 '질보르트 이에소 달포드', 국왕 폐하께서 앉아 계셨다. 참고로 그간 들어온 소문 탓에 내 안에 국왕 폐하의 이미지는 '경박한 아저씨'였다.

19

(뭐, 생각보다 잘생기셨네. 아무리 그래도 내 평가는 쉽게 바뀌지 않을 테지만. 그리고 너무 긴장해서 그럴 여유도 없고.)

나는 어전에서 무례한 생각을 하고 있었다.

"오오……. 이거, 하나같이 앞날이 기대되는 여성들만 모아놓았구나. 레이포스 녀석, 생각보다 제법이군."

폐하가 불쑥 내뱉은 말에 나는 얼굴을 찡그렸다.

"폐하……?"

그러자 옆에 앉아계시던 왕비님이 웃는 얼굴로 폐하를 향해 위압감을 뿜기 시작했고, 우리의 표정은 한층 더 굳어졌다.

"어험! 이, 이번에 큰일을 해주었다. 그에 걸맞은 포상을 내려야겠다고 생각은 했는데, 아니, 글쎄? 어떻게 할꼬? 아하하."

입을 연 지 몇 초 만에 본성을 보이고만 글러 먹은 국왕 폐하를 보니 어쩐지 긴장이 사그라드는 것 같았다. 뭐, 마음을 놓을 수 있는 분위기는 아니었기에 진짜 긴장이 빠진 건 아니었지만.

(아아, 뭐든 좋으니 어서 끝나라. 포상 따윈 필요 없으니까…….)

나는 알현이 어서 끝나기를 바라면서 오로지 상황을 지켜보기만 했다. 이상한 일이 벌어지지 않기를 바랄 뿐이었다.

(제발 이상한 소리는 하지 말아주세요, 국왕 폐하아아아!)

나는 싹싹하게 웃으며 왕비님을 쳐다보는 국왕 폐하에게 속으로 애원했다. 내가 이러는 이유는 무슨 '포상'이 나올지 왕자님에게 들은 언질이 있었기 때문이다.

왕자님이 폐하께 이번 공적의 '포상'을 어찌할지 물었더니 자못 당연하다는 말투로 네 약혼자로 삼으면 되지 않느냐 하는 말이 돌아왔다고 한다. 포상의 내용을 들은 우리는 차마 말을 잇지 못했다.

왕자님이 '그럼 자하한테는?' 하고 다시 물었더니 '아…… 뭐, 그냥 아무거나 적당한 걸 주면 되지 않겠느냐?' 하는 성의 없는 대답이 돌아왔고, 이를 들은 왕비님에게 결국 또 주먹으로 맞았는데, 그 때문인지 뿔이 난 국왕 폐하가 포상 따윈 모르겠다고 떼를 쓰며 보류했다고 한다.

(진짜, 이 나라 괜찮을까? 왕비님이 나라를 통치하는 편이 낫지 않을까?)

나는 글러 먹은 국왕 폐하를 쳐다보면서 입 밖으로 새어 나오려는 한숨을 틀어막았다. 그러고는 대기하고 있는 학원장을 곁눈으로 쳐다봤다. 다들 이 안에서 유일한 성인인 학원장에게 기대 어린 시선을 보내고 있다.

(부탁해요. 겁쟁이 학원장. 당신을 기대하고 있어요.)

"국왕 폐하. 황공하옵니다만, 한 말씀 올려도 되겠습니까?"

관록 있는 말이 왕의 방에 울렸다. 학원장실에서 그랜드 마스터들에게 혼쭐이 나던 한심한 노인이라고는 믿기지 않는 또렷한 말투에 나는 학원장을 아주 조금 높이 평가했다.

"어, 아, 으음. 발언을 허락하지."

뒷일은 학원장에게 맡기고서 우리는 다시 고개를 숙였다.

"폐하. 이자들은 아직 어리고, 또한 학생이므로 포상은……."

사전에 우리는 학원장과 논의를 하여 포상 따윈 필요 없다고
말하기로 뜻을 모았다.

"흐음, 학생이라고는 하지만 도적과 괴물로부터 왕비를 지켜
낸 공훈을 세웠는데 어찌 빈손으로 넘어갈 수 있겠는가. 역시
약혼을……."

"폐 · 하."

국왕 폐하가 가벼운 투로 불길한 말을 내뱉으려고 하자 왕비
님이 엄청난 살기를 내뿜으며 폐하의 말을 덮어 지우듯 끼어드
셨다. 눈을 살짝 치뜨고서 보니 왕비님이 들고 있던 부채가 부
러져 있었다.

심지어 상황을 지켜보며 구석에서 대기하고 있던 아버지도 덩
달아 살기를 뿜어내기 시작했다.

(무서워, 무서워, 무서워!!! 폐하는 죽을 생각인가? 바보야?
아니, 그보다 아버님은 어전에서 살기를 드러내도 괜찮은 거야?)

"어험! 뭐, 농담은 이쯤 해두고. 뭔가 원하는 것이 있거든 말
해보아라. 최대한 들어주겠다."

갑자기 양쪽에서 날아오는 살기에 기가 눌린 폐하는 식은땀을
흘리며 헛기침하고서 아무 일도 없었다는 듯이 이야기의 방향
을 살짝 틀었다.

(어? 괜찮은 건가? 혹시 이게 일상다반사라던가?)

휴우, 하고 가슴을 쓸어내리고서 바닥을 보던 나는 사람들의
시선을 느끼고서 곁눈질을 했다. 아니나 다를까 모두가 고개를

숙인 채로 이쪽을 힐끔거리고 있다.

포상의 방향은 틀었지만, 학원장의 발언은 불발로 끝났기에 다음 작전으로 바꿔야 한다. 그리고 이 중에 가장 먼저 입을 열 수 있는 건 공작 영애인 나다. 그들의 눈빛이 자꾸 나를 찌르는 건 그런 이유다. 다만.

(으으으~! 역시 내가 말해야 하는 거야?! 우우, 학원장의 선에서 마무리되었으면 좋았을 것을!)

사전에 의논을 해두긴 했지만, 설마 상황이 이렇게 흘러갈 줄은 몰랐다. 나는 일단 연습해둔 대사를 다시금 머릿속으로 정리하려고 했다.

(침착하자. 침착해야 해, 메어리. 평정심, 평정심.)

심호흡하고서 마음속으로 암시를 걸듯 평정심이라는 단어를 되뇌자 머릿속으로 떠올려뒀던 말들이 평정심이라는 단어에 뒤덮이고 말았다.

'메어리 님, 무슨 일이에요?'

"히익!"

마기루카가 전달 마법으로 내 머릿속에서 말을 걸자 무심코 이상한 목소리가 살짝 튀어나왔다. 이럴 줄 알고 왕의 방에 들어가기 전에 나는 거의 빌다시피 하여 마기루카와 전달 마법 계약을 맺어두었다.

'미안! 지금 머릿속이 평정심으로 가득해서.'

'예? 뜬금없는 말 하지 말고 논의한 대로 대답해주세요.'

마기루카의 재촉에 나는 다시금 심호흡하고서 운에 맡기자는 심정으로 입을 열었다.

"폐하, 한 말씀을 올려도 되겠는지요오?"

말끝이 살짝 올라가긴 했지만, 여하튼 나는 말을 단숨에 내뱉었다. 뭔가 갑자기 피곤이 몰려오는 것 같았다.

"음, 허락한다."

폐하가 말하자 방 안에 있는 모든 사람의 시선이 나에게로 쏠렸다. 그 순간 긴장감이 최대치를 뚫고서 내 머릿속을 뒤덮고 있던 평정심이라는 단어를 튕겨냈다. 결국에는 머릿속이 새하얘졌다.

(아, 이런. 무슨 말을 해야 할지 완전히 까먹었어!)

운에 맡기자는 심정으로 입을 열자마자 박살이 나고 말았다.

'메어리 님!'

내가 굳어버리자 마기루카가 다시 재촉했다.

(에에에에잇! 될 대로 되라아아!)

"폐, 폐핫!"

"음."

"돈으로 주세요!"

"""…………."""

마기루카의 재촉에 머리 한구석에서 '학원', '자금' 같은 단어를 언뜻 떠올린 나는 너무 긴장한 나머지 고개를 숙인 채 말이 완성되기도 전에 생각을 내뱉어버렸다.

'메, 메어리 님?! 그게 아니잖아요! 학원 설비자금을 설명하기로……!'

방 안이 미묘한 분위기에 휩싸였다. 마기루카가 전달 마법으로 깨우쳐주자 말을 내뱉은 장본인인 나도 낭패라는 걸 비로소 깨달았다. 그리고 마기루카가 말해준 덕분에 잊고 있던 대사가 다시 떠올랐다.

"헉! 서, 설명이 부족했습니다! 저기, 학원! 맞아, 학원 운영자금을! 저기, 설비자금이라고 해야 하나? 저기, 더 좋은 학원을 만들기 위한 자금을 주시면 안 될는지요? 학생은 배우는 것이 본분이니 그 환경을 조금이라도 개선하고 싶습니다."

이미 패닉에 빠진 나는 사전에 논의한 대사가 떠오르는 대로 떠듬떠듬 쏟아냈다.

(아아아아앗! 끝났다아아아아! 공작 영애, 끝났다아아아아!)

말을 마친 뒤에 일을 저질렀다는 절망과 수치심 때문에 나는 고개를 들 수가 없었다. 그저 부들부들 떨기만 했다.

"후하하핫!"

짧은 정적이 흐른 뒤 폐하가 웃음을 터뜨렸다.

"하하하, 첫말을 듣고 깜짝 놀랐다. 역시 페르디드의 딸이구나. 배짱이 있군."

폐하는 웃으면서 아버지를 보고서 뭐라 말을 했으나, 나는 거기까지 귀를 기울일 여유가 전혀 없었다. 들리는 거라곤 터질 것 같은 내 심장 소리뿐이었다.

"흐음. 자신을 위해서가 아니라 학원과 학생들, 더 나아가 미래의 학생들을 위해 겁먹지 않고 당당하게 말하다니 훌륭하구나. 좋다, 그 소원을 들어주마."

(어? 어라?)

뭐가 뭔지는 잘 모르겠지만 수치심에 부들부들 떨고 있던 동안에 이야기가 묘한 방향으로 흘러간 모양이다.

살짝 눈을 돌려보니 어른 중 몇은 납득했다는 얼굴로 손뼉까지 치고 있었다.

(또 묘한 해석이 들어간 것 같은 기분은 들지만, 더는 제 무덤을 파고 싶지 않으니 잠자코 있자. 이 상황이 잘 마무리된 것만으로도 감사해야지. 응.)

이 자리에 있는 사람들이 나를 어떻게 평가했는지 약간 궁금하긴 하지만, 명예가 땅에 떨어지지는 않은 것 같으니 이제 한숨 돌릴 수 있을 것 같다.

그리하여 잘은 모르겠지만 알현을 어떻게든 끝마친 나는 안도하면서 일단 대기실로 돌아갔다.

수십 분 뒤.

이제 돌아갈 수 있겠구나! 하고 생각하던 것도 잠시, 학원장과 헤어진 뒤에 우리는 무슨 영문인지 왕비님의 메이드를 따라서 어느 방으로 향했다.

"저기, 뭐야? 왕비님께서 무슨 말씀을 하셨어?"

"아뇨, 듣지 못했어요. 무슨 용건일까요?"

나는 나란히 걷고 있는 마기루카에게 작은 목소리로 물어봤지만, 그녀도 이게 무슨 상황인지 잘 모르는 듯했다. 일단 다른 사람에게도 물어봤지만, 대답은 똑같았다.

이윽고 목적지에 도착했는지 메이드가 문을 노크한 뒤에 허락을 구하더니 곧 우리를 안으로 안내했다.

방 안으로 들어가자 왕자님과 왕비님, 그리고 낯선 신사가 우리를 기다리고 있었다.

일단 우리가 왕비님과 왕자님에게 머리 숙여 인사하자 왕비님 옆에 서 있던 그 신사가 이쪽으로 다가와 모자를 벗으며 인사했다.

그의 머리에는 뿔 두 개가 달려 있었다.

"처음 뵙겠습니다. 전 레리렉스 왕국의 사자입니다."

(사자라니? 겨우 고비를 넘겼구나 싶었는데 또 고비가 찾아온 거야?)

신사의 말을 들은 나는 불길한 예감만 가득했다.

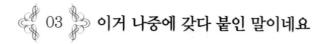

03 이거 나중에 갖다 붙인 말이네요

"레리렉스 왕국의 사자라고요?"

"예, 그렇습니다. 다만, 비공식 방문인지라 사전에 양해를 구하지 못했습니다. 송구합니다."

우리가 멍하니 사자를 쳐다보고 있자니 먼저 부활한 마기루카가 먼저 입을 열었다.

"서서 얘기하는 건 좀 그러니 일단 앉을까?"

왕자님의 권유에 따라 일단 우리도 자리에 앉았다.

"그런데 저희한테 무슨 용건이시지요?"

모두가 앉은 것을 확인하고서 마기루카가 물었다.

"예. 공주 전하께서 여러분께 초대장을 전하고 하셨습니다."

사자는 우리 네 사람에게 제각기 봉인된 편지봉투를 주었다.

"초대장……이요? 무슨?"

초대장이라는 불온한 단어를 들은 마기루카가 의아한 표정으로 편지를 쳐다보며 중얼거렸다. 나는 편지를 바라본 뒤 매달리듯 왕비님을 쳐다봤다. 없었던 일로 해줬으면 좋겠다는 바람을 담아서…….

그러자 나와 눈을 마주친 왕비님이 쓴웃음을 지으시며 말씀하셨다.

"이건 공표되지 않은 이야기이니 함구하기를."

왕비님은 우리에게 다짐을 받아두고자 일단 말을 끊고서 우리를 둘러봤다.

　(아뇨, 그런 이야기라면 굳이 말씀하지 않으셔도……라고 말할 수도 없고.)

　"지난번에 벌어진 습격 사건에 관한 자세한 내용은 생략하도록 하죠. 그때 소환된 생물이 무엇인지 알디아의 마법사와 마족이 협력 조사를 한 결과, 아주 미약하게나마 '리버럴머테리얼'의 흔적이 발견되었습니다."

　"리버럴머테리얼이라뇨?! 금기가 아닙니까?!"

　왕비님의 말에 마기루카가 화들짝 놀라 끼어들었다. 이내 그녀는 황급히 입을 다물고서 무례를 사죄했다. '리버럴머테리얼'은 금주(禁呪)의 소환의식에 쓰는 매직 아이템이라고 수업에서 배운 적이 있다. 그야말로 금기니, 마기루카가 놀랄 만도 했다.

　옛날에는 이 금주로 수많은 사람이 죽음으로 내몰리는 사건이 벌어진 적도 있었다고 한다. 이 금주는 평범한 소환의식과는 달리 생물을 바쳐서(마력을 모조리 빼앗아) 미지의 생물을 소환하는, '제물'이 필요한 비인도적인 소환의식이다.

　소환 대상이 강력할수록 '제물'의 숫자도 늘어난다. 당시에 희생된 사람들이 워낙 많아서 강의를 들으며 전율했던 기억이 있다.

　알디아 왕국에서는 리버럴머테리얼을 최대의 금기로 보고 엄격하게 단속하기에 손에 넣기란 불가능에 가깝다. 만약 그런 물건을 찾는 사람이 있다면 왕족의 귀에 정보가 들어가지 않을 리가 없다.

(그런걸 마기루카한테 사용하려고 했던 건가……)

나는 소름이 돋아서 무심코 옆에 앉아 있는 마기루카의 손을 쥐었다. 그녀의 체온을 확인하기 위해서…….

마기루카는 내가 갑자기 손을 쥐자 놀라 이쪽을 바라보았으나 이내 내가 무슨 생각을 하는지 알아차렸는지 부드럽게 웃고는 내 손 위에 반대쪽 손을 포개었다.

"즉, 타국이 개입했다고 보는 게 맞겠지요. 그만큼 강력한 아이템이라면 '에인호르스 성교국'이 범인일 가능성이 유력합니다."

'에인호르스 성교국.' 알디아 왕국의 북쪽에 있는 종교국가다. 나라는 작지만, 그렇다고 힘이 없는 건 아니다. 이 세계에 널리 퍼진 종교의 총본산이 바로 그 성교국에 있으니까. 이건 알디아의 교회도 예외는 아니다.

성교국은 레리렉스 왕국을 대단히 적대시하고 있다. 뭐, 신화 속에서 빛의 에인호르스, 어둠의 레리렉스라고 일컬어질 정도이니.

알디아 왕국은 성교국과 암흑의 섬의 딱 중간에 있으니 늘 양국의 분쟁에 휩쓸릴 수밖에 없었다.

"어째서 성교국을 범인으로 보시는 겁니까?"

왕비님의 말이 끝난 것을 확인하고서 마기루카가 물었다.

"그 아이템을 처음 세상 밖으로 꺼낸 국가가 바로 성교국입니다. 신화에 등장하는 천사 같은 무언가가 강림한다는 구실로 오래전부터 무언가 의식이 있을 때마다 사용해왔지요. 신에게 몸을 바치면 천사가 된다는 믿음이 깔려있어서 그런지, 신앙심이 강한 사람들은 거부감 없이 목숨을 내놓았습니다. 현재는 전 세계가 이를 금주로 지정했지만, 성교국은 이를 탐탁지 않게 생각했지요. 결국, 성교국은 겉으로만 따르고 실제로는 단속을 하지 않았습니다. 이제 그만한 아이템을 가진 건 사실상 성교국뿐이지요."

"그건 이번 습격 사건의 표적이 홀로 학원을 돌아다니신 공주 전하였을지도 모른다는 이야기인가요?"

마기루카가 말하자 왕비님이 쓴웃음을 지으며 수긍했다.

"그렇겠지요. 다만, 성교국은 제게도 좋은 인상을 품고 있지 않습니다. 어쩌면 둘 다 노렸을지도 모르지요."

왕비님이 곤혹스러워하는 얼굴로 덧붙이자 방 안이 미묘한 분위기에 휩싸였다.

왕비님의 말대로 성교국은 왕비님을 좋게 생각하지 않을 거다. 왕비님이 '신창의 무희'로서 명성을 전 세계에 떨친 것은 성교국이 연루된 어떤 사건을 해결한 뒤였다고 하니까.

간단하게 말하자면 성교국이 두 번째 성전, 역사로 말하자면 십자군 전쟁을 벌이고자 레리렉스 왕국으로 진군했을 때, 조약에 근거하여 그들을 물리친 군대가 바로 왕비님이 이끈 알디아 왕국과 레리렉스 왕국의 연합군이었다.

참고로 첫 번째 성전은 이보다 훨씬 오래전에 있었던 일로, 성교국이 주변 국가를 끌어들여 대규모 부대를 꾸렸으나, 백은의 기사님이 혈혈단신으로 물리쳤다고 전해진다. 그 이후로는 성교국을 도와 전쟁에 뛰어드는 나라는 없었다.

"이렇게 말해도 무엇 하나 증거가 없으니 성교국에 항의조차 어려운 상황이지만요. 하지만 여러분이 에밀리아를 지켜냈다는 건 변함이 없습니다. 그래서 이에 답례하고자 레리렉스의 공주로서 여러분을 초대하겠다는 이야기가 나온 거죠. ······그 아이 말로는 일단 그렇습니다. 다만, 그 아이가 학원제에 와있었다고 밝힐 수는 없으니, 초대도 비공식으로 할 수밖에 없었습니다. 마침 학원도 장기휴가에 들어갈 테니까······ 그 틈에 가면 되겠네요······. 하아······."

왕비님은 즐겁게 말하려고 애를 썼지만, 자꾸만 말끝이 흐려지시더니 끝내는 깊은 한숨을 내쉬고 말았다.

(아니, 이거 아무리 봐도 일을 먼저 저지르고 말을 나중에 갖다 붙인 거 같은데? 어떻게든 우리를 초대하기 위해서 꾸며낸 말이잖아! 타이밍이 너무 절묘했다고! 아니면 이거 신님이 꾸민 거야? 정말 그런 거예요? 신니이이임!)

하지만 이런 속내는 차마 내뱉을 수가 없었으므로 나는 고개를 푹 숙인 채로 마음속으로 애원할 수밖에 없었다.

"자세한 내용은 편지를 읽어주십시오. 나중에 다시 수행단을 파견하도록 하겠습니다."

사자는 동정 어린 시선으로 우리를 쳐다본 뒤 일어서서 물러났다. 어쩐지 지쳐 보이는 그 뒷모습을 바라보며 나도 동정심이 솟았다.

(아아, 이번 건 때문에 공주한테 휘둘린 사람들이 틀림없이 엄청 많을 거야. 우리가 가지 않으면 그 사람들의 고생이 물거품이 되겠지…….)

나는 손에 있는 편지를 바라보면서 깊은 한숨을 내쉬었다.

04 이게 해외여행이군요

암흑의 섬 레리렉스 왕국행이 결정된 이튿날. 나는 들떠 있었다.

"있잖아, 튜테. 간식은 얼마나 가져갈 수 있을까? 바나나는 간식에 포함되나?"

평소처럼 정원에서 차를 즐기던 나는 과자를 준비하는 튜테에게 물었다.

"예? 바나나……? 아가씨가 무슨 말씀을 하시는지 전혀 모르겠습니다만, 아주 즐거워 보이시네요."

"잘 생각해보니 다 함께 다른 나라로 여행을 가는 거잖아? 소풍, 아니, 수학여행이라고 하면 될까? 아, 하지만 반 학생이 모두 가는 건 아니니까 조금 다른가? 어느 쪽이든 첫 해외여행이라고 생각하니 너무 기대되잖아! 나는 전생에서도 해외여행을 해본 적이 없으니까."

어제까지만 해도 침울해 있었지만, 하루가 지나고 냉정하게 생각해보니 이것이 첫 해외여행이란 걸 깨달았다. 그때부터는 마음이 들뜨는 걸 억누를 수가 없었다.

"그렇죠. 아가씨는 첫 여행이니까요. 설마 그게 마족의 나라일 줄은 몰랐지만요……."

들뜬 나와는 반대로 튜테는 낙담하고 있었다.

(응, 뭐, 그 마음은 잘 알아. 다름 아닌 마족의 나라이니까. 알

디아 왕국과 교류, 교역이 있긴 하지만, 보통은 잘 모르는 미지의 이종족 국가이니까. 첫 해외여행치고는 좀 특이한가?)

"뭐, 첫 여행이긴 하지만 나 혼자서 가는 건 아냐. 이번에는 인솔자도, 투어 가이드도, 호위도 있으니까 우리는 시키는 대로 따라가기만 하면 돼. 편하다, 편해♪"

이번 여행은 전부 어른들이 준비하고 있다. 인솔자로 이쿠스 선생님도 따라가고, 호위로 크라우스 경도 따라간다. 물론 레리렉스를 안내하기 위해서 저쪽에서도 가이드를 파견한다.

우리는 그저 VIP 대접을 받으며 어른들을 따라다니기만 하면 된다. 그래서 나는 꽤 낙관하고 있었다.

잠시 뒤에 들떠 있는 내 곁으로 여행 동료들이 속속 모여들었다.

"사피나는 이번 여행 때 뭘 기대하고 있어?"

나는 이 신나는 마음을 공유하고자 바로 물어봤다.

"예? 여행이요? 아, 그렇게 생각할 수도 있겠네요. 으음, 글쎄요~."

내 이야기를 들은 사피나가 어리둥절한 표정을 짓더니 곧 골똘히 생각하기 시작했다.

"앗, 배를 타는 거요! 저 배를 처음 타보거든요."

"오오, 배를 탄다고? 그건 나도 기대가 되는데."

사피나가 손을 맞댄 채 기뻐하며 대답하자 자하가 맞장구를 쳤다. 레리렉스 왕국은 섬나라다. 비행기가 없으니 배를 타고 가는 게 당연하리라.

"배인가. 나도 처음인데, 기대되네! 중세 유럽풍의 범선 같은 건 타본 적이 없으니."

""중세 유럽풍?""

내가 경솔하게 내뱉은 말에 두 사람이 의아해하며 고개를 갸웃거렸다.

"그, 그그, 그럼 마기루카는?"

나는 황급히 마기루카에게 화제를 돌리고서 어물쩍 넘어가려고 했다.

"네? 음, 글쎄요. 저는 레리렉스 왕국의 역사적 건축물이 기대돼요. 알디아에는 없는 문명일 테니 가능하다면 꼭 보고 싶네요."

"마기루카는 박물관 같은 데에 가면 폐관 시간까지 있을 것 같아."

화제를 돌리기는 했지만, 반짝거리는 눈동자로 동경하듯 허공을 쳐다보는, 꿈꾸는 소녀 마기루카를 나는 어이없게 쳐다봤다.

"아, 참. 견학이라는 얘기가 나와서 그런데, 저는 개인적으로 들려야 할 곳이 있어요."

"어? 그게 뭐야? 어디, 어디?"

마족의 나라까지 가서 들려야 할 곳이라니, 아주 흥미로운 이야기가 있을 것 같은데. 나는 자세히 말해보라며 마기루카를 재촉했다.

"할아버님께서 지난번 습격 사건 때 망가진 장비들을 수리할 수 있는지 알아봐달라고 울면서 매달리셔서……."

마기루카가 떨떠름한 표정으로 말했다.

"아~, 그 보구들 말이지? 어? 그거 레리렉스 왕국에서 만든 거였어?"

나는 모의 시합에서 자하가 들고 있던 방패와 마기루카의 지팡이, 수갑을 떠올렸다.

설마 전부 마족이 만든 거였을 줄이야.

"예, 알디아의 마도구는 대부분 엘프나 마족의 마공기사들이 만든 거예요."

'마공기사'란 대장장이와 달리 마법 술식을 조합한 복잡하고도 섬세한 매직 아이템이나 마도구를 제작하는 사람들을 가리킨다. 일상생활에 요긴한 아이템은 엘프 마공기사가, 무구 등 전투에 쓰는 건 주로 마족이 만든다고 한다.

"그날 썼던 장비들은 다 같은 사람이 만든 겁니다. 마족 최고의 마공기사라고 불리는 분이죠."

(마족 최고의 마공기사……라. 어쩐지 갑옷으로 변하는 검이나 창 같은 걸 만들 수 있을 것 같은데.)

"그, 그런 유명한 분과 만날 수 있을까요?"

시파나가 놀라움 반 걱정 반으로 물었다.

"글쎄요. 사실 이렇다 할 연줄도 없으니 큰 기대는 안 하지만, 그토록 유명한 분이니 물어보면 거처를 알아낼 수 있을 거예요. 할아버님께서 저쪽에서 뭐 필요한 게 없는지 물어봐달라고 묘한 기대를 품고 계시기도 하고……."

마기루카가 반쯤 어이없어하며 말꼬리를 흐렸다. 나는 쓴웃음만 지었다.

"그러는 메어리 님은 뭘 기대하고 계신가요?"

이 이야기는 더 하고 싶지 않았는지 마기루카가 나에게 화제를 돌렸다.

"어? 나?"

새삼스레 질문을 받으니 특별히 뭔가를 기대해본 적이 없다는 걸 깨달았다.

(해외여행은 처음이니까 굳이 말하자면 모든 게 기대되긴 하지만…….)

그러나 다들 구체적인 대답이 나왔으니 나만 이런 모호한 대답을 꺼낼 순 없다. 나는 무엇이 가장 기대가 되는지 골똘히 생각했다.

(내가 기대하는 것……. 뭘까? 으~음, 깊이 생각하지 말고 머릿속에 떠오르는 그림을 솔직하게 대답하자.)

나는 눈을 감고 생각하는 척하면서 머릿속에 홀연히 떠오르는 것을 그대로 말했다.

"……요리?"

"""…………."""

그러자 갑자기 무거운 침묵이 깔리고 오로지 새가 지저귀는 소리만이 선명하게 들려왔다.

나는 뒤늦게 부끄러운 말을 했다는 걸 깨닫고서 눈을 번쩍

떴다.

"헉! 아, 아냐. 그냥 마족이 평소에 뭘 먹을지 문득 궁금했을 뿐이야! 먹는 걸 기대했던 게 아니라고! 그냥 잠깐 생각했을 뿐이야!"

나는 손짓, 발짓하며 변명했지만, 돌아오는 건 미묘하게 따뜻한 시선뿐이었다.

(그마아아아안! 그런 눈으로 보지 말아줘! 난 먹보 캐릭터가 아니라고오오오!)

"후훗, 듣고 보니 마족 분들이 평소에 뭘 먹는지 궁금하긴 하네요. 음식에는 그 종족의 문화와 역사가 담겨있으니까요. 흥미로운 이야기에요."

필사적으로 변명하는 내 모습이 불쌍했는지 마기루카가 동아줄을 내려주었다.

"맞아, 맞아. 내 말이 그 말이야."

"에이~, 실은 그냥 맛난 걸 먹고 싶——으악!"

마기루카가 내려준 동아줄을 붙잡고 황급히 덮으려던 순간, 자하가 다시 들쑤시려 하자 나는 탁자 아래에 있는 그의 발을 힘껏 밟아서 입을 다물게 했다. 그런데 어째서인지 자하의 발을 밟고 있는 발이 셋이나 있었다. 다들 같은 생각을 한 모양이다.

(어머머, 결국 사피나마저도 가차 없이 공격하기 시작했나 보네. 좋은 일이야♪)

"기대된다. 해외여행♪"

"그러네요."

"그렇군요."

우리는 탁자 위에 엎어진 자하를 내버려 두고 우아하게 차를 즐겼다.

그로부터 며칠 뒤, 고대하고 고대하던 학원 장기휴가가 시작되었고 우리는 레리렉스 왕국으로 출발하는 날을 맞이했다.

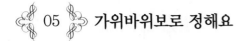

흔들리는 마차를 타고 우리는 항구 도시로 향하고 있었다.

한 대의 마차 안에 모인 나, 마기루카, 사피나, 자하, 그리고 왕자님은 각자 자연스럽게 정해진 자리에 앉아 있다. 네 사람끼리 갈 줄 알았는데 어른의 사정 때문인지 비공식이지만 왕자님도 함께 가게 되었다.

자하가 대단히 기뻐했다.

"여왕님과 그 간부한테 둘러싸인 채 죽음의 여행을 혼자 견뎌내야겠구나, 하고 각오했었다고요. 고맙습니다. 왕자님~♪"

여자애들에게 둘러싸여 마치 하렘처럼 여행을 즐길 수 있는데 뭐가 불만이지? 저 남자는.

참고로 여왕님이라는 말에 나는 마기루카를 쳐다봤고, 나머지 사람들은 나를 쳐다봤는데 나는 도저히 납득할 수 없었다.

"항구 도시에 도착하면 여관에 묵었다가 내일 배를 탄다고 했던가?"

흔들리는 마차 안에서 왕자님이 말했다. 그의 양쪽에는 나와 마기루카가 앉았고, 맞은편에는 자하와 사피나가 앉아 있다.

"그렇습니다. 전하."

"항구 도시에는 신선한 해산물이 풍부해서 해물 요리가 맛있다던데."

마기루카가 맞장구를 쳐주자 왕자님이 기대감에 부푼 얼굴로 대답했다. 그때 자하가 짓궂은 얼굴로 나를 쳐다봤다.

"메어리 님도 기대 중이겠네? 요리가 맛있다니 말이야."

자하가 의미심장하게 말하자 나는 도끼눈으로 그를 째려봤다.

(이 녀석. 그 이야기를 또 꺼내다니!)

"사피나. 해치워."

마차 안에서 일어서거나 움직이면 안 되므로 나는 그의 옆에 앉아 있는 사피나에게 대신 제재를 부탁했다.

"예? 아, 으음."

내가 느닷없이 지시하자 당황한 사피나가 나와 옆에 앉은 자하를 번갈아 바라보기만 했다.

"거봐요. 메어리 님이 여왕 맞잖아요?"

마기루카가 그 말을 불쑥 흘리자 나는 숨을 삼킨 채 아무 일도 없었다는 듯이 창밖을 쳐다봤다.

"그러고 보니 항구 도시로 레리렉스 측 안내인이 마중을 나온다고 들었는데?"

나와 마기루카를 진정시키며 왕자님이 이야기를 진행했다.

(안내인……이라. 누가 오려나? 설마 그 사람은 아니겠지?)

나는 불길한 예감을 느끼면서도 다시 창밖을 바라보며 어서 항구 도시에 도착하기를 학수고대했다.

"잘 왔다. 환영한다!"

나는 지금 두 손과 두 무릎을 땅에 대고서 절망을 온몸으로 표현하고 싶은 충동을 억누르고 있었다.

항구 도시에 도착하여 여관 앞에 내린 우리를 맞이한 인물은 설마 했던 '그 사람'이었다. 나는 활짝 웃는 그 사람을 헛웃음을 지으며 쳐다볼 수밖에 없었다.

(아니아니아니, 공주 전하. 등장이 너무 이르잖아요! 하다못해 섬에 도착한 뒤에 마중을 나와야죠. 여긴 아직 알디아 왕국이라고요!)

다른 사람들도 나랑 같은 생각을 하고 있는지 다들 표정이 굳어 있었다.

"상당히 이른 마중이군요. 저쪽에 도착한 뒤에 만날 예정이라고 들었습니다만."

역시 왕자님. 금세 제정신을 차린 뒤 당황하지 않고 입을 열었다. 익숙해서 그런가…….

"으음, 그럴 예정이었는데, 기다릴 수가 없어서 마중 나가는 배에 무작정 타버렸다!"

에밀리아가 가슴을 활짝 펴고 의기양양하게 말하자 뒤에서 시종들이 깊은 한숨을 내쉬었다.

"그럼 출항은 내일이니 우선은 여관으로 가시지요. 내일 아침에 모시러 가겠습니다."

원래 안내역을 맡을 예정이었던 사람이 죄송하다는 표정으로 이야기를 이어갔다. 왕자님이 시원스레 웃으며 고개를 끄덕였다. 일행은 여관으로 들어갔다.

"오오오. 이, 이게 여관인가! 신선해!"

나는 판타지 애니메이션이나 만화에 나오는 여관과 '조금' 비슷한 실내를 보고 감개에 젖었다.

'조금'이라고 한 건 여관이 예상보다 훨씬 넓고 호화로웠기 때문이다. 아마도 여기서 가장 비싼 방일 거다.

"그래서 누가 어떤 침대를 쓸래?"

나는 살짝 기대를 품으며 함께 들어온 마기루카와 사피나 쪽으로 고개를 돌렸다. 귀족뿐 아니라 왕족까지 섞인 여행이니 개인실을 잡는 게 정상이겠지만, 내가 다 함께 같은 방에서 묵고 싶다고 떼를 써서 이렇게 되었다.

(여자 모임이야, 여자 모임. 꿈속에서까지 기대했던 걸즈 토크!)

하지만 내 속내 따윈 모르는 사피나는 호화롭고 넓은 실내를 둘러보며 감탄을 흘리고 있을 뿐이었다. 마기루카는 이런 공간도 이미 익숙한지 근처 소파에 천천히 앉았다.

"저기, 듣고 있어? 두 사람 모두."

"아, 예. 으음, 전 두 분이 고른 뒤에 남은 침대로 하겠습니다."

"저는 메어리 님 다음이라도 상관없어요."

기대했던 반응이 돌아오지 않아 실망한 내가 떨떠름하게 말하자 사피나, 마기루카 순으로 판에 박힌 대답을 했다.

"에이~ 그럼 재미가 없잖아. 음~ 그래! 가위바위보로 정하자!"

뭔가를 고를 때는 역시 가위바위보가 정석이지!

내가 흥분하여 콧김을 거칠게 내쉬며 말하자 두 사람은 고개를 갸웃거렸다.

"저기, 가위바위보……가 뭔가요?"

"어? 가위바위보를 몰라?"

마기루카의 대답에 나는 충격을 감추지 못했다. 아무리 이세계라고 해도 '가위바위보' 정도는 있겠지 하고 의심조차 하지 않았는데.

"예, 사피나 씨는 아나요?"

"아뇨, 모릅니다."

마기루카가 묻자 사피나마저도 고개를 가로저었다. 그래서 나는 가위바위보 게임의 개념과 규칙을 간략하게 설명하기로 했다.

그리고 가위바위보 설명쯤이야 어려울 것도 없지 하고 생각한 나에게, 언제나 그랬듯 오늘도 의외의 복병이 덮쳐왔다.

"대강은 알겠는데 어째서 '보'가 '바위'를 이기는 건가요?"

"그러니까 아까 말했다시피 가위는 바위를 자를 수가 없어서 바위가 이기고, 가위는 보자기를 자를 수 있으니까 가위가 이기고, 보자기는 바위를 감싸니까 보가 이기고, 똑같은 것을 냈을 때는……."

"바로 그 점이에요. 어째서 바위를 감쌌을 뿐인데 보자기가 이기는 거죠?"

내가 당연하다는 듯이 설명하자 마기루카가 이해할 수 없다는 표정으로 이의를 제기했다. 나는 말문이 막혔다.

(어라? 듣고 보니 그러네. 이유가 뭐지?)

그렇게 생각한 순간 내 상식이 흔들리기 시작했다.

"어, 으~음. 그게 말이야. 어어어어."

나는 천장을 바라보며 머리를 굴렸지만, 나조차도 이유를 생각한 적은 없었기에 답이 나올 리 만무했다.

"여, 여하튼 규칙이 그래. 그런 게임이야."

결국 나는 얼렁뚱땅 넘기기로 했다.

"호오~? 그거 재미있을 것 같구나."

뜻밖의 목소리에 놀라 우리가 고개를 돌리자 당연하다는 듯이 방 안에서 느긋하게 쉬고 있던 에밀리아가 두근거리는 얼굴로 이쪽을 보고 있는 게 아닌가?

"공주 전하? 대체 언제?"

"응? 언제라니? 나는 그대들과 함께 들어왔다만."

너무나도 자연스러운 나머지 나는 그녀의 존재를 당연하게 여겨 의식하지 않았나 보다.

(녹아드는 능력이 무시무시해. 커뮤니케이션 능력이 너무 굉장한데? 당연하다는 듯이 이 안에 섞여들었는데, 우리가 인식조차 못 하다니……. 아, 설마 공주님이 존재감이 없나……? 아니, 아니, 그럴 리가.)

황송해하는 두 사람에게 격식을 차리지 말라는 에밀리아를 보면서 나는 한동안 멍하니 서 있었다.

"공주 전하께서 어째서 이곳에? 뭔가 전하고 싶은 말씀이라도 있으십니까?"

격식을 차리지 말라는 말을 들었음에도 갑작스레 태도를 고칠 수가 없었나 보다. 마기루카는 여전히 딱딱한 태도로 모두를 대표하여 물어봤다.

"음, 딱히? 배 안에서 하룻밤을 보내는 것도 재밌지만, 나도 그대들과 같은 방에서 묵는 것에 흥미가 생겨서 왔지."

공주님이 자못 당연하다는 듯이 말하자 나는 아연실색했다. 그와 동시에 에밀리아의 변덕스러운 면모를 살짝 엿볼 수 있었다.

"그래서 그 가위바위보를 해서 이긴 사람이 침대를 고를 우선권이 있다는 거지? 나도 승부를 좋아한다. 내가 상대를 해주마. 훗훗훗."

대담하게 웃으며 의욕을 드러낸 에밀리아 앞에서 우리는 어떻게 해야 좋을지 곤혹스러웠다. 그러나 일단은 가위바위보를 하기로 했다.

그로부터 가위바위보를 수십 번 했지만, 우리는 아직도 가위바위보를 하고 있었다.

"바위이이이이! 또 내가 가장 먼저 져버렸잖아아아! 어째서냐?

나의 무적 바위가아아아!"

에밀리아가 자신이 낸 바위를 높이 쳐들고서 절규하자 우리는 깊은 한숨을 내쉬었다.

"이번에야말로, 이번에야말로 내가 이긴다! 자, 다시 한번 간다!"

에밀리아는 혼자서 흥분했다. 그리고 나는 또다시 깨달았다. 에밀리아가 가위바위보를 아~주 못한다는 것을…… . 참고로 한 번도 패배하지 않은 사람은 바로 나였다.

(신님, 이런 것까지 완전무적이 된들 곤란하기만 한데요…… .)

어지간히도 패배를 싫어하는지 에밀리아는 자신이 이길 때까지 가위바위보 대회를 그만둘 생각이 없는 듯했다. 이제는 무엇을 위해서 가위바위보를 시작했는지 모를 지경이다.

"두 사람 모두 잘 들어. 이번에야말로 공주 전하가 이기도록 해줘서 이 무모한 게임을 끝내는 거야. 설령 '조작'일지라도."

세 사람이 모여서 속닥거렸다.

"그러고 싶긴 하지만 공주 전하께서 뭘 내실지 전혀 읽을 수가 없어요. 저분은 법칙성이 전혀 없어서."

"게다가 우리가 사전에 짜고서 같은 것을 내더라도 거짓말처럼 혼자 패배해버리니 이제 어쩌면 좋을지."

우리가 어떤 짓을 하든 모조리 패배해버리는 에밀리아의 재능에 어떤 의미로 감복하면서도 나는 두 사람에게 포기하지 말라고 했다.

"포기하지 마. 포기하면 그 순간이 시합 종료야."

"종료될 수 있다면 차라리 다행일 텐데."

내가 전생 때 기억해둔 멋진 대사를 내뱉자 마기루카가 보기 좋게 딴죽을 걸었다. 나는 말문이 막혀버렸다.

"어 쩼 든! 이번에야말로 지는 거야. 무조건!"

우리는 다시 가위바위보 지옥에 돌입했다.

"좋~았어. 다음이야말로 이긴다! 가위~바위~……."

저 혼자 흥분한 에밀리아의 구호에 맞춰서 우리는 신께 기도하며 팔을 내밀었다.

"""""보.""""""

그리고 나 혼자 이겼다.

(신님. 그러니까 이런 것까지 완전무적으로 만들지 말라고요 오오오오!)

두 사람의 비난 어린 눈초리를 견디지 못하고 나는 고개를 딴 데로 돌리고서 마음속으로 절규했다.

그리고 가위바위보 승부는 도무지 이길 기미가 보이지 않던 에밀리아가 끝내 울먹이기 시작했을 때, 저녁 시간을 알리는 튜테의 말에 흐지부지 끝나버렸다.

(진짜 그때는 튜테가 여신님처럼 보였어.)

 **06 출항이에요**

이튿날 아침.

나는 두근거리는 가슴을 안고 눈앞의 커다란 범선을 응시하고 있었다.

(이, 이게 범선! 어쩜 이리 멋질까~ ♪ 이제 저걸 타는 거지?)

입을 헤벌리고서 멍청이처럼 범선을 올려다보고 있는 나와 사피나, 자하를 아랑곳하지 않고 승선 작업이 착착 진행되고 있다.

"홋홋홋. 어떠냐! 우리나라에서 가장 빠른 대형범선이다. 굉장하지?"

도시로 가는 촌뜨기처럼 서 있는 나를 보고 에밀리아가 자랑스럽게 말했다.

"원래는 며칠이나 걸리는 뱃길을 무려 하루하고도 한나절로 단축할 수 있는 뛰어난 배지."

"아~, 모처럼 배 여행을 즐기나 했더니 겨우 하룻밤?"

에밀리아의 스스럼없는 태도에 물들었는지 결국 나는 다른 사람을 대할 때처럼 말투가 가벼워졌다. 더욱이 불만이 묻어나오는 표정까지 짓고서…….

"헉! 죄, 죄송합니다."

"아냐, 아냐, 괜찮다. 허물없이 대해주면 오히려 내가 고맙지. 우리 마족은 그대들과 달리 형식이나 격식에 엄하지 않으니."

내가 황급히 사과하자 에밀리아가 껄껄 웃으며 개의치 말라는 손짓을 하더니 배 쪽으로 걸어가 버렸다.

"역시 메어리 님. 이제 공주 전하와도 허물없이 지내려 하시다니, 역시 왕의 그릇이군요."

"아니, 아니, 아니, 왕의 그릇은 뭐야? 이상한 소리 하지 마. 난 평범한 영애……잖아?"

옆에 있는 마기루카가 불쑥 무서운 소리를 내뱉자 반사적으로 부정했다. 평범한 영애라는 말을 듣고 다들 의심의 눈초리로 쳐다봐서 말끝을 흐리고 말았지만.

"왜 그러냐? 슬슬 출항할 시간이니 어서 승선해."

갑판으로 이어지는 선착장 앞에서 선장으로 보이는 사람과 대화를 나누던 에밀리아가 아직도 움직이지 않은 우리에게 말했다. 나는 황급히, 하지만 뛰지는 않고 그쪽으로 이동했다.

(우오오오오, 드디어 배에 탄다어어어어!)

나는 겉으로는 우아하게 걷고 있지만, 속으로는 신이 나서 까불고 있었다. 다급한 마음을 억누르면서 천천히 승선했다.

걷고 있긴 하지만 걸음이 절로 빨라져서 내가 선두에 서고 말았다. 다들 어떤 표정으로 뒤따르고 있는지 모르겠다. 그러나 나는 그것조차 신경 쓸 수 없을 만큼 신이 나 있었다.

(자, 인생 첫 번째 선상 여행이 시작되는구나아아.)

배가 출항한 지 몇 시간.

나는 안내받은 객실에서 한숨을 돌린 뒤 참지 못하고 갑판으로 올라갔다. 그리고 선원들을 방해하지 않는 곳으로 가서 풍경을 바라봤다.

"바, 바다야, 바다! 튜테, 바다야♪"

"그러네요, 아가씨. 바다는 참 넓네요. 앗, 몸을 내밀지 마세요, 아가씨. 위험해요."

끝없이 펼쳐진 푸른 바다. 저 멀리 보이는 수평선. 비린내와 바람.

그야말로 바다 위.

그 바다 위를 범선이 시원하게 달리고 있다. 어느 영화 속 장면을 보는 것 같았다.

전생에선 배를 탈 기회가 없었기에 나는 구름 위에 앉아 있는 듯한 기분이었다. 너무 흥분한 나머지 난간 밖으로 몸을 내밀려다가 튜테의 제지를 받았다.

"괜찮대도~. 자자, 사피나도 어서 이걸 보도록…… 어라?"

만류하는 튜테에게 괜찮다고 대답하고서 사피나를 향해 뒤를 돌아봤다. 그런데 바로 뒤에 있는 줄 알았던 사피나가 어느샌가 멀찍이 떨어져 있는 게 아닌가.

"사피나? 게다가 마기루카까지 왜 그래? 자, 더 이쪽으로 와."

나는 '왜 저러지?' 하면서 갑판 중앙에 서 있는 두 사람을 향해 손짓했다. 그러나 두 사람은 착 달라붙어서 한 발짝도 움직이려

하지 않았다.

"저, 저희는 여기서 볼게요. 풍경 좋네요. 사피나 씨!"

"마, 맞아요. 마기루카 씨."

그러고 보니 두 사람 다 너무 얼굴이 하얗지 않아?

"어라? 혹시 둘 다 뱃멀미를 하는 거야?"

"아뇨, 뱃멀미는 없어요. 그렇죠? 사피나 씨."

"예, 다행히도."

속이 메슥거리는지 물어봤더니 그건 아닌 모양이다. 그럼 왜 난간 쪽으로 오지 않는 거지? 나는 의아해하며 고개를 갸웃거렸다.

"그럼 더 이쪽으로 와. 풍경이 참 좋아. 자, 이곳에서는 배 아래까지 잘 보이거든. 갑판이 의외로 높아♪"

(응? 높아?)

나는 뒤늦게 무슨 말을 했는지를 깨달았다. 아니나 다를까, 갑판에서 내려다보니 생각보다 높은 게, 보고 있으면 바다로 빨려 들어갈 것만 같았다.

(설마 이것도 고소공포를 느끼는 건가?)

나는 두 사람의 공통점을 깨닫고서 손뼉을 짝 쳤다.

"괜찮대도. 그 정도로 높지는 않아. 금방 익숙해질 거야."

"하지만 떠, 떨어지기라도 하면."

내가 말하자 사피나가 벌벌 떨며 대답했다. 여기서 떨어질까 봐 두려운 모양이다. 그야 배가 이따금 흔들리기는 하지만…….

"괜찮대도. 그렇게 쉽게 떨어질 리가······!"

"즐기고들 있냐――!"

"우꺄아아아아!"

"아가씨이이이!"

내가 난간에서 손을 떼고서 두 팔을 벌리며 괜찮다고 하려던 순간, 어디선가 나타난 에밀리아가 무심하게 나를 떠밀었고, 때마침 배가 파도에 흔들리면서 나는 그대로 휘청거리며 난간 밖으로 몸이 반 넘게 넘어가 버렸다.

다행히 깜짝 놀란 튜테가 황급히 매달려 붙잡은 덕분에 어떻게든 무사할 수 있었고, 위기에서 간신히 벗어난 나와 튜테는 어깨를 들썩이며 가쁜 숨을 몰아쉬었다.

"위, 위, 위험하잖아요! 공주 전하!"

"오, 보다시피 반드시 안전하다고 할 수 없는 곳이니 까불지 말고 충분히 주의하도록."

"당신 때문이잖아아아아아!"

나는 놀란 가슴을 달래면서 혼자 신이 나 있는 에밀리아에게 항의했지만, 이 공주님은 전혀 미안한 생각이 없는 듯했다.

"다들 재밌어 보이네."

왕자님이 시원하게 웃으며 우리에게 다가왔다. 왕자님과 자하의 등장에 분위기가 누그러졌고 나도 마음을 진정시킬 수 있었다.

"자하 씨, 왜 그래? 낯빛이 나빠 보이네. 설마 너도 높은 곳이 무서운 거야?"

"그럴 리가 없잖아……."

내가 '의외네' 하자 자하가 창백한 얼굴로 부정했다.

"자하는 그냥 가벼운 뱃멀미야."

왕자님도 이건 예상 못 했는지 살짝 당혹스러운 얼굴로 대신 대답했다.

"이런, 이런. 가장 튼튼해 보이는데 상당히 약골이로구나. 정작 아가씨들은 아무렇지도 않거늘."

에밀리아가 어이없다는 듯 말하자, 자존심에 상처가 났는지 자하가 미간을 찌푸렸다.

"……저는 메어리 님을 비롯한 다른 사람들과 달리 섬세하다고요."

그 말을 듣고 우리 세 사람은 얼어버렸다.

"오호, 그러냐?"

자하의 변명을 그대로 믿어버린 에밀리아가 우리를 보며 물었다.

"호호홋. 그럴 리가 없잖아요? 여러분, 그렇죠?"

오해를 부르는 발언에 내가 입에 손을 대고 싸늘한 미소로 자하를 노려보며 대답하자, 자하는 곧장 내 시선을 피해 왕자님의 등 뒤로 숨어버렸다.

오호라, 그래서 왕자님과 함께 온 거구나?

내가 뒤를 돌아보자 마기루카와 사피나가 고개를 끄덕였다.

"맞아요. 메어리 님도 섬세합니다. 그죠? 사피나 씨."

"그래요. 어, 어라?"

마기루카가 당연하다는 얼굴로 말했지만 사피나는 뭔가 이상하다는 걸 깨달았다. 그리고 나도 뒤늦게 뭔가 잘못됐다는 걸 깨달았다.

"아니, 잠깐, 마기루카? 자하는 나를 비롯한 다른 사람들이라고 했지, 나라고 하진 않았는데?"

내가 눈을 도끼눈으로 마기루카를 쳐다보자 그녀는 고개를 획 돌려 나를 외면했다.

"마기루카. 우리, 대화를 할 필요가 있을 것 같아. 우리 잠시 전망이 좋은 곳으로 갈까?"

"농담, 농담이에요. 미안합니다, 메어리 님. 눈이 무서워요."

내가 어깨를 붙잡고서 뱃머리 쪽으로 끌고 가자 마기루카가 울먹이며 사과했다.

"섬세하다라…… 그렇군."

그러자 에밀리아가 나와 마기루카를 보며 고개를 끄덕였다.

(아니, 그 얼굴은 뭐에요? 나도 섬세하다니까요? 진짜로.)

나는 마기루카를 놓아 주고 에밀리아의 눈을 피한 체 겸연쩍게 웃기만 했다.

그날 밤.

나와 사피나, 마기루카, 그리고 에밀리아는 객실에 모여 있었다. (이제 지적하지 않을 거야. 이 상황이 보통이었던 거지. 포기하자.)

"휴우, 내일 오후에 암흑의 섬에 도착한다니 지금도 믿기지 않아요."

"홋홋홋, 우리나라의 조선 기술이 굉장하지?"

마기루카가 자그마한 창문을 보면서 중얼거리자 에밀리아가 의기양양하게 가슴을 폈다.

"그러게요……. 범선이 어떻게 되어 있는지는 잘 모르겠지만, 이 배는 속도가 변하질 않는 것 같아요. 보통 범선은 바람을 타니까 속도가 계속 변하는 게 보통이잖아요? 혹시 다른 동력으로 움직이는 건가요?"

내가 모호한 지식으로 의문을 던지자 무슨 영문인지 에밀리아가 식은땀을 흘리며 고개를 딴 데로 돌렸다.

"그, 그, 그건 구, 국가기밀이다! 말해줄 수 없다."

너무 노골적으로 당황한 게 몹시 수상하다만, 어찌 됐든 다른 동력을 쓰고 있는 건 확실한 것 같다. 그게 뭔지는 말하고 싶지 않은 모양이지만.

"선상 여행이 순식간에 지나가 버렸네요."

껄끄러운 분위기를 날려버리기 위해서 사피나가 화제를 바꾸었다.

"선상 여행이라……. 그러고 보면 배를 탔을 때 의외로 곧잘 벌어지는 이벤트가 있었던 것 같은데."

(뭐, 게임 이야기이긴 하지만.)

"처음 듣는 이야기군요. 무슨 소리죠?"

사피나의 말을 듣고서 내가 무심코 전생에서 즐겼던 게임 이야기를 꺼내자 맞은편 침대에 앉아 있던 마기루카가 관심을 보였다.

"으음, 그게 말이야. 배를 타면 마치 약속이라도 한 것처럼 해적선이 습격해오거나, 유령선과 맞닥뜨리거나, 바다 괴물 크라켄이 나타나거나?"

내가 손가락을 꼽으며 이벤트를 쭉 늘어놓자 무슨 영문인지 세 사람 모두 침묵했다.

"어, 뭐야, 다들. 왜 입을 다물고 있어? 이거 내 망상이야, 망상. 정말로 일어날 리가⋯⋯."

도오오오오옹.

내 말을 끊듯이 밖에서 커다란 소리가 울리더니 주변이 분주해지기 시작했다.

(설마 또?! 신님, 전 결코 이벤트가 벌어지길 바라며 말을 꺼낸 게 아니라고요! 전 대체 어떤 이벤트 플래그를 세운 건가요!!)

나는 그런 일이 벌어질 리가 없다며 손사래를 치다가 그대로 굳어버렸다. 그러고는 마음속으로 신께 빌었다.

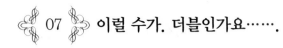

07 이럴 수가. 더블인가요…….

"공주님, 긴급사태입니다!"

갑자기 문을 두드리는 소리와 함께 다급한 목소리가 들렸다.

"들어와! 무슨 일이냐!"

그러자 곧장 선원 하나가 문을 열고 헐레벌떡 들어왔다. 여기까지 달려왔는지 숨을 헐떡였다.

"실례합니다! 공주님, 해적선으로 보이는 배가 접근해오고 있습니다."

(해적선……. 그런가? 그쪽 플래그가 서버렸나.)

"뭐라? 해적선 따윈 그냥 따돌려버리면 그만이 아니더냐."

"그것이, 아래에 있는 크라……가 아니라 동력이 작동하질 않아서…….."

선원이 무언가 말하려다가 에밀리아가 째려보자 무슨 영문인지 말을 고쳤다.

(크라? 뭔가 알려져서는 안 되는 게 실려 있나?)

나는 일단 상황을 지켜보기로 했다.

"에잇, 쓸모없는 크라……크흠, 동력 녀석 같으니. 비싼 먹이……크흠, 연료를 받아먹고서 일을 그따위로 하다니. 잠시 갑판에 나갔다 오마. 그대들은 여기서 대기해라."

에밀리아도 무슨 말을 하려다가 도중에 바꾸고는 대기하라는 지시를 내렸다. 나는 나설 일이 없을 것 같아 기쁘면서도 한편으로는 무슨 일이 일어나고 있는 건지 알 수 없어서 불안했다.

도오오오옹!

그때 갑자기 배가 크게 요동치더니, 밖에 더욱 소란스러워졌다.

"공주님! 보고입니다."

"이번에는 뭐야!"

다른 선원 하나가 더 황급히 달려왔다. 너무 크게 요동치는 탓에 이젠 벽을 짚고 있지 않으면서 있기도 어려웠다.

"그 해적선의 정체가 사령선이라는 게 밝혀졌습니다!"

그 말을 듣고 모두 말문이 막혔다. 그런데 다들 왜 나를 쳐다보는 거야?

(아니, 아니, 아니, 내 탓이 아니잖아? 난 유령선이라고 말했을 뿐 사령선이라고는……. 그게 그건가? 으음, 설마 더블 플래그일 줄이야. 기가 막히네.)

"사령선이라고? 유령과 언데드가 활보하는 배 아닌가? 이거 희귀한 놈들과 마주쳤군. 그나저나 이걸 어쩐다? 선원 중에 신성 마법을 쓸 줄 아는 자는?"

"없습니다!"

에밀리아가 골똘히 생각하며 선원들에게 묻자 모두 즉답했다.

"큭. 나도 신성 마법만은 쓸 줄 모르는데……. 하지만 언데드를 물리치려고 화염 마법을 날렸다가는 우리 배에까지 불이 붙을지도 모르고. 이거 참 곤란하군."

에밀리아가 벌레 씹은 얼굴로 끙끙거렸다. 신과 가까운 정화 마법은 어둠의 화신인 마족이 사용할 수 없는 게 약속인가? 나는 무심코 침을 삼키며 궁지에 몰린 에밀리아와 선원들을 지켜봤다.

"마족은 신성 마법을 못 쓰는 건가요?"

"음? 아니, 쓸 수 있다. 마족이 정화 마법을 쓰는 건 내 미학에 반하는 일이라 그냥 배우지 않았을 뿐이지."

실망스러운 이유가 폭로되자 나는 힘없이 고개를 푹 숙였다.

"저기……. 주제넘은 말이긴 하지만, 유령 같은 건 라이트 마법으로 물리칠 수가 있어요."

"오오, 그거 유익한 정보로구나. 당장 쓰라고 지시하마. 그런데 그런 걸 잘도 아는구나."

"그, 어떤 전문가의 조언을 들은 적이 있어서요……."

마기루카는 정보 제공자인 그 선배의 정체를 얼버무렸다.

(뭐, 마음은 알겠지만.)

"그리고 신성 마법은 메어리 님이 쓰실 수 있지 않았나요?"

"아, 참 그랬지!"

마기루카의 말을 듣고 퍼뜩 생각이 난 나는 손뼉을 쳤다. 언데드 사건 때 신성 마법을 써버린 건 내 안에서 이미 흑역사가 되어있었기에 머리 한구석으로 치우고 완전히 잊어버리고 있었다.

그런데 이 상황에 신성 마법을 쓸 수 있다 하면…….

갑자기 불길한 예감이 들어 조심스럽게 에밀리아를 돌아보니 그녀가 사악한 미소를 짓고 있었다.

"오호, 그거 잘됐군♪ 메어리, 긴급사태이니 힘 좀 빌려다오."

"그, 그건 상관없습니다만, 저기, 구체적으로 어떻게 힘을 빌려드리면 될는지?"

에밀리아가 조금씩 다가오자 나는 식은땀을 흘리며 어색한 웃음을 지은 채 물었다.

"그런 건 현장에 가서 생각하면 된다!"

"그건 너무 막무가내잖아요!"

나는 급히 달아나려 했지만, 그녀가 내 어깨를 붙잡는 게 더 빨랐다.

"긴급사태다! 긴급사태!"

그러고는 나를 번쩍 들고는 마치 짐짝처럼 어깨에 둘러멨다. 역시 마족. 신체 능력도 우리보다 뛰어난 모양이다. 가만? 그럼 이 공주님조차 꼼짝 못 하는 왕비님은 대체……. 음, 생각하지 말자.

"자, 잠깐, 잠깐만요! 하다못해 옷이라도 갈아입고오오오오!"

"긴급사태다! 서둘러!"

"싫어어어어어어!"

에밀리아가 나를 둘러메고서 방을 뛰쳐나갔다. 나는 얇은 잠옷차림이라는 걸 새삼스럽게 깨닫고서 절규했다. 속옷은 아니지만, 얇은 원피스만 입은지라 어깨나 여기저기가 맨살이었기에 창피했다. 에밀리아는 그대로 객실을 나와 밖으로 달려갔고, 그에 맞춰서 내 절규도 객실에서 점점 멀어져갔다.

갑판 위는 난장판이었다.

이미 언데드 몇 마리가 갑판에 올라탔고, 유령이 여기저기 떠다니고 있었다. 바다에는 당장에라도 부서질 것 같은 범선이 옆에 나란히 떠 있었다. 갑판에는 크라우스 경과 이쿠스 선생님이 사령들을 상대하고 있었다. 두 사람 모두 어렵지 않게 대처하고 있었지만, 아무리 베어도 다시 일어서서 지겹다는 눈치였다.

"가라, 메어리! 언데드를 모조리 날려버려라. 그대는 내가 확실하게 지켜주마."

나를 갑판에 내리고서 에밀리아가 당당한 태도로 지시했다.

"그런데 어디서부터 처리하죠? '턴 언데드'는 장소 고정에다가 범위도 그리 넓지 않아요."

나는 옷매무새를 고치면서 대충 지시를 내리는 에밀리아를 어이없게 쳐다봤다.

"그럼 눈에 보이는 데부터! 저 구석부터다아아아!"

"그럴 줄 알았어요."

한쪽에서부터 쓸어내는 전법을 쓸 것 같다고 반쯤 예상한지라 나는 헛웃음을 흘리면서 갑판을 쳐다봤다. 그리고 일단 눈에 띄는 곳으로 달려가 손을 뻗었다.

"에이 모르겠다. 턴 언데드으으으으!"

내가 힘껏 외치자 눈앞에 보이는 언데드들의 발치에 빛의 마법진이 떠올랐다. 이윽고 마법진에서 빛이 나오자 언데드들이 호에에에에에, 하고 비명을 지르며 사르르륵 사라져갔다.

"신성 마법! 앗, 메어리…… 아가씨?"

"이쪽을 보지 마세요! 크라우스 님!"

신성 마법을 보고 내가 온 것을 알아차린 크라우스 경이 내 옷차림을 보고 조금 놀라워했다. 나는 바로 얇은 옷을 입고도 당당하게 서 있는 에밀리아의 뒤에 숨었다. 부끄러워서인지 절로 목소리가 험악해졌다.

"좋다, 메어리! 다음은 저쪽으로 간다."

에밀리아는 가까이 다가온 나를 다시금 업고서 이동하기 시작했다. 그러고는 하필이면 사람이 밀집한 곳으로 달려갔다.

그렇게 몇 번쯤 이동한 끝에 갑판에 있는 언데드를 대강 무찌를 수 있었다. 에밀리아는 지금도 접근해오고 있는 해적선 겸 사령선을 쳐다봤다.

"갑판 위를 휩쓸었으니 이제는 본거지를 때리자. 메어리!"

"부탁이니 제발 방으로 돌아가서 옷 좀 갈아입게 해주세요.

이러다가 시집도 못가겠어…….”

나는 두 손으로 얼굴을 가린 채 비탄 어린 목소리를 흘렸다.

“안심해라! 다들 내 모습도 함께 봤으니 그런 막대기 같은 체형 따윈 눈에도 안 들어왔을 거다.”

“막대기라고 하지 마아아아아아아! 이래 봬도 꽤 성장한 거라고 오오오오!”

에밀리아가 경쾌하게 엄지를 척 세우자 나는 상대가 공주님이라는 걸 완전히 망각해버렸다.

“그럼 배를 향해 돌격이다아아아아!”

“남이 이야기를 하면 좀 들어어어어어어!”

에밀리아는 아랑곳하지 않고 능숙하게 나를 둘러메고서 그대로 도약했다. 그러고는 날개를 펼쳐 하늘을 날았다.

배에서 배를 향해 점프. 아니, 비행하는 동안에 내 비명이 바다 위에서 허무하게 메아리쳤다. 그리고 불현듯 내가 에밀리아에게 힘으로 지지 않는다는 걸 떠올렸다. 평소에 습관처럼 힘 조절하고 있던 탓에 잊어버리고 있었다. 그냥 뿌리치면 그만이었는데. 뭐, 이미 늦었지만…….

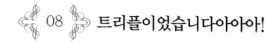

08 트리플이었습니다아아아!

에밀리아가 나를 둘러멘 채, 사령선 갑판에 착지했다. 아니나 다를까, 사령선답게 배가 꽤 낡아 있었다. 발을 잘못 헛디뎠다가는 갑판이 쑥 꺼져 아래로 추락하지 않을까, 하는 걱정이 들 만큼.

내가 바닥을 보고 있자니 언데드들이 다가와 우리를 슬금슬금 에워싸기 시작했다.

"여기저기서 모여들고 있구만. 메어리, 해치워라!"

"예, 그리합죠~. 턴 언데드."

나는 긴장감이라곤 털끝만치도 담겨있지 않은 목소리로 마법을 대충 영창하며 언데드들을 무자비하게 없애나갔다. 다른 사람이 신성 마법을 이렇게 연발했으면 진작 마력이 동이 나서 기절했겠지만, 나는 그것도 눈치채지 못한 채 정화 마법을 연발하고 말았다. 에밀리아도 인간의 마력량은 알지도 못했으므로 메어리의 마법에 의문을 품지도, 지적하지도 않았다.

결국, 정화 마법을 난발한 덕분에 갑판은 순식간에 조용해졌지만, 에밀리아는 경계를 풀지 않고 무언가를 찾듯 계속 두리번거리고 있었다.

"왜 그러세요? 공주 전하. 일단 보이는 언데드는 다 정리했습니다만."

"이상하군. 이 사령선은 대체 누가 조종하고 있단 말이냐? 갑판에 아무도 없는데도 배가 아직 움직이고 있다."

그 말을 듣고 나도 주변을 둘러봤다. 말마따나 아무도 없는데 배가 저 혼자 나아가고 있었다. 마치 배에 의지가 있는 것처럼……

"설마 사령선이 자기 의지대로 움직이는 게?"

"아니, 그럴 리가 없다. 뭔가가 아직 더 남아있을지도 몰라."

그러자 에밀리아의 의문에 대답이라도 하듯 말이 끝나기 무섭게 사령선이 격하게 요동치기 시작했다. 나는 배 밖으로 튕겨나가지 않도록 황급히 근처에 있는 물체에 매달렸다.

푸아아아아아아아!

곧 엄청난 물보라와 함께 바닷속에서 무언가가 솟아오르기 시작했다.

"뭐, 뭐냐!"

물보라가 안개비가 되어 우리에게 쏟아졌다. 나는 물에 흠뻑 젖으면서도 달빛에 비친 불청객의 모습을 뚫어지게 쳐다보다가 할 말을 잃었다. 나는 아직도 영문을 모르고 주변을 두리번거리는 에밀리아를 불렀다.

"공주 전하……. 어, 저거……."

나는 떨리는 검지로 해상을 가리켰다. 에밀리아는 내 손을 따라 시선을 옮기고 말을 잃어버렸다.

그곳에는 거대한 오징어(?)의 다리가 있었다.

사령선을 에워싸듯이 여러 개의 거대한 오징어 다리가 바닷속에서 꾸물꾸물 튀어나오고 있었다. 물론, 내가 아는 오징어 다리와는 차원이 다른 크기를 자랑하므로 오징어가 아니라는 것만은 확실했다.

"큭. 크라켄이잖아아아아!"

에밀리아의 절규에 내 사고가 다시 돌아가기 시작했다.

제일 먼저 눈에 들어 온건 당장이라도 갑판을 내리칠 듯 다가오고 있는 오징어 다리였다.

(설마 트리플 플래그라니이이이!!!)

이윽고 거대한 오징어 다리가 갑판을 냅다 내리치면서 배가 크게 요동쳤다. 상대는 우리가 보이지 않는 모양이었다. 갑판에 올라온 오징어 다리는 무언가를 찾듯이 갑판 위를 스륵스륵 기어다니기 시작했다. 가까이서 보니 오징어 다리가 썩어 있었다.

"크라켄 좀비잖느냐! 이거 역시 레어 중의 레어인데. 그대가 허튼소리를 내뱉어서 죄다 맞닥뜨린 게 아니더냐아아아! 책임을 져라아아아!"

갑판 위를 기어 다니는 오징어 다리로부터 달아나면서 에밀리아가 나에게 항의했다.

"내 탓이 아냐! 누명이야, 누명!"

도망치는데 정신이 팔려서 나는 또다시 에밀리아에게 말을 놓았다.

왜 그렇게 안달하냐고? 당연하지. 거대 촉수가 있기 때문이다. 더욱이 그 촉수가 썩기까지 했다.

(절대로 붙잡히고 싶지 않아! 절대로!)

흠뻑 젖은 얇은 옷차림의 소녀와 썩은 거대 촉수. 최악의 조합이다. 생각해보니 맨드레이크 때도 촉수를 뻗은 슬라임에게 쫓겼었지. 결국 나는 돌이키고 싶지 않았던 추억을 떠올리며 감상에 젖고 말았다.

(나⋯⋯ 촉수와 무슨 인연이 있나? 만약에 그렇다면 절연하고 싶어요, 신님.)

"과연. 이 사령선을 조종하고 있는 게 밑에 있는 녀석인 게로군?"

"어째서 사령선에 크라켄이 있는 건데!!"

"나인들 알겠느냐? 당사자한테 물어보거라!"

"크라켄이 말을 할 수 있을 리가 없잖아!"

도망치면서도 쓸데없이 말다툼을 이어나갔다. 이제는 어린애 싸움 수준이었다.

"여어어어어하튼! 상대가 언데드이니 그대의 신성 마법으로 없애버리거라!"

에밀리아가 귓가에 대고 호통을 쳤다. 나는 얼굴을 찡그리면서 반격하고자 마찬가지로 그녀의 귓가에 대고 외쳤다.

"턴 언데드는 장소고정 마법인데 저렇게 꾸물거리는 걸 어떻게 맞추라고?! 게다가 다리에 써봤자 아무 의미가 없잖아! 공주 전하가 본체를 끌어내서 붙들고 있으라고!"

"저렇게 역겨운 걸 나더러 만지라는 거냐아아아아!"

"나도 싫어!"

크라켄 좀비 따윈 아랑곳하지 않고 우리는 말다툼을 치열하게 벌였다. 크라켄은 그게 맘에 들지 않았는지 오징어 다리가 우리를 덮치려고 했다.

우리가 오징어 다리를 요리조리 피할 때마다 다리에 묻어 있는, 정체 모를 끈적끈적한 점액이 사방으로 튀었다.

"히이이익?! 기분 나빠!"

오징어 다리에서 풍겨오는 썩은 내에 얼굴이 저절로 찡그려졌다. 나는 닭살이 돋은 팔을 비비면서 그곳을 벗어났다. 그런 것이 내 몸을 휘감을지도 모른다고 생각하니 눈물이 날 것 같았다.

"이, 이이이, 이렇게 된 이상 이 배와 함께 통째로 태워서 재로 만들어주겠어어어어! 후하하하핫!"

결국 이성이 붕괴했는지 에밀리아가 터무니없는 소리를 했다. 에밀리아의 몸에는 이미 수상한 점액이 묻어 있었다.

(아~ 결국 몸에 묻어버렸네. 불쌍한지고.)

나는 마음속으로 합장했다.

"공주 전하, 진정해요! 배를 불태웠다가 그대로 우리의 배와 충돌하면 어쩔 셈이에요! 어차피 날려버릴 거면 화염 마법이 아니라 폭렬 마법을 쓰라고요!"

"오옷! 과연 좋은 생각이구나."

내 조언을 듣고 제정신을 차렸는지 에밀리아가 손뼉을 쳤다.

"그럼 이 배와 함께 날려주마아아아아!"

에밀리아가 두 손을 머리 위로 올리자 커다란 마법진이 나타났다. 그 박력과 시간이 걸릴 것 같은 발동 액션에 나는 본능적으로 엄청난 마법이 발동되는 게 아닌가 싶어서 얼굴이 창백해졌다.

"자, 잠깐만요! 나는 어떻게 피하라고요?!"

"이거나 먹어라아아! 5계급 마버어업!"

직후 내 눈앞에서 에밀리아가 갑자기 사라졌다. 마치 슬라임에게 잡혀 내 눈앞에서 사라졌던 마기루카처럼…….

별로 확인하고 싶지 않았지만, 나는 조심스럽게 고개를 들어 하늘을 올려다봤다. 달빛 아래에서 오징어 다리에 휘감겨 온몸이 끈적끈적해진 에밀리아가 오징어 다리와 함께 흔들리고 있었다. 기분 탓인지는 모르겠지만 이미 에밀리아는 영혼이 빠져나간 것처럼 보였다.

(아이고, 그런 곳에서 당당하게 서 있었으니 붙잡히지!)

"버스트으으으으!"

내가 폭렬 마법을 날리자 에밀리아를 붙잡고 있던 촉수가 느슨해지면서 '철퍼덕' 하는 끈적한 소리와 함께 갑판에 떨어졌다. 점액 덕분에 덜 아팠을 테니 다행……이려나? 응, 다행일 거다.

"공주 전하!"

나는 급히 달려가 에밀리아를 살폈지만, 그녀의 눈은 이미 죽어있었다.

그 마음은 잘 안다. 처녀로서 악몽과도 같은 충격을 받았으니 현실을 도피하고 싶을 만도 하겠지. 그러나 지금은 비탄에 잠겨 있을 때가 아니다. 아직도 한창 전투 중이다. 이런 곳에 누워있다가는 또 잡히겠지. 나는 살을 도려내는 심정으로 에밀리아를 분발시키고자 도발했다.

"공주 전하. 만지고 싶지 않으니 알아서 일어나세요. 안 그러면 두고 가겠습니다."

"말 좀 부드럽게 하지 못하겠느냐? 이 악마아아아아!"

마족에게서 악마라는 소리를 들었다. 그래도 부활 하나는 빠르군.

"우왓?! 이쪽으로 오지 마세요! 끈적거리는 것 좀 봐!"

에밀리아가 일어서자 나는 무심코 뒷걸음질을 치고 말았다. 에밀리아는 그런 나를 원망스럽게 힐끔 째려보고는 곧 크라켄으로 눈을 돌렸다.

"에잇, 이렇게 된 이상 될 대로 되라아아아! 이제 아무것도 안 무섭다. 덤벼라, 오징어 자식아. 산산조각을 내주마아아아아!"

무언가를 떨쳐낸 듯한 에밀리아가 꾸물거리며 이쪽으로 다가오는 오징어 다리를 향해 드높이 선언했지만 늠름하긴커녕 안쓰러울 지경이라 눈물이 흐를 것만 같았다.

크라켄도 에밀리아의 선언을 들었는지 오징어 다리가 일제히 그녀를 향해 엄습했다. 이번에야말로 최종결전이 시작되려나?

도오오오오오옹!

그때 긴장감에 휩싸여 있던 내 시야에 물보라를 일으키며 새
롭게 튀어나온 여러 오징어 다리들이 비쳤다.
우리가 처음에 탔던 배 옆에서…….
(크라켄이 두 마리?!)

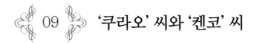

09 '쿠라오' 씨와 '켄코' 씨

우리가 타고 온 범선 옆에서 솟아난 다리는 이쪽에 있는 좀비와는 달리 신선해 보였다. 아마 저게 정상이겠지. 나는 안도하며 가슴을 쓸어내렸다.

(아니, 뭘 안심하고 있는 거야?! 저쪽도 결국 몬스터잖아!)

나는 혼자서 몸부림쳤다.

"으아아악! 우리에서 나와버렸잖아아아아아!"

내가 몸부림을 치고 있으니 에밀리아가 범선 아래서 솟아오른 크라켄 다리를 보고 절규했다.

근데 우리라니?

"야, 인마아아아아! 누가 내보내라고 했더냐아아아아!"

에밀리아가 가장자리로 가서 저쪽에 있는 배를 향해 큰소리로 외쳤다.

"죄송합니다아아아아! 공주니이이임! 너무 날뛰어서 배가 가라앉을까 봐 밖에 풀어놓았습니다아아!"

저편에서 그런 대답이 돌아왔다. 선장인 것 같긴 한데 승선하면서 소개만 받았을 뿐 거의 만난 적이 없어서 기억이 흐릿하다.

"흠, 그럼 별수 없지……."

"날뛰어서 풀어놓아? 배가 가라앉아? 그게 대체 무슨 말이죠?"

"윽!"

내가 뒤에서 도끼눈으로 노려보자 에밀리아가 몸을 흠칫 떨고는 내 시선을 피하듯 고개를 돌렸다.

"설마…… 우리가 타고 있던 저 배를 크라켄이 끌었다는 건 아니겠죠? 그러고 보니 얼핏 먹이라고 말한 것 같기도."

내가 지적하자 에밀리아가 정직하게 몸을 움찔거렸다. 이미 의심할 여지도 없다. 그러나 지금 문제는 그게 아니다. 내가 듣고 싶은 것은…….

"오, 오해하지 마라! 엄연히 합의를 통한 계약이었다! 중노동을 시킨 것도 아니고, 숙식까지 제공하는 아주 공정한 조건이었건만!"

"듣고 싶은 건 그게 아냐아아아!"

에밀리아가 허접한 변명을 늘어놓는 탓에 무심코 받아쳤다만, 지금 중요한 건 마족의 경영 방침 따위가 아니다. 왜 저게 배 밑에서 나타났느냐가 문제지.

(날 대체 뭐로 보는 거야. 무심코 변명이 튀어나온 걸 보면 어디선가 비슷한 상황을 경험한 적이 있는 것 같지만, 지금은 굳이 물어보지 말자.)

나는 오늘 가장 초조해하는 에밀리아를 보고서 민감한 부분은 건드리지 않기로 했다. 다만 이거 하나만은 확인하고 넘어가야 한다.

"그보다 합의라니, 뭐에요? 혹시 크라켄과 대화가 가능해요?"

내가 지적하자 냉정을 되찾은 에밀리아가 가슴을 폈다.

"물론이지. 우리 마족은 그대들보다도 우수하다. 몬스터와 대화를 할 수 있는 자도 있다. 나도 어느 정도는 몬스터의 말을 알아들을 수 있지."

"그럼 이 좀비랑 대화해서 평화적으로 끝내면 되잖아요? 그리고 방금 밖으로 나온 크라켄도."

나는 무슨 영문인지 공격을 멈추고서 꿈틀거리기만 하는 썩은 다리와 새로 나타난 다리를 번갈아 가리켰다.

"홋! 말을 알아들을 수 있다고는 했지만, 대화가 가능하다고는 말 안 했다!"

"저기…… 그게 자랑할 일인가요?"

우리가 한심하기 짝이 없는 대화를 나누고 있으니 수면이 쏴아아아아아, 하고 부풀어 오르더니 배가 크게 요동쳤다. 화들짝 놀라 근처에 있는 물체에 매달린 채 해상을 보니 커다란 오징어 대가리가 반쯤 나와 있었다. 크라켄 좀비의 본체였다.

그리고 해상으로 나온 다리가 기묘하게 움직이기 시작했다. 그 움직임에 맞춰서 뇰뇰, 하는 뭐라 형언할 수 없는 소리가 들려왔다.

"뭐, 뭐라고!"

그리고 에밀리아가 무슨 영문인지 경악했다.

"저, 저기, 설마 싶긴 한데……. 혹시 저 뇰뇰, 하는 게 말하는 소리인가요?"

"으음, 맞다."

에밀리아가 고개를 끄덕이자 나는 크라켄 좀비 쪽으로 고개를 돌렸다. 좀비는 사령선이 아닌 우리가 타고 있던 배 쪽을 보고 있었다. 아마 배가 아니라 주변에 튀어나온 다리를 보고 있는 것 같은데.

"그래서 뭐래요?"

나는 결국 지적 호기심에 지고 말았다. 에밀리아의 곁으로 다가가 그녀의 옷을 잡아당기며 알려달라고 재촉했다.

(왜냐면 자꾸 신경이 쓰이잖아. 어쩌면 장대한 이야기가 전개되고 있는지도 모르고.)

늉늉늉······.

"오옷, 단아하고 아름다운 다리, 빨려들듯 동그란 빨판. 틀림없이 여동생······이구나!"

늉늉늉······.

"아아아, 그 늉늉 소리는 틀림없어! 오라버니, 당신은 오라버니······군요."

두 늉늉 소리에 맞춰서 에밀리아가 연극투로 말하기 시작했다. 하는 김에 몸짓과 손짓을 넣어 감정을 표현하고 있다. 아마도 좀비가 오빠이고 평범한 크라켄이 여동생인 모양이다. 그런데 자꾸 말끝을 흐리는데 대체 뭐지? 뭔가 말하고 싶지 않은 이유가 있을지도 모른다고 나는 지레짐작했다.

"음~, 크라켄의 이름을 언어화하는 건 어렵구만. 저 늉늉 소리를 발음할 수 있다면······."

"아니, 우린 촉수가 없으니 어쩔 수 없어요. 그건 신경 쓰지 말고 그냥 오빠를 '쿠라오', 여동생을 '켄코'라고 불러요."

아무리 봐도 물리적으로 발음하는 것이 불가능한데도 에밀리아는 대단히 안타까워했다. 나는 그녀를 달래면서 적당한 별명을 제공했다.

"아니, 그렇게 잡스러운 이름은 안 돼! 이렇게 된 이상 어떻게든 저 뉼뉼 소리를 따라……."

"그 부분은 타협하죠. 이상한 대목에서 프로 근성을 보이지 말고."

"으, 으음……."

이야기가 탈선하려 하자 나는 바로 궤도수정을 했다.

뉼뉼뉼…….

"쿠라오 오라버니가 소식을 끊은 지 어언 30년. 드디어, 드디어 만났어요. 그런데 그 모습은……."

뉼뉼뉼…….

"켄코……. 면목 없다. 가족과 헤어져 자립한 나는 이 해적선과 일전을 치렀고 함께 목숨을 다하게 되었다. 바닷속으로 가라앉으면서 난 켄코, 널 다시 한번 만나고 싶다고 빌었고, 그 바람이 해적선을 휘감는 바람에 이런 꼴사나운 모습을 보이고 말았구나."

뉼뉼뉼…….

"이럴 수가! 쿠라오 오라버니."

촉수와 촉수가 꿈틀거리고, 그에 맞춰서 에밀리아가 박력 넘치는 연기를 선보였다. 쓸데없이 연기가 뛰어나서 차마 뭐라 할 수가 없었다.

늉늉늉…….

"전 소문을 통해 해적선과 크라켄의 이야기를 들었고 그게 쿠라오 오라버니가 아닐까 하는 생각이 들어서 이 배를 끄는 일을 맡아 은밀히 찾았——이노오오오옴! 항로가 계획보다 조금 틀어져서 이상하다 싶었건만, 그대의 짓이었더냐아아아아아!"

에밀리아는 연기를 하다말고 크라켄을 향해 소리를 지르기 시작했다. 나는 이야기가 끊기지 않도록 그녀를 달래면서 재촉했다.

늉늉늉…….

"일? 그게 일이었니? 영락없이 붙잡힌 줄로만 알고 습격했는——이자식이이이이! 이 소동은 켄코 때문이더냐아아아!"

에밀리아가 또 통역을 중단하고 항의했다. 달래는 것도 이제 점점 귀찮아져서 그냥 놔둘까 싶었다.

"자자, 공주 전하. 뭐라고 하잖아요. 통역, 통역."

늉늉늉…….

"…………여하튼 켄코와 만날 수 있어서 난 기쁘다. 이제 여한은 없다. 때마침 신성 마법을 쓸 줄 아는 마법사와 만났으니 이 또한 운명이겠지."

늉늉늉…….

"쿠라오 오라버니. 무슨 말씀입니까?"

79

아까와는 딴판으로 통역의 수준이 떨어졌다. 에밀리아가 평범한 투로 말하기 시작했다. 뭐, 그래도 통역을 해주고 있으니 책임감이 있다고 할 수 있겠지만.

그나저나 그들의 대화 내용이 몹시 불온한데. 신성 마법을 쓸 줄 아는 마법사라니.

나는 홀로 몸을 움찔거렸다.

늉늉늉…….

"자, 마법사! 이제 여한은 없다. 날 정화해다오!"

에밀리아의 대사에 맞춰서(?) 좀비가 나를 향해 다리를 뻗었다.

"말과 행동이 딴판이잖아아아아아!"

나는 에밀리아의 통역 실력에 의문을 품었다. 그녀에게 항의하면서 달아나기 시작했다.

"무슨 무례한 말을. 내 통역은 완벽했노라. 저 녀석이 신성 마법을 유도하기 위해서 그대를 공격하기 시작했을 뿐이다. 그 증거로 다리가 그대만 노리지 않는가."

에밀리아의 말대로 좀비 다리가 그녀는 거들떠보지도 않고 나만 쫓아다녔다.

"또 이 패턴이야! 어째서 나만 이런 신세냐고오오오오!"

나는 갑판 위를 돌아다녔다. 저쪽도 죽일 생각이 없는지 아까 전과는 달리 힘이 담겨있지 않았다. 그냥 위협만 하는 느낌이었다.

"공주 전하! 정화해줄 테니까 얌전하게 있으라고 전해줘요!"

"전해주고 싶은 마음은 간절하지만……. 큭, 내가 저 뉼뉼 소리만 낼 수 있다면."

내가 애원하자 에밀리아가 또다시 주먹을 불끈 쥐고서 안타까워했다.

(아무나아아아! 저 녀석 좀 얌전하게 만들어줘어어어어어!)

네가 직접 하라는 하늘의 소리가 들린 것 같지만, 저 썩은 내나는 끈적끈적한 촉수와 대치할 배짱은 없다. 만에 하나라도 에밀리아처럼 온몸이 끈적끈적해지는 날에는 나는 방에 틀어박힐 테야.

뉼뉼뉼!

바로 그때, 커다란 뉼 소리와 함께 또 다른 오징어, 켄코가 모습을 드러내 좀비 쪽으로 다리를 뻗었다.

다리와 다리가 한데 얽혔다. 이건 아무리 봐도 쿠라오를 만류하는 듯하다.

"쿠라오 오라버니. 그만…… 이라는데?"

내가 에밀리아에게 눈짓하자 그녀가 다시 통역을 시작했다.

(우애는 참 아름……다운 것 같다만, 내 눈에는 그저 괴수대난투로밖에 보이질 않는다고!)

사령선과 배 사이에서 두 마리의 크라켄이 엎치락뒤치락 대난투를 벌이기 시작했다. 두 크라켄이 움직일 때마다 물보라가 일고 배가 크게 요동쳤다. 나는 갑판 위로 쏟아지는 바닷물을 뒤집어쓰면서 그저 헛웃음만 내뱉었다.

(어쩐지 점점 혼돈의 도가니가 되어가는 것 같은데…….)

늉늉늉!

"이거 놓아라. 켄코! 너까지 다치고 말 거야!"

늉늉늉!

"싫어요, 쿠라오 오라버니! 이제야 만났는데 이렇게 바로 헤어지다니!"

괴수대난투 속에서도 에밀리아는 요동치는 배 위에서 버티며 착실하게 통역해주었다.

늉늉늉!

"켄코, 난 이제 소싯적처럼 잘생기고 스타일리시하고 멋진 오빠가 아냐. 그 시절의 난 30년 전에 죽었다. 지금 이 자리에 있는 건 잘생기고 스타일리시하고 썩은 괴물——아니, 제 입으로 잘 생겼다고 말하다니 부끄럽지도 않으냐!"

통역하면서도 딴죽을 거는 걸 잊지 않는 에밀리아에게 감탄하면서 나는 상황을 그저 지켜보기로 했다. 뭐, 이제는 이 사태가 어떻게 되든 상관없겠구나 싶었다. 여하튼 빨리 끝나기만을 바랐다. 아무리 그래도 저런 대화 중인데 느닷없이 턴 언데드를 날리는 건 좀 그렇잖아.

늉늉늉!

"그렇지 않습니다! 쿠라오 오라버니는 그때나 지금이나 변함

없이 제게 왕자님인걸요!"

늅늅!

"켄코!"

늅늅!

"쿠라오 오라버니!"

두 거대생물이 서로 맞부딪쳤고, 거대한 파도에 배가 크게 요동쳤다. 본인들은 그저 끌어안았을 뿐이겠지만 우리에게는 대단한 민폐였다.

"우오오오오, 떨어진다, 떨어져어어어!"

사령선이 낡아서 그런지 각도가 꽤 기울었다. 나는 바다 위를 향해 조금씩 미끄러져 갔다.

"에잇, 이제 됐다! 메어리, 해치워버려라!"

에밀리아는 다시 나를 둘러메고서 허공으로 날아올랐다.

"어, 하지만 모처럼 상봉했는데 물을 끼얹는 건……."

"됐으니까 빠, 빨리해! 난 그대를 둘러메고서 오랫동안 날 수가 없다!"

"아, 그럼, 제가 직접 할게요. 레비테이션."

나는 레비테이션을 쓰면 날 수 있다는 걸 뒤늦게 떠올렸다. 평소에 날아다닐 일이 없다 보니 새까맣게 잊고 있었다.

(평소에 날개를 쓰지 않던 새가 날 수 있다는 걸 깜빡하고서 함정에 빠진 격이라고 할 수 있지.)

나는 마음속으로 변명한 뒤 부유한 상태로 에밀리아에게서 떨어져 저 아래를 내려다봤다. 이제 괴수대난투가 끝나고 오징어들이 는실난실 놀기 시작했다.

"지금 뭐라고들 하고 있죠?"

어쩐지 불쾌한 기분이 들어서 말투가 조금 퉁명스러워졌다.

"켄코, 큐트하고 아주 러블리한 나의 여·동·생. 어머, 쿠라오 오라버니, 무슨 그런 당연한 말씀을♪ 다들 보고 있어요. 부끄러워요."

기가 막힌다는 눈으로 아래를 내려다보던 에밀리아가 짜증 섞인 말투로 저들의 말을 통역해주었다. 그리고 그녀는 이쪽을 향해 대단히 사악한 미소를 내보인 뒤 엄지를 세워 자기 목 앞에서 옆으로 그었다.

"해치워, 메어리."

"라져~! 턴 언데드ㅇㅇㅇㅇ!"

그리하여 나는 눈치코치도 없는 저 두 마리의 세계에 물을 끼얹었다.

전투는 끝났다.

나는 반짝거리는 빛의 입자가 되어 사라져가는 오징어를 내려다봤다. 동시에 남겨진 또 다른 크라켄이 하늘을 향해 다리를 뻗는 모습도 바라보았다.

"아~, 쿠라오 오라버니~. 오라버니~. 당신은 죽지 않아요. 내 마음속에서 영원히 살아 있어요. 사랑하는 오라버니~."

내가 아무 말 없이 크라켄을 가리키자 에밀리아가 감정이 전혀 담기지 않은 투로 통역했다. 동시에 피곤이 몰려들었는지 한숨을 내뱉고 말았다.

나는 두둥실 부유하면서 배로 천천히 돌아갔다. 사령선도 크라켄 좀비의 소멸과 함께 무너져내리고 있었다.

(나 참, 저 크라켄한테 말려든 해적선 사람들도 참 민폐였겠어.)

우리가 갑판에 내려앉자 마치 기다렸다는 듯이 모든 선원이 나와 폭풍처럼 칭송하기 시작했다. 나는 그 열기에 짓눌려 그저 쓴웃음밖에 지을 수가 없었다.

그런 와중에 선원들을 밀쳐내고서 필사적으로 내 곁으로 달려오려는 튜테의 모습이 보였다.

"튜테, 무사해서 다행이야."

"아, 아가씨이이이! 여하튼 이거요오오오오! 어서 이거어어얼!"

근육질 선원들의 육체의 벽에 막혀 좀처럼 앞으로 나아가질 못하는 튜테가 자꾸만 손을 흔들며 나에게 무언가를 건네려고 했다.

"튜테?"

"여하튼 어서 이걸 입으세요. 아가씨이이이!"

전투가 끝났는데도 엄청 다급하게 구는 튜테를 보고 나는 고개를 갸웃거렸다.

"아래요오오오! 아가씨, 아래를 보세요!"

"아래?"

그 말을 듣고 나는 아래를 내려다봤다. 그리고 순간 말문이 막혔다.

옷이 물에 젖어서 속살이 훤히 비치고 있는 것도 모자라 머리며, 얼굴이며, 죄다 헝클어져 있었다.

나는 얼굴을 새빨갛게 붉히고서 털썩 주저앉았다.

"꺄아아아아아악! 보지 마아아아아!"

"오오, 보아라, 메어리! 승리의 일출이도다! 참으로 아름답군!"

나보다도 꼴이 더 처참한 에밀리아가 의기양양하게 나를 일으킨 뒤 뱃머리 쪽으로 달려가려고 했다. 수평선에서 밉살스러울 만큼 아름다운 아침 해가 솟아 나를 비추기 시작했다.

"튜테에에에에! 도와줘어어어어!"

나는 새빨개진 얼굴로 울먹이면서 에밀리아와는 정반대, 즉 내 메이드가 있는 방향으로 달려갔다.

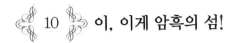

10 이, 이게 암흑의 섬!

사령선 조우 사건으로부터 한나절.

나는 사람이 거의 오지 않는 배 바닥의 창고에 홀로 축 처져 있었다. 혼자라고 말하긴 했지만, 근처에 튜테가 대기하고 있다.

다들 내 마음을 헤아려줬는지 찾으러 오지 않았다. 아주 고맙다.

"아가씨, 이제 곧 섬에 도착한대요. 슬슬 털어내고 부활해주세요."

"싫어……."

나는 벽을 향해 무릎을 감싸고 앉은 채 고개를 무릎에 얹고서 부정했다.

"공작 영애께서 언제까지 침울해하실 거예요? 정신차리세요오오오오오! 자, 밖으로 나가요오오오!"

"싫~다~고오오오!"

몸을 동그랗게 만 나를 튜테가 뒤에서 질질 끌고 나가려고 했다. 그러나 나는 1mm도 꼼짝하지 않았다. 그 창피를 당하고 어떻게 나가란 말인가! 어떤 얼굴로 나가야 할지 전혀 모르겠다. 오히려 시간이 지나면 지날수록 떨쳐내기가 점점 더 어려워졌다.

이윽고 숨이 찼는지 튜테가 어깨를 들썩이며 나를 놓아주었다. 그리고 나는 또다시 거북이처럼 몸을 동그랗게 말았다.

"어쩔 수가 없네요."

포기했는지 튜테가 그렇게 말하고서 선실 쪽으로 올라가버렸다. 그 직후에 어둑하고 조용한 실내에 홀로 남겨지자 나는 불안해 졌다. 나는 미적거리고 어리광을 부린 것을 후회했다. 자세를 풀고서 출입구 쪽을 바라보니 튜테가 곧바로 돌아오고 있었다.

내심 안도하는 한편 어쩐지 민망해져서 다시 무릎을 감싼 채 벽을 쳐다봤다. 소리를 듣고 튜테가 근처에서 멈춘 것을 알았다. 그리고 어디선가 감미로운 향기가 코끝을 간지럽히기 시작했다. 과자라는 걸 알아차린 나는 무심코 코를 킁킁거리고 말았다.

"자~, 자요 ♪ 오세요~, 무섭지 않아요 ♪"

뒤를 힐끔 돌아보자 튜테가 과자를 든 채로 마치 야생동물을 꾀는 듯한 자세를 취하고 있었다.

"내가 무슨 야생동물이냐!"

아주 무례한 취급을 받은 나는 딴죽을 걸고서 튜테에게 다가 갔다. 그러고는 튜테의 손바닥 위에 있던 과자를 낚아채 마치 다람쥐처럼 볼 한가득 먹었다. 나는 참 먹보구나.

"아가씨, 다른 분들께서 걱정하고 계세요. 자, 어서 가시죠."

고양이에게 먹이를 줘서 흐뭇해하는 것 같은 표정을 지은 튜테를 보고서 나는 탄식했다. 뭐, 어쩐지 고집을 풀 계기가 된 것 같은 느낌이 들어서 마음을 고쳐먹기로 했다.

"그렇지……. 마음을 단단히 먹어야겠지. 이제 곧 암흑의 섬에 도착한다지? 암흑의 섬은 그 이름처럼 짙은 구름에 뒤덮여 천둥 번개가 요란하게 치는 무시무시한 분위기가 흐르는 섬이려나?"

"글쎄요? 저도 본 적이 없어서요."

둘이서 암흑의 섬의 광경을 망상하고 있으니 주변이 분주해지기 시작했다. 아마 그 섬이 보이기 시작한 모양이다.

나는 우울했던 마음을 어디론가 던져버리고서 심기일전했다. 그리고 신천지에 간다는 기대감을 품고 갑판으로 향했다.

(자, 어떤 으스스한 아일랜드일까♪)

그리고 나는 '암흑의 섬'의 풍경에 말을 잃고 말았다.

'암흑의 섬'의 이미지를 말로 표현하자면 이렇다.

'쨍쨍 내리쬐는 태양.'

'투명하고 푸르른 바다.'

'빛을 받아 반짝거리는 하얀 해변.'

'아름다운 산호초와 형형색색의 물고기들.'

(이건 그냥 열대 섬이잖아. 리조트 아일랜드라고. 암흑 요소는 어디 있는데?)

"응? 왜 그런 표정인 게냐?"

내가 갑판에 올라 사기를 당한 듯한 기분으로 멍하니 있으니 에밀리아가 의아해하며 다가왔다.

"저게 무슨 암흑의 섬이에요?! 아무리 봐도 저건 열대 파라다이스잖아요!"

나는 무심코 속내를 그대로 내뱉고 말았다.

"그대는 암흑의 섬이라는 이름에 뭘 기대하고 있었나? 애당초 암흑의 섬이라고 이름을 붙인 건 인족이 아니더냐."

"우, 그야, 뭐, 그렇긴 하지만……. 제멋대로 굴어서 죄송합니다."

확인도 안 하고 암흑의 땅이란 말을 믿어버린 건 내 잘못이었으므로 솔직하게 사과했다.

"개의치 마라. 그보다도 우리 섬을 마음껏 즐겨다오."

에밀리아가 생긋 웃고서 다른 사람들 곁으로 갔다. 약간 바보 같은 구석이 있어서 남의 말을 잘 듣지 않기는 하지만, 그릇은 넓은 모양이다. 나는 에밀리아를 지켜보다가 마음을 고쳐먹고는 다시 암흑의 섬이라는 이름의 남국의 섬을 둘러봤다.

전생에서 봤던 하와이나 괌 같은 풍경이었다.

(이거 점점 더 기대되는걸! 남국의 섬, 만세!)

한 시간 뒤.

드디어 고대하던 하선 시간이 찾아왔다.

선원들의 안내를 받으며 우리는 배에서 내려 오랜만에 땅을 밟았다.

예정보다 도착이 꽤 늦어지는 바람에 남국의 하늘은 이미 붉게 물들어 있었다. 나는 아름다운 노을에 무심코 넋을 놓고 쳐다보다가, '암흑의 섬에 오신 걸 환영합니다!'라는 문구가 적힌 현수막이 달린 아치가 눈에 들어오자 또다시 이게 무슨 암흑의 섬이냐는 생각이 들었다.

그나저나 여권 확인이나 입국 심사 같은 건 없는 걸까? 뭐, 있다 해도 어른들에게 맡기면 되겠지.

('여긴 무슨 목적으로 왔습니까?', '관광이요!' 하고 입국심사 관과 대화를 나눠보고 싶었는데. 긴장해서 이상한 소리를 낼지 도 모르니 그만두자.)

나는 마차가 오기를 기다리며 입을 벌리고 우와, 하고 감탄하 며 주변을 두리번거렸다.

어딜 봐도 마족, 마족, 마족.

(이게 외국! 으아, 어쩐지 긴장되네.)

"오는 길에 차질이 좀 있었다만, 모두 무사히 도착한 것 같군. 우선은 마차를 타고 요 근방에 있는 내 별장으로 가자꾸나."

절차를 끝마치고 돌아온 에밀리아가 우리를 다시 에스코트해 주었다. 나는 그때야 여기에 관광하러 온 게 아니라 공주님을 구한 감사 인사로 초대를 받아 왔다는 걸 떠올렸다.

"어라? 왕도에 가는 게 아닌가요?"

"그러기엔 너무 늦게 도착해버렸다. 지금 가봐야 한밤중에나 도착할 테니 관광은 내일부터 하자."

초대자가 먼저 관광이라는 말을 꺼내다니, 역시 누굴 구했느 니 하는 건 우릴 부르기 위한 구실 만들기였나 보다. 나는 깊이 생각하지 않기로 했다.

(에밀리아 공주님이잖아……. 응, 그냥 그렇게 받아들이는 게 좋겠어.)

"그런데 갑자기 일정을 변경하다니……. 어른들이 일정을 조정하느라 분주히 돌아다녔을 것 같네요."

"하하하, 그대가 신경 쓸 일은 없다. 이 항구 도시는 꽤 괜찮은 곳이니. 오래 있진 못하겠지만 마음껏 즐기도록 해라!"

내가 어이없다는 눈으로 허리에 손을 댄 채 말하자 에밀리아가 껄껄 웃었다.

"그렇구나. 이렇게 예쁜 해변이 있는 줄 알았다면 수영복을 만들어올 걸 그랬네."

나는 꿈같은 남국 해변을 망상하다가 어깨를 축 늘어뜨렸다.

"수영복? 아아, 물에 들어가도 속살이 비치지 않는 옷 말인가? 그거라면 근처에서 팔고 있을 거다. 사 오라고 할까?"

"어? 진짜! 아싸아아아! 이런 멋진 해변에서 해수욕을 할 수 있다니 암흑의 섬 최고야!"

나는 무심코 그녀의 손을 쥐고서 환호했다.

"으, 으음……. 뭐, 그것도 일단 별장에 도착하고 나서 하기로 하자꾸나."

천하의 에밀리아가 움츠러들 만큼 흥분하기 시작했지만 나는 신경 쓰지 않았다. 이건 신께서 열심히 노력한 대가로 상을 내려주신 게 틀림없다. 나는 멋대로 하늘을 향해 감사 인사를 올렸다.

그러다 문득 돌아보니 사람들이 다들 의외라는 표정을 하고 있었다.

"다들, 왜 그래?"

"잠깐 사이에 두 분의 사이가 좋아진 것 같아서요. 대체 무슨 일이 있었던 거죠?"

마기루카의 질문에 나는 또다시 한숨을 내뱉었다.

"훗……. 그야 그만한 일을 겪으면 말이지……."

나는 시원스러운 표정으로 에밀리아를 쳐다본 뒤 그녀의 손을 풀고서 하늘을 올려다봤다.

"그런 거야."

"잠깐, 뭐가 그렇다는 거냐! 얼버무리지 마라!"

나 혼자서 납득하자 에밀리아가 딴죽을 걸었다. 하지만 난 더 이 이야기를 할 생각이 없었다.

"자자, 그보다도 마차에 타자, 어서 타자!"

나는 마기루카와 사피나의 손을 쥐고 끌면서 억지로 화제를 돌렸다.

"으아! 신경 쓰이지 않느냐아아아!"

에밀리아가 우리의 뒤를 황급히 쫓아가자 왕자님과 자하가 쓴 웃음을 지으며 서로를 쳐다봤다. 그러나 못 본 척하자.

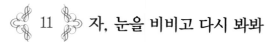

11 자, 눈을 비비고 다시 봐봐

주변이 어둑해졌을 무렵 우리는 도시에서 조금 벗어난 곳에 자리한 별장에 도착했다. 역시 이 나라의 공주답게 부지 면적이 압권이었다.

현관 앞에서 멈춘 마차에서 내리자 대기하고 있던 여러 메이드가 일제히 환영 인사를 했다.

곧 메이드 하나가 에밀리아에게 다가왔는데, 나는 무심코 그 메이드를 유심히 바라보고 말았다. 특이하게도 그녀는 머리에 뿔이 아니라 복슬복슬한 귀가 달려 있었다. 치마 밖으로는 기다랗고 복슬복슬한 꼬리까지 나 있다.

아무리 봐도 수인이었다. 고양이 수인이다.

레리렉스 왕국은 인족과 교류가 적은 대신 아인족, 즉 수인이나 엘프, 드워프 등과 교류가 많다고 배웠다. 하지만 설마 여기서 고양이 귀 메이드와 마주칠 줄이야.

(우캬아아아아! 고양이 귀이이이! 진짜 고양이 귀야아아아!)

나는 속으로 소리를 지르며 그녀를 열심히 관찰했다. 그 귀와 꼬리를 만지고 싶어서 손이 근질거렸다.

"아가씨……. 먹잇감을 노리는 맹수의 눈빛은 거둬주세요."

뒤에 대기하고 있던 튜테가 지적하자 근질거렸던 몸이 조금 가라앉았다.

"무, 무례하기는! 누가 맹수라는 거야?"

나는 튜테에게 다가가 나직이 항의했다.

"늦었다. 준비는?"

"예, 문제없습니다."

에밀리아가 고양이 귀 아가씨에게 말을 걸자 그녀가 우아하게 인사하고서 대답했다. 나는 튜테와의 대화를 중단하고서 그녀의 말을 들었다. 그리고 조금 실망했다.

"큭, 아쉬워! 말꼬리에 냥을 붙였다면 완벽했을 텐데."

"다 들려요, 아가씨. 그런 건 마음속으로만 생각하세요."

입 밖으로 무심코 목소리가 새어 나오자 곧바로 튜테가 지적했다. 나는 손으로 입을 막고서 누가 듣지 않았는지 주변을 살폈다. 다행히도 아무도 듣지 못한 것 같았다.

그러다가 고양이 귀 메이드와 눈을 마주쳤는데, 그녀의 귀가 실룩실룩 움직였다. 그리고 무슨 영문인지 방긋 웃었다.

(드, 들은 건 아니겠지? 내가 중얼거린 말을.)

나는 살짝 어색한 웃음으로 화답한 뒤 그녀에게서 시선을 돌렸다.

"소개하지. 내 메이드를 통솔하는 스피아다. 젊어 보이겠지만 꽤 오랫동안 알고 지낸 사이다. 다들 뭔가 필요한 게 있으면 마음껏 그녀를 부르도록."

내가 보기에는 이제 20대 초반쯤 될 거 같은데, 눈빛에 힘이 담겨있는 게 유능한 언니처럼 보였다. 고양이 귀의 귀여움이 모든 걸 덮어버렸지만.

참고로 수인도 인간보다 수명이 길다. 마족이나 엘프에 비할
정도는 아니지만, 그래도 사람보다는 오래 산다. 노화도 느려서
오래오래 젊다고 하니 부럽기 그지없다.

"스피아입니다. 이번에 이 응석받이 말괄량이 공주님의 어리
광을……, 그르르르르!"

우아하게 인사하고서 자기소개를 하던 스피아가 갑자기 이상
한 소리를 질렀다. 고양이가 소리 높여 그르렁거리는 듯한, 뭐
라 표현하기 모호한 소리였다. 자세히 보니 나란히 서 있는 에
밀리아가 손으로 스피아의 꼬리를 감싸고서 수상쩍게 쥐었다가
펴고 있었다.

"내가 뭐 어쨌다고?"

"아뇨, 아무것도 아닙니다. 다만 공주님한테 휘둘린 여러분께
위로의 말씀을……, 그르르르르!"

다시 괴성을 지르는 스피아. 에밀리아가 아까보다 더 세게 꼬
리를 쥐는 모습이 보였다.

"공주님! 꼬, 꼬리는 민감하니 함부로 만지지 말아 달라고 그
토록 부탁했지 않습니까!"

"그대가 무례한 소리를 하려고 해서 그러잖나."

"무례한 건 공주님 쪽이 아닙니까! 이분들에게 민폐가 되는
줄도 모르고 멋대로 초청…… 어이쿠."

에밀리아의 손아귀에서 꼬리를 되찾자마자 스피아가 노려보며

항의했으나 에밀리아가 다시 꼬리를 잡으려 하자 스피아가 재빨리 물러섰다. 어찌나 능숙한지 고양이처럼 우아하게 빠져나가는 게 아무래도 이런 일이 자주 있는 모양이다. 이미 별일 아니라는 듯 보고 있는 사람들의 표정만 봐도 알 수 있다.

(으음…… 마족 사회는 우리보다 좀 느슨한가 봐.)

나는 이 광경이 조금 부럽게 느껴졌다. 내가 무심코 튜테를 곁눈질하자 튜테는 내 시선을 알아차리고서 쓴웃음 지었다.

"큭, 겁도 없이 까불다니. 뭐, 좋다. 손님들을 방으로 안내하고 저녁을 내오거라."

"알겠습니다. 그럼 여러분, 이쪽으로."

에밀리아가 고개를 홱 돌렸고, 우리는 스피아를 따라서 걷기 시작했다.

"여러분을 위해 개인실을 준비했습니다냥. 부디 여독을 푸시길 바라겠습니다냥. 저녁이 준비되면 따로 안내해드리겠습니다냥."

(으응……?)

에밀리아에게서 멀어지자 스피아의 말투가 조금 이상해졌다. 다른 사람들은 고개를 갸웃거렸으나 그게 무슨 의미인지를 아는 나는 홀로 얼굴이 창백해졌다.

"어떻습니까냥?"

스피아가 내 변화를 눈치채고서 웃으며 물었다.

"저, 저기, 그건…….."

"예. 말꼬리에 냥을 붙이는 게 더 좋겠다는 소리를 언뜻 들어서 실행해봤습니다냥. 어떻습니까냥? 마음에 드십니까냥?"

고양이 귀 메이드가 활짝 웃으며 대답했다. 시간이 지날수록 냥 말투가 능숙해지고 있었다. 무시무시한 적응력이다.

(다 들었잖아아아아!)

내가 홀로 머리를 싸쥐고서 몸부림치고 있으니 다들 '또 너냐?' 하고 말하는 듯한 얼굴로 쳐다봤다. 마치 아까 에밀리아와 소피아의 대화를 듣고 있던 다른 메이드들처럼. 아아, 아주 창피하다. 남의 허물을 보고서 나의 허물을 고치라는 말은 바로 이런 상황을 두고 말하는 건가?

"죄송합니다. 평범하게 해주세요."

나는 바로 발언을 정정했다.

"그렇습니까? 생각보다 입에 착 감기는 게 마음에 들었는데, 아쉽군요."

스피아가 원래대로 되돌아오자 나는 안도하면서 방으로 안내받았다.

일단 방에서 튜테와 함께 쉬고 있으니 스피아가 저녁 준비가 끝났다며 우릴 부르러 왔다. 저녁은 학생들만 모이고 어른들은 참가하지 않는다. 뭐, 저택에 들어왔으니 위험할 일은 없겠지.

나는 낙관적으로 생각하면서 스피아를 따라갔다.

복도를 지나 커다란 쌍여닫이문 앞에 도착하자 기다렸다는 듯이 에밀리아가 다가왔다.

"크크크. 다 모인 모양이구나. 그럼 만찬회를 시작해볼까! 모두 눈을 크게 뜨고 잘 봐라."

에밀리아는 자신만만하게 웃고서 사용인들에게 문을 열라고 지시했다. 문 너머에는 커다란 홀이 있었다. 휘황찬란한 샹들리에, 아름다운 식기, 탁자와 의자 등이 보였다.

"레리렉스 왕국에 온 것을 환영한다!"

내가 감탄의 소리를 내기도 전에 홀 안에서 댄디한 목소리가 들려왔다. 목소리의 주인을 찾아보니 홀 중앙에 사람 하나가 서 있었다.

이상한 포즈를 취하고서…….

무슨 상황인지 이해하지 못한 나는 그 자리에 서서 멍하니 보고만 있었다.

우리를 맞이한 댄디한 목소리의 중년 아저씨는 머리에 멋진 뿔이 달려 있었는데, 그 뿔 사이에서 왕관이 반짝이고 있었다. 어깨에는 끝에 털이 달린 호화로운 진홍색 망토를 감고 있었으며 망토 아래로 햇볕에 그을린 갈색 피부가─.

──피부! 그렇다. 남자는 달랑 팬티 한 장에 망토만 걸친, 변태였다.

자랑하듯 내보이는 갈색 근육은 오일을 발라놨는지 윤기마저 흐르고 있었다.

(저거, 보디빌더가 근육을 보여줄 때 쓰는 포즈였지 아마? 이쪽 세계에도 있었구나.)

우리가 죽은 눈빛으로 근육남을 보고 있자 우리가 홀에 들어가기도 전에 에밀리아가 문을 다시 닫아버렸다.

"아니다! 내가 보여주고 싶었던 건 저런 게 아니란 말이다! 멋진 홀과 진수성찬을 보여주려고 했건만, 예상 밖의 추태를 보이다니. 미안하지만, 잠시만 기다려다오. 저 근육 바보를 치워버리고 오마."

"근육 바보라니……. 우리 딸이 그렇게 칭찬을 해주니, 후훗, 역시 부끄럽군."

에밀리아가 문을 뒤에 두고서 우리에게 필사적으로 변명하고 있자니 에밀리아가 닫은 문을 열고 아까 그 근육남이 얼굴만 내민 채 그런 소리를 했다. 가까이에서 보니 얼굴에도 오일을 발라놨는지 매끈매끈했다.

(과연, 이게 에밀리아의 아버지…… 레리렉스의 마왕님이란 거군.)

황당한 사실을 깨달은 나는 부끄러워하는 덩치 아저씨를 그저 올려다보기만 했다.

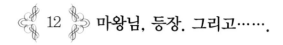

12 마왕님, 등장. 그리고…….

"아, 아바마마. 왜 여기 있지? 왕도에 있어야 하는 게 아닌가? 애초에 여긴 어떻게 알고 온 건가? 모든 걸 비밀리에 진행했건만……."

에밀리아가 믿기지 않는다는 얼굴로 허둥지둥 말했다.

(비공식이라더니만 왕에게도 비밀이었냐!)

"무르구나, 에밀리아. 내게 숨길 수 있는 일 따윈 없다. 이 근육이 있는 한!"

마왕님이 다시 묘한 포즈를 취하며 대답했다. 무심코 '그럴 리가 없잖아!' 하고 딴죽을 걸 뻔했지만 입술을 꾹 깨물어 삼켰다.

"여, 역시 아바마마."

아무래도 에밀리아는 이 말도 안 되는 소릴 믿은 모양이다. 나는 나도 모르게 에밀리아에게 연민의 시선을 보내고 말았다. 주변을 보니 다들 똑같은 표정을 짓고 있었다. 아마 다 같은 생각을 하고 있겠지. 딱 한 사람, 소르오스의 클래스 마스터님은 에밀리아처럼 경악하고 있었지만.

"크흠, 에밀리아 공주."

더는 볼 수 없었는지 왕자님이 헛기침으로 에밀리아를 재촉했다.

"아아, 미안하다. 너무 갑작스러워서……. 이쪽은 내 아버지이자 레리렉스 왕국의 마왕, '부람 레리렉스'이니라."

"후흡, 딱딱한 격식은 거두도록. 흡, 환영한다."

기껏 마왕님의 소개를 받았는데, 정작 마왕님이 말을 할 때마다 자꾸 근육 포즈를 취하는 바람에 뭐라고 하는지 머릿속에 들어오질 않았다. 다들 충격에 빠져 멍하니 서 있기만 했다. 한 사람은 눈동자를 반짝거렸지만…….

"자, 이런 데 서서 얘기를 할 수는 없으니 방으로 들어가지. 환영의 뜻으로 이 근육을 실컷……."

"오호, 이런 곳에 있었나."

우리가 마왕님을 어쩌지 못해 전전긍긍하고 있을 때 등 뒤에서 뼛속까지 싸늘해질 것 같은 차가운 목소리가 들렸다. 그러자 방금까지만 해도 웃으며 포즈를 취하던 마왕님이 잔뜩 굳은 얼굴로 움직임을 멈췄다. 에밀리아도 함께.

우리가 천천히 뒤를 돌아보자 어느샌가 처음 보는 여성이 서 있었다.

발치까지 닿을 것 같은 긴 생머리는 흑자색에서 끝으로 갈수록 복숭아색으로 바뀌는 투톤컬러였다. 몸에 딱 붙는 드레스는 요염한 몸매를 한껏 드러내고 있었으며, 온몸에서 강력한 아우라가 느껴지는 게, 어디의 팬티 왕과는 비교도 안 되는 박력을 뿜어내고 있었다.

"누, 누, 누님, 여긴 어떻게 알고……. 내가 왕도를 빠져나온 건 아무도 몰랐을 텐데……."

마왕님이 에밀리아가 했던 말과 비슷한 말을 했다. 얼마나 긴장했는지 땀까지 뚝뚝 흘리고 있었다.

"모르구나. 어리석은 동생아. 넌 내게 무언가를 숨기기엔 천만 년은 이르다."

다시 시작된 영문 모를 대화에 우리는 또 멍하니 바라보고만 있었다. 어쩐지 아까부터 그냥 계속 서 있기만 한 것 같은데…….

"그보다, 멋대로 굴어서 내 귀여운 '벨'을 곤혹스럽게 만든 것도 모자라 손님 앞에서 이런 추태를 보이다니……."

그녀가 한걸음 다가올 때마다 기온이 뚝뚝 떨어지는 것만 같았다. 처음에는 그냥 기분 탓이겠거니 했는데, 그녀가 발을 내디딜 때마다 바닥이 얼어붙고 있었다.

마왕님과 에밀리아는 식은땀도 모자라 다리까지 떨기 시작했다. 나는 이제 실은 이쪽이 진짜 마왕이었습니다 라고 해도 의심하지 않을 거다.

여성은 우리 앞에 이르자 차디찬 아우라를 순간 풀고서 우아한 숙녀의 예를 올렸다.

"여러분, 처음 뵙겠습니다. '엘리자베스'라고 합니다. 레이포스 전하와 일행께 흉한 꼴을 보여드려서 면목 없습니다. 금방 정리하겠으니 잠시만 홀에서 기다려주십시오."

그녀는 말을 마치자마자 다시 차디찬 아우라를 뿜어냈다. 우리는 아무 말도 없이 얌전히 스피아를 따라 홀 안으로 향했다. 거역할 생각은 들지도 않았다.

'엘리자베스'. 레리렉스 왕국의 모든 외교를 담당하고 있으며, 인족 사이에서 '빙혈의 마녀'라 불리는 유명한 마족이다. 수업에서 이야기를 듣기는 했지만 설마 레리렉스에 오자마자 마주칠 줄이야.

엘리자베스는 마왕보다도 인족과 만날 일이 많기에, 인족 사이에서는 마왕보다도 더 잘 알려져 있다. 참고로 그녀가 말한 '벨'은 벨토치카—— 레리렉스 왕국의 왕비님을 말한다.

"그, 그럼 나도 이만……. 아바마마, 백모님, 안녕히…….".

우리를 뒤따라 에밀리아도 떠나려고 했는데 누군가가 그 머리를 움켜쥐었다.

"너도다, 에밀리아. 이리샤 님께 이미 모두 들었다. 내가 자리를 비운 틈을 타 아주 천둥벌거숭이처럼 제멋대로 날뛴 모양이더구나."

"아, 아니, 그저 난……으아아아아아아아——!"

에밀리아의 비명이 울리기 시작하자 메이드들이 들을 필요 없다는 듯 문을 닫아버렸다.

이윽고 누군가의 비명과 자비를 구하는 목소리가 멀어지기 시작했지만, 문 너머에서 무슨 일이 일어나고 있을지 상상하고 싶지 않았던 나는 애써 문을 외면했다.

얼마 지나지 않아 에밀리아가 잔뜩 침울해진 표정으로 돌아왔다. 마왕님은 이미 엘리자베스 님에게 붙잡혀 왕도로 끌려갔다는 모양이다.

(나 참, 대체 뭘 하러 온 거람…….)

그리하여 기가 막힌 식전 행사가 끝나고 이제야 입식 파티가 시작되었다.

"아~, 끝났다~……. 내 자유는 이제 종말을 맞이했도다…….이제부터 새장 속 새처럼 갇히게 되겠구나~……. 그 무시무시한 백모님한테 감시당하는 나날이……."

떠들썩해야 할 만찬회 도중에 벽 쪽에 놓인 의자에 다리를 옆으로 모아 앉고는 벽에 머리를 기대고서 깊은 애수에 젖은 에밀리아. 옷 군데군데가 아직도 얼어있는 광경을 보니 할 말이 없었다.

평소에는 활기찬 아이가 침울해하면 무언가를 해주고 싶은 것이 인지상정. 한 마디 격려해주는 게 좋지 않을까?

"공주 전하…… 그렇게 비관적으로 생각하실 필요는……."

"뭐, 그건 제쳐두고 만찬회를 즐기도록 하자꾸나. 다들 먹고 마시자!"

"전환이 너무 빨라!"

에밀리아에게 말을 걸자 그녀는 천연덕스럽게 일어나 요리를 반짝이는 눈동자로 쳐다봤다. 그녀가 너무나도 기분전환이 빨라서 나는 장소도 생각지 않고 무심코 딴죽을 걸었다.

"아~ 그리고 새삼스럽긴 하지만, 백모님께서 꼭 인사하라고 다짐을 받으시는 바람에……. 뭐, 이번에 사건을 멋지게 해결해 줬다. 감사하다."

정말로 새삼스럽긴 하지만, 여기까지 온 이유가 이 감사 인사였다. 우리는 서로를 보고 쓴웃음을 지었다.

"좋았어, 할 일은 다 했도다! 다들 먹고 마시자아아아! 와하하!"

"상스럽게 웃지 마라, 에밀리아."

에밀리아가 또다시 얼어붙었다.

"어, 어째서 백모님이 이곳에……. 아, 아바마마와 함께 돌아간 게……."

"오호, 내가 여기에 있으면 안 되는 이유가 있나 보군?"

"아, 아뇨……. 그렇지 않습니다……도다."

에밀리아가 굳은 채로 이상한 존댓말을 쓰자 엘리자베스 님이 날카로운 눈으로 쩨려봤다. 뭐랄까, 눈이 빨갛게 빛나는 것 같았다. 그냥 기분 탓이라고 생각하고 싶다.

(내가 다 무섭네. 그야말로 여왕님의 관록이랄까? 여왕은 아니지만.)

그 뒤에 엘리자베스 님이 계신 덕분에 만찬회는 문제없이 진행되었다. 나도 맛있는 요리를 즐길 수 있었다.

마족의 식문화에 약간 흥미가 있었지만, 막상 뚜껑을 열어보니 평범했다. 남국답게(?) 해산물이 주류인 것 빼고는 평범했다.

(곤충이나 엽기 요리가 아니라서 다행이네.)

나는 안심하고 요리를 즐기다가 문득 깨달았다.

엘리자베스 님이 자꾸 묘한 행동을 하고 계셨다.

위엄이 넘치는 자태로 어른들과 담소를 나누다가도 틈이 날 때마다 우리 곁으로 와서 신경을 써주었다. 뭐, 손님을 상대하는 게 이상한 건 아니지만, 틈만 나면 집요할 정도로 다가왔다.

특히 긴장해서 작은 동물처럼 웅크리고 있는 귀여운 사피나에게 관심을 보이고 계셨다.

(저렇게 무서워 보이는 언니도 사실은…….)

"의외로 엘리자베스 님은 작고 앙증맞은 것이나 뭉클뭉클한 걸 좋아하는 게 아닐까?"

나는 어리석게도 무심코 생각을 입 밖으로 내고 말았다. 본인 앞에서.

왕자님과 마기루카가 '어?' 표정으로 쳐다보자 나는 아차, 하고 입을 막았다.

조심스럽게 엘리자베스 님을 곁눈질하니 손이 그대로 멈춰계셨다.

"어라~ 어라~? 왜 그러시나, 백모님? 백모님이 굳어버린 모습은 오랜만에 보는데~? 혹시 정곡을 찔렸나? 빙혈의 마녀라 불리는 주제에 귀여운 걸 아~주 좋아하는 소녀 감성을 가지고 있다니! 혹시 방 안에 귀여운 인형들이 쭉 늘어서 있고, 하늘하늘한 장식이 달려 있다던가?"

가만히 있었으면 좋았으련만, 에밀리아는 잔뜩 신나서 엘리자

베스 님을 도발했다.

"닥쳐."

엘리자베스 님의 싸늘한 말과 함께 에밀리아의 얼굴에 아이언 클로가 날아들었다.

"아다다다다다다, 정곡을 찔렸다. 정곡이 맞도다! 우하하하하! 백모님과 인형이라니, 공포의 조합이구나. 으아아아아아아악."

이참에 오래도록 쌓인 원한을 풀 작정인지, 에밀리아는 얼굴을 붙잡히고도 도발을 멈추지 않았다. 엘리자베스 님은 그녀를 질질 끌고서 그대로 근처 문으로 향했다. 메이드들이 문을 열자 에밀리아를 밖으로 홱 던져버렸다. 그리고 마지막으로 엘리자베스 님은 문 앞에 서서는 에밀리아가 있는 방향으로 블리자드 같은 빙결 마법을 날렸다.

"우갸아아아아아, 그마아아아안! 빌어먹을, 백모니이이임, 실력행사를 하다니 비겁하도다아아아아!"

(역시 마족. 아무리 인간보다 튼튼하다지만, 고작 입을 다물게 하려고 저토록 강력한 마법을 쓰다니…….)

에밀리아의 절규가 끝나기도 전에 메이드들이 무심하게 문을 닫아버렸다. 일단 저래 봬도 공주님인데 저 대우를 보니 헛웃음밖에 나오지 않았다.

엘리자베스 님이 마치 아무 일도 없었다는 듯이 태연한 얼굴로 우리 곁으로 돌아왔다.

"못 들었어요. 미안하군요. 뭐라고 했나요?"

"히익, 아, 아무 말도!"

내 앞에 선 엘리자베스 님이 진심으로 무서워서 나는 목소리를 뒤집은 채 고개를 연신 가로젓기만 했다. 어차피 다른 대답따윈 없다.

"……잠깐 본 것만으로 본질을 꿰뚫다니, 첩자를 찾아낸 것도 너였다지? 흥미롭군."

엘리자베스 님은 내 귀에만 들리도록 나직이 말하며 입에 손을 대고서 웃음을 지었다.

(아니아니아니, 그냥 전생에서 봤던 캐릭터 중에 그런 설정이 있었을 뿐인데! 꿰뚫은 것도, 확신도 아닌데! 날 높게 사지 말아줘! 무서워, 먹잇감을 발견한 사디스트 여왕님 같아서 무지 무서워어어어!!)

모두가 에밀리아가 사라진 문 쪽을 보고 아연실색하는 와중에 나 홀로 다른 의미로 얼굴이 창백해졌다. 입은 재앙의 근원이라는 게 이런 걸까?

13 바다다아아아!

이튿날 아침.

"다들 많이 기다렸나!"

다 함께 아침을 먹고 있자니 에밀리아가 문을 힘껏 열고서 나타났다.

(아침부터 활기가 넘치네. 나 참…….)

나는 반쯤 어이없어하며 아침으로 나온 디저트를 엄숙하게 먹었다.

"에밀리아 공주, 아침부터 무슨 일입니까?"

또 이상한 일에 휘말릴까 걱정됐는지, 왕자님이 먼저 이야기를 꺼내자 에밀리아가 눈동자를 반짝이며 다가왔다.

"메어리가 말한 수영복인가 하는 거랑 최대한 비슷하게 생긴 것들을 가져왔다! 자, 마음에 드는 걸 고르도록!"

"어, 진짜로?! 신난다~!"

에밀리아의 깜짝 선물에 나는 무심코 소리치고 말았다. 조금 경박했나 싶은 생각이 들기도 했지만 나는 그보다 수영복이 더 궁금했다.

"수영복……이요? 모처럼 공주 전하께서 마련해주셨으니 방으로 돌아가서 보도록 하죠."

소리부터 지른 나와 달리 우아하게 입가를 훔치던 마기루카의 말에 다들 자리에서 일어나기 시작했다. 나는 조금 부족한 느낌이 들었지만, 자칫 먹보라는 오해를 살까 봐 황급히 일어서서 뒤를 따라갔다.

메이드의 안내를 따라 들어간 방에는 여러 종류의 옷이 있었다. 물론 남성들은 다른 방에 있다.

"저기, 메어리 님이 상상했던 수영복이란 건 대체 뭔가요?"

마기루카가 불안한 표정으로 옷들을 힐끔힐끔 쳐다보면서 말했다. 옷이라고 가져다 놓은 게 하나같이 얇다고 할까, 작다고 할까, 속옷 같은 것들뿐이니 그럴 법도 했지만. 이 세계 사람들 사이에선 아직 비키니나 하이레그 형 수영복을 입는 사람은 없을 거다. 마족은 어떨지 모르겠다만······.

"메어리가 아주 재미있는 의견을 줘서 말이다. 이런 걸 수영복이랍시고 입다니. 나도 상상조차 못 했다."

에밀리아가 옷들을 바라보며 고개를 끄덕이다가 문득 무언가가 생각났는지 이쪽을 쳐다봤다.

"허나 그대가 마기루카한테 잘 어울릴 것 같다고 그려서 보여 줬던 녀석은 찾지 못했다. 아예 처음부터 제작해야 할 것 같더구나."

그녀가 내가 그린 그림을 보여주며 말했다. 뭘 감추겠는가. 수영복 이야기가 나왔을 때 에밀리아가 그게 무엇이냐고 묻기에 지구에서 봤던 수영복을 그려서 보여줬다. 여기까진 상관없는데, 문제는 그때 무심코 마기루카가 입으면 어울리지 않을까 하고 터무니없는 녀석을 하나 그렸다는 점이다. 나는 온몸의 핏기가 싹 가시는 기분이 들었다.

"아, 이런! 그건 장난이라고요! 처분하라고 말했잖아요!"

"오호~, 메어리 님이요?"

나는 그림을 황급히 뒤로 감추려고 했지만, 호기심에 끌린 마기루카가 내 뒤에서 그 그림을 들여다봤고, 그대로 굳어버렸다.

이른바 마이크로 비키니라는 녀석을…….

마기루카는 그걸 입은 모습을 상상했는지 얼굴이 서서히 붉어지더니 이윽고 얼굴이 시뻘겋게 달아오르자 나를 날카롭게 째려봤다. 나는 고개를 홱 돌려서 시선을 회피했다.

"메, 메어리 님이 내, 내게 이런 파렴치한 물건을 이, 입히려고 해, 해, 해, 했다니!"

"지, 진정해, 마기루카. 장난이야 장난. 네게 이런 걸 입힐 리가 없잖아."

얼굴이 새빨개진 채로 울먹이는 마기루카가 항의하면서 다가오자 나는 뒤로 물러나면서 해명했다.

"뭐냐? 안 입을 거냐? 기껏 제작하라고 지시해뒀건만. 그럼 완성되면 메어리가 입어야겠구나. 끈이니까 사이즈도 쉽게 조절할 수 있을 테고."

에밀리아가 마이크로 비키니가 그려진 그림이 내 눈앞에서 펄럭이며 황당한 소리를 했다. 나는 무심코 그걸 입은 자신을 상

상하고 말았다.

(그런 걸 입었다가는 부끄러워 죽어버릴 거야!)

"죄송합니다, 미안합니다! 그것만은 제발!"

나는 당장에라도 넙죽절을 할 것 같은 기세로 열심히 고개를 조아리며 사과했다.

쨍쨍 내리쬐는 햇빛에 눈부실 만큼 빛나는 하얀 해변. 화창한 하늘이 비칠 것처럼 맑게 반짝이는 푸르른 바다. 바위에 둘러싸인, 우리밖에 없는 조용한 장소.

이른바 프라이빗 비치다.

나는 아름다운 해변에 우뚝 서서 크게 심호흡을 하고는 수평선을 향해 그 말을 외쳤다.

"바다다아아아아아아아!"

"그렇군요."

"바다네요."

"느닷없이 왜 그래? 메어리 님. 혹시 미쳤어?"

"너무 그러지들 마."

나는 뒤에서 제멋대로 말하는 친구의 말을 무시했다. 참고로 마기루카, 사피나, 자하, 왕자님 순으로 말했다.

(어쩔 수 없잖아. 꼭 이걸 해보고 싶었는걸.)

지금 우리는 내가 아는 수영복과 흡사한 옷을 입고 있다. 해변이 가까워서인지, 마족의 센스가 지구와 비슷해서 그런지는 모르겠지만, 세퍼레이트 수영복과 비슷한 셔츠와 브래지어, 숏팬츠가 있었기에 그걸 고쳐서 입었다. 나와 마기루카는 파레오처럼 치마형이고, 사피나는 원피스형이다.

나는 튜테에게 수영복을 입고 함께 수영하자고 권했지만, 그녀는 바라만 보아도 포상이라는 알 수 없는 이유를 대며 현재 우리 뒤에서 대기하고 있다.

에밀리아는 내가 그린 수영복이 아주 마음에 들었는지 이걸 현실로 만들고자 열심히 움직이고 있는 것 같았다. 스스로 그려놓고 이런 말을 하기에는 뭐하지만, 이래도 괜찮을까? 과격한 결과물이 나오지 않으면 좋으련만…….

남자들은 딱히 고집하는 디자인이 없는지 내가 제안한 대로 허리끈이 달린, 넉넉한 반바지를 입었다. 위에는 반소매 셔츠만 걸쳐 입었다.

"세 사람 모두 아주 잘 어울리네. 눈을 어디에다 둬야 할지 조금 곤혹스러울 정도야."

왕자님이 시원스럽게 웃으며 자연스럽게 칭찬해주었다. 자하도 눈 둘 곳을 모르겠는지 안절부절못하고 있었다. 무덤덤할 것 같던 자하가 의외의 반응을 보인지라 살짝 보여주면서 골려주고 싶은 생각이 들었지만, 그러다가 뚫어지게 쳐다보기라도 하면 저도 모르게 그 눈을 찔러버릴 것 같으니 관두었다. 그러다가 찔리면 나는 어쨌든 자하는 억울할 테니.

"자, 헤엄치자! 아, 그전에 준비운동을 해야지."

혼자 신이 난 나는 혼자서 스트레칭을 하기 시작했다.

"헤엄? 메어리 님, 수영할 줄 알아요?"

들뜬 마음으로 체조를 하는 내 뒤에서 마기루카가 말을 걸었다. 나는 체조를 뚝 멈췄다. 그리고 그대로 해변에 무릎을 꿇었다.

(그러고 보니 나…… 수영해본 적이 없잖아? 이 몸이 되고 나서도 연습조차 안 했다고…….)

크롤이나 평형은 대충 알고 있긴 하지만 직접 해볼 자신은 없었다. 더욱이 바닷속에서 힘 조절이 될지 어떨지도 알 수 없다. 자칫 팔다리를 마구 휘저었다가 주변에 무슨 일이 벌어질지…….. 여하튼 예행연습도 없이 물속에 들어가는 건 피하고 싶었다.

(아아아, 이럴 줄 알았다면 미리 연습해둘걸!)

물론 여기서 해수욕을 즐길 수 있을 줄은 상상도 못 했으니, '이럴 줄 알았다면~' 자체가 어불성설이지만.

"헤엄칠 줄 아는 사람은 거수."

혹시나 해서 기대를 담아 물어보았지만 다들 서로의 얼굴만 쳐다볼 뿐 손을 든 사람은 없었다.

어쩔 수 없군.

일단은 헤엄은 치지 말고 물에 몸만 담그기로 했다.

"도오~올겨~어어어억♪"

나는 약속한 것처럼 해변을 뛰어가 그대로 바다에 들어갔다.

그러고는 첨벙첨벙 물을 가르며 달렸다.

"아하하하, 으앗!"

수심이 무릎 높이밖에 되지 않기에 완전히 마음을 놓고 있던 나는 그만 모래에 발이 빠지는 바람에 그대로 바다에 다이빙을 해버렸다.

"괜찮으세요? 메어리 님!"

사피나의 목소리에 고개를 돌렸다가 나는 가슴이 철렁했다. 나는 아무 생각 없이 바다를 뛰어다녔는데, 사피나는 물을 가르며 뛰어오느라 제 속도를 내지 못하고 있었다. 나 혼자 달리다 넘어졌으니 망정이지, 누구랑 같이 있었으면 의심을 살 뻔했다.

(위험해, 위험해. 물 저항력을 잊고 너무 힘껏 달렸어. 흠흠, 저렇게 느리게. 힘을 더 빼야겠어. 나는 평범한 아이, 평범한 아이야.)

나는 사피나를 보고 냉정하게 분석했다. 나는 학습하는 아이다.

"나 참, 너무 덤벙거리네요. 메어리 님."

마기루카가 어이없다는 표정을 지으며 다가왔다.

"아하하, 미안, 미안. 바다가 처음이다 보니 무심코…………."

나는 사과하면서 일어나다가 지금껏 애써 외면해왔던, 마기루카의 숭고한 부위를 코앞에서 보고야 말았다.

"………….."

"왜 그래요?"

"젠자아아앙! 볼 때마다 부러워. 젠장!"

나는 바닷물을 떠서 마기루카에게 냅다 끼얹었다.

"푸학!"

그런데 생각보다 힘을 많이 넣었는지 '촤악', '꺄아, 차가워. 아이참~, 한 번 해보자 이거죠?' 같은 달콤한 전개가 아니라, '쏴아아아아!' 하고 양동이를 들이붓는 소리가 나더니 마기루카가 밀려나면서 엉덩방아를 찧었다.

"아, 미안. 마기루카."

(으가아아, 정신 차려, 메어리! 세이브! 파워 세이브!)

신이 나서 힘 조절을 자꾸 실수하는 자신을 마음속으로 질책했다. 나는 학습하는 아이야……. 진짜라고?

"으하하하하하핫! 나도 간다! 날 끼워다오오!"

"크헉!"

흥분한 에밀리아가 날아왔는지 나를 향해 냅다 뛰어들었다.

힘 조절한답시고 다리에 힘을 빼고 있던 나는 그 태클을 정면에서 맞고, 그대로 밀려 에밀리아와 함께 바다에 빠졌다.

"푸하아아아! 무슨 짓이에요! 공주 전하! 이건 해수욕이 아니잖아요!"

나는 바닷속에서 벌떡 일어선 뒤 에밀리아에게서 떨어지며 항의했다.

"이야~, 미안, 미안. 즐거워 보여서 나도 모르게."

에밀리아가 천진난만하게 웃으며 사과했다. 그리고 그 뒤에서 놀란 표정을 짓고 있는 마기루카와 사피나가 보였다.

"메어리 님, 위, 위!"

마기루카가 의미를 알 수 없는 말을 했다. 무슨 영문인지 얼굴이 새빨갛다. 사피나는 두리번거리며 주변을 신경 쓰고 있었다. 무척 당황한 모양이다.

(뭐지? 어제도 이런 일이 있었던 것 같은 느낌이?)

나는 그런 생각을 하며 하늘을 봤다.

"아, 그쪽이 아니에요! 아래요!"

"아래?"

그 말을 듣고서 나는 몸을 내려다보다가 문득 생각이 났다.

(아, 갑판에서 그랬었구나.)

그리고 나는 가슴을 가린 천이 여러 소동을 견뎌내지 못하고 스스르 풀려가는 광경을 슬로우 모션으로 목격하고 말았다.

그 뒤에 해변에 내 절규가 울려 퍼진 건 말할 필요도 없겠지.

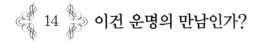

14 이건 운명의 만남인가?

오전에 해수욕을 끝마친 우리는 흔들리는 마차에 모여 앉아 있었다. 마기루카가 말했던 매직 아이템을 수리하러 마공기사에게 가는 길이었다. 다행히도 마공기사가 여기서 멀지 않은 곳에 있다는 모양이다.

참고로 나는 오전의 노출 사건으로 어떤 얼굴을 해야 할지 알 수 없었기에 계속 침묵을 지키고 있었다.

그나마 다행인 건 사고 발생 당시, 남자들은 어른들과 이야기 중이었기에 사고 현장을 보지 못했다는 점이었다. 그야말로 불행 중 다행이었지만, 그래도 놀란 가슴은 좀처럼 가라앉지 않고 있었다.

"아아……! 색기 담당은 마기루카잖아! 어째서 나만 이런 일을……."

"그런 담당은 처음 듣는군요. 마지막까지 메어리 님이 맡아주세요."

"자자. 메어리 양도 슬슬 기분을 풀어줬으면 좋겠는데."

내가 창밖을 보며 푸념을 흘리자 마기루카가 도끼눈으로 딴죽을 걸었다. 그리고 우리 사이에 끼어있는 왕자님이 중재를 해주었다.

얼마 지나지 않아 마차가 정차했다. 아무래도 공방이 산속에 있는 모양인지 여기서부터는 걸어서 가야 한다고 했다. 우리는 마차에서 내려 안내를 받으며 숲속으로 들어갔다.

"오오, 어쩐지 정글 같은 느낌이네."

나는 감개에 젖어 주변을 두리번거리며 걸었다. 숲속에도 길은 닦여 있었지만, 마차가 다닐 만큼 넓지 않았다.

"미아가 되지 않도록 조심해라. 숲속에는 몬스터가 있으니까 습격당할 수도 있다."

"습격이라니, 몬스터랑 대화할 수 있다고 하지 않았어요?"

내가 너무 두리번거려서 뒤처지자 에밀리아가 그런 말을 했다.

"훗, 말 상대방이 알아먹어야 통할 거 아니냐. 이 근방에 있는 것들은 죄다 멍청이라서 말이 안 통한다."

"왜 이런 위험한 곳을 거처로 삼고 계신 거죠?"

마기루카가 대화에 끼어들었다.

"으음, 워낙 괴팍한 늙은이라서 말이지, 아까도 말했지만 다른 사람 만나는 걸 싫어한다. 그래서 일부러 사람이 얼씬하지 않는 곳에 있는 게지. 별난 노인이야. 하지만 실력은 하난 뛰어나니 걱정 말거라. 우리나라 최고의 기사라고 해도 과언이 아니니."

에밀리아가 마치 자기 이야기인 것처럼 말하며 가슴을 활짝 폈다.

사람을 대체 얼마나 싫어하길래. 지금도 길 안내 중인 에밀리아와 우리 다섯 명만 있을 뿐, 나머지는 마차에서 기다리고 있다. 사람이 잔뜩 몰려가면 이야기조차 붙일 수 없다는 모양이다.

"숲속에 사는 거야 제 맘이다만, 이걸 왜 다 내가 들고 가야 하는 건데?"

나무 너머에 뭔가 신기한 동물이 있지 않을까 주변을 보고 있으니 가장 뒤에서 걷고 있던 자하가 원망스럽게 우리를 쳐다봤다. 그는 망가진 매직 아이템을 몽땅 등에 짊어지고 있었다. 아무리 그라도 무거웠는지 땀을 흠뻑 흘리고 있다.

"그야 힘쓰는 일 전문이잖아?"

나는 마기루카와 사피나를 보고 동의를 구했다. 왕자님도 남자이긴 하지만 미치지 않고서야 누가 왕자님에게 짐을 맡기겠는가. 뭐, 불경죄로 죽고 싶다면 말리지는 않겠지만…….

"힘쓰는 일이라면 메어리 님도 있잖아."

"날, 자하 씨와 똑같이 보지 말아줘요."

"에~엥?"

"뭐가 '에~엥'인가요?"

자하가 자못 당연하다는 얼굴로 무례한 소리를 하자 나는 바로 정정해달라고 요청했다.

"잘됐네요, 자하. 저번에 단련하고 싶다 했잖아요? 이걸 단련이라고 생각하면 되지 않을까요?"

나와 자하가 옥신각신 말다툼을 벌이고 있으니 마기루카가 자하를 구슬렸다.

"아, 그런가. 이것도 단련이 되겠구나. 좋았어, 힘내자!"

우리는 원망하던 표정을 싹 지우고서 활기차게 걷기 시작한 자하를 웃으며 지켜봤다.

"……단순하긴."

"……그러게요."

"아하하……."

내가 마기루카의 말에 쉽사리 넘어간 자하의 뒷모습을 어이없이 쳐다보며 말하자 뒤에서 마기루카도 동의했다. 그리고 두 악당을 보고 있던 사피나는 헛웃음만 흘리며 곤혹스러워했다.

이윽고 나무들 사이로 트인 곳이 보이기 시작했다. 그곳에는 목조건물 한 채가 있었는데, 울창한 숲속에서 새어든 햇살이 그 집을 비추는 모습이 참 환상적이었다.

"도착했다. 여기가 우리나라 최고의 마공기사 '기르츠'의 공방이다."

선두에서 걷던 에밀리아가 발걸음을 멈추고서 이쪽을 돌아보며 소개했다. 아까 환상적인 풍경이라고 했는데, 이걸 레리렉스 최고의 기사가 사는 집이라고 하니 상당히 작아 보였다. 알디아 왕국 최고 대장장이인 데오도라가 일하는 공장 같은 대규모 시설을 상상하고 있던 나는 조금 김이 샜다.

"수십 년 전에 일선에서 물러나 지금은 홀로 은거하고 있지."

내 속내를 눈치챘는지 에밀리아가 보충설명을 해주었다.

(이미 은퇴했다고? 그럼 공방이 아니라 그냥 집이구나.)

"그런가요……. 부디 수리 의뢰를 받아줬으면 좋겠는데요."

그가 은퇴를 이유로 의뢰를 거절하지 않을까 싶은 생각이 들었는지 마기루카가 걱정스레 집을 쳐다봤다. 뭐, 어느 쪽이든 의뢰를 받는 건 본인 마음이니 뭐라 할 수가 없다.

"일단 들어가 보자꾸나. 얘기는 그 뒤에."

에밀리아가 문을 두드리며 안에 있는 사람을 불렀다.

"이~봐, 기르츠으으으으! 나다. 레리렉스 왕국 최고의 미소녀 공주인 에밀리아 님께서 그대를 만나러 왔도다아아아."

상당히 건방진 말투였다.

(자기 입으로 자기가 미소녀라 하다니, 우리가 다 공주님 같은 사람이라고 생각하면 어떻게 하려고…….)

나는 문을 똑똑 두드리는 에밀리아를 감탄 반 걱정 반으로 지켜봤다. 이윽고 문 안쪽에서 인기척이 느껴졌다. 에밀리아가 노크를 멈추고서 뒤로 물러서자 그와 동시에 문이 열렸다.

(어떤 괴팍한 노인이 나오려나.)

다짜고짜 돌아가라고 떠밀지는 않을 것 같지만 그래도 방심할 수 없다. 나는 침을 꿀꺽 삼키고서 문틈을 바라보았다.

키는 나보다 조금 크려나. 바람에 살랑살랑 나부끼는 아름다운 담황색 머리카락, 머리 위로 난 커다란 귀, 복슬복슬해 보이는 커다란 꼬리.

아름다운 녹색 눈이 이쪽을 향했다.

이거…….

(여우다! 예, 아무리 봐도 눈앞에 있는 사람은 노인이 아니라 여우 수인 언니로밖에 보이질 않습니다!)

다만 에밀리아도 누군지 모르는 얼굴이었는지 여우 수인을 황당한 얼굴로 쳐다보고 있었다. 아무래도 저 사람은 기르츠가 아닌 모양이다. 여우 씨도 밖으로 나온 뒤로는 아무 말도 하지 않고 그저 우리만 쳐다보고 있었다. 무표정한 얼굴로.

정적이 흘렀다.

"……아, 안녕. 공주님."

여우 씨가 무언가 떠올랐는지 새삼스럽게 에밀리아에게 고개를 숙였다. 여전히 무표정한 얼굴이었다. 에밀리아도 제정신을 차렸는지 크게 뜬 눈을 연신 깜빡거리기 시작했다.

"아, 으음……, 저기, 기르츠를 만나러 왔는데……. 그, 그대는 누구인가?"

"……난 '피피'. 기르츠의 제자."

에밀리아가 당황해서 묻자 여우 씨, 피피가 선선히 대답했다. 에밀리아의 앞인데도 피피는 표정 하나 변하지 않았다. 말투도 몹시 담담했다. 원래 이런 성격인 건가?

어쨌든 이 여우 수인은 기르츠란 노인이 변신했다거나 하는 게 아니라 제자라는 건 알았다.

"그, 그러더냐? 수십 년 만에 찾아온지라 놀랐다. 그나저나 기르츠는?"

"……스승은 여기에 없어. 꿈을 향해 몰두 중."

아무래도 그 기르츠는 부재중인 모양이었다. 내가 마기루카를 돌아보자 그녀는 "어쩔 수 없죠" 하고 말했다. 그러나 에밀리아

는 쉽게 물러날 생각이 없는 것 같았다.

"없다? 그럼 녀석은 언제 돌아오느냐?"

"……불명."

"어서 불러와라."

"……연락 불가능."

"에잇, 대체 뭐 하고 있는데 이러는 거냐? 지금 어디에 있느냐?"

"……그것도 불명. 어디서 뭘 하는지 정보가 전혀 없어."

"그럼 나간 뒤로 한 번도 안 돌아왔다는 거냐?"

"……돌아오지 않은 지 2년쯤."

피피는 여전히 무표정한 얼굴로 에밀리아의 물음에 담담히 대답했다. 아무래도 기르츠에게 수리를 받기는 어려울 것 같다. 그나저나 2년이 지나도록 어디서 뭘 하는지도 모른다니, 제자님은 그래도 괜찮은 건가? 뭐, 수인의 시간 감각은 인족과 다를지도 모른다만.

"……용건은?"

"음, 이 녀석들이 가져온 보구급 아이템을 수리하려고 왔노라. 허나 녀석이 없으니……."

"……내가 해줄게."

에밀리아가 반쯤 체념한 얼굴로 어깨를 축 늘어뜨린 채 대답하자 피피가 놀라운 말을 했다. 나를 비롯한 모두가 깜짝 놀라 피피 쪽으로 눈을 돌렸다.

"……그 정도는 가능해. 자주 부탁받으니까."

피피는 집 안으로 들어오라는 듯이 문에서 물러났다.

보구급이라 하는 건 아무나 만들 수 없기에 보구급인 것이다. 그런데 그녀는 수리할 수 있다고 장담했다. 그건 피피의 실력이 기르츠와 비슷하거나 그 이상이란 이야기다. 뭐, 사실 고치는 게 중요하지 누가 고치느냐가 중요한 건 아니지만. 애써 여기까지 와놓고서 빈손으로 돌아가는 것보다는 낫다.

우리는 작업실로 보이는 넓은 공간으로 안내를 받았다. 그녀는 자하가 들고 있던 무기를 커다란 탁자에 내려두라고 했다.

하나같이 상태가 좋지 않았지만 피피의 표정은 변함이 없었다. 놀랐는지 어떤지 잘 모르겠다.

"……볼게. 조금 기다려."

피피는 아이템을 묵묵히 살펴보기 시작했다. 할 일이 없어서 무료해진 나는 주변을 둘러봤다. 실내 여기저기에 아이템이 놓여 있는 걸 알 수 있었다.

"저기, 저 아이템은 당신이 만든 거야?"

일하는 사람에게 말을 거는 건 예의가 아니지만, 호기심을 이길 수가 없어서 눈을 딱 감고 물어봤다.

"……응, 내가 만들었어. 보고 싶으면 봐도 좋아."

내 마음을 헤아렸는지 피피가 여전히 부서진 아이템을 보면서 대답했다. 허락을 받고 피피가 만든 아이템에 다가가자 다른 사람들도 이끌리듯 보러 왔다.

방에는 여러 아이템이 아무렇게나 놓여 있는데, 그중에는 쇠고랑 같은 것도 있었다. 용도가 몹시 궁금해진 나는 다시 피피에게 물어보았다.

"저기 말이야. 이건 무슨 아이템이야?"

무례하게 물어봤는데도 피피는 싫은 내색(무표정해서 잘 모르겠지만)없이 내가 가리킨 도구를 힐끔 보고는 다시 부서진 아이템 쪽으로 시선을 되돌리며 말했다.

"……그건 사용자의 힘과 마력을 억제해주는 매직 아이템."

그 말을 듣고 내 가슴이 크게 뛰었다.

(힘을 억제해주는 아이템이라고요오오오오?!)

나는 군침을 삼키며 쇠고랑(?)을 뚫어지게 바라보았다.

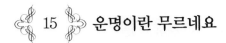

15 운명이란 무르네요

부서진 아이템을 열심히 살피던 피피는 어떻게든 수리할 수 있을 것 같다는 진단을 내놓았다. 마공기사의 주 분야는 '가공'이기에 완전히 망가지거나 없어지면 손쓸 도리가 없다는데, 다행히도 이 아이템들은 망가진 부분을 새로 갈기만 하면 되는 수준이란다. 그 말을 들은 마기루카는 가슴을 쓸어내렸다.

"……그런데 스승의 작품이 이렇게까지 파손된 건 처음이야. 대체 뭐랑 싸웠는지 궁금해."

피피의 말에 자하와 마기루카의 시선이 마치 당연하다는 듯 나를 향했다.

"왜 나를 보는 거야! 몬스터와 싸우다가 부서진 거잖아!"

나는 이상한 오해를 사기 전에 부정했다.

"으음, 뭐, 조금 성가신 이야기라 섣불리 공표할 수 없다. 이해해다오."

에밀리아가 뺨을 긁적이며 복잡한 표정을 지었다. 뭐, 국가 간의 문제로 발전할 만한 사안이고, 더욱이 금기의 아이템까지 사용되었으니 여기저기 떠들어대고 다닐 수는 없겠지.

에밀리아의 속내를 헤아려줬는지 피피는 고개를 끄덕인 뒤 더는 묻지 않았다.

그리고 수리하는 데 시간이 걸린다고 해서 일단 아이템을 맡기기로 했다. 수리가 끝나면 에밀리아가 대신 받아서 마기루카에게 보내주기로 했다.

용건이 끝나자마자 나는 다급한 마음을 억누르면서 그 아이템에 관해 묻기 위해서 그녀를 불렀다.

(설마 진짜라면 앞뒤 따지고 있을 때가 아니라고!)

"저기, 이 아이템 말인데 아까 사용자의 힘을 억제해준다고 했지?"

기대감에 목소리가 커지지 않도록 필사적으로 억누르며 나는 애써 태연하게 이야기를 꺼냈다. 다른 사람이 눈치채고서 이쪽으로 모여들면 대단히 곤란하다. 다행히도 마기루카와 에밀리아, 왕자님은 수리된 아이템을 어떻게 보낼지 논의 중이었고 자하는 피곤했는지 축 늘어져 있었다. 사피나도 다른 아이템에 흥미가 생겼는지 내 곁에 없다. 지금이 기회다.

"⋯⋯응. 스승이 시장의 부탁을 받아 범죄자 포박용으로 만든 매직 아이템을 참고해서 내가 새로 만든 아이템이야. 이론대로면 힘과 마력이 평균 이하가 돼⋯⋯ 아마도."

아이템 이야기만 나오면 피피는 말이 많아지는 모양이다. 나는 내심 기쁨의 춤을 추었다.

(아싸아아아아아! 편하게 평범한 생활을 보낼 수 있게 해주는 아이템이 지금 내 눈앞에 있어어어!)

"⋯⋯차볼래?"

내가 이글거리는 눈빛으로 아이템을 보고 있자니 피피가 그런 말을 했다.

"어? 괜찮아?"

"……응, 피험자 데이터가 필요하던 참."

"어? 그럼 아직 사용해본 사람이 없어?"

"……응. 매직 아이템 테스트는 아주 위험해. 피험자한테 무슨 일이 벌어질지 모르니까, 지원자가 없어. 하지만 괜찮아. 기능은 정상 작동하고 있어. 일단 동물로 실험해 봤으니까 틀림없어."

불안한 소리를 듣고 내 기대감이 조금 떨어졌다.

(그래도 평범한 인생을 얻을 수 있다면 아무리 사소한 가능성이라도 시도해보겠어!)

"자, 잠깐만 써봐도 될까?"

"……나는 환영이지만 스스로 구속되길 바라다니 별난 사람. 음, 뭐…… 사람은 제각기 다르니까."

"뭘 멋대로 납득했는지 모르겠지만, 일단 아니야. 분명 오해일 거라고. 착각하면 곤란해."

"……응, 그래."

뭔가 피피가 이상한 생각을 품은 것 같아서 나는 곧장 부정해 두었다.

피피가 쇠고랑 아이템을 준비하기 시작했다. 나는 그 모습을 지켜보면서 초조한 마음을 힘겹게 억눌렀다.

(아아, 두근거려. 헉, 이건 혹시 사랑? 아, 아니, 침착하자. 너무 긴장해서 머리가 이상해지고 있다고.)

스읍~ 하아~, 하고 심호흡을 하고 있으니 피피가 준비를 끝마쳤다.

다만 여기서 그런 걸 찼다가 누가 보기라도 하면 이상한 의심을 살 게 뻔했으므로 나는 자연스럽게 피피를 데리고서 방을 나갔다. 그녀도 아이템을 든 채로 아무런 의심도 없이 따라 나왔다.

아무도 없는 복도 구석에 서서 나는 드디어 운명과 대면했다.

"그, 그럼 부탁합니다."

"……응, 손 내밀어."

"예, 에."

너무 긴장해서 새된 소리가 나왔지만 시키는 대로 두 손을 내밀자, 피피가 쇠고랑을 채우기 시작했다. 참고로 쇠고랑이라고 했지만 여기저기 보석이 박혀 있어 몹시 화려하다.

(부탁합니다, 신님! 부디 절 봉인해주세요!)

어쩐지 이상한 소원을 빈 것 같지만, 여하튼 나는 두근거리는 심장을 안고 손목에 채워지는 쇠고랑을 지켜봤다.

"……음, 장착 완료. 그리고 기동."

피피가 쇠고랑에서 손을 뗀 뒤 나에게서 조금 멀어졌다. 이윽고 쇠고랑에 달린 보석이 빛나기 시작했다. 화려한 연출과 함께 내 기대감도 부풀어갔지만, 마냥 기뻐할 수는 없었다. 호화로운 쇠고랑을 차고 기뻐하는 영애라니, 무슨 그림이란 말인가.

(이거 그거지? 뭐라고 해야 할까? 사악한 짓을 저지른 사악한 영애가 구속되어 탑으로 유폐되는 장면 같네. 아니, 뭐, 실제로

본 적은 없지만.)

"……어때?"

아마도 피피는 흥미가 생겨서 물어봤을 테지만, 워낙 무표정해서 진의를 알 수가 없다.

"……어떠냐니? 솔직히 탑으로 유폐되는 사악한 영애의 심정이라고밖에…… ."

내가 방금 느낀 감상을 솔직하게 말하자 피피가 무슨 소리냐며 고개를 갸웃거렸다. 솔직히 쇠고랑이 제대로 기능하고 있는 게 맞는지 의심스러울 만큼 나에게 아무런 변화가 없었다.

"사악한 영애가 뭔가요? 메어리 님."

"우냐아아아아아아아아!"

갑자기 뒤에서 제삼자의 목소리가 들리자 놀란 나는 괴성을 지르며 펄쩍 뛰었다.

황급히 뒤를 돌아보자 어느새 사피나가 다가와 있었다. 나는 황급히 두 손을 뒤로 숨기려고 했고, 쇠고랑은 내 팔 힘을 견디지 못했는지 요란한 소리와 함께 부서져 바닥에 떨어졌다.

파키이이잉!

"어? 뭔가 떨어졌는데요?"

부서진 쇠고랑이 내 발치에 철커덩, 하고 묵직한 소리를 내며 떨어지자 사피나의 시선이 소리에 이끌려 아래로 향했다.

"오호호호. 아무것도 아냐, 사피나. 그보다 무슨 용건이야?"

땀을 삐질삐질 흘리는 나는 어색하게 웃으며 사피나의 얼굴을 들여다봤다. 그녀가 아래를 보지 못하도록. 그와 동시에 발로 잔해를 멀찍이 치워버렸다.

남의 물건을 망가뜨린 것도 모자라서 발로 차버리기까지 하다니. 하지만 나에겐 이게 최선이었다고요. 용서해주세요.

"딱히 용건은 없습니다만, 두 분이 보이질 않아서 무슨 일인가 해서."

"그, 그랬어? 미안해. 난 피피 씨와 개인적으로 상담할 게 좀 있었어. 용건을 마쳤으니 곧 돌아가겠다고 다른 사람한테 말해줄래?"

몰래 나온 게 화근이었다. 사피나가 걱정이 되어 와준 모양이다. 이럴 줄 알았다면 뭐라도 둘러대고 나왔을 텐데. 그러나 이미 늦었다. 일단 대충 얼버무리고서 나는 시종 어색하게 웃으며 사피나를 돌려보냈다.

그리고 복도 구석에는 다시 두 사람만 남았다.

"……부서졌다."

"죄송합니다아아아아!"

피피의 입에서 불쑥 나온 첫 말을 듣고 나는 곧장 엎드려 빌고 싶었지만, 이 세계에서는 알려지지 않은 동작이므로 어쩔 수 없이 그대로 고개만 깊숙이 숙였다.

"……이상해. 이론대로라면 모험가도 일반인보다 약하게 만들 텐데, 그걸 힘으로 부수다니……? 대체 어떻게?"

피피가 부서진 아이템을 주워 찬찬히 살펴보기 시작했다. 나는 식은땀이 폭포처럼 쏟아지는 듯한 기분을 느꼈다.

(아아, 내 운명의 만남은 만난 지 몇 초 만에 파국을 맞이했어. 참 잔인한 세상이네……. 그리고 현재는 참 난처한 상황에 직면했지. 어떻게 얼버무리지?)

"……뭐, 이론은…… 이론일 뿐. 데이터 부족……."

피피가 또 혼자서 이상한 결론을 내렸다. 나는 내심 안도했다.

"……더 강력한 아이템을 시험해보자."

"어? 또 있어?"

피피가 내뱉은 그 말을 무심코 덥석 물었다.

"……응, 그건 마왕님조차 봉인할 수 있어. 이론상으로는."

아주 위험천만한 말을 들은 것 같은 기분이 들지만, 지금은 못 들은 척하자. 나는 새롭게 찾아온 운명 앞에서 또다시 두근거리기 시작했다. 나는 지조 없는 여자다.

"꼭 부탁합니다!"

"……그렇게나 구속당하고 싶다니……. 아, 남의 취미는 간섭하지 않기로 했지."

"그러니까 그건 오해래도! 취미라고 하지 마!"

내 모습을 보고 피피가 또다시 이상한 오해를 하기 시작했다. 나는 즉각 정정했다.

"……응, 따라와."

피피를 따라 집 안쪽으로 들어가자, 놀랍게도 지하실로 이어지는 계단이 나왔다.

계단 끝에 있던 중후한 문 앞에서 피피가 다시 입을 열었다.

"……여기야. 들어와."

나는 침을 꿀꺽 삼키고서 무거운 문을 신중하게 열었다. 문틈으로 들어온 빛이 어두운 방을 비추었고, 그 빛 끝에 무언가가 있었다.

일단 쇠고랑이랑은 비교도 안 될 만큼 크다. 저걸 뭐라고 해야 좋을까? 말로 어떻게 표현해야 할지 잘 모를 물건이었다. 굳이 말하자면 온몸을 철저히 묶는 위험한 녀석이려나.

하지만 이건 확실하다. 저건 나 같은 앳된 소녀가 만져도 되는 물건이 아니다!

"……자, 테스트하자."

"저런 걸 할 수 있을 리 없잖아아아!"

내 딴죽이 조용한 지하실에 되울렸다. 그와 동시에 나의 기대가 물거품이 되어 사라졌다. 더 세련되고 작았으면 기쁘기 그지없었을 텐데……. 매직 아이템 업계가 더 약진하기를 기대하는 수밖에 없는 듯하다.

16 새로운 손님인 듯합니다

"……또 손님이 왔나."

지하실에서 돌아온 직후. 피피가 커다란 귀를 쫑긋거리며 말했다. 무슨 소리를 들은 걸까? 나는 역시 수인답다고 감탄하면서 문으로 향하는 피피를 따라갔다. 피피는 상대가 누구인지도 확인하지 않고 대뜸 문을 열었다.

(우리가 왔을 때도 이런 식이었나? 너무 겁이 없는 거 아니야?)

나는 누가 있을지 모르니 문에서 살짝 떨어졌다. 하지만 문밖에 있던 건 잘 아는 얼굴들이었다.

"어라? 튜테랑 스피아 씨? 마차에서 기다리고 있었잖아요?"

나는 놀라서 피피의 뒤에서 두 사람에게 말을 걸었다. 피피는 여전히 무표정하게 나와 두 메이드를 번갈아 봤다.

"갑자기 찾아와서 죄송합니다. 여러분께서 통 돌아오시질 않기에 또 아가씨께서 일을 저지르셨나 싶어 확인하러 왔습니다."

스피아 씨가 공손하게 인사하고서 설명하자 피피가 고개를 끄덕였다.

(다른 사람도 아니고 공주님이 민폐를 끼쳤을까 봐 왔다니…….
게다가 '또'라고 했지 지금?)

내가 홀로 한숨을 내쉬고 있으니 피피가 두 사람을 안으로 들였다. 그리고 튜테는 그대로 그곳이 정위치라는 듯이 자연스럽게 내 뒤에 섰다.

"……아가씨, 뭔가 좋은 아이템이 있었나요?"

튜테가 작은 목소리로 물었다. 역시 내 메이드. 내 행동을 다 꿰뚫어 보고 있다.

"힘을 억제하는 아이템이 있었는데, 분쇄됐어."

"……아가씨께서는 기대를 배신하지 않으시네요."

"……그거, 무슨 의미?"

내가 도끼눈으로 뒤에 선 튜테를 쳐다보자 그녀는 고개를 홱 돌리고서 달아나듯 나에게서 살짝 거리를 띄웠다.

좌아아아아아앙!

현관에 있던 우리의 귀에 무슨 금속이 떨어지는 소리가 울렸다.

소리가 몹시 요란했던 탓에 우리는 무슨 일이 생겼나 싶어 표정이 굳었지만 두 수인은 딱히 그렇지도 않은 것 같았다. 피피는 워낙 무표정하니 잘 모르겠지만, 스피아는 오히려 한숨을 내쉴 뿐이었다.

결국, 한숨의 의미를 풀지 못하고 두 사람을 따라 사건 현장(?)으로 갔더니…….

검을 마구 휘두르며 돌아다니는 에밀리아, 그런 그녀를 필사적으로 붙잡으려는 자하, 여기저기 어지럽게 널려있는 아이템들을 정리하고 있는 사피나와 마기루카, 그리고 우리가 온 걸 보고 쓴웃음을 짓고 있는 왕자님의 모습이 보였다.

(······하하핫, 이게 '또'······구나.)

"오오오, 이거 굉장하군! 이만큼 가벼운데도 아주 단단하잖나! 더구나 마공기사가 특수 처리를 한 만큼 날도 예리하다!"

"······어험! 공주님, 지금 굉장하다고 말할 때인가요?"

에밀리아는 신이 난 나머지 우리가 온 것도 알아차리지 못했다. 그리고 스피아의 말을 듣고 비로소 이쪽으로 고개를 돌렸다.

"오오, 스피아. 뭐냐? 데리러 왔나?"

"그렇습니다만. 대체 뭘 하고 계신 겁니까? 공주님."

"뭐냐니? 아이템을 보고 있잖······."

에밀리아가 들고 있던 검을 내리고서 주변을 둘러봤다.

(우와, 저 공주님이 참지 못하고 아이템을 죄다 꺼내고 만 건가. 심지어 정리도 하지 않고.)

"이 참상이 왜 벌어졌는지 다른 분들께 여쭤본 뒤 엘리자베스 님께 보고하겠습니다."

그러자 신이 나서 웃고 있던 에밀리아의 표정이 급격히 얼어붙었다.

(이번에야말로 혼쭐이 나겠구나. 아니, 혼쭐만 나면 차라리 다행이지. 분명히 철권이나 마법으로 체벌을 받을 거야.)

만찬회 때 엘리자베스 님이 에밀리아를 어떻게 다루었는지 떠올리니 쓴웃음밖에 나오지 않았다. 에밀리아도 그걸 깨달았는지 허둥지둥 검을 내려두고서 스피아에게 다가갔다.

"그, 그것만은, 그것만은 제발! 얼음 형벌이 나올 거란 말이다 아아아!"

"자업자득이지 않습니까."

"그대는 나의 메이드잖나! 왜 내 말을 듣지 않느냐!"

"엘리자베스 님께 공주님을 감시하라는 명령을 받았습니다."

"귀신! 악마! 그대는 대체 누구 편인 게냐?!"

"엘리자베스 님입니다."

"우오오오?! 1초도 망설이지 않다니!"

스피아가 공주님을 상대로 너무 거침없는 것 같지만, 서로 오래 알고 지냈을 테니 저것도 익숙할지도 모른다. 뭐 솔직히 이젠 나도 익숙해서 무슨 일이 생겨도 '여긴 레리렉스 왕국이잖아?'로 넘어갈 수 있을 것 같다. 깊이 생각하지 말자.

그보다도 두 사람의 대화를 보던 나는 어쩐지 걱정이 되어 뒤에 서 있는 튜테를 돌아봤다.

"……튜테는 내 편이지?"

"예, 물론이죠."

내가 조심스럽게 묻자 튜테가 활짝 웃으며 즉답하였다.

"튜테에에에에!"

나는 남들이 곁에 있다는 것도 잊은 채 메이드를 끌어안았다. 꽤 세게…….

"으끄으으으……. 아, 아가씨……. 주, 죽, 죽을 것 같아요……. 지, 진정하고……, 힘 좀 빼주, 세, 요……."

튜테가 목소리를 쥐어짜 내자 나는 황급히 그녀를 풀어주었다.
바로 그때…….

위이이잉!

갑자기 실내에 경보음이 울렸다.
"어? 뭐야?"
축 처진 튜테를 떠받치면서 나는 주변을 두리번거렸다. 모두
의 시선이 피피에게 쏠렸다. 그녀의 표정은 여전히 변함이 없었
지만, 몸짓이 약간 초조해 보였다.
"……이건 몬스터가 에어리어에 침입했다는 경고음. 설마……."
피피가 창문에 다가가 바깥을 쳐다봤다. 우리도 덩달아 창문
밖을 쳐다봤다. 늑대랑 비슷하게 생긴 몬스터가 숲에서 이 집을
향해 다가오고 있었다.
"……이상해. 여기는 몬스터가 싫어하는 기운을 내뿜는 장치를
둬서 다가오지 않도록 하고 있는데……."
"그 장치에 뭔가 문제가 생긴 건가요?"
피피가 중얼거리자 마찬가지로 바깥을 보고 있던 마기루카가
물었다.
"……장치가 고장 났으면 고장 신호가 먼저 왔을 터. 다만 그
장치도 여기로 오고 싶지 않게 만들 뿐이지, 여기로 오겠다고 마음
먹으면 못 올 것도 없어. 하지만 지능도 낮은 몬스터들이 어째서

그랬는지는 의문."

두 사람의 대화를 듣고 있던 나는 문득 창밖에서 시선을 느끼고 숲속으로 고개를 돌렸다. 너무 멀어서 확실하진 않았지만, 몬스터 사이에서 설표(雪豹)처럼 생긴 거대하고 아름다운 몬스터가 저 멀리 서성이더니 금세 사라져버렸고, 늑대 몬스터의 포효가 들려오기 시작했다.

"흥! 고작 개처럼 생긴 몬스터가 떼를 지어 덤벼봤자 하나도 무서울 게 없지. 내가 잠깐 나가서 혼쭐을 내주고 오마."

의기양양하게 현관으로 향하는 에밀리아를 지켜보며 우리는 어떻게 해야 좋을지 몰라 서로의 얼굴을 쳐다봤다.

"저기, 피피 씨. 실은 숨겨둔 실력이 있다든가 하지 않나요? 그 최고의 마공기사가 옛날에는 최고의 검사였다는 설정 같은 거 자주 있잖아요?"

어떻게든 분위기를 누그러트리려고 했는데 입에서는 엉뚱한 이야기가 나왔고 돌아오는 건 '무슨 소리냐'는 미묘한 시선뿐이었다.

"……그런 설정은 몰라. 난 평범한 마공기사. 강하지 않아. 기사 일 이외에 잘하는 건 취사, 세탁, 청소 등 집안일 정도."

전투력이 아니라 여자력이 높은 모양이다. 나는 빠르게 단념하고 자연스럽게 바깥으로 나간 에밀리아를 쳐다봤다.

"그래서? 우리도 가세할 거야?"

아니나 다를까, 전투민족이 두근거림을 주체하지 못하겠는지 기뻐하는 얼굴로 우리에게 말했다.

"무기가 없잖아요, 자하. 선생님도 늑대 울음소리를 들었을
테니, 전하를 지키면서 가만히 있는 게 옳아요."

마기루카가 싸늘한 눈동자로 쳐다보며 대답했다.

"……무기가 필요해? 긴급사태니까 여기 있는 걸 써."

"어, 진짜? 우옷, 아싸아아!"

피피가 무기를 꺼내자 자하가 희희낙락하며 검을 집기 시작
했다.

(아, 이건 그건가? 나도 끌려나가는 흐름?)

"자자, 여러분 진정하세요. 저 정도는 공주님 혼자서도 해치
울 수 있습니다. 전투력 하나만은 믿을 수 있으니까요."

갈팡질팡하는 우리와는 달리 홀로 냉정한 스피아가 무슨 영문
인지 '하나만'을 강조하며 미소를 지었다. 진짜 이 나라의 공주
님은 험한 대우를 받는구나.

"차를 준비하겠습니다. 부엌은 어디죠?"

메이드는 이런 상황에서도 차를 내오겠다는 여유까지 보여주
었다. 어쩐지 나도 마음이 가라앉았다. 몬스터가 다가오고 있다
는 긴장감이 옅어져 갔다.

"……음, 이쪽."

피피를 따라서 스피아가 방을 나갔다. 그리고 뒤이어 튜테도
자기도 거들겠다며 나갔다. 바깥에서는 "우하하하." 하고 요란
하게 웃는 에밀리아의 목소리가 들렸다. 어쩐지 저대로 놔둬도

괜찮을 것 같다는 생각이 들었다.

(아, 맞다. 튜테한테 내가 마실 차는 튼튼한 잔에 담아달라고 부탁하자. 만에 하나라도 부서지면 큰일이니까.)

나는 튜테에게 용무가 있다며 모두에게 양해를 구한 뒤 활짝 웃으며 홀로 방을 나갔다. 부엌 위치는 아까 지하실로 내려갈 때 파악해뒀다.

그리고 부엌에 도착한 나는 활짝 열린 문을 향해 인기척을 하며 들어가려다가 굳어버렸다.

부엌 안에는 검은 망토를 뒤집어써서 얼굴조차 알아볼 수 없는 수상한 사람들이 모여 있었다. 피피는 바닥에 쓰러져 있었고, 괴한들은 튜테와 스피아를 둘러메려 하고 있었다.

내가 부엌 안에서 무슨 일이 벌어졌는지 이해한 순간, 목덜미 부근에 묵직한 충격이 느껴졌다. 나는 의식을 잃──

──을 리가 없잖아아아아아아아!

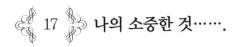

17 🙰 나의 소중한 것…….

"끄오오오오!"

내 옆에서 신음이 들렸다. 아마도 나를 공격한 사람이겠지. 곁눈질로 보니 왼손으로 자기 오른팔을 부여잡으며 끙끙거리고 있다.

(아, 부러졌나 봐. 참 아프겠다.)

나는 마음속으로 애도하며 다시 주변을 확인했다.

부엌에 있는 괴한은 총 세 명. 그들은 손을 붙잡고 바닥에서 고통스러워하는 동료를 보고 놀라 멍하니 서 있었다.

"……조심, 해……, 도적…….."

바닥에 쓰러져있던 피피가 꼼짝도 안 하고 그런 말을 했다.

(살아있었구나. 다행이다. 근데 왜 가만히 있는 거지?)

미동도 없기에 이미 늦었나 싶었는데 피피는 의식이 있어도 움직이지 않고 있는 것뿐이었다. 아니, 움직일 수가 없는 상황인가? 그걸 깨달은 순간 내 목에 무언가가 채워졌다.

"휴, 이제는 이 녀석도 꼼짝 못 하겠지."

곁눈질로 보니 아까 내 목을 쳤다가 손뼈가 부러진 남자(목소리로 판단한 것이라 정확하지는 않지만)였다. 참고로 오른손은 축 늘어져 있었다.

(아, 구속용 매직 아이템인가? 그래서 피피가 저런 상태였던

거고? 떠듬떠듬 말하는 걸 보니 호흡은 가능한 것 같네.)

나는 힘이 빠졌는지 아닌지 살짝 확인해보았다.

(응! 전혀 안 통해.)

이걸 기뻐해야 할지, 슬퍼해야 할지……. 뭐, 지금은 힘을 써야 하는 상황이니 신님께 감사하자.

"좋아. 계획대로 메이드를 끌고……."

"누구 마음대로!"

퍼어어어어억!

나에게 목걸이를 채운 남자가 뱉은 얼토당토않은 소리에 나는 무심코 그 남자의 배에 스트레이트를 꽂았다. 힘을 너무 주었는지 남자가 뒤로 날아가 벽에 세게 부딪쳤다. 그러고는 믿기지 않는다는 듯이 눈을 번쩍 뜬 채 축 늘어졌다.

정말 한순간이었다. 이 사람의 말에 무심코 손이 움직이고 말았다.

이 녀석은 나의 가장 소중한 튜테를 끌고 가려고 했다.

(내게서 튜테를 빼앗아가려는 자는 그게 누구든 내 적이야!)

내가 콧방귀를 끼고서 목에 채워진 목걸이를 오른손으로 으스러뜨려 땅바닥에 내던지자 침입자들이 놀라 뒷걸음질을 치기 시작했다.

그때 침입자들이 어딘가를 힐끔거리기 시작했다. 그리고 그게 뒷문으로 도망칠 생각이란 걸 깨닫자마자 나와 그들이 일제히 움직이기 시작했다. 당연하지만 뒷문에 먼저 도착한 나였다. 이미 힘을 숨길 생각 따위는 털끝만큼도 없었다.

이만한 속도라면 순간이동처럼 보이지 않았을까?

"이, 이건 뭐야 대체……!"

"조심해, 마법사가 틀림없어!"

내가 마법이라도 부렸다고 착각했는지 남자들(목소리로 판단했다)이 경계하며 나와 거리를 벌렸다.

"메이드를 내려놔요. 그러면 흠씬 때려주는 정도로 용서해줄 테니. 아, 말해두겠는데 혹여나 메이드를 방패로 삼을 생각은 하지 말아요. 허튼짓하면 팔다리뼈를 순식간에 뽀각뽀각 분질러 버릴 거니까."

나는 현재 자신이 어떤 표정을 짓고 있는지 모를 만큼 인상을 잔뜩 찡그리고 있었다. 지금껏 느껴본 적이 없는 고양감이 내 몸을 움직이게 하고 있다. 상대를 굴복시킨 우월감, 소중한 것을 빼앗긴 분노와 초조함이 느껴졌다.

"저 맹랑한 꼬마가 허세를 부리기는!"

침입자는 그렇게 외치고서 나에게 무언가를 던졌다.

깡!

"?"

무언가가 어깨와 부딪힌 듯한 느낌이 들어 손가락으로 만져봤지만, 상처는커녕 아무것도 없었다. 아래를 내려다보니 날이 부러진 투척 나이프가 한 자루 굴러다니고 있었다.

"그래서 대답은?"

나는 다시 상대를 쳐다보며 아무 일도 없었다는 듯이 물었다.

"……괴, 괴물인가…….."

안타깝게도 투척 나이프를 던진 남자가 흘린 무례한 말을 내 귀는 놓치지 않았다.

"누가 괴물이야!"

나는 단숨에 다가가 몸을 쳐올리듯 주먹을 박아 넣었다. 침입자는 천장에 세게 부딪친 뒤 그대로 힘없이 추락했다. 나는 그걸 피하면서 다음 상대를 정했다.

"그래서 대답은?"

나는 일부러 똑같은 질문을 되풀이했다.

"제길, 메이드 하나를 넘겨주고서 그 틈에 가자고."

"바보 같은 소리! 어느 쪽이 필요한지 모르잖아!"

메이드들을 둘러메고 있는 남자들이 속닥거리며 상의하는 소리가 들렸다.

(어느 쪽? 나는 둘 다 내려놓으라는 뜻이었는데. 아, 저쪽은 스피아 씨나 튜테 중 누구 하나가 필요한 건가? 하지만 저쪽도 누굴 데려가야 하는지 잘 모르는 모양인데?)

나는 이래저래 생각하다가 귀찮아지자 그냥 생각 자체를 그만

두었다. 그냥 저 불법 침입자들을 모두 처리해버리면 해결될 일이다. 난 참 위험한 사람이구나.

내가 움직인 순간 저쪽도 그걸 감지했는지, 아니면 반사적이었는지 모르겠지만, 나를 향해 스피아를 던졌다. 스피아가 맥없이 날아오는 걸 보니 아무래도 의식이 없는 것 같았다. 모른 척하고 내팽개칠 수는 없었다.

내가 스피아의 몸을 받아낸 순간 침입자들이 뒷문을 통해 튜테를 둘러메고 달아났다.

그 광경이 마치 슬로우 모션처럼 보였다.

(튜테가 끌려간다.)

온몸에 소름이 돋았다.

그 말이 온몸을 지배하고 이성을 날려버렸다. 제정신을 차릴 수가 없었다.

"아가씨! 이제, 됐어요! 이제 괜찮아요!"

튜테의 외침이 귓가에 닿았다. 뒤에서 내 몸을 끌어안은 그녀의 온기가 느껴지자 새하얗게 된 사고가 비로소 되돌아왔다. 정신을 차려보니 눈앞에는 엉망진창으로 박살 난 남자가 땅바닥에 쓰러져 있었다.

(……으음, 내가 뭘?)

언뜻 상황이 이해되질 않아서 두 손을 내려다봤다. 두 주먹이 심하게 더러워져 있었다.

아직도 머릿속이 흐리멍덩한 나는 확인하고자 다시금 쓰러진 남자를 내려다봤다. 그의 주변에는 부러진 무기가 여기저기 널려있었다. 어떤 저항을 해도 맥없이 꺾여나갔을 테니 엄청난 공포를 맛보았겠지.

남자의 얼굴은 원형을 알아볼 수 없을 만큼 퉁퉁 부어 있고, 눈물과 콧물로 범벅이 되어있었다. 자세히 보니 그의 양쪽 팔다리가 부러져 있었다. 기억은 나지 않지만, 아마도 나는 그들에게 충고한 대로 충실하게 실행했던 모양이다. 이가 몽땅 빠진 남자의 입에서 신음이 새어 나왔다. 상대가 살아 있다는 걸 확인하자 얼어있던 내 사고가 다시 기동하기 시작했다.

"아가씨, 정신을 좀 차리셨어요?"

내가 공격을 멈추자 뒤에서 끌어안고 있던 튜테가 안도하며 나에게서 떨어졌다.

(아, 음……. 다시 말해 기억이 뚝 끊어졌고, 그동안에 이 남자를 가차 없이 엉망진창으로 팼다……. 뭔가 인터넷 소설에서나 보던 전개 같군. …………설마…….)

그 순간 나는 생각을 멈추고는 귀까지 새빨개진 얼굴을 두 손으로 가리며 그 자리에 쓰러졌다.

"아, 아가씨? 왜 그러세요?"

뒤에서 내 기행을 보고 놀란 튜테를 아랑곳하지 않고 나는 혼자 땅바닥에서 웅크렸다.

(크오오오오! 내, 내가 설마 그, 그런 시추에이션을 저지르다니이이이이! 싫어어어어! 부, 부끄러워어어어!)

나는 부끄러운 나머지 손으로 얼굴을 가린 채로 땅바닥을 좌우로 굴러다녔다.

"꺄아아아아, 부끄러워! 부끄러워어어어어!"

엉망진창으로 박살 난 남자 앞에서 부끄러워하며 굴러다니는 소녀. 옆에서 보면 꽤 해괴한 장면이지만 나는 그런 걸 생각할 여유가 없었다.

"아가씨, 정신 차리세요. 대체 뭘 부끄러워하시는 건지는 잘 모르겠지만, 정신 똑바로 차리세요."

튜테는 굴러다니던 나를 붙잡아 윗몸을 일으킨 뒤 나를 보며 흔들었다. 손가락 사이로 튜테의 모습이 보이니 수치심에 떨던 마음이 다른 감정으로 바뀌었다.

튜테가 옆에 있으니 안심이 된다. 끌려갈 뻔했던 그녀가 눈앞에 있다는 사실을 깨달으니 마음속에서 안도감이 샘솟기 시작했다. 이윽고 안도감이 흘러넘쳐서 수치심을 밀어내 버렸다.

"튜우테에에에에에에."

"아가씨!"

당장에라도 울음이 터져 나올 것 같았다. 나는 얼굴을 가리던 손을 내리고서 그대로 튜테를 끌어안았다.

"다행이야아아아, 다행이야아아아!"

끌고 가지 못했다. 나에게서 튜테를 빼앗지 못했다. 그것이 그토록 기쁘다는 것을 크게 자각한 나는 감격한 나머지 엉엉 울기 시작했다.

"아가씨……. 전 괜찮아요. 저기, 그러니까, 그러니까~……. 히, 힘 좀, 빼세요. 저, 죽겠어요. 여러 번, 말씀드렸는데에에에……."

감격에 찬 나의 허그가 베어허그로 변모하자 튜테가 죽어가는 소리를 냈다.

"아, 아아아, 미안. 너무 기뻐서."

내가 튜테를 풀어주자 그녀는 혼이 빠져나간 것처럼 고개를 털썩 늘어뜨렸다.

"아아아, 튜테! 정신차려어어어."

내가 당황하여 튜테의 몸을 흔들자 그녀가 간신히 제정신을 차리고서 몸을 흔들지 말아 달라고 대답했다.

부스럭!

울창한 수풀을 헤치는 소리가 나자 나는 튜테를 황급히 뒤로 숨기고 그쪽을 쳐다봤다.

이윽고 수풀 속에서 표범 한 마리가 나타났다.

지구식으로 표현하면 설표라고 해야 맞으려나? 표범은 새하

얇고 복슬복슬한 모피에 검은 반점이 박혀 있었다. 뭐, 지구의 표범에 비하면 2배는 더 큰 것 같았지만.

표범은 기절했는지 꿈쩍도 하지 않는 남자에게 다가간 뒤 이쪽을 힐끔 쳐다봤다.

(분명 아까 몬스터가 나타났을 때 본 것 같은데…….)

"뭐야? 너, 이 녀석들과 한패야?"

나는 경계하면서 무심코 표범에게 말을 걸어버렸다.

'아뇨, 하지만 거역할 수 없는 상태입니다.'

"표범이 말을 한다아아아아?!!!!"

설마 대답이 돌아올 줄은 몰랐던지라 나는 무슨 상황인지도 잊어버리고 소리치고 말았다.

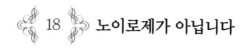

18 노이로제가 아닙니다

내가 목소리를 높여서 깜짝 놀랐는지 표범이 한걸음 물러……,
아니, 오히려 살짝 다가왔다.

'다, 당신……. 내 말을 알아들어요?'

또 목소리가 들린다. 어쩐지 전달 마법과 비슷한 느낌이 들었다.
나는 아무 말 없이 고개만 천천히 끄덕였다.

그 순간 표범이 펄쩍 뛰더니 단숨에 내 곁으로 내려왔다. 복슬
복슬하고 탐스러운 하얀 모피에 거무스름한 반점이 박힌 표범
을 보니 몹시도 만지고 싶었다. 그러나 덩치가 크다. 나 정도는
등에 태우고 달릴 수 있을 만큼 크다.

표범은 이글거리는 눈동자로 내 얼굴에 자신의 코끝을 가져갔
다. 그 모습은 무섭다기보다는 신비롭다고 말하는 것이 맞겠지.
나는 갑작스러운 나머지 몸이 굳어서 사태를 지켜보기만 했다.

'진짜? 진짜 내 말을 알아듣겠어?'

"어, 어어……. 정말로 본의 아니게……."

'…………'

"……"

잠시 침묵이 흘렀다.

'조으았어어어어어어어!'

언니처럼 아주 부드러운 미성을 지닌 표범의 입에서 나와서는

안 될 것 같은 말이 튀어나왔다.

'드디어 푸념을 들어줄 사람과 만났다아아아! 길었어! 너무 길었어!'

"으응?"

표범이 기뻐하며 말을 내뱉자 경계심이 사그라지어 나는 상대를 의아하게 쳐다봤다.

'있잖아, 내 말 좀 들어봐~. 저 녀석들이 나를 너무 혹독하게 부려먹어~.'

표범이 갑자기 친근하게 푸념을 늘어놓기 시작하자 나는 열린 입을 다물 수가 없었다.

(뭐야? 순식간에 신비로운 느낌이 싹 사라져버렸어. 처음에 느꼈던 내 감동을 돌려내.)

'애, 내 얘기 듣고 있니?'

내가 어리둥절하고 있자 표범이 내 얼굴을 물끄러미 바라봤다.

"아니, 아니, 아니, 표범이 당연하단 듯이 말을 걸다니, 이게 무슨 상황이야. 아니, 그보다 넌 누구야?"

'아, 역시 그렇지? 미안~. 말이 통하는 사람은 정말로 오랜만이라서~. 그로부터 몇 년이나 지났는지 몰라. 그때는~.'

"얘기가 탈선하기 시작했어."

표범이 또다시 관계없는 푸념을 늘어놓을 것 같아서 나는 궤도수정을 했다.

'어머, 미안~. 어, 으음~…… 무슨 얘기를 하고 있었더라?'

"넌 누구냐고!"

'아, 맞다, 맞아. 으음~, 난…… 표범?'

"그건 보면 알아! 그게 아니라 왜 의문형이야? 그리고 그렇게 무식하게 큰 표범이 어딨어! 너, 마수나 몬스터 아냐아아아아!"

답변이 너무나도 황당해서 나는 무례하게도 무심코 절규하며 손가락질을 하고 말았다.

'어머, 실례네. 날 저 어리석은 몬스터랑 같은 취급을 하다니~! 난 마수가 아니라 신수거든?'

자칭 신수님이 콧방귀를 끼며 대답해주었다.

"아, 그러세요? 그럼 그 잘난 신수님이 왜 도적들이랑 있습니까?"

나는 으스대며 말한 표범에게 빈정거렸다. 그러자 표범이 순식간에 풀이 죽더니 고개를 푹 숙이고 말았다.

'나도 좋아서 이러는 게 아니라니까. 오래된 계약인지 뭔지 하는 구속 때문에 어쩔 수가 없었다고~.'

"아, 미안. 그런 사정이 있을 줄은."

신수가 몹시도 침울해하자 나는 가엾게 여기고 사과했다.

'그 지긋지긋한 계약만 아니었다면 나도 자유의 몸이 될 수 있을 텐데~!'

"아, 미리 말해두겠는데 난 협력할 수 없어. 이 나라 사람이 아니거든."

어쩐지 이야기가 불길하게 전개될 것 같아서 일찍 못을 박아

두었다.

'어머? 나도 이 땅 출신이 아닌걸.'

"어? 무슨……."

"저기, 아가씨? 다른 분들께서 오고 계세요."

튜테가 평소답지 않게 이야기하던 도중에 끼어들었고 나는 무심코 주변을 둘러보았다. 튜테의 말대로 사람들의 발소리가 들렸다. 아마도 숲 밖에서 기다리던 부대가 올라온 모양이다. 반대로 그토록 요란했던 늑대들은 아무 소리도 없는 걸 보니 에밀리아가 쓰러뜨렸거나 격퇴한 모양이다. 어느 쪽이든 아무래도 곧 마무리될 것 같다.

'어머, 얘기를 더 하고 싶었는데~, 아쉬워라. 나도 물러가지 않으면 안 될 것 같네…….'

커다란 표범이 진심으로 아쉬운지 실망하며 이쪽으로 몸을 돌리기에 나는 최대한 정보를 얻어내기로 했다.

"시간이 없어. 너희들은 대체 누구야? 목적이 뭐야?"

'아 그건 금칙 사항이라서 말 못 해~.'

"네가 무슨 미래인이냐아아아!"

표범이 대답하자 나는 무심코 아무도 모를 딴죽을 걸었다. 덕분에 표범도 눈이 휘둥그레졌다. 어쩐지 창피해서 나는 고개를 숙이고 말았다.

'부탁할게. 여동생을…… 구해, 줘…….'

말이 바람에 쓸린 것처럼 멀어져간다. 고개를 드니 그렇게나

컸던 표범의 모습이 어디에도 보이지 않았다. 내가 흠씬 패준 남자도 사라졌다. 데리고 간 모양이다.

(다행이다……. 그토록 심하게 얻어터진 남자를 뭐라고 변명해야 할지 아찔했는데. 아, 하지만 결국 범인을 몽땅 놓친 셈이잖아……. 뭐, 별 탈 없이 끝났으니까 그걸로 됐지. 음, 그렇게 생각해두자.)

나는 한동안 숲 쪽을 멍하니 쳐다봤다.

"아가씨!"

튜테가 달려왔다. 그래서 뒤를 돌아보며 웃어주려고 했는데 그녀가 뜬금없이 나를 끌어안는 게 아닌가? 예상치 못한 행동에 나도 굳어버렸다.

"왜, 왜 그래? 튜테?"

"아가씨! 어딘가에 머리라도 세게 부딪치신 거 아니세요? 아, 하지만 아가씨께서는 그 정도로 몸이 망가질 만큼 연약하신 분이 아니시죠. 아, 아직도 제정신이 아니신 건가요? 아니면 일을 하도 많이 저지르셔서 결국 머리가 이상해졌다거나?"

"이봐, 잠깐만. 말 한 번 아주 신랄하네? 지금 싸움을 거는 거니?"

나는 튜테를 밀어내고서 도끼눈으로 쳐다봤다. 그렇지만 예상과 달리 튜테의 표정은 걱정으로 가득 차 있었다.

(어라? 농담이 아니야? 그러고 보니 아까도 튜테답지 않게 대화에 끼어들기도 하고……. 뭐야?)

몹시 걱정하는 튜테의 얼굴을 보니 화가 누그러졌다. 반대로 나는 의아해하는 눈으로 튜테를 쳐다봤다.

"뭔데? 왜 그래?"

"예? 아가씨께서 커다란 표범을 보고 계속 혼잣말을 하셨잖아요? 처음에는 마족이 몬스터와 대화하는 걸 따라 하시는 건가? 하고 흐뭇하게 바라보았는데, 점점 갈수록 아가씨의 모습이 가여워져서……."

"잠깐, 자자자, 잠깐만! 튜테의 귀에는 저 표범의 말이 안 들렸니? 여자 목소리로 말했잖아?"

"……아가씨……. 고민이 있으시다면 제가 힘이 되어드릴게요. 푸념도 들어드릴 테니 속에 담아두지 마세요……."

튜테가 눈물이 그렁그렁한 눈으로 다시 껴안으려고 하자 나는 뿌리치고서 안달했다.

"아니, 아니, 아니, 마치 노이로제에 걸린 사람처럼 취급하지 말아줘! 말했다니까. 진짜 그 표범이 말을 했다고오오오오오!"

또다시 나의 엉뚱한 절규가 숲에 되울렸다.

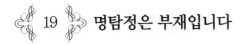

19 명탐정은 부재입니다

습격 사건의 뒤처리는 에밀리아에게 맡기고서 우리는 이쿠스 선생님을 비롯한 어른들과 합류했다. 일단 나는 그곳에 있었던 사람으로서 사정 청취라는 이름의 정보수집 모임에 참가하게 되었다.

이쿠스 선생님을 비롯한 어른들은 갑자기 습격했다가 물러가 버린 몬스터만 봤기에 이렇게 할 정보는 없는 듯했다. 아마도 어른들의 발을 묶으려는 노림수가 아니었을까 한다. 에밀리아도 역시 몬스터만 상대했다. 괴한과 맞닥뜨린 사람은 나와 두 메이드, 피피뿐이었다.

그러나 튜테와 스피아는 부엌에 들어가자마자 잠들었고, 저항하려고 했던 피피는 구속 아이템으로 어이없이 쓰러졌으므로 사태를 파악할 여유가 없었다.

결국, 모두의 시선이 나에게로 쏠렸다. 그들과 한바탕 싸웠을 뿐 아니라 두 명을 부엌에서 사로잡았으니까. 그 둘은 이미 구속되어 호송 중이다. 이곳에서 심문을 해봤지만, 훈련을 받았는지 입을 열려고 하지 않았다.

그래서 이유는 모르겠지만 별장에 있는 엘리자베스 님 앞으로 끌려갔다고 한다. 그나저나 아직도 자리를 지키고 있던 건가, 빙혈의 마녀님은······.

에밀리아의 말에 따르면 '백모님의 손에 걸리면 입을 열지 않는 녀석이 없다. 그건 매서워······.'라고 한다. 뭐가 어떻게 매섭다는 건지는 묻지 않는 게 나을 것 같으니 추궁하지 말자.

이야기가 탈선해서 다시 되돌리겠다. 당사자인 나는 모두의 시선을 받고도 긴장하거나 초조해하지 않았다. 그저 토라져 있었다.

이유를 말하려면 시간을 조금 전으로 되돌려야 한다.

"푸아아하하하하하하하하! 표범이, 표범이 말을 할 수 있을 리가 없잖나! 우리 마족이 마수와 대화를 할 수 있다고 해서 대항하고 싶었나? 귀여운 녀석이로군, 메어리는."

나는 튜테의 오해를 풀고자 에밀리아에게 설표 이야기를 들려주었다. 그러나 그녀가 보여준 반응에 얼굴이 새빨개졌다.

"그러니까 평범한 표범이 아니었다니까요! 엄청나게 커다랗고 아름다운 표범이었어요! 게다가 제 입으로 신수라고 했다고요!"

"신수?"

"맞아요, 맞아. 신수."

내 말을 듣고 웃다가 찔끔 나온 눈물을 훔치며 에밀리아가 되물었다. 나는 무언가 광명이 보인 듯한 기분이 들어 웃으며 대답했다. 그러자 에밀리아는 안타깝다는 표정으로 내 어깨에 손을 올리는 것이 아닌가?

"메어리……. 신수는 말을 하지 못한다."

"거짓말! 분명 말을 했어요! 내게 푸념을 털어놓으려고 했다니까요!"

에밀리아가 안타까워하며 쳐다보자 나는 다시 울먹이며 항의했다.

"메어리 님, 죄송하지만 저도 책이나 전설 속에서도 신수와 대화를 했다는 이야기는 본 기억이 없어요."

마기루카가 나를 궁지에 몰았다. 그녀의 얼굴을 보는 것이 아주 무서워서 나는 고개만 숙였다.

"메어리 님, 분명 피곤해서 그랬을 거야. 어서 돌아가서 쉬어."

평소답지 않게 자하마저 나를 가엾어했다. 자하의 그 말이 내 가슴에 콕 박혔다.

(그마아아안! 저 바보까지 내 걱정을 하다니! 내 정신은 멀쩡하다고오오오!!)

모두가 도통 믿어주질 않아서 화가 솟기 시작했다. 나는 떼를 쓰고 싶어졌다.

"하, 하지만, 전승은 전승일 뿐이니 어쩌면 대화를 한 사람이 있었을지도 몰라요. 누구한테도 말하지 않았던 것뿐인지도."

가만히 있을 수가 없었는지 사피나가 옹호해주었다. 나는 그녀를 쳐다봤다. 사피나가 천사처럼 보여서 나는 무심코 그녀에게 다가가 꼭 끌어안았다. 그만큼 기뻤다.

"사피나~. 내 편은 사피나뿐이야~."

"아와와와, 메, 메어리 니이이임."

나에게 안겨 안절부절못하는 귀여운 강아지.

"그래. 마족이 마수와 대화를 나눌 수 있다면 신수 역시 신의 사자하고만 말이 통할지도 모르지. 에인호르스 성교국의 아주 오래된 전승 속에 신의 사자 '성녀'가 등장한다고 어마마마께 들은 적이 있어. 표범의 말이 메어리 양에게만 들렸다 하니 어쩌면 메어리 양이 그 '성녀'일지도 모르는 이야기잖아."

왕자님도 내 말을 믿어주었는지 수긍할 만한 가설을 제시해주었다. 다만 나로서는 달갑지 않은 내용이 담겨있어서 마음이 심란했다.

(믿어줘서 아주 기쁘기는 하지만, 왕자님…… 그 해석은 제게 대단히 바람직하지 않은 내용이니 부디 철회해주세요.)

"그렇군요……. 성녀……. 그러고 보니 메어리 님은 그 신수가 이 나라 출신이 아니라고 했었죠?"

마기루카마저 그 해석을 진지하게 따져보기 시작했다. 나는 어찌할 바를 모르고 순순히 고개를 끄덕이고 말았다.

"하긴, 마족의 나라에 신수가 있는 건 좀 이상하군. 어느 나라에서 몰래 들여온 건가? 이곳을 습격했던 녀석과 관련이 있을 것 같군. 녀석들도 마족이 아닌 것 같더구나."

에밀리아의 말대로 습격한 괴한들에게는 마족의 특징이라고 할 수 있는 뿔이 없었다. 동물 귀가 달려 있던 것도 아니었으니 평범한 사람일 것이다.

에밀리아 덕분에 이야기가 성녀에서 살짝 빗겨나자 나는 안도했지만……

"하지만 그래도 말이지…… 이 녀석이 성녀?"

"동화 속 성녀는 신의 사랑을 받고, 모두의 사랑을 받고, 자애로우면서도 신비롭고, 때로는 늠름하게 사람들은 이끄는 존재라고 들었는데?"

"……뭐, 뭐야…….."

에밀리아와 자하가 다시 성녀를 언급하며 나를 쳐다봤다. 나는 무심코 사피나에게서 떨어져 뒷걸음질을 쳤다.

""푸아아하하하하하하! 아냐, 아냐!""

두 사람이 동시에 폭소를 터뜨렸다. 성녀 이야기가 부정되어 안도하는 나와 납득하지 못하고 수치심에 부들부들 떠는 내가 마음속에서 다투었다.

"웃지마아아아아아!"

귀까지 새빨개진 나는 두 사람을 쫓아다녔다.

그래서 내가 현재 토라진 것이다.

"메어리 님, 이제 기분 풀어요."

마기루카가 조심스럽게 말을 걸자 내 마음이 조금은 가라앉았다. 그리고 나는 한 가지 결심을 했다.

(그 자칭 신수와 만나 사람들 앞으로 끌고 갈 거야. 그러고는 말이 통한다는 걸 보여줄 거야. 내가 정신 나간 사람이 아니라는 걸 증명해 보이겠어!)

나는 결의를 하면서 모두의 얼굴을 둘러봤다. 그리고 그때를 떠올렸다.

온통 새카만 옷을 입고, 얼굴을 가렸기에 누구인지는 잘 모르겠지만, 한 가지 확실한 점이 있었다.

"그 녀석들, 공주 전하와 레이포스 님 얘기는 전혀 안 했어. 왕족을 노리고 습격한 것 같지는 않아."

나는 우선 모두가 염두에 두고 있는 왕족 습격설을 부정했다.

"최고의 마공기사, 혹은 그 제자를 노렸다는 설은?"

마기루카가 내 이야기를 듣고 질문했다.

"……그건 아냐. 스승이 이곳에 없다는 건 물어보기만 해도 알 수 있어. 공주님도 그랬지만 내가 제자라는 걸 아는 사람도 거의 없고. 더구나 처음부터 날 노린 거였다면 메이드가 아니라 날 데려갔을 터."

피피가 대답했다.

"응……. 그 녀석들은 분명 튜테와 스피아 씨를 납치하려고 했어."

내가 뒤이어서 말하자 침묵이 흘렀다. 다들 왜 메이드를 납치하려고 했는지 이유를 알 수가 없었다.

(뭐, 내게서 튜테를 납치해가는 건 결단코 용납할 수 없지만.)

내가 곁에 있는 튜테를 보자 그녀가 웃어주었다. 그 웃음만으로도 마음이 평온해지고 환해졌다.

"그러고 보니 두 메이드 중 누굴 데리고 갈지 갈팡질팡하는 듯했어. 메이드라면 누구든 상관없었던 걸까? 아니, 그렇다면 굳이 이곳을 노릴 필요는 없나?"

문득 스피아를 내던지고 달아나려고 했던 그들의 대화가 떠올랐다.

"이 집에 있는 메이드가 목표였다던가?"

"······이곳에 메이드는 없어. 나 혼자서도 충분하니까. 나는 처음부터 스승의 제자로 들어온 게 아니야. 처음에는 제자를 받을 생각이 없었으니까. 다만 스승은 자취 능력이 전혀 없어서 그 점을 노리고 들어와 모든 집안일을 도맡으며 스승의 기술을 관찰했지. 그러다 어깨너머로 배운 기술로 아이템을 만들어 보여주자 그때야 제자로 받아주었어."

내가 중얼거리자 마기루카가 부연해주었다. 그러나 피피가 부정했고, 이야기는 진전되지 않았다.

"으~음, 전혀 모르겠군······. 아, 설마 치정 문제인가? 이봐, 스피아. 뭔가 저지른 일이 있다면 지금 순순히 불어. 그럼 내가 용서해주지."

"공주님과 달리 전 그럴 일을 전혀 하지 않았습니다."

"호오, 장담하는구만? 후후후. 어디, 그대의 사생활을 남김없이

171

조사해주마."

"호호호, 그러시면 저도 공주님께서 함구해달라고 신신당부했던 여러 사건을 엘리자베스 님께 남김없이 보고하죠."

마음이 따뜻해지는 나와 튜테의 주종관계와는 정반대로 저쪽 주종관계는 거침이 없었다. 그냥 '이곳은 레리렉스 왕국이니까' 하고 흘려버리자.

"으음, 그럼 대체 뭐지? 메어리의 메이드한테 뭔가가 있나?"

"있을 리가 없잖아! 무례한 말은 하지 말아요."

"아, 알고 있다. 그냥 해본 말이니 그리 달려들지 마라. 이것 참. 그대는 그 메이드를 어지간히도 소중히 여기는 모양이군."

에밀리아의 말에 나는 거의 조건반사로 영애답지 않게 큰소리로 부정했다. 그러자 에밀리아도 내 기세에 눌렸는지 순순히 사과했다. 나는 부끄러워서 고개를 푹 숙였다. 곁눈으로 튜테를 보니 그녀도 부끄러웠는지 얼굴을 살짝 붉혔다.

"아, 그러고 보니……."

그런 와중에 스피아가 무언가 떠올렸는지 손뼉을 짝, 하고 쳤다.

"그러고 보니 예전에 장을 보던 도중에 누군가가 말을 건 적이 있었습니다."

"뭐냐? 그대의 자랑 따윈 듣고 싶지 않다만."

"혹시 인족이었나요?"

별 홍미 없이 대답하는 에밀리아를 무시하고 나는 어서 말해

보라고 재촉했다. 그 표범과 만나기 위해서는 정보가 조금이라
도 더 필요하다.

"아뇨, 마족이었습니다. 자길 화가라고 소개하면서 모델이 되
어줄 수 없겠느냐고 부탁하길래 정중하게 거절했습니다."

(이 사건, 초장부터 막혔잖아! 아무나 명탐정 좀 데리고와줘어
어어!)

이야기가 진전될 것 같지 않아서 나는 실망하여 어깨를 축 늘
어뜨렸다. 그러고는 속으로 명탐정을 애타게 갈망했다.

"뭐, 어차피 백모님에게 넘어간 이상 온갖 정보를 다 불게 될
테니 오늘은 이만 저택으로 돌아가자꾸나. 여기서 이러고 있을
필요는 없다."

에밀리아가 옳은 소리를 하자 나는 그것도 그렇다며 안심했다.
하지만 반면에 조금 걱정도 되었다.

(살인사건 드라마 같은 걸 보니 뭔가를 캐내려고 하면 꼭 그런
사람들이 제2의 희생자가 되던데~.)

나는 그렇게 생각하며 다 함께 별장으로 돌아갔다.

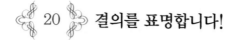

20 결의를 표명합니다!

　그렇게 아무 일 없이 별장으로 돌아갔으면 좋으련만, 우리는 도중에 사건과 맞닥뜨렸다.

　인적 드문 산속 외길에 마차가 멈춰 섰다.

　마족 병사들이 무슨 일이 있는지 확인하러 갔다. 창밖을 내다본 바로는 큰 전투 같은 게 있던 것 같진 않은데, 대신 그에 못지않은 사태가 벌어진 뒤였다. 앞서 구속했던 범인 둘을 태운 마차가 길목에 그냥 서 있었다. 호송 마차 앞에는 본 적 없는 마차와 군사들이 서 있었다. 보고를 받은 에밀리아는 병사를 데리고 무슨 일지 듣기 위해 직접 나갔다. 나도 뒤를 따라 나갈까 했지만, 마기루카가 말려서 얌전히 있기로 했다.

　이윽고 우리가 탄 마차의 문을 노크하고서 에밀리아가 안으로 들어왔다. 그 얼굴은 평소답지 않게 진지했다.

　"호송을 맡겼던 병사들이 범인 녀석들한테 당했다."

　"구속을 풀었다는 말인가요? 어떻게?"

　"모르겠다. 그렇게 쉽게 풀 수 있는 게 아닐 텐데…….."

　"범인의 동료들이 도와준 게 아닐까요?"

　"그건 아닐 거다. 놈들도 결국 도망치지 못하고 죽었으니까."

　예상했던 대로(?) 흉흉한 전개가 펼쳐지자 나는 아연실색했다. 오직 왕자님만이 에밀리아와 계속해서 대화를 나누었다. 그 모습을 보고 나는 무례하게도 역시 왕족이구나, 하고 감탄했다.

"무슨 소리죠? 저 앞에 있는 마차와 관계가 있는 건가요?"

"저건 '다브잘'……그러니까, 이 항구 도시를 맡은 관리(시장)의 마차다. 범인을 죽인 건 그의 병사고."

"그런 분이 왜 이런 곳에 있죠? 범인은 왜 죽인 겁니까?"

"으음, 놈은 우리가 습격받을 거라는 정보를 어디선가 듣고 급히 왔다고 하는데……."

그들은 행군 도중에 호송 마차와 마주쳐 습격 사건의 이야기를 듣고 있었는데 그때 갑자기 구속을 푼 범인들이 기습일 펼쳐 호송 병사들을 죽였고, 습격범들이 달아나는 걸 보고만 있을 수 없던 다브잘 시장은 놓칠 바에야 차라리 죽이는 게 낫겠다 싶어서 범인을 처치했다고 한다

에밀리아는 설명을 끝낸 뒤에 몸을 등받이에 푹 기대고서 천장을 올려다봤다. 그녀는 납득할 수가 없다는 표정을 짓고 있었다.

"에밀리아 공주. 뭔가 석연치 않은 점이라도?"

왕자님이 모두가 궁금해하는 것을 대신하여 질문했다.

"아무리 생각해도 습격범이 어떻게 구속을 풀었는지 모르겠다. 설령 도구를 이용했다거나, 혹은 어떤 방법으로 운 좋게 구속을 풀었다고 치더라도 내 병사가 죽고 다브잘의 병사가 범인들을 죽였다. 근데 사람이 죽은 것치고는 현장이 너무 깨끗해. 싸우기는커녕 내 병사들은 칼조차 뽑지 않았나 싶을 만큼 깨끗하단

말이다……. 어쩐지 석연치가 않군."

에밀리아가 천장을 올려다보며 벌레 씹은 표정을 짓고 있으니 누군가가 마차 문을 또 두드렸다.

"공주님, 다브잘 님이 인사를 드리고 싶다 합니다."

밖에서 스피아의 목소리가 들렸다. 에밀리아가 왕자님을 쳐다보자 그는 아무 말 없이 고개를 끄덕였다.

"지금, 나가마."

문이 열리자 에밀리아가 먼저 나갔다. 그리고 우리도 차례대로 마차에서 내렸다.

"아, 공주님! 이런 곳에서 인사드리게 되어, 송구스럽기 그지없습니다. 뵙고도 인사를 드리지 않을 수도 없는 노릇이온지라. 이렇듯 인사를 드릴 수 있도록 배려해주셔서 대단히 감사합니다."

나는 뚱뚱한 아저씨가 나올 줄 알았는데, 예상 밖에 늘씬하고 근육이 탄탄한 중년 남성이 나왔다. 머리에는 두 개의 멋진 뿔이 나 있고, 머리카락은 검은색이었다. 다만, 안경을 낀 얼굴은 호감이 가질 않았다. 그냥 내 느낌일 뿐이지만, '마치 속내가 있습니다' 하고 말하는 것 같은 인상이었다. 뭐, 겉만 봐서는 사람을 알 수 없지만.

다브잘은 공손하게 고개를 숙인 뒤 우리를 품평하듯 쳐다보기 시작했다. 어쩐지 소름이 돋는데 그저 기분 탓일까? 기분 탓이라고 생각하고 싶다.

"그쪽 분들은 공주님의 손님이십니까?"

"그래, 비공식이니 소개는 생략하겠다."

"먼 길을 지나 우리 왕국에 오신 것을 환영합니다. 전 항구 도시를 다스리는 다브잘이라고 합니다."

에밀리아가 우리를 숨기듯 앞으로 나서자 다브잘이 다시 공손하게 인사했다. 그만한 권력이 있다면 우리가 누구인지 굳이 말하지 않더라도 알겠지. 특히 왕자님은…….

"그런데 다브잘. 그대는 녀석들이 누구인지 아는 눈치더군?"

"……예. 뭐, 항구 도시다 보니 밀항자가 원체 많은데, 그들도 저희가 추격 중이던 밀항자 중 하나였습니다. 설마 어리석게도 공주님을 습격할 줄은 몰랐습니다. 대응이 늦어져서 대단히 죄송합니다."

"그래서 그 녀석들은 누구냐?"

"……인족의 나라에서 쫓겨나, 돈으로 고용된, 공주님을 노리는 시답잖은 소수 집단입니다."

"그게 용병이라고? 주범을 아는가?"

"안타깝게도 현재 조사 중이라서 뭐라 확실하게 말씀드릴 수가 없습니다. 그러나 며칠 안에 찾아내어 공주님을 노린 대가를 톡톡히 치르게 하겠습니다."

(공주를 노렸다? 그건 아닌 것 같은데……. 설마 이 아저씨, 알면서 모른 척하고 있나?)

나는 불신하는 마음을 안고 고개를 갸웃거리다가 꼭 묻고 싶은 것이 있어서 실례를 무릅쓰고 사이에 끼어들었다.

"저기…… 외부인이 끼어드는 것을 허락해주세요."

내가 말을 꺼내자 에밀리아와 모두가 화들짝 놀라 이쪽을 쳐다봤다. 유일하게 다브잘만은 여유로운 얼굴로 이쪽을 쳐다본 뒤 에밀리아 쪽을 고개를 돌렸다.

"뭐지?"

에밀리아가 발언을 허락해주었다.

"다브잘 님, 쫓고 있는 그 무리 중에 표범이 없었나요?"

내 말을 듣고 에밀리아는 아직도 포기하지 않았느냐 하고 안타까운 표정으로 쳐다봤지만, 나는 무시했다. 그리고 한순간이지만 웃고 있던 다브잘이 흠칫 놀란 것처럼 보였다.

"……표범이요? 글쎄요……. 그런 몬스터가 있다는 보고는 받지 못했습니다만."

다브잘은 뒤처리는 자기들에게 맡기고 별장으로 돌아가라고 말한 뒤 우아하게 물러났다.

"……메어리, 그대는 진심으로 그 표범을 찾을 작정인가? 그런 짐승은 이곳에 없대도……. 더구나 너무 질문이 맥락 없다. 그래서 외부인이 무슨 뜻인지 알아듣겠나."

다브잘과 헤어진 뒤에 에밀리아가 어이없다는 얼굴로 말했다. 그러나 그 말을 듣고 깨달은 바가 있었다.

(짐승, 맥락……. 분명 난 '표범'이라고만 말했어. 그럼 보통은 '짐승'이라 하겠지. 그 사람은 '몬스터'라고 말했어. 다시 말해 그는 내가 언급한 표범이 평범한 짐승과는 다른 거대한 설표라는

걸 알고 있었다는 말 아닌가? 으~음, 수상쩍어…….)

나는 고개를 갸웃거리면서도 모두가 재촉하기에 마차로 돌아
갔다.

"나, 신수를 찾기로 했어."

별장에 도착한 뒤에 나는 모두에게 결의를 표명했다. 왕자님
을 비롯한 모두가 황당한 얼굴로 나를 쳐다본 뒤 무슨 영문인지
쓴웃음을 흘렸다.

"그 녀석들이 왜 메이드를 납치하려고 했는지도 궁금하긴 하
지만, 난 표범을 찾고 싶어."

"그렇게 고집할 필요까지는 없잖아요?"

마기루카가 나를 달랬지만 나는 물러서지 않는다. 왜냐면 표
범을 찾아야 하는 또 다른 이유가 떠올랐기 때문이다.

"그야 그렇긴 하지만, 그 아이……가 떠날 즈음에 여동생을
구해달라고 했던 게 떠올랐어. 그런 표범이 한 마리가 더 있대.
게다가 구해달라고 했으니 붙잡혀 있을 가능성이 있잖아? 어쩐
지 가만히 두고 볼 수가 없다고 해야 할까…….."

(뭐, 그것도 중요한 이유이긴 하지만, 가장 중요한 이유는 모
두한테 내가 멀쩡한 아이라는 걸 증명하고 싶다는 거야. 그게
가장 중요해!)

나는 자못 착한 사람인 것처럼 말했지만, 인간이란 겉과 속이 반드시 일치하지 않는 법이다.

"그럼 짐작 가는 데라도 있나요?"

마기루카가 어이없다는 얼굴로 물었다.

"그 시장이 수상한 것 같아. 뭔가를 알고 있는 눈치였어……."

나는 시장을 보고 느꼈던 위화감을 모두에게 설명한 뒤 검토해달라고 부탁했다. 왕자님과 마기루카가 한동안 골똘히 생각했다. 참 든든하다. 그리고 애초부터 생각하는 것을 포기하고 근육 트레이닝을 시작한 자하는 못 본 척하기로 하자. 사피나도 추리는 젬병인지 일단 포기하고서 모두가 의견을 말하기를 조마조마한 얼굴로 기다렸다.

"으~음, 실은 나도 뭔가 이상하다는 생각이 들긴 했어. 마치 습격 사건을 미리 알고 있었다는 듯이 일 처리가 너무 빠르더군. 그야 보통 '공주'가 위험에 빠지면 그렇게 하겠지만 그녀는 대우가 형편없——방임주의이고, 혼자서 빠져나온 것도 아니야. 병사들과 함께 나왔으니까. 그 시장은 습격자들을 소수의 시답잖은 무리라고 했지만, 그가 데리고 온 병사는 그런 잔당 토벌 수준이 아니었지. 우리도 병사를 거느리고 있는데……."

(방금 왕자님, 형편없다고 말하려고 하지 않았나? 다들 역시 그렇게 생각하는구나.)

나는 왕자님의 발언 중에서 다른 부분에 공감했다.

"게다가 공주가 몬스터의 습격을 받았다고 설명했는데도 그는 그 말을 귀담아듣지 않더군. 그때는 눈치채지 못했지만, 매직 아이템을 수리하려고 그 숲을 찾았다가 몬스터의 습격을 받았다는 얘기는 대단히 특이하잖나? 자기 관할지에서 그런 일이 있었는데, 너무 반응이 없더군. 이번 사건과 연관이 있든 없든."

"하지만 다 추측일 뿐 증거가 없잖아요. 어떻게 할 건가요? 설마 그 사람의 집에 몰래 들어가 단서를 찾기라도 할 건가요? 그건 안 될 일이죠."

마기루카도 의견을 말했다. 그녀가 위험한 발언을 하자 나는 당황했다.

"자, 자자, 잠깐만, 마기루카. 그 말투는 마치 표범을 찾는 데 왕자님과 네가 협력한다는 것처럼 들리잖아?"

"들리고 말 것도 없이 메어리 님이 찾고 싶다고 한다면 협력해야죠. 있는지 없는지는 제쳐두더라도."

"그렇지."

"잘 모르겠지만 저, 저도 메어리 님을 돕겠습니다."

마기루카가 자못 당연하다는 듯이 말하자 왕자님과 사피나가 동의했다. 내 가슴이 서서히 뜨거워졌다.

"아, 나도, 나도."

팔굽혀펴기를 하면서 대단히 가벼운 투로 동의하는 바보도 있었지만, 그래도 모두의 마음이 고마워서 눈물이 나올 뻔했다.

(친구는 참 좋네~.)

"다들……."

"다들 모여서 뭘 상의하고 있는 걸까? 어쩐지 위험한 향기가 풍기는데."

대체 언제 다가왔는지 뒤에서 가느다랗고 아름다운 손가락이 나와 내 턱을 쓰윽 쓰다듬었다. 너무 갑작스러워서 나는 얼어붙었다. 조금 전까지 뜨거웠던 마음이 순식간에 얼어버린 느낌이었다.

(안 봐도 알겠어. 이 압박감, 이 오싹함, 그 마녀님이야.)

다들 놀란 얼굴로 굳어 있는 것으로 보아 아무도 다가오는 걸 눈치채지 못했겠지. 어떻게 접근했는지 수수께끼다. 뭐, 그건 제쳐두고 나는 녹이 슨 양철 인형처럼 고개를 삐거덕 뒤로 돌렸다. 예상했던 대로 에밀리아의 백모, 엘리자베스 님이 있었다.

"저, 저기, 엘리자베스 님. 이, 이건 말이, 죠……, 그게……."

변명하려고 했지만, 아무것도 떠오르지 않아서 나는 그저 눈동자만 이리저리 굴렸다.

"여러분한테 대단히 민폐일지도 모르겠지만, 이 일대를 다스리는 시장이 사죄의 의미를 담아 저녁 식사에 초대하고 싶다며 초대장을 보내왔습니다. 어떻게 하겠어요?"

대단히 알맞은 시기에, 대단히 좋은 계기가 생겼다. 엘리자베스 님이 젠체하며 내보인 편지를 나는 뚫어지게 쳐다봤다.

엘리자베스 님은 사디스트처럼 흐릿한 웃음을 흘리며 나에게 편지를 건넨 뒤 내 귓가에 얼굴을 가까이 댔다.

"조심하도록. 당신이 말한 표범은 오랜 세월 성교국이 '뒤'에서 부려왔던 신수일지도 몰라. 즉, 당신의 상대는…….”

귓가에 대고 속삭이자 소름이 돋았지만, 그 내용을 듣고 나는 무심코 엘리자베스 님을 쳐다봤다. 그녀는 편지를 건넨 뒤 입에 검지를 잠깐 대고서 윙크를 했다. ‘뒤’라는 말을 강조한 것으로 보아 일반적으로 알려지지 않은 정보일까?

(저 사람, 어디까지 아는 거지? 다 알고 있으면 당신이 손수 해결해요.)

내가 반쯤 뾰로통하게 엘리자베스 님을 쳐다보자 그녀는 눈을 가늘게 뜨며 재미난 것을 구경하는 듯한 표정을 지은 뒤 우아하게 떠나갔다. 그리고 교대하듯 에밀리아가 실내에 들어왔다.

“뭐냐, 메어리. 왜 이상한 표정을 짓고 있지?”

“이상하다고 하지 마!”

아주 자연스럽고 친근하게 굴어서 나는 상대가 공주라는 것도 잊고 대꾸했다.

(제에에엔장, 엘리자베스 님이라는 명탐정이 있는데, 그 명탐정이 일할 마음이 없는 것 같아……. 그런 추리소설이 말이 되냐고오오오오!)

나는 마음속으로 명탐정의 태만을 푸념했다.

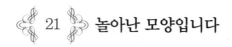

21 놀아난 모양입니다

"낭보다. 메이드들을 납치하려고 했던 자들의 정보를 입수했다."

모두를 앉게 한 뒤에 에밀리아가 자신만만하게 말했다. 하지만 나는 그보다 그녀 뒤에 있는 피피가 신경이 쓰였다.

(왜 여기 있는 거지?)

"응? 아아, 피피? 이번 사건에 도움이 될 것 같아서 데려왔다."

"무슨 뜻입니까?"

모두를 대표하여 왕자님이 물었다.

"난 잘 모르겠다만, 피피는 그들이 들고 있던 매직 아이템이 마음에 걸린다더군."

"범인의 시체는 다브잘 시장이 모조리 회수했으니 조사할 방법이 없지 않습니까?"

왕자님이 말했듯이 붙잡힌 녀석들은 이미 시체가 됐고, 유해와 유품은 모두 그 시장이 회수했다.

"으음, 내 권한으로 강제로 조사를 해봤더니 피피가 한 가지 의문점을 발견했다."

에밀리아가 말하자 피피에게 시선을 쏠렸다.

"……날 구속했던 매직 아이템이 없어."

"두 녀석이 가지고 있던 물건은 전부 호송 병사들이 모아서 운송 중이었는데, 다브잘은 그런 물건은 없었다고 하더군. 피피가 그 아이템을 벗다가 망가뜨리기는 했지만, 문제는 없을 것 같아 병사한테 넘겼고, 스피아도 그 광경을 봤다. 즉 다브잘이 모른다는 건 이상한 이야기다."

그녀의 설명에 따르면 구속 아이템의 유무는 꽤 중요한 문제라고 한다. 그 아이템을 만드는 건 오직 레리렉스 왕국뿐이며, 외국으로 유출을 금지하고 있다. 구속 아이템으로 범죄자를 붙잡는 건 좋지만, 역으로 범죄에 쓰일 수도 있고, 일류 마공기사의 아이템은 그만큼 위험하기에 레리렉스 왕국이 직접 관리하고 있다. 그런데 그런 아이템을 그 침입자들이 가지고 있었고, 그게 흔적도 없이 사라졌다. 충분히 수상한 이야기였다.

"허나 다행히도 녀석들이 갖고 있었던 그 희소한 구속 아이템 중 하나를 멀쩡한 상태로 입수했다. 뭘 숨기겠는가. 피피 본인이 차고 있던 것이라고 하더군."

에밀리아가 말하자 피피가 목걸이 같은 것을 탁자에 내려뒀다.

(아, 내가 망가뜨린 거랑 같은 아이템 같은데.)

마음속으로 생각했던 것이 무심코 입 밖으로 나올 뻔했다. 나는 황급히 입을 막고서 고개를 딴 곳으로 돌렸지만, 다들 아이템을 보고 있었기에 알아차리지 못했다.

"아까 피피 씨가 벗다가 망가뜨렸다고 들었는데요? 게다가 없어졌다고 하지 않았습니까?"

왕자님이 아까 들었던 이야기를 떠올리며 말했다.

"······음, 의식이 조금 날아갔다가 정신을 차려보니 메어리 님이 날 그대로 놔두고서 밖으로 나가버린 뒤였어. 그런데 문득 주변을 보니, 약간 망가지긴 했지만 똑같은 구속 아이템이 떨어져 있었어. 나는 그때 감이 왔지. 혹시 메어리 님은 이 귀중한 '단서'를 만약에 대비해 숨겨두라고 이곳에 놔둔 게 아닐까, 하고. 그래서 나는 습격 사건이 마무리되어 갈 즈음에 스피아 씨가 차고 있던 구속 아이템을 숨겼어. 그리고 스피아 씨와 시선을 주고받은 뒤 벗기다가 망가뜨렸다고 하고서 부서진 구속 아이템을 병사한테 넘겨주었지."

피피의 말을 듣고 모두가 '오오~'하며 감탄하며 나를 쳐다봤다. 나는 어색하게 웃으며 얼버무릴 수밖에 없었다. 조금 미안한 이야기지만 그때 나는 머릿속이 온통 튜테 생각뿐이었기에 피피는 까맣게 잊고 있었다. 그 아이템도 부숴서 던진 게 우연히 피피 옆에 떨어졌을 뿐이다. 하지만 지금 와서 '미안, 사실은 잊고 있었어'라고 하는 것도 너무 박정했다. 결국 난 또 진실을 감출 수밖에 없었다.

"그, 그건 피피 씨의 재치 덕분이니 난 아무것도 한 게 없어요. 그보다 얘기를 계속해요, 계속."

나는 다음 말을 재촉했다.

"……이 아이템은 대단히 정교해. 메어리 님은 봐서 알겠지만, 사람을 완전히 무력하게 만들 수 있어. 평범한 마공기사는 어림도 없지. 그런데 내부 마법 회로를 열어 봤더니 어디선가 봤다고 해야 할까, 제작자 특유의 버릇이 남아있더군."

피피가 평소답지 않게 말을 술술 내뱉었다. 얼굴은 무표정하지만…….

"……이건 스승이 만든 거다."

피피의 말에 정적이 흘렀다.

"현재 행방불명인 마공기사 '기르츠' 님이 그 아이템을 제작했다는 건 그 사람도 이번 사건에 관여했다는 건가요?"

마기루카도 참지 못하고 이야기에 끼었다.

"……그럴지도 모른다. 다만 이것 자체는 꽤 오래전에 만든 물건이다. 스승님은 품번 대신에 제작일을 써넣는 버릇이 있으니까. 이건 행방불명되기 전에 제작된 거다."

그때 나는 자신이 망가뜨린 또 다른 구속 아이템을 떠올렸다. 말할 것도 없이 피피가 제작했던 것 말이다. 그때 그녀가 했던 말이 떠올랐다.

"피피 씨. 기르츠 씨가 구속 아이템을 제작한 이유는 시장이 의뢰했기 때문이라고 하지 않았어요?"

내가 말하자 에밀리아가 씨익 웃었다. 그리고 피피는 고개를 끄덕였다.

"백모님은 시장이 가지고 있는 목걸이랑은 생긴 게 다르다고는 하는데……. 피피의 말이 사실이라면 내용물은 똑같겠지."

"그쪽 재고가 줄어들었다면 시장이 빼돌렸을 가능성도 있겠네요."

"으음, 백모님의 말에 따르면 재고가 줄어들지는 않았다고 하더군. 하지만 그 말을 듣고 피피를 대동하여 몰래 살펴봤더니 몇몇 아이템들이 다른 기사가 제작한 것과 내용물이 바꿔치기 되어있었다. 백모님이 재고가 줄어들지 않았다고 해서 그 자리에서는 아무 말도 하지 않고 나오긴 했다만."

에밀리아가 자랑스러워하는 얼굴로 말했다. 그러나 나는 그 이상으로 궁금한 것이 있어서 잠자코 있을 수가 없었다.

"저기……, 공주 전하, 잠깐 괜찮을까요?"

"뭐냐?"

"아까부터 자꾸 '백모님의 말에 따르면' 하고 말을 꺼내는데, 혹시 엘리자베스 님의 말대로 움직이고 있는 거 아닌가요?"

"응? 그런가? 듣고 보니 그렇군. 거기까지는 생각이 미치지 못했다."

(당신, 엘리자베스 님의 손바닥 위에서 완전히 놀아나고 있네~. 아아, 무서워라……. 그 마녀님과 얽히고 싶지 않아.)

이야기가 벗어나고 말았지만, 여하튼 에밀리아와 피피의 이야기를 들으니 그 시장이 더더욱 수상해졌다. 그러나 이유는 모르겠다. 지금까지 들은 이야기를 단순하게 정리하자면 시장이 표범을 데리고 있는 습격자를 시켜서 메이드를 납치하려고 했다는 것이다.

(왜? Why?)

"뭐, 그런 건 아무래도 상관없다. 여하튼 앞으로 어떻게 하면 좋을지 고민하고 있으니 백모님이 항구 도시에 있는 마공기사

목록을 보여주더군. 피피가 그걸 보고 한 가지 이상한 점을 발견했고."

(거봐, 또 백모님이야.)

다들 피피를 보고 있지만, 나는 어이없다는 얼굴로 에밀리아를 보고 있었다. 이쯤 오면 엘리자베스 님이 에밀리아를 말로 삼아 우리를 조종하고 있다고 봐도 될 정도다.

"……응, 난 스승의 아래에 들어가기 전에 이 항구 도시에 있는 어느 기사한테도 제자를 시켜달라고 졸랐다. 그리고 그들의 기술을 눈으로 익히고, 내 나름대로 개량을 하여 작품을 만들었지. 하지만 그 모습은 본 마공기사들이 더는 가르칠 게 없다고 낙담하며 나를 쫓아냈다. 그 뒤로 항구 도시에 있는 얼마 안 되는 또 다른 기사들을 찾아갔지만 다들 똑같은 소리를 했지……. 아직도 왜 그랬는지 모르겠지만……."

이야기가 딴 길로 새고 말았지만, 피피의 말을 듣고 모두가 쓴 웃음을 지었다. 기르츠가 만든 걸 대신 고칠 정도니 재능이 이만저만한 게 아니겠지. 마공기사들이 고생하며 만든 물건을 척 보고서 금세 모방하여 제작해내니까. 하물며 그게 자기가 만든 것보다 고성능이라면 낙담할 만도…….

"……여하튼 날 쫓아낸 기사 중에 이번에 발각된 가짜 구속 아이템의 술식과 비슷한 물건을 만들었던 사람이 하나 있다. 어느 상회에서 전속 기사로 일하고 있는 사람인데……."

"백모님의 얘기에 따르면 상회 규모가 작고 이렇다 할 인기

상품도 없는데도 일꾼을 자꾸 늘리고 있다더군. 게다가 주변에서 탐문을 벌여봤더니 시장의 심부름꾼이 드나드는 걸 봤다는 정보도 입수할 수 있었다."

이제 나는 '백모님'이라는 단어를 못 들은 척하기로 했다. 저런 정보는 그냥 어디서 주워올 수 있는 게 아니다. 엘리자베스 님은 이미 모든 상회를 탈탈 털어본 게 틀림없다.

"그래서 지금 거기로 가보려고 한다."

공주님이 불쑥 위험한 발언을 했다. 뭐, 시찰 같은 핑계를 대면 들어갈 수 있을 것 같긴 한데, 설마 다짜고짜 쳐들어가지는 않겠지? 공주님, 그렇죠?

"하지만 저녁 식사 초대를 받았잖아요? 저희도 준비하려면 시간이 부족할 것 같습니다만."

"으음, 그래서 사람을 두 패로 나누려고 한다."

마기루카가 묻자 에밀리아가 바로 대답했다. 그런데 생각도 하지 않고 바로 답을 내놓은 것으로 보아 이것도 아마 그 인물이 일러준 꾀가 아닐까? 마음이 삐뚤어진 나는 그렇게 추측했다.

"저녁 식사에 왕자가 빠질 수는 없으니, 왕자와 마기루카, 자하가 식사 조에 들어간다. 물론 내가 참석하지 않으면 내 손님들한테 무슨 짓을 할 수도 있으니 나도 가야겠지. 그밖에는 크라우스 경의 부대가 왕자 호위를 위해 저녁 식사에 참여한다. 나머지는 다른 조에 편성."

"저기······, 전 아무래도 상관없지만 역시나 공작가 영애인 메어리 님이 저녁 식사에 빠지는 건 문제가……."

사피나가 평소답지 않게 자못 타당한 의문을 던졌다.

"홋홋홋, 그것도 물론 미리 손을 썼다. 다브잘한테는 메어리가
워낙 둔감한지라 사건에 휘말린 직후에는 아무렇지 않았지만,
시간이 흐르자 뒤늦게 겁을 먹는 바람에 느닷없이 고열이 나서
몸져누웠다고 말해뒀거든."

"잠깐, 그게 무슨 소리인가요! 애써 의연한 척 굴었다고 말할
수도 있었잖아요오오!"

에밀리아가 무례하기 짝이 없는 말을 하자 나는 무심코 항의
했다. 저렇게 말하면 나를 둔감하고 바보 같은 여자애라고 생각
할 거 아니야!

"뭐, 여하튼 이렇게 조를 나누도록 하자."

"우우우, 불참 이유가 내키지 않지만, 어쩔 수 없네요. 그럼
나머지 조는 저와 사피나, 튜테, 피피 씨가 되겠군요. 그리고 이
쿠스 선생님도요. 근데, 결국 마족 분이 한 명도 없는데 괜찮을
까요?"

마족의 상회를 조사하러 가는데 마족이 전혀 없는 편성에 나
는 의문밖에 떠오르지 않았다.

"안심해라! 그대들에게는 백모님이 따라갈 테니! 아, 그리고
스피아도 따라가도록 해라! 너라면 백모님을 모셔도 아무 문제
없겠지."

에밀리아가 엄지를 척 세우며 경쾌하게 말했다. 아니 뭐, 엘

리자베스 님도 마족이긴 한데, 나는 왜 자꾸 등골이 오싹해지는 걸까. 그리고 넌지시 스피아를 이쪽에 맡겼는데, 그냥 공주님이 스피아의 눈에서 벗어나고 싶을 뿐인 건 아닐까? 그냥 내 마음이 심란해서 그런 생각이 자꾸만 드는 걸까? 그러나 슬프게도 나는 이보다 더 좋은 방안을 갖고 있지 않아서 참견할 수가 없었다.

(크으으으으, 위험해……. 이대로 있다가는 나도 마녀님의 손바닥 위에서 놀아나게 될 거야아아아.)

내가 속으로 끙끙거리는 사이에 이야기가 진행되어 우리는 행동을 개시하게 되었다.

막간 그 첫 번째

말끔하게 쓸고 닦인 대리석 복도에 늘어서 있는 장식품은 레리렉스 왕국의 물건은 물론 외국에서 들어온 물건까지 종류가 다양했다. 이곳이 수많은 나라와 교류하는 자가 사는 거처라는 걸 암시하는 듯했다.

아무렇게 놓은 것이 아니라 장식품들이 가장 아름답게 보일 수 있도록 계획적으로 배치한 것을 보면 그걸 지시한 자의 세심한 성격, 혹은 까다로운 성격이 전해지는 듯했다.

이 호화로운 복도를 우아하게 걷고 있는 중년 남자가 있었다. 그가 바로 이 관(館)의 주인이자 이 도시를 다스리도록 마왕에게서 위임받은 다브잘이다.

"다브잘 님, 그분이 집무실에서 기다리고 계십니다."

다브잘이 도착하자 남자 집사가 그의 귀에만 들리도록 나직이 고했다. 그러자 여유롭게 웃던 그의 표정이 갑자기 일그러졌다.

"늘 그렇듯이 아무도 들이지 마라. 그리고 만찬회 준비는?"

"예, 너무 급작스럽기는 했습니다만, 그럭저럭……."

그 말을 들은 다브잘은 집사를 복도에 남겨두고서 집무실에 들어갔다. 말끔하게 정돈된 방 안에서 그의 세심한 성격이 배어 나오는 듯하다.

그런데도 이번에 실패하고 말았다…….

다브잘은 생각만 해도 속이 뒤틀리는 듯했다.

"기분이 상당히 언짢은 모양이네♪"

얼굴을 살짝 찡그렸을 뿐인데도 다브잘의 그 속내를 짐작했는지 이미 방 안에 있었던 남자가 차를 마시며 말했다. 그저 남자라고 말하기보다는 젊은 남자라고 말하는 편이 맞을 것 같은 외모였다. 순진한 말투와는 달리 그에게서는 위압감이 느껴졌다. 그의 머리에는 마족 특유의 뿔도, 수인의 귀도 보이지 않았지만, 대신 다브잘을 능가하는 수상쩍은 분위기를 풍기고 있다.

그의 수상쩍은 분위기는 그의 복장도 한몫하고 있었다.

말투도 가볍고 장난기가 어린 표정이지만, 옷은 엄숙하기 이를 데 없는 사제복이었다. 그나마도 젊은 나이에 이를 만한 자리가 아닌 고위 사제의 옷이었다. 이런 미스 매치가 더욱이 그를 알 수 없게 만들고 있었다.

다만, 복장을 보아서 알 수 있는 것도 있었다. 고위 성직자. 즉 에인호르스 성교국 사람이다. 즉, 이곳은 에인호르스 성교국이 적대하는 마족의 방에서 태연히 차를 홀짝이고 있는 사제와 그를 손님으로 받은 마족이라는 그림이 되어있었다. 명백히 이질적인 광경이었다.

"당연하지! 네놈들은 오랫동안 준비한 계획을 망칠 셈이냐! '영멸기관'이라는 이름이 웃겠군!"

젊은이의 냉정한 태도를 보고 부아가 치밀었는지 다브잘이 평소답지 않게 격앙하였다.

"이봐, 이봐. 명색이 비밀기관인데 이름을 크게 떠들면 안 되지. 누가 듣기라도 하면 내가 곤란해지잖아?"

말은 그렇게 했지만, 젊은이는 표정 하나 변하지 않고 여전히 차를 마시고 있었다. 절대로 아무도 듣지 못할 거라는 자신감이 겉으로 드러났다. 다브잘도 머리가 나쁜 마족이 아니다. 여기서 화를 내본들 아무런 의미가 없다. 지금은 다음 계획을 수행해야 할 때라며 안경을 고쳐 쓰면서 마음을 다잡았다.

"대체 무슨 생각으로 그런 건가? 계획에는 없었잖아? 공주가 입막음과 증거인멸이 있었던 게 아닌가 하고 의심하기 시작했다고. 솔직히 공주는 속이면 그만이니 상관지만 진짜 문제는 그 배후야. 그 여자가 움직일지도 모른다고."

다브잘은 젊은 남자의 맞은편에 놓인 소파에 앉자마자 푸념을 털어놓았다. 다브잘이 말한 공주란 에밀리아를 가리킨다. 그리고 그 배후, 그 여자란 엘리자베스를 가리킨다. 그 여자가 자그마한 불신조차 품지 못하도록 오랫동안 충직한 시장인 척 행동해왔는데, 이번 사건에서 약간 무리를 한 바람에 그 신용에 살짝 금이 갔는지도 모른다. 아주 자그마한 금. 그러나 세심하고 신중한 다브잘은 그것조차 용납할 수가 없었다. 불안요소는 단하나라도 떠안고 싶지 않았다.

"아하하, 미안, 미안. 그 빌어먹을 영감이 떼를 쓰더라고. 공주의 메이드와 교섭하고 싶다느니 뭔가 헛소리를 지껄이더니 계획했던 작업을 멈추지 뭐야. 그래서 귀찮게 됐구나 싶던 차에 때마침 공주가 외출한다는 소리가 들리기에 납치하라고 시켰지."

"그렇다고 해서 그 귀중한 아이템을 가져가는 바보가 어디 있나!"

젊은 남자가 너무나도 대수롭지 않다는 듯 말하자 억눌렀던 분노가 터져 다브잘은 그만 목소리를 높이고 말았다. 그러나 그는 심호흡을 한 번 하고서 그 분노를 억지로 집어넣으려 애썼다.

"아, 맞다. 그 구속 아이템, 진짜 편리하더라. 너무 편리해서 무심코 써버렸어. 우리는 아~무도 만들질 못해서."

"지금 그걸 만들 수 있는 사람은 그 노인뿐이야. 조심히 다뤄."

다브잘이 안경을 고쳐 쓰며 노려봤지만, 젊은 남자는 아랑곳하지 않고 빈 잔을 손가락으로 빙글빙글 돌리며 놀기 시작했다.

"예~예~. 그나저나 그걸 실패할 줄은 몰랐는데. 혹시 그 공방에 공주 말고 마족 실력자가 또 있었나?"

"그런 보고는 없다. 대부분 숲 밖에 있었다고 하니까. 다만 공방 안에 공주의 손님이 몇 명 있었지. 비공식 초대라 나한테도 이렇다 할 정보가 들어오질 않았다만, 이번에도 그냥 공주가 변덕을 부렸나보다 하고 무시했는데, 설마 이런 식으로 일을 망칠 줄은……."

다브잘이 벌레를 씹은 듯한 표정을 지으며 주먹을 불끈 쥐었다. 그러나 젊은이는 전혀 긴장하지 않고 계속해서 컵을 돌리며 놀고 있었다.

"그래? 그래서 그 손님이 누군데?"

"한 명은 이미 알고 있다. 알디아 왕국 제1왕자다."

그 말을 듣고 젊은이도 놀랐는지 손가락을 멈추고서 잔을 탁자에 내려놨다. 방금까지만 해도 시시한 표정을 짓고 있었는데 지금은 흥미진진한 눈치였다.

"오호~, 왕자 전하? 그러고 보니 알디아 학원 계획 때도 그가 있었지."

"듣자 하니 학원에 새로운 바람을 불어넣고 있다던 모양인데……. 왕비가 방문했다고도 하고……. 너희들, 그 일에도 관여했나?"

"뭐, 실패로 끝나긴 했지만. 어쩌면 왕자가 생각보다 머리가 잘 돌아가는지도 모르겠군."

장난스럽게 어깨를 들먹이며 가볍게 말하는 젊은이를 보고 다브잘은 놀라움을 감출 수 없었다.

"그 왕자는 부왕처럼 여자한테 해롱대는 어리석은 남자라고 들었는데 아니었나?"

무역의 요충지이자 섬의 입구인 이 항구 도시는 타국의 정보를 쉽게 입수할 수 있다. 그러나 그 정보가 도리어 폐해가 되는 경우가 많으므로 어떤 정보를 입수할지 고민하다가 최신 정보를 놓친 적도 적잖다. 그래서 알디아 왕국의 정보는 왕비를 중심으로 수집해왔건만, 설마 왕자가 어리석은 사람인 척 행동해왔을지도 모른다니. 다브잘은 경악을 감추지 못했다.

"글쎄? 나도 그렇게 알고 있었는데, 학원에 입학할 즈음부터 사람이 변한 것처럼 움직였다더군. 학원제의 동향을 바깥에서 감시하던 자의 보고에 따르면 지금껏 본 적이 없었던 경비체제를 새로 만들었는데, 워낙 신속하면서도 빈틈이 없어서 거의 손을 쓸 수가 없었다고 하더군. 그 경비체제를 주도했던 사람이 왕자가 거느리고 있는 수하 중 하나야. 더욱이 그 숭고한 신기까지 썼는데도 일이 실패로 끝났을 정도이니. 나도 처음 들었을 때는 솔직히 놀랐어.”

젊은 남자가 깔깔 웃어댔지만, 다브잘은 진지한 표정으로 생각하기 시작했다.

경솔했다. 설마 공주가 데리고 온 사람이 그런 정체 모를 남자였을 줄이야. 어쩌면 어딘가에 별동대를 숨겨두고서 왕자를 은밀히 경호하고 있을지도 모른다.

그때 다브잘은 공방 습격 작전에 실패하고 처참한 꼴로 돌아온 남자가 처분되기 전에 했던 영문 모를 소리를 떠올렸다.

'백은의 소녀한테 죽을 뻔했다.'

그 말을 들은 다브잘은 실소했었다. 공주와 함께 있던 사람 중 전체적으로 하얀 느낌의 소녀가 하나 있긴 했지만, 가냘프다 못해 연약해 보이는 귀여운 소녀였다. 심지어 그 소녀는 뒤늦게 겁에 질려 고열이 나서 누워있다고 하지 않았던가. 그런 소녀가 전사의 전의를 꺾어버리고 공포심을 심었다? 말도 안 되는 소리다.

“여하튼 신속하게 움직여야 한다는 건 변함없다. 난 만찬회를 열어서 그들의 발을 붙잡아두겠다. 그 틈에 장소를 옮겨."

다브잘은 머릿속에서 이상한 상상을 털어내고서 지금 해야 할 일을 다시금 확인하듯이 눈앞에 앉아 있는 젊은 남자에게 말했다.

"싫어~, 귀찮아. 아무리 그래도 거기가 그리 쉽게 들통나진 않을걸?"

다브잘은 진심으로 귀찮아하며 천장을 올려다보는 젊은이를 힐끔 쳐다봤다.

"공주가 구속 아이템에서 무슨 냄새를 맡았는지 여기저기를 조사하며 돌아다니고 있다. 공주의 수행원 중에 뛰어난 마공기사가 있다는 이야기는 듣지 못했으니, 조사한다고 알아낼 수 있을 것 같진 않지만, 구속구가 하나 없어진 게 마음에 걸려. 언젠가 발각될 가능성도 있으니 조심해서 나쁠 건 없잖나. 우연히 발견된 단서 하나가 곧장 우리와 연결될 가능성도 있어. 그날엔 네놈들의 계획도 다 끝이지. 그러니 서로의 이익을 위해서라도 조심해야 해."

"예, 예~, 잘 알겠습니다~."

젊은이는 귀찮아하는 표정으로 일어서서 어슬렁어슬렁 출구로 향했다.

"아아, 맞다, 맞아. 너희 같은 죄인들이 날 방해하면 즉각 신의 이름으로 저세상으로 보내도 불만 없겠지? 나는 마족을 보고 있으면 가끔 무지 베고 싶어지거든. 그게 신의 뜻이니까. 그걸 보고도 참으라니, 스트레스가 이만저만이 아니야."

고개만 돌려 다브잘을 향해 웃는 그 젊은이의 얼굴은 도저히 신을 모시는 사제라고는 생각할 수 없을 만큼 광기에 차 있었다. 천하의 다브잘도 등골이 오싹해져 지금껏 쌓아왔던 분노가 순식간에 사라져버렸다.

젊은이는 한순간 그런 표정을 보인 뒤에 다시 평소처럼 익살스러운 표정을 짓고서 방을 나갔다.

그러나 그들은 그 시점에 그 마녀가 이미 움직이기 시작했음을 알지 못했다. 다브잘이 변수에서 제외한 백은의 소녀와 천재 마공기사를 대동하고서…….

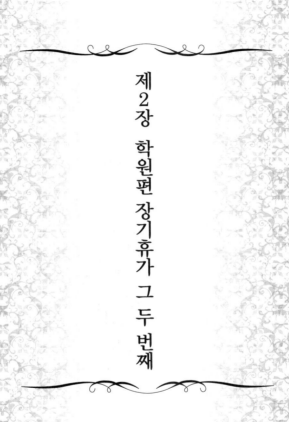

제2장 학원편 장기휴가 그 두 번째

01 뭔 얘기죠?

창밖을 보니 항구 도시를 걷는 사람들이 긴장한 것을 한눈에 알 수 있었다. 레리렉스 왕국의 문장을 걸어놓은 마차 안에 누가 있는지 다들 알고 있기에 길을 터주면서 마른 침을 삼키며 동향을 엿보고 있다.

빙혈의 마녀는 해외에서만 두려운 존재가 아니다. 그녀는 피붙이에게도, 그리고 국내 사람들에게도 가차 없는 엄한 사람인가 보다.

모두가 엘리자베스 님 전용 마차를 반쯤 두려워하며 바라보고 있는 와중, 그 마차 안에서는…….

"하아~아, 사피나는 보들보들해서 아주 귀엽구나~♪"

지금껏 보여줬던 냉혈한 표정은 어디로 가버렸는지, 엘리자베스 님은 지금껏 본 적 없는 황홀한 표정으로 옆에 앉은 사피나를 마치 귀여운 애완동물처럼 쓰다듬고 있었다. 창밖에 가득한 긴장감과는 전혀 이질적인 현장이었다.

참고로 맞은편 자리에는 나만 앉아 있었다. 나는 이미 그녀의 내면을 간파했기에 내 눈은 이제 신경 쓰지 않기로 한 모양이다.

참고로 엘리자베스 님이 마구 만지고 끌어안자 사피나는 인형처럼 굳은 채 긴장하다가 결국 기절해버렸다.

왕자님과는 오랫동안 행동한 덕분에 어느 정도 내성이 붙어 평범하게 대화를 나눌 수 있게 되었지만, 그래도 역시 이건 무리겠지. 이런 전개는 그녀가 한 방에 KO가 되더라도 어쩔 수 없다. 그리고 무엇보다 사피나가 너무 괴로워해서 차마 눈을 뜨고 볼 수가 없었다.

(좋아, 화제를 바꾸자. 그리고 사피나를 되찾는 거야.)

나는 아주 궁금한 게 있어서 솔직히 물어보기로 했다.

"엘리자베스 님, 괜찮을까요?"

"응?"

엘리자베스 님도 내가 슬슬 입을 열 줄 알고 있었는지 곧바로 되묻고서 사피나를 풀어주었다.

"무슨 꿍꿍이로 공주 전하를 유도하신 건가요?"

나는 은근히 '난 당신의 손바닥 위에서 놀아나지 않아요'라는 뉘앙스를 담아 말해봤다. 긴장에 새된 소리도 내지 않았고, 횡설수설도 하지 않았다. 뭐, 저렇게 실실거리는 모습을 본 뒤에 긴장감이 남아있을 리도 없지만.

"후후, 과연. 그 이유를 듣고 싶어서 일부러 내 기분을 맞춰줬다는 건가. 게다가 친구한테는 들려주고 싶지 않아서 이때를 노렸고. 상냥한 건지, 비정한 건지. 하지만 나는 그런 성격도 좋아해."

기절해버린 사피나의 상태를 확인한 뒤 엘리자베스 님이 자세를 똑바로 하고서 다리를 고쳐 꼬았다. 그 의연한 태도, 흐릿하게 웃고 있는 그 미모, 위압감. 아까 전과 비교하면 하늘과 땅 차이이다. 귀여운 걸 좋아하는 아주머니가 아니라 모두가 경외하는 빙혈의 마녀다.

(젠장, 아까 한 말 취소. 긴장이 사라졌다는 건 그저 기분 탓이었어. 위엄과 위압감이 날 위축시키고 있잖아아아!)

"하지만 꿍꿍이라니, 뭔가 오해가 있군. 난 그저 어리석은 조카한테 조언을 해줬을 뿐이야."

"그, 그런 것 치고는 몹시 용의주도했습니다만……."

대화가 끝나버리면 또 사피나를 껴안기 시작하겠지. 자칫 무슨 험한 꼴을 당할지 알 수가 없기에 나는 흐릿하게 웃는 저 악의 여제 같은 사람과 맞서기로 했다.

(힘내라, 메어리! 이건 다 사피나를 위해서야!)

"후훗, 뭐, 이전부터 준비하고 있던 일이었지만, 설마 저 조카를 앞세우게 될 줄은 상상도 못 했지. 너야말로 무슨 꿍꿍이지?"

"…………?"

전개가 묘해지자 나는 고개를 갸웃거렸다.

"모른 척하긴. 습격 사건의 보고는 이미 받았어……. 적이 에밀리아의 성격을 부추겨서 다들 밖으로 유도했는데도 너는 마치 다 알고 있다는 듯 뒷문으로 침입자들이 들이닥친 순간을 노리고 혼자 움직였다지? 심지어 두 명을 생포하기도 했고. 학원 성적이 좋다는 것도 이미 들었어. 무술대회에서 우승하고, 터무니없는 마법 습득속도에, 신성 마법을 독학으로 익히고, 학원제의 경비체제도 새로 만들어냈지. 대단하잖아. 하얀 희군. 아니, 백은의 기사님이라고 불러야 하나?"

"…………."

갑자기 이야기가 예상을 훨씬 초월하는 방향으로 꺾이기 시작하자 내 머리가 따라가질 못했다. 앞부분을 미처 이해하지 못한 상태에서 뒷부분을 들었기에 뼈아픈 대목이 나왔음에도 미처 아무런 반응을 하지 못했다.

"스피아한테도 보고를 받았어. 도망친 침입자를 추격할 때, 뒷일을 예상하고 현장에 피피를 남겨놓아 구속 아이템을 숨기도록 유도했다지? 그 결과, 그 자리에 있던 피해자는 둘, 망가진 구속 아이템도 둘이 되었지. 다른 가능성을 의심의 여지가 없도록 말이야. 우리도…… 상대방도……."

"…………."

"더구나 습격 사건이 일어나기도 전에 이미 피피랑 무슨 이야기를 나눴다며? 그때 이미 피피의 터무니없는 재능을 눈치채고 있었다…… 그러면 피피가 아이템을 숨기게끔 계획한 것도 설명할 수 있지. 솔직히 네 덕분에 내 계획을 크게 앞당길 수 있었어."

"…………."

"자, 다시 묻지. 너야말로 대체 어디까지 내다보고 있는 거지?"

"……무슨 말인지 잘 모르겠는데요?"

그러자 엘리자베스 님이 의미심장하게 웃으며 위험하게 반짝이는 눈으로 이쪽을 쳐다봤다. 솔직히 그녀의 이야기 중에서 내가 이해한 건 내 성적뿐이었고, 내 생각을 아득히 초월한 그녀의 착각은 이해할 수가 없었다. 물론 내가 그런 행동을 하긴 했지만, 그 결과는 내가 의도한 게 아니다.

"후후훗, 좋아. 아무것도 모른다는 듯한 완벽한 '연기'. 이리샤 님이 마음에 들어 할 만도 해. 좋아, 아주 마음에 들어."

(아니, 아니, 아니, 아니, 연기가 아니라 정말로 무슨 얘기를 하는 건지 모르겠다고요! 순도 100%의 의문이라고요오오오! 착각하지 말아요오오오! 예전에도 이런 일이 있지 않았던가? 망했다! 잘은 모르겠지만, 이대로 놔두면 위험한 일이 이상하게 흘러갈 거야!)

내가 황급히 수습하려고 했을 때, 무정하게도 마차가 멈췄다. 아무래도 수다 떠는 시간은 끝난 듯하다. 마차가 크게 덜컹거리며 멈추자 사피나도 부활했는지 흠칫 떨며 몸을 가누기 시작했다.

"자, 가볼까? 기대하고 있을 게, 메어리."

엘리자베스 님이 얼굴을 가까이 대고서 속삭이자 등골이 오싹해져서 아무 말도 할 수가 없었다.

(큰일 났다! 엘리자베스 님의 오해를 풀기도 전에 내가 뭔가 이상한 짓을 저지른다면 내 힘이 들통날지도 몰라……! 그럼 내 평온도 끝장이겠지! 어떻게든 그녀한테서 멀어져야 해!)

나는 그런 생각을 하면서 사피나와 함께 엘리자베스 님을 따라 마차에서 내렸다.

주변이 소란스러웠다. 뭐, 빙혈의 마녀님이 기별도 없이 대뜸 나타났으니 그럴 만도 하지. 상회 사람이 안에서 허둥지둥 나와 자신의 신분을 회장이라 밝혔다.

나는 방해가 되지 않도록 조금 떨어져서 주변을 둘러봤다. 얼핏 봐선 평범한 상회처럼 보이지만, 어쩐지 한산한 게 사람이 얼마 없었다. 종업원을 늘렸다고 하던데 대체 다 어디로 가버린 거지?

　(아니, 그보다도 엘리자베스 님한테서 멀어질 방법이 없을까? 뭔가 좋은 핑계가 있으면 따로 떨어져서 행동할 수도 있을 텐데.)

　"어머? 저건…….."

　내가 진지하게 빠져나갈 구멍을 생각하고 있자니 마치 하늘이 기회를 준 것처럼 뒤에 있던 스피아가 무언가를 발견했다. 나는 이 기회를 놓치지 않기로 했다.

　"왜? 무슨 일이야?"

　나는 스피아에게 나직이 물었다.

　"아, 아뇨, 별일 아닙니다."

　"내게는 별일일지도 몰라. 어서 말해줘."

　스스로 말해놓고도 말이 조금 이상하다는 생각이 들었지만, 이곳에 더 있다가는 엘리자베스 님 앞에서 무슨 일을 저지를지 알 수 없다. 도박이 되더라도 여기서 벗어날 가능성에 걸어야만 한다.

　"그게, 전에 말씀드렸던 그 화가가 상회에서 나가는 모습이 보였던지라…….."

　(음, 이번 사건이랑 너무 무관한 것 같긴 한데…… 그래도 OK! 그걸 핑계로 삼자.)

　"스피아 씨, 그 화가가 어디로 갔나요?"

"예? 저쪽으로."

내가 그 이야기에 물고 늘어질 줄은 몰랐는지 스피아가 놀란 얼굴로 화가가 지나간 방향을 가리켰다.

"그래? 조금 신경 쓰이는 걸……. 엘리자베스 님, 스피아 씨의 얘기를 듣다가 마음에 걸리는 부분이 있어서 따로 행동하도록 하겠습니다. 상대를 놓치지 않도록 서둘러야 하니 그럼."

필살, 시간이 없다며 다급하게 빠져나가기 전법. 나는 사피나와 스피아의 손을 쥐고서 억지로 행동을 개시했다. 물론 튜테는 아무 말 없이 내 뒤를 따라왔다. 피피는…… 미안, 엘리자베스 님을 상대해줘.

"……괜찮습니까?"

"예……. 그녀가 원하는 대로 놔두도록 하죠……. 후후."

뒤에서 피피와 엘리자베스 님의 대화가 들렸다. 엘리자베스 님의 의미심장한 웃음이 대단히 마음에 걸린다. 아니, 특별한 의미는 없을 거야. 이번 사건과는 전혀 관계가 없는, 우연한 일로 멀어지는 거니까.

"메어리 님, 그쪽이 아니라 이쪽 통로로 들어갔습니다."

"어? 아, 아아, 미안, 미안."

(어쨌든 이걸로 따로 행동할 수 있겠구나. 그 화가는 이번 사건이랑 무관한 사람이니 위험한 일에 엮일 것도 없고. 이대로 엘리자베스 님이 내게 실망한다면 만만세지!)

나는 내심 흐뭇하게 웃으면서 스피아가 일러준 대로 그 화가

인지 뭔지 모를 남자의 뒤를 쫓았다.

✤ 02 ✤ 예술이란 뭐지

그렇게 엘리자베스 님의 품에서 벗어난 우리는 그 화가와 함께 멋들어진 오픈 카페에서 차를 마시고 있었다.

(왜 이렇게 됐냐고? 훗, 내가 급하게 모퉁이를 돌다가 가만히 서 있던 그의 등에 세게 부딪쳤기 때문이지.)

참고로 그때 그는 몇 미터를 날아서 바닥에 다이빙을 했다. 그 광경을 보니 역시나 못 본 척할 수가 없어서 구해주러 달려갔고, 결국 미행은 실패로 끝났다. 날아간 당사자도 부딪쳤을 때 뒤에 내가 있었다는 걸 인지하지 못했는지 자기가 왜 이런 꼴을 당했는지 이해하지 못하는 눈치였다. 다행히도 크게 다치지 않았고, 또한 지나다니는 사람이 거의 없어서 목격자도 없었다.

내 뒤를 따라오던 사피나와 스피아가 목격자가 될 뻔했지만, 내가 모퉁이를 돌다가 화가랑 충돌하기 직전, 튜테가 갑자기 '어, 저건?' 하고 엉뚱한 곳을 가리켰다고 한다. 덕분에 두 사람은 사고 현장을 보지 못했고 남자가 땅바닥에 엎어져 있는 장면만 봤다.

(정말…… 우수한 메이드라서 살았네. 아니, 가만? 설마 내가 뭔가 일을 저지를 것 같아서 몸이 멋대로 움직인 건가? 나중에 튜테와 이야기를 나눠볼 필요가 있을 것 같네.)

뭐, 여하튼 그런 이유로 도와주었더니 필연적으로 그는 내 뒤에 있는 스피아를 알아보았다. 그래서 이 화가 양반이 만난 김에 이야기나 하자며 이곳으로 온 건데…….

(나는 미행에 소질이 없나 봐…….)

혼자서 속으로 실소하고 있는 도중에도 화가는 스피아에게 열렬히 모델이 되어달라 부탁을 하고 있었다. 화가의 이름은 '토야'라고 하는데 이 바닥에서 꽤 유명한지, 그간 여러 작품을 비싼 값에 팔았다고 한다. 솔직히 나는 아무래도 상관없는 이야기였으므로 멍하니 있었지만, 영문도 모른 채 휩쓸려서 화가의 부탁을 듣고 있는 스피아는 이 자리가 가시방석이었는지, 이따금 나를 보며 어떻게 좀 해달라고 신호를 보내오고 있었다.

(진짜, 미안해. 내가 멋대로 벌인 일에 휩쓸려서……. 이제 슬슬 저쪽도 일을 끝마쳤을 테니 돌아가도 되겠지?)

나는 주문한 차를 비운 뒤 이 촌극의 막을 내리고자 이야기에 끼어들기로 했다.

"그래서 말이죠. 나도 새로운 화풍, 작풍을 모색했습니다. 뭔가 없을까? 신선한 게 없을까? 하고 생각하며 방에 틀어박혀 그림을 그리고 버리기를 되풀이하다가 드디어 새로운 경지에 도달했습니다!"

토야는 한껏 흥분해서는 스케치북 같은 종이 다발을 탁자 위에 올려 펼쳤다. 나는 그냥 거절하려 했지만, 얼핏 보인 그림에 흥미가 솟아 지켜보기로 했다.

그리고 말문이 막혔다.

종이에는 젊은 마족 여성이 그려져 있었다. 옷차림이 꽤 얇은 것도 눈길이 가지만, 그보다 더 놀란 것은 그림 그 자체였다.

모델은 포즈도 없이 그저 막대기처럼 서 있었고 배경도 없었다. 그 대신에 종이 여백에 그녀의 세부도가 꽉 채워져 있었다. 각 신체 부위가 빼곡하게 그려져 있었다. 손가락, 손톱, 눈동자, 머리털, 옆구리, 복사뼈, 뿔 등등. 신체 모든 부위를 세세히 나눠서 종이에 꽉 채워놓았다.

(이건 그냥 호러잖아. 소박하고 인상 좋게 생긴 사람이 대체 무슨 일을 당했길래 이런 경지에 도달한 거람?)

내 옆에 앉아 있던 사피나는 윗몸을 부들부들 떨며 이미 기절하기 직전이었다. 튜테가 황급히 그녀를 받쳐주었다.

그리고 모델이 되어달라는 부탁을 받은 스피아는 질색하는 것을 넘어 얼굴이 새파래졌다.

"어떻습니까! 제 새로운 작품이!"

토야가 기뻐하며 묻자 나는 억지웃음을 지었다.

(본인 앞에서 차마 호러야, 무서워, 하고 말할 수 없지.)

"개, 개성적이네요. 난 예술에는 문외한이라, 오호호호."

나도 공작 영애니까 교양으로 예술을 배우긴 했지만, 이건 내가 생각하는 참신함을 초월한 작품이었다. 스피아의 표정도 썩 밝지는 않으니 아마 레리렉스 왕국의 감각도 아닌 것 같았다. 에밀리아가 봤다면 어떻게 반응할지 매우 궁금하긴 하지만…….

"하아, 별론가요……. 기르 할아버지는 크게 칭찬해줬는데……."

"기르 할아버지?"

내 반응을 보고 별로 좋은 평가가 나오지 않았다는 걸 깨달은 토야가 어깨를 축 늘어뜨리며 중얼거렸다. 하지만 나는 그보다 그 뒤에 나온 인물이 더 신경 쓰였다.

"어? 아, 아십니까? 기르츠라는 할아버지인데, 저는 잘 모르겠지만 꽤 유명한 마공기사라고 하더라고요. 그 할아버지가 화가를 찾고 있었는데, 그 얘기가 여러 사람을 돌고 돌아 저한테까지 오면서 만나게 됐죠."

우리는 웃으면서 대답하는 토야를 멍하니 쳐다보다가 이윽고 서로를 쳐다봤다.

(이게 뭐야? 이런 데서 기르츠 씨의 정보를 얻다니? 헉! 저질렀어. 이래서야 엘리자베스 님이 날 더욱 높게 평가할 거 아냐? 아니, 잠깐, 기르츠 씨가 이번 사건과 연관이 있다는 확증은 아직 없어. 전혀 관계가 없을지도 모르잖아?)

내키지는 않았지만 이대로 모른 척할 수는 없는 상황이었으므로 나는 좀 더 캐보기로 했다.

"저기, 그 이야기를 더 자세히 말씀해주실래요? 당신의 그림을 그 기르츠 씨가 원한다고요?"

"네. 기르 할아버지는 제 작품을 보고 바로 이거야아아아아!

하시더니 대뜸 제게 모델의 전체상과 세부화를 분리해 그릴 수 있냐고 그러더군요. 제가 추구하는 작품성과는 방향이 달라지기에 솔직히 내키지는 않았습니다만, 제가 만든 작품에 흥미를 보인 사람은 그분이 처음이었기에 일단 일을 받아들였지요. 그리고 그분이 지정한 모델이 바로 젊은 수인 메이드였는데……앗, 이건 비밀이었던가?"

토야는 말을 끝낸 뒤에 깨달은 모양이다.

(아니, 이미 늦었잖아. 혹시 덜렁이 아냐?)

"그래서 여기 있는 스피아 씨를?"

나는 계속해서 말을 걸어보기로 했다. 어쩐지 찌를 때마다 정보가 계속 쏟아져나올 것 같았다.

"예! 모델을 어쩔까 고민하던 저는 도시에서 그녀를 발견하고 바로 저 사람이다! 싶어서 바로 스케치를 따 기르 할아버지한테 보여주었죠. 아니나 다를까, 바로 이거야아아아아아!! 하고 기뻐하시더군요!"

기뻐하며 말하는 토야와는 정반대로 스피아는 꼬리를 삐죽 세운 채 몸을 부들부들 떨면서 자기 몸을 꽉 쥐었다.

(응, 공포지, 광기지. 그 마음을 알 것 같아. 아니, 그보다 할아버지, 제자를 산속에 버려두고서 대체 뭘 하는 거예요. 이거 직접 만나 봐야 할 것 같네.)

"결국, 당신은 기르츠 씨의 의뢰를 받아 그림을 그리고 있다는 거군요? 기르츠 씨가 찾는 모델에 스피아씨가 딱 어울렸던 거고요?"

"예? 아, 예, 그런 셈이죠."

이야기가 갑자기 바뀌자 토야는 당혹스러워하면서도 고개를 끄덕였다.

"그럼 보장금에 시급, 그리고 그녀가 모델로 활동하는 동안의 업무 공백을 어떻게 메울지, 활동 시간 등을 결정할 권리는 당신에게 있나요?"

"네? 아, 아뇨, 그건…… 할아버지와 논의를 해봐야겠는데요."

"어머나? 그런 교섭은 의뢰인과 직접 해야 하지 않을까요?"

나는 웃음을 거두지 않은 채 지극히 타당한 이야기를 술술 내뱉었다.

"그, 그렇긴 하지만……. 기르츠 할아버지는 여러 사정이 있어서 지금은 그 누구하고도……."

"의뢰인이 성의를 보여주지 않는다면 저희도 신용할 수 없습니다. 아주 흥미로운 제안이라서 의뢰인의 얘기를 들어보고 결정할지 말지 정하려고 했는데, 아쉽지만 없던 일로 하지요……. 하아~, 아주 아쉽네요. 그래도 어쩔 수 없죠. 앞으로는 그녀 앞에 얼씬도 하지 않기를……."

나는 스피아가 마치 나의 메이드인 것처럼 말하면서 이 이야기가 나를 통하게끔 착각을 불어넣었다.

"자, 잠깐, 기다려주세요."

나는 토야에게 말할 여유와 생각할 시간을 주지 않고 일방적으로 말을 끝낸 뒤 일어서려고 했다. 그러자 그가 황급히 나를 불러세웠다.

"아, 알겠습니다! 기르 할아버지의 거처로 안내하죠. 할아버지가 바랐던 일이니 아마도 만남을 허락할 겁니다."

"……어머, 그거 잘됐네요."

뭐, 이른바 '결정권이 없다고 상사와 의논하러 돌아갈 바에야 차라리 처음부터 상사를 데리고 와' 전법을 살짝 수정해봤다. 스피아는 공주의 전속 메이드라 그럭저럭 유명할지도 모르니 자칫하면 오히려 의심을 살 수 있었지만 토야는 모델을 놓쳐버릴지도 모른다는 다급한 마음에 그런 생각까지는 미치지 않은 듯했다. 혹은 진짜 모르고 있을 수도 있고, 아니면 이런 교섭이 처음일 수도 있지만. 뭐, 여하튼 설마 일이 이렇게 잘 풀릴 줄은 몰랐기에 나는 남몰래 어느 마녀님처럼 씨익 웃고 말았다.

"……메어리 님도 역시 엘리자베스 님과 같은 부류였군요. 공주님이 순수해 보일 지경입니다."

"…………."

엘리자베스 님과 똑같다니, 뭔가 석연치 않지만 그렇다고 에밀리아와 똑같다는 이야기를 듣는 것도 내키지 않았으므로 나는 마음이 심란해졌다.

(아니, '역시'라는 단어가 마음에 걸리는데.)

"그럼 기르 할아버지의 거처로 안내하겠습니다!"

내가 스피아에게 항의하려는 순간, 토야가 마음을 먹었는지 스케치북을 가방에 넣고 자리에서 힘차게 일어섰다.

나는 뒤늦게 따라온 이쿠스 선생님에게 사정을 설명하고 엘리자베스 님에게 연락을 부탁했지만, 선생님은 우리만 보내기엔 걱정이셨는지 사피나에게 도를 건네주시고 병사에게 대신 말을 전달해달라 부탁하셨다. 아무래도 따라오실 생각인 것 같다.

(어라? 난?)

이쿠스 선생님이 나에게 무기를 건네주려고 하지 않자 나는 웃으며 고개를 갸웃거렸다. 그러자 튜테가 내 뒤로 다가와 속삭였다.

"아가씨의 검은 제가 갖고 있어요. 다른 분이 들고 있으면 재질에 의문을 품을 수도 있어서."

나는 대단히 우수한 메이드의 기특한 말을 듣고 그녀 쪽으로 시선을 돌렸다.

"역시 튜테. 이제 난 너 없이는 살 수 없을지도 몰라. 그래서 그 검은?"

"마차 안에요."

"의미가 없잖아!"

"죄송해요, 아가씨. 설마 이런 사태가 벌어질 줄은 생각 못 해서……."

"처음부터 넘겨줬으면 좋았을 텐데."

"아가씨의 손에 뭔가를 쥐여주면 반드시 무슨 일을 저지르시니까요. 아슬아슬한 순간까지 잠자코 있었습니다."

217

"이봐, 잠깐만. 방금 무례한 말을 하지 않았어?"

무례한 발언을 한 메이드를 도끼눈으로 째려보자 튜테도 도끼눈으로 나를 쳐다봤다.

"아니라고 단언하실 수 있나요?"

"못 하지!"

나는 곧바로 항복했다. 나와 튜테의 만담 같은 대화를 들었는지 스피아가 키득키득 웃었다.

"메어리 님과 튜테 씨는 사이가 좋군요. 마치 자매 같습니다."

그 말을 듣고 나와 튜테는 서로의 얼굴을 쳐다보다가 어쩐지 부끄러워져서 고개를 푹 숙였다.

"어, 어쨌든 출발하자. 토야 씨, 안내해주시겠어요?"

나는 부끄러운 감정을 속이고자 말했다. 그러고는 찻값을 치르고서 빠르게 걷기 시작했다.

"아, 저기~. 그쪽이 아닌데요."

내가 마치 패턴처럼 엉뚱한 방향으로 가버리자 토야가 지적하였다. 나는 귀까지 새빨개져 멈춰 섰다.

그리하여 예상치 못한 곳에서 기르츠의 정보를 얻었을 뿐만 아니라 직접 만날 기회까지 생긴 우리는 그의 거처로 향했다.

🎀 03 🎀 도착입니다

예상대로라고 해야 할까? 토야는 우리가 갔던 상회에서 멀리 떨어진 곳으로 우리를 안내해나갔다.

(큭, 이럴 줄 알았다면 허탕을 친 척 상회로 돌아갈걸. 그랬다면 엘리자베스 님의 평가가 떨어졌을지도 모르는데.)

상황이 마음대로 흘러가지 않자 나는 멋대로 고뇌하면서도 토야를 따라갔다.

문득 걷다가 경로가 마음에 걸렸다. 무슨 영문인지 대로가 아닌 뒷길을 지나 활기 넘치는 도시에서 멀어져가는 것이 어쩐지 수상했다. 더욱이 비슷한 길을 쭉 걸어왔기에 자력으로 돌아갈 자신이 없어졌다.

"도시에서 살짝 멀어졌을 뿐인데도 상당히 살풍경하다고 해야 할까, 인적이 드문 곳이 나왔네."

나는 주변을 둘러보며 혼잣말을 했다.

"이 근처도 옛날에는 항구였습니다만, 엘리자베스 님이 세운 개혁 계획을 다브잘 님이 실행한 결과, 편리성을 잃어 주민들이 이주해버렸죠. 거의 폐허나 슬럼가라고 할 수 있습니다."

내가 중얼거린 말을 듣고 스피아가 대답해주어서 이해는 되었지만, '왜 이런 곳으로 안내하는 거지?'라는 의문이 떠올랐다.

"그럼 이런 곳에 사는 사람은……."

"그야 뭐, 사연이 있는 사람들이……."

스피아의 대답 속에 담긴 의미를 깨달았는지 가장 뒤에서 걷고 있는 이쿠스 선생님도 주변을 경계하기 시작했다.

인적이 없는 골목을 걷는 빈약한 남자와 여성들. 누가 보기에는 절호의 사냥감이 아닌가.

그런 생각을 하고 있으니 안내하고자 앞장을 서던 토야의 앞을 가로막듯 덩치가 큰 남자가 옆길에서 나왔다.

"후헤헤, 형씨. 괜찮은 예쁜이들을 데리고 있구만? 우리한테도 조금만 나눠주지 그래?"

역시, 라고 해야 할까? 그림에 나올 법한 부랑배들이 나타나 불량한 소리를 했다.

"뭐, 뭐뭐뭐, 뭡니까? 당신들은!"

토야는 이렇게 될 걸 생각지도 못했는지 심히 당황하고 있었다. 아무래도 한패는 아닌 모양이다. 오히려 토야를 위협하고 있으니 어쩌면 정말 그 뻔한 상황과 마주쳤는지도 모르겠다.

(뭐, 그래도 이번에는 이쿠스 선생님이랑 스피아랑 나도 있……아, 난 검이 없지. 뭐, 마법을 쓰면 괜찮겠지. 가능하면 이쪽으로 오지 말아다오! 봐주면서 혼내주는 건 어려우니까.)

내가 멍하니 생각하는 사이에 사태가 급변했다. 부랑배들이 "잘 먹겠다!" 하고 외치며 무슨 영문인지 일제히 나에게로 달려왔다.

"왜 죄다 내 쪽으로 오냐고오오오!"

"그야 아가씨가 가장 귀엽고, 가장 비싸게 팔릴 것 같으니까요."

"어머, 그래? 참 기쁘……지 않아아아아아!"

후퇴하는 내 옆에서 튜테가 대답하자 나는 무심코 딴죽을 걸었다.

"파이어 볼!"

내가 화염구를 그들의 발치를 향해 날리자 바닥에 불꽃이 튀더니 그들이 멈춰 섰다.

"마, 마법사인가!"

부랑배들이 마법을 보더니 소스라치게 놀랐다.

(아니, 왜 내가 마법을 쓰는 걸 보고 그렇게 놀라요?)

내가 마음속으로 딴죽을 거는 사이에 사태가 단번에 정리되었다. 이쿠스 선생님과 사피나에게 등을 내보인 순간 그들의 운은 다한 것이나 마찬가지였다. 그 뒤에 그들이 엉망진창으로 박살났다는 것은 굳이 말할 필요도 없겠지.

"갑작스럽긴 했지만 아주 훌륭한 미끼였다. 레가리야. 덕분에 녀석들이 맨 먼저 널 노렸지. 예측한 대로 전투가 아주 술술 풀렸어."

부랑배들을 침몰시킨 뒤 이쿠스 선생님이 여유를 찾고서 칭찬해주었다. 그런데 예측이라니요? 특별한 뭐가 있었나?

"저기, 왜 제게 일제히 달려들 거라고?"

"응? 가장 약해 보이는 여자애가 무기도 없이 멍하니 있으면 누구라도 거기부터 노리겠지. 갑작스러웠을 텐데도 아주 연기가 훌륭했다. 뭐, 내가 봤을 때도 네가 가장 비싼 값에 팔릴 것 같다만."

(전술이고 나발이고오오오! 게다가 마지막 이유는 튜테의 말과 똑같잖아! 서, 설마 저 녀석들, 얼간이처럼 보이는 내가 마법을 써서 놀랐다는 거야? 생각에 빠져 있기는 했지만, 그, 그렇게 얼빠진 표정을 짓지는 않았……다고?)

나는 홀로 좌절했다.

"저기, 토야 씨는?"

사피나가 주변을 두리번거리다가 그의 모습이 보이지 않는 것을 알아차렸다. 설마 도망친 건가? 하고 있자니 스피아가 어이없다는 얼굴로 벽을 가리켰다.

"줄곧 보고 있었는데, 멋대로 허둥대다가 멋대로 벽에 머리를 부딪쳐 멋대로 뻗어버렸어요."

(응, 한패가 아니었구나!)

나는 스피아의 증언을 듣고 땅바닥에 엎어져 있는 얼간이를 보며 판단을 내렸다.

"그나저나 상당히 위험한 골목 같구나. 부랑배에 인족도 섞여 있고, 어쩌면 밀항자들이 여기로 모이고 있는 건지도 모르겠다. 그나저나 이 녀석들은 어쩌지? 여기다 버려둘 수도 없고."

이쿠스 선생님은 부랑배들을 포박한 뒤 토야를 깨워 병사를 불러 달라고 했다. 하지만 여기서 병사가 올 때까지 느긋하게 기다리기엔 시간이 아까웠다.

"여기서 너무 시간을 낭비하면 해가 질 거예요. 이 골목을 빠져나가기 전에 해가 지면 더 성가셔지지 않을까요?"

어두운 밤에 이런 곳을 걸으면 늑대가 있는 곳에 양이 뛰어든 꼴이 되지 않겠는가. 참고로 늑대는 나고, 양은 부랑배다.

(무슨 일이 벌어질지 알 수가 없어서 마음이 불안해.)

"아, 알겠습니다. 그럼 기르 할아버지한테서 받은 지도를 드리죠. 뭔가 다급한 이유로 거처를 옮겼다고 해서 저도 다른 사람한테서 몰래 지도를 넘겨받아 가던 참이었습니다."

토야가 지도 같은 그림이 휘갈겨져 있는 메모지를 나에게 건넸다.

"괜찮겠어요?"

"누구한테도 알려주지 말라고 했지만, 기르 할아버지와 교섭할 모델이니 괜찮겠죠. 걱정 말고 가져가세요. 그 편지가 있으면 만날 수 있을 겁니다."

하나부터 열까지 철저하다. 아마도 상대는 비밀리에 움직여주길 바라는 듯하다.

(하지만 아무리 철저해도 이렇게 입이 가벼운 사람한테 비밀 정보를 알려주면 대체 무슨 의미가? 기르츠 씨. 사람을 잘 못 택한 거 아닌가요? 애초에 모델이라고 해야 하나, 그림이 필요할 뿐인데 이렇게까지 비밀리에 움직일 필요가 있나?)

낙관적인 토야를 보니 나도 낙관적인 생각이 들어서 승낙했다.

"그럼 토야 씨가 돌아올 때까지 이 녀석들을 보고 있으마. 레가리야와 나머지 사람들은 그 지도를 보면서 먼저 가 있어."

우리는 지도를 따라 길을, 토야는 왔던 길을 되짚으며 돌아갔다. 참고로 외지인인 우리가 지도를 봐본들 알 수가 없으므로 지도를 스피아에게 주었다.

(내가 길치라서 지도를 넘겨준 게 아니야. 절대 아니라고.)

중요한 일이라서 마음속으로 두 번 변명한다. 한동안 걷고 있으니 스피아가 지도를 보면서 넌지시 물었다.

"이거……, 지도와 글자가 아주 조잡하네요. 어떤 의미에서 암호라고 볼 수도 있을 것 같아요."

"그래? 기르츠 씨가 직접 썼다고 하던데."

나는 스피아가 보고 있는 지도를 봤다.

(음, 어린애도 이것보다는 훨씬 더 잘 그리겠네. 글과 그림의 재능은 절망적인 수준인가 봐.)

"……저기, 스피아 씨, 괜찮겠어? 제대로 가고 있는 거 맞지?"

나는 걱정이 되어 스피아에게 물어봤다.

"괜찮습니다. 이 근방의 길은 제 머릿속에 있으니 대조하면서 그럭저럭 갈 수 있을 것 같아요."

스피아가 대단히 믿음직스럽게 말했다. 그런데 왜 이런 곳의 지리를 외우고 있는지 의문이 들었다.

"궁금해서 그런데 왜 이곳 지리에 빠삭해?"

지적 호기심을 이기지 못하고 나는 물어보고 말았다.

"공주님께서 무단으로 밖으로 나가 소동을 저지르시면 엘리자베스 님의 처벌을 피하고자 곧잘 이 이 근처에 숨으시거든요.

여러 번 데리러 왔더니 자연스럽게 지리를 외워버렸습니다."

스피아가 활짝 웃으며 대답하자 나는 그 웃음 뒤에 숨겨진 엄청난 고생을 짐작했다. 마음속으로나마 위로해주었다.

"문득 떠오른 생각인데……."

앞장서서 걷던 스피아가 지도를 보며 말했다.

"네?"

"토야 씨가 오늘 이 지도를 받았다고 했죠?"

"그랬죠."

"우리한테 이 지도를 줘버리면 본인은 어떻게 오죠?"

스피아가 발걸음을 멈추고서 이쪽을 쳐다보자 우리도 발걸음을 멈췄다. 미묘한 분위기가 흘렀다. 너무나도 자연스럽게, 망설임 없이 지도를 넘겨받았기에 바로 이 순간까지 의문조차 품지 않았다. 그런데 새삼스럽게 의문이 들자 식은땀이 나기 시작했다.

"외, 외웠으니까 넘겨준 게 아닐까요?"

이미 추측이라기보단 희망 사항이었다. 나는 긴장감 없이 환하게 웃던 그 남자를 떠올려봤다.

(그럴 리가 없지! 아무 생각도 없이 넘겨줬을 게 뻔하다고!)

"그럼 다행입니다만, 만약 그가 돌아오지 못하면 이쿠스 님도 마찬가지로 저희를 따라올 방법이 없으신 게……."

스피아의 입에서 뒤이어 나온 말을 듣고 내 얼굴이 창백해졌다.

"괘, 괜찮겠죠…… 아마도……. 그림은 특이해도 일단 화가이니까 지도는 베껴놨을지도 모르잖아요."

"그러길 바라야겠군요."

내 말을 들은 스피아가 다시 걸어 나갔다. 나는 토야가 용의주도한 사람이길 기대하면서도, 이쿠스 선생님이라는 전력을 잃어버렸을지도 모른다는 생각을 떨쳐낼 수가 없었다.

한동안 빙빙 걷다가 스피아가 멈춰 서서 다시 이쪽을 쳐다봤다.

"여기죠?"

그녀의 말이 의문형으로 끝난 것은 우리 눈앞에 벽이 떡하니 가로막고 있었기 때문이다. 모두 어리둥절한 얼굴로 벽을 보고 있지만, 나는 이곳이 목적지가 아닐까, 하고 짐작하고 있었다.

다른 사람은 어떤지 모르겠지만 나는 벽 일부가 살짝 일그러져 보였기 때문이다.

(이건 인식 저해 마법이나 환각 마법이려나? 다들 뭔가를 숨길 때면 꼭 이 마법을 쓴다니까.)

알고는 있지만, 벽에 마법이 걸려있다고 말하려면 어떻게 알아냈는지 설명해야만 한다. 그게 꽝장히 귀찮다. 아니, 얼버무릴 자신이 없다.

(자, 어떻게 얼버무릴까……. 아니, 입구를 숨겨놓다니 어마어마하게 수상해. 가지 않는 편이 나으려나…….)

평범하게 어디 은밀한 곳에서 숨어 지내는 거라면 모를까, 거

처를 알아낼 수 없도록 마법까지 걸어놓다니. 너무 엄중한 조치에
나는 신중해졌다. 이렇게 하면서까지 최고의 마공기사는 뭘 하
고 있을까? 그런데 거처는 은밀하게 숨겼으면서도 입이 가볍고
전혀 신중하지 않은 토야를 밖으로 내보내 여러 일을 시키고 있
다. 뭔가 뒤죽박죽인 것 같다는 느낌이 들기 시작했다.

　(애당초 이렇게 해놓으면 토야 씨도 입구를 찾을 수가 없잖아?
그 할아버지는 대체 어쩔 작정이지?)

　바로 그때 토야가 했던 말 중에서 한 대목이 마음에 걸렸다.

　(그러고 보니 종이를 갖고 있으면 만날 수 있다는 소리를 했
었지? 혹시?)

　"스피아 씨, 그 지도를 벽에 대봐요."

　"예? 아, 이렇게요?"

　내가 갑자기 영문을 알 수 없는 지시를 내리자 스피아가 의아
해하면서도 시키는 대로 지도를 벽에 댔다.

　과연 무슨 일이 벌어질까!

　아무 일도 벌어지지 않았다!

　(젠자앙! 빌어먹을, 영가아아암! 어쩌라는 거냐고오오오오!)

　자신만만하게 말을 내뱉은지라 나는 엄청 부끄러워졌다. 그리
고 부끄러움에서 비롯된 분노를 만나본 적도 없는 기르츠에게
풀었다.

"……아무 일도 없는 것 같은데요?"

사피나도 조심스럽게 말하자 나는 강경책을 쓰기로 했다.

"그 지도 좀 빌려줘요. 내가 할게요."

나는 스피아에게서 지도를 넘겨받은 뒤 일그러져 보이는 지점 앞까지 다가갔다.

"…………."

모두의 주목을 받으며 나는 심호흡으로 부끄러움을 달랜 뒤 종이로 냅다 벽을 때렸다. 내 손이 벽에 닿은 순간 파링, 하는 소리가 들렸다. 마법이 풀리는 소리다. 직접 해제한 나 말고는 들리지 않았을 터다.

그러자 평범한 벽이 동굴 입구로 변해갔다.

""""오오오오!""""

그 광경을 보던 세 사람이 목소리를 높이며 박수까지 쳤다.

"대단해요. 역시 메어리 님."

"과연. 그 종이에 해제 마법이 담겨있던 거군요. 아무래도 제가 종이를 대는 위치를 틀렸던 모양입니다. 역시 메어리 님, 훌륭하세요."

"놀랐습니다. 너무 부끄러운 나머지 될 대로 되라는 식으로 벽을 부수……."

실제로 종이 때문에 마법이 풀린 게 아니라 내가 무효화한 거다. 그냥 종이로 푼 것처럼 보이게끔 연출했을 뿐. 사피나, 스피아의 칭찬은 감사히 듣겠다. 그러나 진실을 아는 튜테가 무심코

내뱉으려다가 삼킨 말은 묵과할 수가 없다. 나는 튜테를 두 사람에게서 떼어놓듯 질질 끌고서 벽 구석으로 간 뒤에 가차 없이 간지럽히기 시작했다. 엄청난 속도로 다양한 부위를…….

"히하하하, 아……, 아가, 씨. 죄, 죄송해, 아하하, 합, 합니다 아아아!"

튜테가 느끼기에는 내가 여러 부위를 동시에 간지럽힌 것 같았겠지. 여하튼 나의 간지럼 공격에 튜테는 지금껏 본 적이 없는 웃음을 터뜨렸다. 그러나 무례한 말을 살짝 했다고 짓궂은 장난을 치는 건 지나친 듯하여 적당히 하다가 풀어주었다. ……아니, 사실은 튜테를 간지럽히고 있으니 내 마음속에서 무언가 이상한 문이 열릴 것 같아서 그만두었다.

"위험했어……. 튜테 때문에 이상한 것에 눈을 뜰 뻔했다고."

"그럼…… 하, 하, 하지, 마세요……."

스피아와 사피나는 동굴을 살피느라 간지럼 지옥을 보지 못했다.

그저 갑자기 축 늘어져서 돌아온 튜테와 의외의 발견에 살짝 굳은 내 표정 말고는.

여하튼 길이 열렸다.

드디어 최고의 마공기사, 기르츠와 대면하게 되었다. 나는 마음을 다잡고서 동굴 안을 향해 의기양양하게 첫발을 내디뎠다.

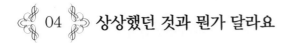

04 상상했던 것과 뭔가 달라요

그렇게 의기양양하게 첫발을 뗀 나였으나, 마법으로 애써 숨
겨놓은 입구를 당당히 들어가려니 어쩐지 마음이 켕겨 결국 소
심하게 눈치를 살피며 조심스럽게 들어가기로 했다. 내가 그렇
게 행동하자 무슨 영문인지 뒤를 따르는 사람들도 살금살금 걷
기 시작했다.

그곳은 지금까지 지나왔던 폐허와는 달리 아직 사람이 살고
있다는, 아니, 사용하고 있다는 느낌이 들었다. 지금도 사람의
목소리가 들리니 의심할 여지가 없겠지. 귀를 쫑긋 세우고서 들
으니 아주 분주하게 움직이는 듯했다.

어디선가 가져온 커다란 화물을 이곳에 있는 창고에 옮기고
있는 걸까? 우리가 들어온 곳은 뒷문인 모양이다. 안으로 들어
가자마자 나무에 둘러싸인 지점이 나와서 더욱 은밀한 기분이
들었다.

(차라리 정문이었으면 좋았을 텐데. 이래서야 들키지 않도록
몰래 움직이는 것처럼 보이잖아. 게다가 뒷문으로 들어온지라
이상하게 쳐다볼까 봐 목소리도 못 내겠어.)

"다들, 바빠 보이네요."

살금살금 움직이고 있어서 그런지 스피아가 작은 목소리로 말
했다.

(응, 우리 완전히 몰래 잠입한 사람들 같아.)

"좋아. 일하는 사람들한테 방해가 되지 않도록 은밀히 기르츠 씨를 만나러 가자."

내가 자포자기하며 제안하자 모두 수긍해주었다.

"그런데 기르츠 씨의 얼굴을 알고 계세요?"

"알 리가 없잖아? 스피아 씨, 부탁해요."

초면인 내가 기르츠의 얼굴을 알 턱이 없다. 하지만 레리렉스 사람인 스피아 씨라면 당연히 알고 있겠지.

"그런데 저도 뵌 적이 없어서……. 그의 작품은 유명하지만 본인은 외부에 통 나오질 않거든요."

"공주 전하는 아는 눈치였는데? 따라갔을 거 아니에요?"

"부끄러운 소리지만, 공주님께서는 기본적으로 홀로 내키는 대로 행동하는 걸 좋아하셔서 자주 절 따돌리세요."

(시작부터 막히다니.)

아무도 기르츠의 얼굴을 모른다는 현실에 직면하자 나는 이제 모든 것을 내던지고 싶었다. 역시 귀찮음을 무릅쓰고 모습을 드러내어 누군가를 설득할 수밖에 없나? 다행히도 여자들뿐이라서 경계는 하지 않을…… 것이다.

(그런데 이 중에서 교섭에 나설 사람은…… 아마 나겠지~.)

나는 뒤에 있는 멤버들을 봤다. 소심한 사피나에게 모르는 사람과 말을 섞고 오라고 하는 건 너무 잔인하겠지. 튜테와 스피아는 메이드이니 말은 잘 걸겠지만, 교섭까지는 글쎄? 역시 이

상황에서는 공작 영애인 내가 나설 수밖에 없을 듯하다.

그렇다고 이곳에서 생각만 해본들 뾰족한 수도 없다.

(여자는 배짱! 가는 거야.)

나는 결의를 다지고서 나무 밖으로 나가려고 했다.

"……드디어 합류."

"후하?!"

내 뒤에서 느닷없이 다른 사람의 목소리가 들리자 나는 화들짝 놀라 이상한 소리를 내고 말았다. 뒤를 돌아보니 어느새 피피가 와 있었다.

"피피 씨, 어떻게 여길?"

무심코 큰소리가 나올 뻔해서 황급히 목소리를 낮췄다. 이제 우리는 완전히 이곳에 잠입한 사람처럼 굴고 있다.

"……엘리자베스 님과 상회에 갔을 땐 이미 화물들을 어디론가 빼낸 뒤였어. 다만 상대도 우리가 이토록 빨리 움직일 줄은 몰랐는지 옮긴 흔적은 지우지 못했지. 그때 스승의 정보를 안다는 병사가 와서 엘리자베스 님한테 허락을 받고 이쪽으로 왔어."

피피가 무표정하게 자초지종을 술술 설명했다. 그러나 한 가지 의문은 어째서 이곳에 올 수 있었느냐는 것이다. 나는 장소까지는 알려주지 않았다.

"어떻게 여길 알아낸 거야?"

"……음, 엘리자베스 님한테서 이걸 빌렸어."

피피는 끈에 묶여있는 풍뎅이 같은 작은 벌레 몬스터를 보여주었다.

"이걸로 뭘 한다는 거지?"

나는 이해가 되지 않아서 되물었다.

"……이건 수컷. 암컷이 풍기는 페로몬을 반드시 쫓아가는 습성이 있지."

"오호~."

나는 감탄하며 벌레 몬스터를 흥미롭게 쳐다봤다.

"다시 말해 암컷을 추적하는 습성을 이용하여 이곳까지 길 안내를 시킨 거군요."

벌레를 싫어하는지 사피나가 조금 떨어져서 말했다. 그러나 그 말을 듣고 나는 또 다른 의문이 들었다.

"응? 잠깐만. 추적을 했다면 도중에 이쿠스 선생님과 만났을 거 아냐? 선생님은 어쨌어?"

"……오는 길에 만나긴 했는데, 거기서 계속 토야라는 남자를 기다리겠다 하기에 시간이 걸릴 것 같아서 나 먼저 왔어. 목적지가 어느 부근인지 알려줬으니 아마 길을 헤매지 않고 이곳으로 올 수 있을 거야."

(아, 역시 이쿠스 선생님도 토야 씨가 길을 모른다는 걸 눈치챈 모양이네. 아니, 잠깐? 토야 씨는 이쿠스 선생님이 기다리는 곳으로도 못 돌아오는 거 아냐?)

나는 진짜 이쿠스 선생님은 이곳으로 영영 오지 못할 거라는 생각이 들었다.

"고마워. 그런데 그 벌레는 우리가 어디 있는 줄 어떻게 알았대? 난 그런 암컷 벌레는 안 가지고 있는데? 다들 갖고 있어?"

나는 의아해하며 모두를 쳐다봤다. 다른 사람들도 마찬가지로 고개를 가로저었다.

"……있어. 정확하게 말하면 붙여놓았지."

피피가 뭔가 무서운 소리를 하면서 사피나를 쳐다봤다.

"어? 저 말인가요?"

시선을 느낀 사피나가 놀라서 자기 몸을 가렸다.

"……응, 옷 어딘가에 작은 브로치 같은 게 있을 거야."

피피의 말을 듣고 우리는 사피나에게 가만히 있으라고 한 뒤 몸을 수색해봤다. 그랬더니 잘 보이지 않는 부분에 작은 브로치 같은 게 달려 있었다.

"……대체 언제……."

나는 중얼거리자마자 스스로 답을 깨달았다. 피피는 그걸 엘리자베스 님에게서 빌렸다고 했다. 그렇다면 이걸 부착한 사람도 엘리자베스 님일 터. 아마 마차 안에서 사피나를 끌어안고 있을 때 달아났을 거다.

(설마, 사피나에게 푹 빠져서 끌어안고 쓰다듬었던 건 이런 목적 때문에…….)

거기까지 생각이 미치자 엘리자베스 님의 모든 행동이 수상쩍게 느껴졌다.

(그, 그 사람……. 설마 내가 이미 따로 움직일 걸 읽고 있었

나…… . 내가 사피나랑 따로 움직이지 않을 것까지?)

나는 감탄이 나오기보다 소름이 돋았다. 본능적으로 엘리자베스 님을 적으로 돌려서는 안 된다, 되도록 만나지 않는 편이 낫다는 걸 직감했다. 그렇지 않다면 엘리자베스 님은 내 비밀을 금세 간파하여 이용할 것 같다.

"아가씨?"

내 이변을 홀로 눈치챈 튜테가 말을 걸어준 덕분에 나는 현실로 되돌아올 수 있었다. 나는 억지로 웃으며 화답했다.

"굉장하네요. 그런데 이건 브로치이지 벌레 몬스터가 아닌데요? 이걸 어떻게 추적한 거죠?"

사피나가 브로치를 신기한 눈으로 바라보면서 말했다.

그건 나도 궁금한데.

브로치에는 캡슐 같은 게 달려 있었지만, 벌레가 들어갈 만한 크기는 아니었다.

"……암컷의 페로몬을 추출하여 그 브로치에 넣었어."

그게 가능해? 생각보다 기술력이 뛰어나네.

"페로몬만 추출할 수가 있어? 마법으로 어떻게든 되는 건가?"

나는 피피에게 물어봤다.

"……아니, 나는 추출이라고 했지, '만'이라고는 하지 않았는데."

"어?"

피피가 의외의 대답을 하자 나는 고개를 갸웃거렸다. 아마도 모두 마찬가지겠지.

"⋯⋯암컷을 통째로 으깬 뒤 증폭제를 섞어 걸쭉하게 만든 뒤 그 브로치에 넣었어. 그 벌레는 죽어도 며칠은 효과가 나오니까."

우리는 사피나가 들고 있던 브로치를 쳐다보며 수십 초 동안 굳어버렸다.

"꺄아아아아아아아악!"

사피나가 절규하며 벌레 몬스터의 처참한 말로가 담겨있는 브로치를 내던지고 말았다. 물론 주변 사람들의 귀에도 다 들렸겠지.

(아, 꼼짝없이 들키겠군. 그냥 당당하게 사정을 설명하는 게 더 편할 것 같네.)

어떤 의미에서는 사피나 덕분에 애초 예정한 대로 이곳 사람들과 만나 이야기를 할 수가 있을 듯하다.

그런데 내가 어떻게 이야기를 할지 고민하고 있으니 피피가 내 팔을 붙잡고서 이동하기 시작했다.

"자, 자자, 잠깐. 어딜 가는 거야?"

"⋯⋯발견되면 골치 아파. 이동하자."

"어, 왜? 우리는 딱히 나쁜 짓을 하려고 온 게 아니잖아? 그야 뒷문을 통해 무단으로 침입했으니 사과는 해야겠지만."

피피가 나를 잡고 뛰기 시작하자 다른 사람들도 덩달아 뒤따랐다.

"⋯⋯엘리자베스 님의 충고. 은밀하게 움직이지 않으면 최악의 패턴이 기다리고 있다고 했어."

피피가 무표정하게 흉흉한 말을 내뱉었다. 농담하는 것 같지도 않고. 게다가 엘리자베스 님이 말했다면 분명 그렇게 되겠지. 우리가 나쁜 짓을 하지 않았더라도 상대가 나쁜 짓을 하고 있다면 우리의 의도가 어떻든 관계가 없다.

"그렇겠네요. 이런 곳에서 마법을 사용하면서까지 숨어 있는 사람들이 우리한테 우호적일 리가 없겠죠. 갑자기 죽이려 들진 않겠지만 아까 그 부랑배들과 같은 생각을······."

스피아가 상상하고 싶지 않은 것을 진지한 얼굴로 말했다.

"우린 기르츠 씨를 만나러 온 것뿐인데."

"······저쪽에서 스승이 다른 사람이랑 만나는 걸 달갑게 여기지 않을 수도 있으니까."

수인의 본능 같은 걸까? 두 사람의 몸이 몹시도 바르르 떨렸다.

우리가 숨자 머지않아 누군가가 이쪽으로 다가왔다. 바로 온통 검은 옷을 입은 남자였다.

나는 경악을 감출 수 없었다. 수인 둘이 반응한 건 이 남자의 기척이었을지도 모르겠다. 처음에 생각했던 대로 실실 웃으며 손님 얼굴을 하고 나갔다간 최악의 결말을 볼 뻔했다. 물론 내가 있으니 누가 죽게 놔두거나 하진 않겠지만, 일은 가능한 안전하게 처리하는 게 가장 좋다.

(하지만 이것으로 기르츠 씨와 저 사람들이 무슨 관계가 있는 건 확실해졌군. 자진해서 협력 중인지 붙잡혀서 어쩔 수 없이 따르는지는 모르겠지만······. 그럼 토야 씨는 대체 뭐지? 왜

화가에게 그런 의뢰를 낸 거야? 토야 씨는 또 왜 자유로웠던 거지? 그 사람이 여기와 한패였다면 지도를 넘겨주진 않았을 터. 그래서 다른 사람에게 넘겨주지 말라고 했던 건가? 하지만 토야 씨는 그냥 줘버렸잖아? 역시 그 사람은 한패가 아닌 건가?)

모든 것이 뒤죽박죽이라서 생각이 잘 정리되지 않았다. 그러나 이것만은 확실하다. 기르츠는 자의건 타의건 위험한 패거리의 악행에 가담하고 있다. 아니, 아직 악행이라고 단정할 수는 없지만, 몬스터를 부려 우리를 습격하게 하고, 튜테와 스피아를 납치하려고 했던 녀석들이 착한 사람일 리는 없다. 나는 피피의 얼굴을 엿봤다. 무표정해서 어떤 심정인지 짐작할 수가 없지만, 아마 낙담하고 있겠지.

"아직 기르츠 씨가 가담했다고 단언할 수는……."

내가 위로도 안 될 말을 하자 피피가 이쪽으로 고개를 돌렸다.

"……아니, 스승은 가담하고 있어. 하지만 밖에서 무슨 일이 일어나고 있는지는 전혀 모르고 있지. 그 사람은 자신이 만들고 싶은 작품만 만들 뿐, 재료를 모아오거나 하는 건 남에게 맡기지. 스스로 움직이는 건 하나도 없으면서 억지만 부리는 빌어먹을 영감탱이. 언젠가 다시 만나면 한방 갈겨줄 생각이었다."

침울하긴커녕 화가 난 모양이다. 제자기 때문에 더 잘 알고 있는 걸지도.

(아니, 왜 내가 만나는 마족은 하나같이 멀쩡한 사람이 없어?)

내가 아는 마족이라 해봐야 에밀리아, 마왕님, 엘리자베스 님, 토야…… 몇 안 되는데도 죄다 이질적인 사람들뿐이다. 피피의 이야기대로라면 기르츠 씨도 정상은 아니겠지. 천재와 바보는 종이 한 장 차이라더니.

그리고 기르츠는 스승을 한 방 갈겨주겠다는 무서운 말을 내뱉는 제자의 눈을 피해 무슨 일을 벌이고 있다. 혹시 뭔가 거창한 이유 때문이 아니라 단순히 그녀에게 맞고 싶지 않아서 남몰래 작업을 벌이고 있는 게 아닐까?

"……아, 잊을 뻔했다. 이거."

피피가 등에 지고 있던 물건을 나에게 건넸다.

내 검이었다.

나는 순간 받을지 말지 주저했다. 이걸 나에게 곧바로 건넸다는 건 이게 내 무기라는 걸 알고 있다는 뜻이다. 그리고 마공기사인 피피는 이 검이 무엇으로 만들어졌는지 금세 알아차렸겠지. 검사가 왜 이런 검을 휘두르는지 의아하게 여기지 않았을까?

"어, 으음, 이건?"

"여기로 오는 길에 네 무기가 마차에 그대로 있다는 소릴 듣고 가져왔어."

'전설의 검(웃음)'을 실제로 쓰고 있으니, 이게 내 거란 걸 아는 사람이 있어도 이상하지 않다. 아니면 누군가의 시종이 말해주었던지. 나는 기쁜 것 같기도 하고, 슬픈 것 같기도 한 미묘한 심정으로 검을 받았다.

"힘들게 가져와 줘서 고마워."

"……응, 근데 재질이 특수하던데."

예상한 대로 피피가 아픈 곳을 찔러서 나는 가슴이 철렁했다.

"어? 어어! 그, 이건 왕국 최고 대장장이인 데오도라 님이 정성을 다해 만든 작품인데, 으음, 그게……."

"……오오, 그 데오도라 님의 작품이었나. 과연. 하지만 한 가지 의문이 있는데."

"뭐, 뭔데?"

"재질은 그렇다 치고, '마법사'인 메어리 님이 왜 전설의 검처럼 생긴 '지팡이'를 들고 있지? 그걸 모르겠어. 취미?"

피피의 대폭투 오해를 부정하고 싶었지만, 나는 그 말을 삼켰다.

"……마, 맞아……. 취, 취미, 취미야. 아하하하."

피피는 내가 검사이자 마법사라는 걸 모르는 모양이었다. 다만, 습격 사건 때 그 침입자들이 하는 말을 들었다면 내가 마법사라고 생각해도 이상하지 않다. 이제 나는 그녀의 착각에 빌붙는 수밖에 없었다.

"……응, 그래……. 사람은 제각각. 다른 사람의 취미에 간섭하지 않는다."

(이 대화를 구속 아이템을 착용했을 때도 했던 것 같은데? 피피 씨의 머릿속의 나는 어떤 사람인지 걱정되기 시작했어.)

"메어리 님, 저쪽을 통해 안으로 들어갈 수 있을 것 같아요."

내 걱정 따윈 아랑곳하지 않고 주변을 주의 깊게 살피던 사피나가 빈틈을 찾아냈다.

"……좋아. 안으로 침입하자. 스승을 찾아서 흠씬 두들겨 패줘야 해."

어쩐지 호전적인 피피에게 휩쓸려 사태가 점점 험악해져 가는 것 같은 기분이 자꾸만 들었다.

(난 기르츠 씨와 교섭해서 밖으로 데리고 나오려고 생각했을 뿐인데, 어쩐지 일이 이상해졌네. 어쩌다가 이렇게 되어버린 거야. 저기요, 신님? 아, 그래도 그 녀석들이 있다는 건 어쩌면 내가 찾는 그 표범도 있을지도! 틀림없이 신님이 내 결의를 듣고 이끌어주신 거야! 응, 그렇게 생각하자. 고마워요, 신님!)

나는 하늘을 우러러보며 이 상황을 내 입맛에 맞게 해석한 뒤 신께 감사하며 모두를 따라갔다.

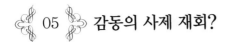

05 감동의 사제 재회?

　우리는 건물 내부로 침입한 뒤 쌓여 있는 나무 상자 뒤에서 주변 상황을 엿봤다. 건물 안은 주변을 신경 쓸 여유가 있는 사람이 보이지 않을 만큼 대단히 분주했다. 바깥에서 보고 짐작은 했지만, 이곳은 커다란 창고인 것 같다. 다양한 물건들이 잇달아 안으로 옮겨졌다.

　"……저쪽은 죄다 무기들인 것 같고. 저쪽은 무언가를 만드는 데 필요한 자재……."

　상황을 엿보던 피피가 설명해주었다. 안으로 옮겨지는 상자 중에는 바빠서 미처 뚜껑을 닫지 못했는지 검이나 창이 삐져나온 것들이 있었다. 그 상자들이 창고 한편에 놓였다는 것은 그 주변에 있는 상자에도 아마 무기와 관련된 것들이 들어있다는 의미겠지.

　그밖에도 보존식, 의복, 생필품, 무언가를 만드는 데 필요한 자재 등 다양한 물건들이 잇달아 안으로 들어갔다.

　"저 상자가 다 무기라고? 전쟁이라도 벌일 셈인가?"

　"글쎄요? 물품은 쌓여 있지만, 저걸 다룰 사람은 없는 것 같습니다만."

　스피아가 주변을 몰래 엿보며 말했다. 봐서는 안 되는 것을 본 것 같은 느낌이 든 나는 이곳에서 한시라도 빨리 떠나고 싶어졌다.

　분주한 창고 안에 검은 옷을 입은 남자들 몇 명이 모여 있는 것이 보였다. 나는 그들이 나누는 대화에 귀를 쫑긋 세웠다.

　"어땠어?"

　"아무것도. 하지만 뒷문을 감추기 위해서 걸어놓은 마법이 풀려있었어. 누군가가 침입한 건 분명해."

　(과연, 저 녀석들이 그 마법을 사용한 거구나. 어쩌면 기르츠 씨는 그 사실을 몰라서 그냥 뒷문으로 들어오라고 적었는지도.)

　"그걸 풀었다고?! 무슨 대마법사라도 왔나? 설마 그 마녀의 솜씨인가?"

　남자가 지긋지긋하다며 입에 담은 그 마녀란 아마도 엘리자베스 님을 말하는 거겠지. 그 마법을 해제하는 것이 상당히 어려운 모양이다. 그 정보는 못 들은 척하자.

　"타이밍이 너무 절묘해. 아마 그렇게 생각해도 이상하지 않겠지. 밖을 살펴보니 해제된 지 그리 오래되지는 않았어. 아직 이 안에 있을 가능성이 커. 뒷문은 이제 사용할 수 없도록 덫을 놓아뒀다."

　"젠장. 설마 이렇게 빨리 움직일 줄이야. 대장이 조금이라도 늦게 명령을 내렸다면 발각되었을 거야."

　"대장은?"

　"발각되어도 문제가 없는 물자를 실은 마차를 일부러 늦게 출발시켜서 마녀를 유인하고 있지. 어쩌면 교전 중일지도."

"그 사람은 마족을 죽이지 못해서 안달이 났으니 잘됐네. 어차피 마녀를 상대할 만한 사람은 대장밖에 없을 거고. 아, 근데 대장이 신수를 놔두고 갔던데, 괜찮을까?"

"어차피 그 표범은 대장의 아이템이 없으면 어쩔 수 없잖아. 별수 없지 뭐."

남자들이 다급하게 대화를 거듭하고 있다. 그리고 그 대화 속에서 듣고 싶었던 정보가 튀어나와서 의식을 더욱 집중했다.

(역시 그 표범은 신수였어. 게다가 여기에 있을지도 몰라. 그나저나 엘리자베스 님이 상당히 위험천만한 일을 벌이고 계시는 것 같네. 다행이다아아아, 저쪽에 남지 않길 잘했어.)

"지금은 마녀의 눈을 피해 우회해서 상회의 물건을 옮기는 중이야. 그쪽에 인원을 투입하지 않으면 양동작전이 발각되고 말거다. 그리고 선박도 급하게 준비해야만 해."

"어째서지? 어째서 이렇게나 갑자기 상회와의 관계가 틀통이 난 거지? 지금까지 순조로웠는데 갑자기 어째서?"

남자들이 머리를 싸쥐기 시작했다.

(그건 당신들이 습격했을 때 사용했던 구속 아이템의 내부를 살펴볼 수 있는 피피 씨와 사전에 모든 상회를 조사한 엘리자베스 님 때문이야.)

고뇌하는 남자들에게 나는 마음속으로 정답을 전해주었다.

"설마 그 노인네가! 그러고 보니 그 노인네, 느닷없이 화가를 데려오라느니, 에밀리아 공주의 메이드와 교섭하고 싶다느니 영문을 알 수 없는 헛소리만 하던데, 몰래 멋대로 움직여서 비밀을 누설한 건가!"

"아니, 계속 감시당하고 있는데 그건 아니겠지. 녀석이 밖으로 나간 적은 단 한 번도 없다. 오히려 놀랄 만큼 방 안에만 틀어박혀 있다고."

"화가 쪽도 그래. 녀석의 신분도 조사해보고, 미행도 해봤지만, 마녀랑 연결은 없었어. 녀석은 그냥 평범한 마족이야. 우리의 존재를 모르는 게 분명해."

(그렇구나! 왜 이렇게 뒤죽박죽인지 의아해했는데 기르츠 씨와 녀석들이 아예 따로 행동했던 거네. 토야 씨는 완전히 외부인이고. 그리고 기르츠 씨가 경계했던 건 저 녀석들이었어. 그나저나 녀석이 에밀리아가 아니라 메이드를 노렸던 이유가 기르츠 씨 때문이었을 줄이야. 용서 못 해.)

"하지만 놈이 메이드 소릴 하면서 일손을 자꾸 놓으니까, 대장이 귀찮음을 못 이기고 억지 수단을 꺼내 들었다가 실패했잖아. 녀석들이 사건을 조사하여 우리와의 연결고리를 찾아냈을지도……."

(네, 실제로 여기까지 왔습니다! 아니, 기르츠 씨가 납치하라고 지시한 게 아니었잖아?)

"젠장! 결국 그 노인네 때문이잖아!"

스스로 무언가 결론을 내렸는지 한 남자가 격앙하며 어디론가 가려고 했다.

"이봐, 어디 가?"

"그 노인네한테 따지고 올게. 넌 침입자를 찾아서 죽여! 이곳의 위치를 그 마녀한테 보고하도록 놔둬서는 안 돼! 다른 사람들은 운반과 선박을 맡아주고! 서둘러. 더 이상의 실패는 절대로 용납 못 해. 알디아 왕국 때의 전철을 밟게 된다면 우리는 대장이나 그분의 손에……."

그 말을 듣고 남자들이 제각기 행동하기 시작했다.

(잘됐네. 저 사람을 따라가면 기르츠 씨를 찾을 수 있겠다. 아직 우리가 여기 있는 것도 모르는 것 같고.)

나는 모두를 쳐다봤다. 다들 제각기 다른 방향을 경계하고 있는 것으로 보아 아까 남자들이 나눈 대화를 들은 사람은 없는 모양이다. 이윽고 내 시선을 느꼈는지 다들 나를 쳐다봤다. 그리고 나는 모두에게 '몰래 저 사람을 따라가자.' 하고 수신호를 보냈다.

"""""???"""""

당연하다는 듯이 모두가 고개를 갸웃거렸다.

(큭, 애니메이션이나 영화에 나오는 수신호로 폼 좀 잡아보려고 했더니 오히려 민망해졌잖아! 잘 생각해보면 나도 잘 모르는 동작이었고!)

왜 그런 어중간한 지식으로 그런 짓을 했을까? 분위기와 젊은 혈기에 휩쓸렸다고 생각하자.

(아, 이런 때에 쓰라고 전달 마법이 있는 거잖아. 큭, 지금은

이미 늦었나? 나중에 하자.)

"……저 사람한테 들키지 않도록 몰래 따라가자."

부끄러움을 무릅쓰고 작은 목소리로 지시하자 다들 조용히 고개를 끄덕이고서 행동을 개시했다.

남자는 사람들이 분주히 돌아다니는 현장에서 조금 떨어진 창고 구석으로 이동했다. 얼핏 아무것도 없는 것처럼 보이지만, 벽을 조작하고 있는 모습으로 보아 아마 숨겨진 문이 있겠지. 내가 사피나를 쳐다보자 내 시선을 느꼈는지 사피나가 나를 돌아보았다. 나는 다시 분위기에 취해 의문의 핸드 사인을 보냈다. 다행히도 이번에는 의미가 전해졌는지 사피나가 고개를 끄덕였다.

(아, 뭔가 조금 기쁜데? 다음에 우리끼리만 통하는 핸드 사인을 한 번 만들어 볼까?)

곧 묵직한 소리와 함께 남자 앞에 있는 벽이 옆으로 움직이더니 지하로 이어지는 계단이 나타났다. 우리는 그 틈을 놓치지 않고 남자의 양옆에서 동시에 기습했다.

"!"

남자는 양옆에서 동시에 기습을 당하자 제대로 대처하지 못한 채 쓰러지고 말았다.

지하로 이어지는 계단을 신중하게 내려가니 다행히도 보초는 없었다. 내가 쓰러진 남자를 어떻게 처리할지 고민하고 있으니 스피아와 피피가 남자를 아래로 가볍게 끌고 내려왔다.

(역시 수인. 인족과는 체력부터가 다르구나.)

스피아는 남자가 갖고 있던 밧줄을 뺏어 능숙하게 남자를 묶기 시작했다.

"손놀림이 상당히 익숙하네."

"공주님을 엘리자베스 님께 넘겨드리고자 달아나지 못하도록 곧잘 묶곤 했으니까요."

무심코 내가 묻자 스피아가 웃으며 선뜻 대답했다.

(진짜, 이 나라의 공주는 대우가 너무 험하잖아. 어쩐지 에밀리아가 가여워 보일 정도라고. 뭐, 자업자득이겠지만.)

나는 주변이 안전한지 확인했다. 분주한 위쪽에 비해 아래는 조용하고 한산했다. 모두 위로 나간 모양이다. 그만큼 절박한 상황이라는 거겠지. 기회라고 하면 기회라고 할 수 있다.

지하인데도 꽤 넓었지만 대신 그리 복잡한 구조는 아닌 듯했다. 지하창고에 방 여러 개가 붙은 느낌이라고나 할까.

나는 핸드 사인을 포기하고 재빨리 바닥에 마법진을 그려 사피나와 전달 마법 계약을 했다.

'어때?'

'예, 들려요.'

준비를 마친 우리는 본격적인 수색에 들어갔다.

(자, 표범과 기르츠 씨는 어디 있으려나? 소리 내서 불러보는 건 너무 위험하겠지?)

이런 곳에서 큰소리로 외쳤다가는 소리가 되울려서 누가 나올지도 모른다. 내가 어떻게 할지 고민하고 있으니 피피가 우리 앞으로 나왔다.

"……스승의 냄새가 난다. 이쪽."

역시 수인. 냄새로 사람을 찾다니. 달리 다른 흔적도 없기에 우리는 피피를 믿고 따라가기로 했다.

잠시 뒤 피피가 어느 문 앞에서 멈춰 섰다. 아무래도 여기인 모양이다.

하지만 문 너머에 기르츠 씨만 있단 보장은 없다. 나와 사피나는 신중하게 움직이기로 했다.

(큭, 이럴 줄 알았다면 소설이나 애니메이션에서 나오는 탐지 마법 같은 걸 익혀둘 걸 그랬어. 뭐, 이 세계에 있을지 어떨지는 잘 모르겠지만……. 아, 하지만 있다고 하더라도 그런 편리한 마법은 대부분 등급이 높던데……. 아니면 습득하기 어렵거나.)

지금까지의 실패를 거울삼아 사람들이 그다지 관심이 없거나, 수업 때 배우지 않는 마법을 익히는 걸 피해왔는데, 막상 이런 상황이 되니 후회가 밀려왔다.

"……괜찮아. 방 안에서 나는 냄새는 한 명뿐이야."

"소리를 들어봐도 달리 더 있는 것 같지는 않습니다."

나는 경이로운 수인의 능력을 믿고 문을 열기로 했다.

끼이이익.

다행히도 문은 잠겨 있지 않았지만, 문이 녹슬었는지 열자마자 삐걱 소리가 났다. 그러자 문소리를 들었는지 안쪽에서 누군가의 목소리가 들려왔다.

"뭐냐! 갑자기 날 이리로 옮긴 것도 모자라서 한시도 가만히 놔두지 않기로 한 거냐! 가져오라는 차는 왜 안 가져오나!"

방 안에 있던 늙은 마족이 느닷없이 문을 향해 노성을 질러댔다. 나는 단번에 이 노인의 성격을 파악했다.

완고, 이기적. 저 사람의 수발을 드는 사람은 상당히 고생할 거다.

"응? 누구냐, 넌? 못 보던 얼굴인데?"

안으로 들어온 나를 보고 노인이 괴이쩍어하는 얼굴로 퉁명스럽게 말했다.

"새로운 시녀냐? 그럼 어서 차를 내오너라! 난 연구하느라 바쁘단 말이다."

노인은 벌써 흥미를 잃었는지 다시 책상 쪽으로 몸을 돌리고서 말했다. 내가 황당해하고 있으니 내 옆을 지나 피피가 방 안으로 들어왔다. 나는 그녀에게 무슨 말을 하려다가 말문이 막혔다.

피피의 얼굴은 여전히 무표정했지만, 평소와 달리 싸늘하게 보였다.

"……찾았다, 스승."

기르츠는 피피의 목소리를 듣고 흠칫 놀라더니 자리에서 벌떡 일어나 뒤돌았다. 아까 본 오만한 태도는 어디 갔는지 식은땀을 줄줄 흘리고 있었다.

"피, 피피…… 어, 어떻게 이곳에? 찾지 말라고 메모를 남기지 않았더냐."

"……여러 사정이 있어서 그럴 수 없는 상황이 됐다."

피피가 손을 뚜둑뚜둑 풀면서 다가가자 노인이 뒷걸음질을 치기 시작했다. 어쩐지 저 사제의 상하관계를 알 것 같았다. 한 방 갈겨주겠다는 말은 진심이었던 모양이다.

"자, 잠깐만 피피! 복잡한 사정이 있었다! 말해줘도 모르겠지만!"

"변명무용!"

"우호아아아아아!"

피피가 예상 밖의 기합과 함께 살벌한 보디블로를 기르츠의 몸에 꽂아 넣었다. 노인은 그대로 몸이 꺾여 허공으로 붕 떠올랐다가 바닥으로 추락했다.

(끝내기 홈런! 느닷없이 보디블로를 날리다니. 피피는 화가 나면 무섭구나.)

땅바닥에 엎어져 꿈틀거리고 있는 레리렉스 왕국의 최고 마공기사. 그 모습에서는 위엄도, 존경도 전혀 느껴지지 않았다.

"……미, 민폐를 끼쳐서……, 죄, 송, 합니, 다."

기르츠가 꿈틀거리면서 사과하자 피피는 만족했는지 다시 무표정한 얼굴로 이쪽으로 돌아왔다.

(으음, 이건 뭐지? 뒷일은 내게 맡긴다는 뜻이야? 몇 년 만에 만나는 건데 감동적인 재회는 없나? 없겠지, 저래서야.)

하지만 이미 아이템 수리는 피피에게 부탁했고, 솔직히 기르츠에게는 아무런 용건이 없다. 나는 잠깐 고민한 끝에 일단 그를 데리고 이곳에서 탈출하기로 했다.

"어, 으~음. 마공기사 기르츠 씨 맞으시죠? 저는 메어리 레가리야라고 합니다. 여러 가지 이유로 일단 저희와 함께 가 주셔야……."

내가 말을 걸자 방금까지 꿈틀거리던 기르츠가 눈을 뜨더니 대뜸 누군가를 쳐다보기 시작했다.

내 뒤에서 스피아가 숨을 삼키는 소리가 들려왔다.

설마…….

"오오오옷! 스케치에 그려진 대로 이상적인 고양이 귀로구나 아아아아아!"

기르츠는 언제 쓰러져있었냐는 듯 일어나 엄청난 박력으로 나를 밀쳐내고서 스피아에게 달려들었다.

(이봐, 내 얘기를 들으라고요. 할아버지.)

밀쳐지자 속이 좁은 나는 살짝 짜증이 솟았다.

"오오오오오, 좋구나, 좋아! 살집이 조금 부족한 느낌이 있긴 하지만, 그건 내가 조정하기로 하고. 에잇, 토야는 왜 이리 안 오는 거냐! 녀석한테 어서 디자인을 맡겨야 하거늘!"

할아버지가 혼자 흥분하여 스피아를 물끄러미 관찰하기도 하고, 귀와 꼬리를 만지작거리기도 했다. 이거 뭐야 완전히 변태 영감이잖아?!

갑자기 봉변을 당한 스피아는 울먹이며 굳어 있었다.

"……칫, 혼쭐이 덜 났나? 사피나 씨, 부탁해."

"어, 아, 예……. 저기, 죄송합니다!"

언제 그런 이야기를 나눈 건지, 피피가 부탁하자 사피나는 머뭇거리며 검집의 끝부분으로 기르츠의 옆구리를 찔렀다. 꽤 세게…….

"커헉!"

그리고 다시 땅바닥에 쓰러지는 노인. 이번에는 제대로 먹혔는지 한동안은 움직이지 못했다.

(뭔가 기분이 이상한데. 이런 짓을 해도 괜찮으려나? 우리…….)

긴장감이라고는 전혀 느껴지지 않는 이 상황에서 나는 하늘을 올려다보며 남의 이야기를 듣지 않는 노인을 어떻게 처리할지 고민했다.

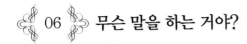

"……스승님, 돌아가자."

피피의 목소리가 들리자 노인이 윗몸을 일으켰다.

(벌써 부활했어! 마족은 대단하구나.)

나는 이상한 부분에서 감탄했다.

"싫다! 난 여기서 내 야망을 제작할 거다!"

기르츠가 제자리에서 양반다리로 앉아 꼼짝도 하지 않겠다는 의지를 내보였다.

"여기가 좋다! 삼시 세끼와 잠자리도 챙겨주고, 내 수발도 전부 들어주고, 잔소리는 하는 녀석도 없다! 게다가 필요한 걸 말하면 뭐든지 마련해주지. 예산도 마음껏 쓸 수 있고! 그야말로 파라다이스다!"

두 팔을 벌리고서 꿈을 꾸듯 황홀한 표정으로 말하는 노인.

(이거 안 되겠네. 이 영감님은 언젠가 누군가의 입발림에 홀딱 넘어가 돌이킬 수 없는 물건을 만들고 말 거야.)

"잠깐 괜찮을까?"

나는 잠자코 있을 수가 없어서 사제의 대화에 끼어들었다. 기르츠가 나를 보고 의아해하며 고개를 갸웃거렸다.

"누구냐? 이 땅딸보는? 사용인이라면 어서 차를 내와라아아!"

"땅딸……"

방금 자기소개를 했는데도 금세 잊혔을 뿐만 아니라 땅딸보라는 소리까지 들은 나는 충격과 가슴을 에는 듯한 고통 때문에 휘청거렸다. 튜테가 황급히 내 몸을 받쳐주었다. 그와 동시에 피피가 퉁명스러운 태도로 땅바닥에 앉아 있는 기르츠의 얼굴을 밟았다.

　"……알디아 왕국의 공작 영애인 메어리 레가리야 님이야. 헛된 욕망에 찌든 그 썩은 뇌는 집어넣어."

　발을 빙빙 돌리며 스승의 얼굴을 짓밟는 제자. 무표정해서 오히려 더 무서워 보였다. 지금껏 냉정하고 차분했던 피피가 스승을 신랄하게 공격하는 모습에 나는 기르츠에게 받은 충격보다 더 큰 충격을 맛보고 있었다.

　"……메어리 님, 이야기를."

　피피가 뒷말을 재촉했다. 참고로 기르츠 씨의 얼굴엔 발자국이 남아있었다.

　"아아, 그게, 이곳이 좋다고 하셨는데, 당신을 돌보고 있는 녀석들이 누군지는 알고 이러시는 거예요? 애초에 여행을 나가셨다는 분이 왜 여기 있는 건가요?"

　나는 가장 근본적인 문제를 캐물었다. 하마터면 탈선할뻔했다.

　"하! 어떤 녀석들이냐고? 그런 걸 내가 어떻게 아느냐! 이상적인 환경을 제공해주기만 하면 족하지 않나? 어리석은 꼬맹이 같으니."

　기르츠가 어이없단 얼굴로 코웃음을 쳤다. 터무니없는 소릴

하는 건 영감님 쪽인데 어째서 저렇게 당당하게 비아냥거릴 수 있는지 이해할 수가 없었다.

(어쩌지…… . 무지무지 때려주고 싶은데.)

내가 부들부들 떨리는 손으로 검을 쥐자 튜테가 그 손을 쥐고서 "참으세요" 하고 작은 목소리로 여러 번 달랬다. 피피가 왜 호전적으로 구는지 어쩐지 알 것 같은 순간이었다. 저런 인간과 매일 함께 지내면 인내심이 남아있을 리가 없다. 피피는 후련하겠구나.

참고로 뒤에서는 스피아가 사피나를 열심히 말리는 소리가 들려오고 있었다. 사피나는 이미 눈동자에 빛이 사라졌고 손은 무기의 손잡이를 굳게 붙잡고 있었다. 입에서는 뭔지 모를 소리를 중얼거리고 있는데, 더는 무서워서 보고 있을 수가 없었다.

"흡?! 어험, 말이 지나쳤다. 미안."

기르츠도 사피나의 기백에 밀렸는지 기가 죽어 순순히 사과했다.

"하지만 이미 말했다시피 난 녀석들이 누군지 흥미가 없다. 아무것도 몰라. 줄곧 방에 틀어박혀 연구에 몰두했으니까 밖이 어떻게 돌아가는지도 전혀 모르고."

"그럼 누가 녀석들을 소개해준 거죠? 아니면 저쪽에서 먼저 접촉해왔나요?"

나는 영감님에게 기대를 접고 문초하듯 물어봤다.

"다브잘이 소개해줬다. 본인 의뢰였지."

기르츠가 태연하게 폭탄 발언을 내놓았다. 이야기를 듣고 있던 사람의 표정이 딱딱하게 굳었다.

(그렇지 않을까 하긴 했지만, 설마 진짜였나~. 헉! 왕자님 일행이 시장 주최의 만찬회에 가 있잖아?! 괜찮을까?)

왕자님 일행이 적의 소굴에 들어가 있다는 생각이 들자 나는 초조해지기 시작했다.

"……스승. 의뢰받은 물건이 뭐지?"

어느새 책상으로 이동한 피피가 위에 놓인 자료를 훑어보고 있다.

"응? 뭐였더라? 별로 흥미가 없어서 뒤로 미뤄두긴 했는데…….
아아, 맞다, 맞아. '초대형 섬멸마공병기'였다!"

기르츠가 위험천만한 발언을 술술 내뱉자 나는 정신이 아찔해져 하늘을 올려다봤다.

(신님. 이런 사람한테 재능을 주면 안 된다고 생각합니다.)

"허나 그건 내 야망을 실현하기 위한 이른바 시작품(試作品)일 뿐이야. 솔직히 터무니없는 불량품이다. 작동하지도 않을 거야. 너무 커서 그걸 움직일 만한 마력을 댈 수가 없어. 게다가 빨리 제작하라고 재촉을 해대서 대강 제작하는 척만 했지. 뭐, 다브잘 녀석한테는 일부분만 테스트하여 보여줘서 마치 기기 전체가 제대로 작동하는 것처럼 속이긴 했다만, 그 커다란 기기를 어떻게 몰래 테스트를 할 수 있겠나? 불과 지난달에 납품했으니 아직 알아차리지 못했겠지. 크하하핫!"

기르츠가 크게 웃었다.

(미완성품을 납품하다니 그거 어엿한 사기잖아? 뭐, 이 상황에서는 잘 되었다고 해야 하나?)

"저기요……. 다브잘 시장은 그런 병기로 대체 뭘 하려는 걸까요? 도시를 지키는 쓰려는 걸까요?"

제정신을 차린 사피나가 이야기에 끼어들었다.

"내가 어찌 알아! 다만 치안용으로는 못 쓸 거다. 그런 짓을 하면 도시가 붕괴할 거야."

기르츠의 말을 듣고 나는 다시 하늘을 올려다봤다.

"으음, 그럼 무슨 목적으로?"

"뻔하지. 항구 도시를 제압한 뒤에 왕도로 가기 위해서야."

대답은 기르츠가 아니라 뒤에서 들려왔다.

나는 재빨리 튜테를 감싸고서 돌아섰다. 대체 언제 왔는지 사제 복장 같은 옷을 입은 젊은 남자가 실실 웃으며 서 있었다.

(큭, 기르츠 씨한테 얽히는 바람에 미처 빠져나가질 못했네. 그나저나 인기척을 전혀 못 느꼈는데, 저 사제 같은 사람은 누구지?)

사제 '같다'고 말한 이유는 내가 아는 알디아 왕국의 사제와 복장이 조금 달라서였다. 더욱이 이미지가 엄숙한 사제치고는 상당히 젊은 데다 기품이 느껴지질 않았다.

"누구?"

"자기소개할 생각은 없고, 너희들도 할 필요 없어. 우리의 존재는 이른바 그림자이니 이름 따윈 필요 없지. 그리고 너희들도 더는 우리를 볼 일이…… 없을 테니까."

젊은 남자가 히죽 웃었지만, 호의는 전혀 느껴지지 않았다. 이 사람은 명백한 적이다.

(뭐, 서로 친구가 되려는 건 아니니까 이름을 댈 필요는 없나?)

"어이쿠, 한창 이야기하는 중이잖아. 무모한 짓은 하지 마."

젊은 남자가 그렇게 말하고서 품에서 살짝 긴 단검을 순식간에 뽑아 문 근처에 있던 스피아에게 겨눴다.

"자, 이야기가 벗어났군. 나도 하나 묻자. 저게 미완성품이라는 소리를 들었는데 말이야. 그럼 못 쓰지. 맡긴 일은 제대로 해야 하지 않겠어?"

젊은 남자가 스피아에게 겨눈 검을 더욱 밀어붙였다.

"그만! 그 아이는 내 야망을 이뤄줄 소중한 '몸'이다! 정중하게 다루지 못하겠느냐, 이 애송이!"

얼핏 멋있는 대사 같지만, 잘 생각해보면 터무니없는 소리였으므로 나는 '이봐, 노인네.' 하고 딴죽을 걸고 싶은 충동을 억눌렀다.

하지만 나보다도 더 스트레스를 받는 사람은 따로 있었다.

"하하하, 이놈이고 저놈이고 내게 지시만 해대는군. 내게 지시를 할 수 있는 사람은 말이야……. 내 주인이신 그분뿐이야……. 더러운 마족 나부랭이 주제에 내게 지시하지 마라!"

실실거리던 얼굴을 지우고서 젊은 남자가 기르츠에게 돌진했다. 그때 뒤에 있던 피피가 기르츠를 밀쳐내고서 자신이 대신 앞으로 나서려고 했다. 이러니저러니 해도 역시 저 제자는 스승을 소중하게 여기고 있는 듯해서 내심 안도했다.

키이이잉!

젊은 남자의 검과 내 검이 부딪쳤다.

사피나는 이 틈을 놓치지 않고 반대쪽에서 젊은 남자를 향해 발도했다.

하지만 사피나의 칼날이 닿기 직전, 젊은 남자는 뒤로 펄쩍 뛰어서 우리와 거리를 벌렸다. 그는 뒤로 물러나다가 자연스럽게 방 밖으로 나가버렸다.

(저건 사제의 몸놀림이 아냐. 아, 알겠다. 사제로 변장해 사람을 속이는 사기꾼이 틀림없어! 검은 옷을 입은 일당과 한패인가?)

나는 싸웠다 하면 대부분 몬스터였기 때문에 사람들의 실력 차이를 잘 분간하지 못했다. 솔직히 다 비슷해 보인다. 저 사기꾼의 첫 공격도 자하와 비슷한 수준이었던 것 같다. 실제로는 어떤지 모르겠지만…….

나는 방에서 뛰쳐나가 넓은 공간으로 나갔다. 그 비좁은 곳에 뭉쳐 있으면 불리하다. 이제는 다른 사람들도 도망치기 쉬워졌겠지. 최악의 경우에는 문을 닫고서 지킬 수도 있다.

"휴우우우우! 솔직히 놀랐어. 이렇게 가련하게 생긴 소녀가 내 검을 받아낼 줄이야."

젊은 남자가 익살을 떨면서 다른 검을 뽑았다.

(쌍검잡이였어……? 아, 문득 전생에서 하던 게임이 생각나네. 리치가 워낙 짧아 대형 몬스터를 상대할 때는 칼이 닿지 않아서 짜증이 났었는데~.)

나는 이런 상황에서도 쓸데없는 생각을 했다.

"백은……? 그리고 보니 알디아 왕국 왕자 전하의 수하 중에 그런 아이가 있다고 했지. 설마 그게 너였나?"

"그게 뭐 어쨌다고요……?"

운이 좋게도 그가 떠들기 시작했다. 이 이야기를 질질 끌면 모두가 도망칠 시간을 벌 수 있을지도 모른다.

"크크크. 설마 발목을 잡으려고 연 만찬회가 도리어 다브잘의 발목을 잡을 줄이야. 상회에 그 마녀가 왔다는 보고를 받아도 다브잘은 왕자 전하를 상대하느라 움직일 수 없지. 아주 제대로 뒤통수를 맞았어. 그리고 보니 너, 열이 나서 몸져누웠다고 하지 않았던가? 그것도 설마 이걸 위한 연막이었나?"

키득키득 웃는 젊은 남자를 경계하면서 나는 뒤쪽을 의식했다. 분위기도 읽지 못하고 스피아가 다치지 않았는지 살피기 시작한 기르츠를 모두가 뜯어말리는 광경이 언뜻 보였다.

(저 영감은 대체 뭘 하는 거야! 분위기 좀 읽어라!)

"아, 그래. 고열이라고 하니 갑자기 떠오르는군. 공방을 습격을 막은 것도 너라며? 처음 보고를 받았을 때는 어이가 없어서 놈을 베어버렸는데. 지금 보니 알겠네. 내 공격을 받아낼 수 있는 녀석은 흔치 않으니까."

"그래……."

뒤에 있는 사람들이 신경이 쓰여서 그의 이야기를 반쯤 흘려
듣고 있었다. 무슨 이야기를 하는지도 모르는데 맞장구를 치고
말았다.

"너희들이 상회에 왔을 때도 숨어서 지켜봤지. 설마 이렇게
일찍 올 줄은 몰랐는데 말이지. 나도 조금 초조해지더라. 더구
나 네가 데리고 온 그 여우 수인이 아이템을 분해해서 살펴볼
줄 아는 것 같더군. 그 수인의 실력을 보니까 대충 감이 오더라.
다브잘이 아이템 하나가 부족하다고 했는데, 네가 갖고 있었던
모양이군. 다브잘이 조사를 방해할 걸 알고 있었나?"

"……글쎄."

어디서 들어본 것 같은 말이 귀에 들려왔다. 그런데 저 노인
네가 아직도 덜 혼났는지 무슨 일을 벌이려고 하는 모습이 언뜻
보였다. 그래서 젊은 남자가 하는 이야기를 거의 흘려듣고서 대
충 얼버무렸다.

"그 마녀 옆에 네가 있는 걸 봤을 때 이상하게 생각했어야 했
는데. 너, 상회에 도착하자마자 화가를 눈여겨봤지? 그게 이곳
을 알아낸 것과 무슨 관계가 있나?"

"기르츠 씨의 편지야."

건성으로 이야기를 듣다가 '이곳의 위치를 알아낸 이유'라는
말만 듣고서 솔직하게 대답했다.

"그래? 그 화가가 편지를……. 여기서는 찬밥신세인 것 같지만 알디아 왕국의 귀족들 사이에서는 제법 유명했던 모양이던데. 넌 귀족인 듯하니 이미 알고 있었겠군? 우리는 마녀랑 연결이 있는지만 조사했는데, 설마 너랑 연결되어 있었다니. 하하핫, 그렇구나! 우리 계획은 이미 그 시점에서부터 틀어진 거였어."

젊은 남자가 혼자 뭐라 떠들며 웃음을 터뜨리자 비로소 나도 그의 말에 집중하기 시작했다.

"대체 언제부터 움직이고 있었지? 일이 이 지경이 되니 모든 것이 의심스럽네. 이미 모든 걸 알고서 화가를 통해 기르츠와 연락을 취한 건가? 그래서 기르츠가 우리한테 메이드니 뭐니, 하는 엉뚱한 요청을 했던 거고? 우리는 결국 네 생각대로 움직여 스스로 증거를 내놓은 셈이군. 그 마녀가 이번 사건을 해결하려고 널 손님인 척 은밀히 불러들였나? 마녀만 조심하면 된다고 생각한 게 화근이 되었군."

"……예?"

어쩐지 이야기가 이상한 방향으로 비약되는 느낌이 들어서 나는 그의 이야기를 진지하게 듣기로 했다.

"후훗, 네가 파놓은 함정에 보기 좋게 빠진 우리는 순식간에 꼬리를 내보였지. 그리고 넌 그 마녀마저 이용하여 우리를 초조하게 만든 뒤 기르츠를 이곳으로 옮기도록 유도했어. 기르츠는 화가를 통해 네게 편지를 보냈고. 내가 마녀 때문에 발목이 잡힌 사이에 넌 유유히 기르츠를 따라 우리가 애써 감춰놓은 은신

처까지 쉽사리 찾아냈지. 하하하하하! 그렇다면 아까 미완성된 기기를 납품했다는 얘기도 네가 일러준 꾀였나? 소름이 다 돋네…… '진짜'는 마녀와 왕자가 아니라 바로 너였구나."

"……저기 무슨 말을 하는 거예요?"

이해가 되지 않아서 나는 고개를 갸웃거렸다.

"후후훗, 그렇게 모르는 척하면서 뒤에서 얼마나 많은 사람을 조종해왔을까. 넌 위험해. 그분의 앞길에 걸림돌이 되겠지. 여기서 끝장을 내주마."

(아니, 아니, 아니, 무슨 말을 하는지 전혀 모르겠는데요. 이건 그냥 내 모습이야. 연기도 뭣도 아니라 100% 내 모습이라고. 이 패턴이 대체 몇 번째야!)

"와라! 신수!"

젊은 남자가 품속에서 보석함처럼 생긴 호화롭고 튼튼한 작은 상자를 꺼내 외쳤다.

그러자 지하에 있던 문 하나가 끼익~ 하고 열리더니 그 안에서 거대한 표범이 엄청나게 나른한 표정으로 하품을 하며 나타났다. 전혀 긴장감이 없다.

(이봐요. 그래도 신수인데 조금 더 그럴듯하게 등장해야 하는 거 아니야? 뭐야? 앞발로 문은 왜 그렇게 또 잘 열어? 그리고 좀 전까지 자고 있었던 것 같은 티 좀 내지마아아아!)

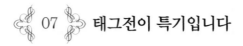

07 태그전이 특기입니다

커다란 설표가 이쪽으로 어슬렁어슬렁 다가왔다.

"아, 표범이다. 메어리 님 말대로 진짜 있었네요."

사피나가 중얼거리는 소리가 뒤에서 들렸다. 뒤를 돌아보니 스피아와 피피가 어디서 가져왔는지 모를 밧줄로 기르츠의 몸을 꽁꽁 묶고서 당장에라도 철수할 수 있도록 대기하고 있었다.

나는 다시 고개를 앞으로 돌려 젊은 남자와 표범을 봤다. 음, 우리가 도망치도록 순순히 놔주진 않겠지?

"후후후훗, 놀랐나? 내가 그분에게 빌린 신의 힘 중 하나지."

(신……? 엘리자베스 님의 말처럼 성교국 출신인 건가? 일이 귀찮게 됐네.)

'야호~, 잘 지냈어~? 너, 벌써 여기까지 오다니 대단한데?'

젊은 남자는 긴장감 어린 표정으로 웃고 있고 나는 벌레 씹은 표정을 짓고 있는데, 표범은 혼자 다른 세상에 있는지 느긋한 말투였으므로 나는 무시하기로 했다.

사람들 표정을 보니 어차피 또 나만 표범의 목소리가 들리는 모양이고.

표범의 말에 귀를 기울이면 긴장감이 사라질 것만 같다.

(저 표정을 보라고, 저 남자조차 안 들리는 거야! 그런데 여기서 이 표범이랑 대화를 시도했다간 나는 다시 머리가 이상한 여

자애가 될 거라고! 그렇다고 여기서 목소리가 들린다고 구구절절 설명할 수도 없고. 무시하자, 무시.)

나는 애써 표범을 보지 않고 남자를 보며 자세를 취했다.

"후훗, 주저하지 않고 싸울 작정인가? 대단한 배짱이네. 뭐, 너 같은 어린애를 상대로 신수를 사용하는 건 내키지 않지만, 그분을 위해서 어쩔 수 없지. 여기서 불안의 싹을 밟아야겠다."

'저기, 저기, 내 말 들려? 조옴~, 무시하지 마~, 여보세~요.'

(끄으으으, 악성 전파가 내 긴장감을 떨어뜨리고 있어!)

"자, 각오는 되었겠지?"

남자의 말과 함께 긴장감 넘치는 전투가 지금 시작…….

'내 말 들리잖아, 이 빈유야!'

"누가 빈유야! 성장 중이라고! 무례하기는!"

내가 무심코 표범을 가리키며 크게 항의하자 이 일대가 조용해졌다. 분위기가 아주 미묘해졌다.

"……아, 개의치 말아요. 자자, 계속하죠. 오호호호."

젊은 남자조차 알쏭달쏭한 표정을 짓자 나는 웃으며 얼버무릴 수밖에 없었다.

"……아, 뭐 좋다! 네 페이스에 휘말리지 않겠어! 자, 가라, 신수! 저 여자애를 처리해."

미묘한 분위기를 걷어준 고마운 젊은 남자가 그다지 마음에 들지 않는 지시를 내렸다.

'일이 이렇게 됐네~. 미안~해.'

표범은 그렇게 말(?)하고서 나를 향해 달리기 시작했다.

'메어리 님! 위에서도 검은 옷을 입은 남자들 여럿이 내려왔어요.'

'사피나는 다른 사람들을 지켜줘! 이제 슬슬 이쿠스 선생님이랑 병사들이 올 것 같으니까 그때까지 부탁해!'

나는 앞을 바라보며 다시 전달 마법으로 그녀에게 지시를 내렸다.

'아, 알겠습니다!'

'자~아, 앞발 공격 갑니다요~.'

사피나의 목소리에 섞여 표범의 목소리가 머리에 울렸다.

(역시 전달 마법이랑 비슷해. 아~ 진짜! 머릿속 채널을 돌려 버리고 싶어.)

내가 속으로 푸념하고 있으니 표범이 윗몸을 일으켜 나를 찌부러뜨리듯 양쪽 앞발로 내리찍었다. 무슨 공격이 올지 알고 있었던지라 나는 무난하게 피했다.

"좋아. 그대로 공격해! 너희들도 노인네를 빼고는 전부 없애 버려."

젊은 남자의 말에 나는 뒤를 돌아봤다. 숫자가 너무 많다. 사피나가 실력이 좋아도 혼자서 막아낼 수 있을 리가 없다. 놈들은 지금도 계단에서 우르르 쏟아지고 있었다.

(어쩌지? 도와주러 가야 하나?)

"신수! 그 기술로 단숨에 결판내!"

젊은이의 가차 없는 말이 망설이는 내 귀에 들렸다.

'그럼 살짝 조절해서 쏠 테니까 내려오는 녀석들을 향해 달리도록 해.'

나는 그 의미를 알 수 없는 지시를 따라 바로 달리기 시작했다.

"메어리 님!"

사피나가 내 행동을 보고 놀랐다. 나는 표범과 거리를 벌렸다. 위에서 보면 표범과 검은 옷을 입은 패거리 사이에 끼어있는 위치겠지. 그리고 옆에서 보면 내가 불리한 상황에 몸을 던진 것처럼 보이겠지.

"도망쳐봤자 소용없어! 쏴라아아!"

'간다~! 커다란 충격파를 날릴 테니까 위로 피해. 그리고 그 녀석도 그걸 노리고 있을 테니까 뒷일은 알아서 하고~.'

표범이 힘껏 땅을 디딘 채 당장에라도 포효할 듯한 자세를 취하자 무엇을 하려는지 금세 알아차렸다.

'사피나! 표범의 충격파가 날아들 거야! 난 위로 몸을 날릴 테니까 저 사제처럼 생긴 남자가 빈틈을 노리지 못하도록 견제해줘!'

스스로도 무슨 말을 하는지 절반밖에 이해하지 못했지만, 여하튼 그렇게 말할 수밖에 없었다. 나는 뒷일을 사피나에게 맡겼다.

'하울링 블래스트으으으으~.'

곧 표범이 포효하며 초음파 같은 충격파를 나를 향해 발사했다. 나는 위로 펄쩍 뛰어서 공격을 피했다. 상상 이상으로 효과 범위가 넓어서 아슬아슬했다. 신수 특유의 마법인가?

여하튼 예상대로라고 해야 할까? 그 충격파가 그대로 뒤에 있던 검은 옷 패거리를 습격했다. 검은 옷 패거리는 예상치 못한 공격을 정통으로 맞고 날아가 그대로 벽에 박혀 전투 불능상태가 되었다. 검은 옷들이 더 몰려올 걱정은 안 해도 될 것 같다.

"받아라!"

"그렇게는 안 돼요!"

내가 딴 곳을 보고 있는 사이에 젊은 남자가 외치면서 날아왔다. 그러자 사피나가 허공에서 젊은 남자와 교차하며 막아냈다.

"쳇! 운이 좋은 아가씨들이네. 설마 신수의 포효를 유도하여 저 녀석들을 쓸어버릴 줄이야……. 정말이지 쓸모없는 녀석들 같으니."

일단 서로 거리를 띄웠다.

"메어리 님, 아까 그건 대체?"

아까 내 행동을 보고 의문이 들었는지 사피나가 물었다.

'사피나…… 믿기지 않을지도 모르겠지만, 저 표범은 우리 편일지도 몰라.'

상대의 귀에 들리면 안 될 것 같아서 나는 마법으로 사피나에게 말했다.

'예? 무슨 뜻이죠?'

'이제 그걸 확인시켜줄게.'

"뭘 할 작정이야!"

나는 대치하고 있는 표범을 보면서 그녀만이 알아들을 수 있는 말을 외쳤다.

"느닷없이 뭔 소리야?"

젊은 남자가 미묘한 표정으로 날 쳐다봤지만 나는 무시했다.

'어라? 내가 말하지 않았던가~? 싸울 마음이 없다고. 게다가 너랑 싸우려고 하면 그 뭐라고 하나, 야성의 본능? 같은 게 그만두라고 한단 말이지~.'

역시 썩어도 신수. 본능이 내가 감춘 힘을 느낀 모양이다.

(그러고 보니 학원 그리폰도 그런 느낌이었지. 야성의 본능은 무서워.)

"그럼 왜 공격을 하는 거야? 솔직히 방해되는데!"

나는 목소리를 높였다. 솔직히 다른 사람의 눈에 아주 이상한 아이처럼 비치겠지만, 그런 걸 신경 쓸 때가 아니다.

내가 이상한 행동을 하자 젊은 남자도 코웃음을 치기 시작했다.

'으음, 저 녀석이 들고 있는 상자 보여~? 저 녀석이 저걸 들고 있는 한은 우리 일족은 무조건 명령을 따라야 해. 반역도 못 해~. 있잖아~, 저거 좀 어떻게 해봐~.'

나는 젊은 남자가 들고 있던 작은 상자를 떠올렸다.

(저게 컨트롤러구나. 신을 숭배하는 사람이 아이템으로 신수를 억지로 부려먹다니. 정말 어처구니가 없네.)

"어떻게 하면 되는데?"

'간단해~. 뚜껑을 열어서 안에 갇혀 있는 선조의 언령(言靈)을 해방하면 끝~. 선조가 일찍이 딱 한 번 성교국에 힘을 빌려주기로 언약했는데, 저들이 그걸 비틀어서 필요한 부분만 상자에 가 둬버렸어. 그랏에 우리 일족이 대대손손 묶여있는 상황이야~. 부탁이야. 난 저걸 만질 수가 없어~.'

(나 원 참……. 옛날이고 지금이고 권력을 지닌 어른 중에는 나쁜 사람이 꼭 있다니까.)

"확인차 묻겠는데, 원해서 저 남자를 위해서 움직이는 건 아니겠지?"

내가 젊은 남자를 힐끔 보며 말하자 그의 뒤에 있던 표범이 엄청나게 질색하는 표정으로 침을 홱 뱉었다. 어떤 마음인지 대단히 잘 알 것 같다.

"대체 혼자 뭘 떠드는 거냐! 슬슬 짜증이 나는군! 꽤 위험한 인물인 줄 알았더니만 그냥 머리가 이상한 꼬맹이였나!"

내가 뜬금없는 소리를 계속하자 젊은 남자가 격앙된 반응을 보였다.

'사피나! 공격E2로 저 녀석을 공격해! 신수한테 지시를 내릴 틈을 주지 않게끔 쉴 새 없이 몰아쳐!'

'하, 하지만 신수가 자발적으로 움직인다면.'

'그럴 일은 절대로 없어. 날 믿어! 우리의 상대는 저 남자뿐이야!'

"……알겠습니다! 갑니다, 메어리 님!"

사피나는 곧장 움직이기 시작했다

학원제 때 여러모로 궁리한 우리의 연대 기술이 드디어 꽃을 피울 때가 왔다. 사피나가 칼집에 도로 칼을 넣고 남자를 향해 돌진했다.

"헷! 칼도 뽑지 않은 채 돌진하다니! 이래서 어린애는 안 된다니까."

발도술을 잘 모르는 건지 사피나가 어리다고 얕보는 건지, 남자는 방심하고 있었다. 저 남자가 상대한 내 검술은 힘으로 밀어붙이는 우격다짐이다. 검술만 비교하자면 사피나 쪽이 훨씬 더 위다.

"죽어라아아아!"

젊은 남자가 검을 옆으로 휘두르자 사피나는 몸을 굽혀 피하면서 그대로 발걸음을 멈추고서 힘을 모았다.

"발도!"

"뭐야 이건?!"

사피나의 화려한 일섬이 젊은 남자를 덮쳤다. 그는 피하기도 버거웠는지 검으로 간신히 막아내고서 뒤로 물러나려고 했다.

"파이어 볼!"

"마법이라고?!"

내가 마법을 쓰자 남자가 더욱 놀랐다. 사피나의 공격을 피해 물러나려던 차에 숙이고 있던 사피나 위를 지나 파이어 볼이 젊은 남자를 향해 날아들었다.

"말도 안 돼! 어떻게 합을 맞춘 거냐!"

'우공격F'

미리 준비한 건지 우연인지 알 수 없는 절묘한 연대 공격 앞에서 젊은 남자는 놀라움을 감추지 못했다. 합을 반복할수록 그의 반응이 늦어지고 있었다. 그는 쌍검을 교차시켜 화염구를 막아 냈지만, 사피나가 다시 그 틈을 파고들었다.

"발도!"

"파이어 볼!"

그의 오른쪽에서 다시 일섬이 날아들었다. 그와 동시에 나는 반대쪽으로 이동한 뒤 포위하듯 다시 화염구를 날렸다.

"쳇! 영악한 놈들!"

그는 검 한 자루로는 사피나의 공격을, 나머지 한 자루로는 내 마법을 막아냈다.

'공격D퀵!'

"어스 월 4연격!"

"아닛!"

내가 힘껏 외치자 젊은 남자를 둘러싸듯 흙벽이 솟아났다.

"말도 안 돼! 저런 꼬맹이한테 그런 마력이! 이건 고위마법사 조차⋯⋯. 빌어먹을!"

그는 질린다는 표정으로 높이 뛰어올라 몸을 회전시키며 흙벽을 베어서 무너뜨렸다.

공중에선 무방비해지는 법, 그는 위에서 다가오는 적을 보고 경악했다.

"쳇! 이걸 노렸던 건가!"

"회전참!"

사피나가 위에서 몸을 돌리며 내려와 검을 휘둘렀다.

그러나 썩어도 준치라고 했던가, 남자는 그 상황에서도 몸을 비틀어 공격을 피하려 들었다. 하지만 완전히 피하지는 못했는지 가슴팍에서 피가 튀며 작은 상자가 그의 품에서 빠져나왔다. 이걸로 쓰러졌어도 이상하지 않은데, 치명상을 피한 걸 보니 아무래도 옷이 뭔가 특별한 마법이라도 붙어 있는 모양이다.

"젠장! 방해하지 마."

'어머, 미안하네요~.'

젊은 남자가 상자를 주우려고 움직인 순간 근처에서 한가롭게 있던 표범의 꼬리가 그의 손을 막았다. 그러고는 상자를 지키듯 꼬리를 요리조리 놀리기 시작했다. 반항하진 못해도 방해할 수는 있는 모양이다. 나이스 어시스트.

2 대 2로 시작한 전투가 어느새 3 대 1이 되었다.

'특수C에서 필살기!'

상자를 떨어뜨리고 초조해하던 남자는 내가 접근하여 찌르기 공격에 들어간 걸 뒤늦게 알아차리고 이쪽으로 돌아섰지만.

"라이트으으으으!"

"크아악! 눈이!!"

"액셀 부스트."

그는 눈을 감고 비틀거리며 뒤로 물러났다. 하지만 가속 마법이 걸린 사피나 앞에선 의미 없는 발버둥이었다. 지금 우리에게는 그 한순간의 틈만으로도 충분했다.

"젠자아아앙! 까불지마아아아! 너희들은 대체 뭐야! 고작 꼬맹이인 주제에 본 적도 없는 기술을 쓰질 않나, 마법을 연속으로 사용할 수 있질 않나, 너무 이상해!"

"나인 블레이드으으으으으!"

"가속!"

나는 그렇게 외치자마자 검을 높이 쳐들었다. 사피나도 그에 맞춰서 아이템으로 더욱 가속했다.

"신수! 뭘 하고 있어? 어서 날……."

그는 다시 눈을 뜨자마자, 눈앞의 광경을 보고 얼굴을 일그러뜨리며 말을 잃어버렸다.

그의 얼굴을 본 나는 이제 버릇이 되었는지 그 대사를 무심코 입에 담았다.

"끝이다!"

"그, 말은……, 설마 백은의……."

"크로스!"

가속 마법이 걸린 사피나가 내 공격과 맞춰 혼신의 4연격을 날렸다.

날카로운 소리와 함께 젊은 남자가 튕겨 날아갔다.

사피나의 검으로도 치명상을 낼 수 없었던 사제 옷이 단번에 너덜너덜해져 있었다. 뭐 아마 가능한 방어했을 테지만, 역부족이었나보다.

(에구, 역시 이 합체기술은 위험해.)

내가 날아간 남자를 걱정스럽게 쳐다봤다. 신음을 흘리며 숨을 쉬는 것 같지만, 좀처럼 일어날 기미가 없었다. 일단 죽지는 않은 모양이다. 어디까지나 지금은…….

'굉장해, 굉~장해. 너희들 엄청 강하구나~.'

능숙하게 뒷발로 서서 앞발로 박수를 치는 이상한 표범. 사피나는 그 모습을 보고 어리둥절한 표정을 지었지만, 긴장이 조금은 풀렸는지 더는 공격 태세를 취하지는 않았다.

나는 떨어져 있는 상자를 주워서 여러 각도로 물끄러미 살펴봤다.

'얘, 얘, 그거 빨리 열어~.'

표범이 두근거리는 얼굴로 나를 재촉했다. 그러나 나는 안타까운 사실을 깨닫고 말았다.

"이거 잠겨 있는데? 열쇠는 어디?"

'어?'

내 무정한 말을 듣고 표범이 굳어버렸다.

'……저 녀석, 열쇠 같은 건 가지고 있지 않았는데? 혹시 본국에 있나? 이, 이럴 수가~.'

해방된 줄 알고 기뻐하다가 실망하고서 엄청 침울해진 표범. 무슨 사정인지 잘 모르는 사피나도 표범의 슬픔을 느끼고서 위로해줄까 말까 고민하기 시작했다.

(사피나는 슬퍼하는 존재가 있다면 그게 누구든 걱정해주는 착한 아이구나.)

나는 사피나의 상냥한 마음씨에 흐뭇해하며 마음을 다잡았다.

"음, 그럼 부술까? 이거 부숴도 될까?"

귀찮아진 나는 모두가 보지 못하도록 표범 뒤에 숨어서 왼손으로는 상자를 잡고, 오른손으로는 뚜껑을 잡은 채 억지로 열려고 했다.

'하하하핫, 사람의 힘으로 부술 수 있을 거라면 고생하지도……'

"으랴!"

파직!

어머 신기해라. 그렇게 튼튼해 보였던 상자가 말끔하게 두 동강이 나버렸네.

'…………'

황당한 일이 벌어지자 표범은 눈을 번쩍 뜬 채 부서진 상자를 응시했다. 그 얼굴이 어쩐지 우스워서 나는 들고 있는 상자를 보란 듯이 눈앞에서 흔들었다.

'…………'

"자, 부쉈어. 이제는 '언령'인지 뭔지도 빠져나갔을까?"

'모, 몰라요. 자, 잠깐만.'

표범은 쓰러져 있는 젊은 남자의 곁으로 가서 조심스럽게 고양이 펀치를 날려봤다.

착!

고양이 펀치가 남자에게 깔끔하게 명중했다.

'오오오오오오! 때렸어! 때렸어~!'

무척이나 기쁜지 표범이 계속해서 고양이 펀치를 날렸다.

"그쯤 해두지 그래? 더 때렸다가는 그 사람, 죽을 거야."

나는 흥미가 사라진 부서진 상자를 뒤로 휙 던지고 표범에게 그만하라고 주의를 주었다.

'고마워! 백은의 인간아아아아!'

감격했는지 커다란 표범이 내 곁으로 달려와 끌어안듯 매달렸다. 뭐, 그 정도로 자빠질 연약한 공작 영애가 아니라서 나는 그대로 성가셔하면서도 털을 쓰다듬어주었다.

"내 이름은 메어리야. 저기 덩치가 너무 크니까 달라붙지 마."

'맞다, 메어리! 여동생은 어떻게 됐어? 부탁했잖아.'

"여동생? 아, 깜빡했네."

'쳇, 몹쓸 아이구나.'

"이봐, 방금 쳇, 하고 혀를 찬 거야? 이렇게까지 도와준 내가 몹쓸 아이라고!?"

내가 표범과 만담을 펼치고 있으니 튜테가 조심스럽게 다가왔다.

"아, 아가씨."

"아, 튜……테?"

튜테가 다가오자 고개를 돌렸다. 그녀는 당장에라도 눈물을 터뜨릴 것처럼 울먹이고 있었다. 윽, 이건 최근에 체험했던 패턴이다.

(생각해보니 싸우기 전부터 큰소리로 혼잣말을 계속했으니 걱정할 만도 하지…….)

"아가씨! 돌아가면 의사 선생님한테 진찰을 받아보죠! 틀림없이 노이로제예요!"

"그러니까 노이로제가 아니라 진짜 이 표범이 말을 할 수가 있다니까아아아!"

튜테에게 안긴 채 나는 지난번과 똑같은 오해를 풀고자 외쳤다.

'왜~? 메어리, 노이로제에 걸렸어? 큰일이네~.'

"대체 누구 때문인데!"

표범이 태연하게 말하자 나는 뒤를 돌아보며 항의했다.

"……잠깐, 이 표범은 마치 메어리 님의 말을 알아듣는 듯 움직이고 있어. 진찰은 사실을 확인하고 받아도 늦지 않을 거야."

피피가 예상 밖의 동아줄을 내려주었다.

(와아아! 드디어 정신이 나갔다는 의혹을 벗을 수 있어!)

나는 기대 어린 시선으로 구세주 같은 여우 수인님을 바라보았다.

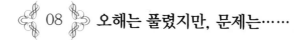

08 오해는 풀렸지만, 문제는……

"아, 저기, 여러분. 이렇게 가까이 다가가도 괜찮을까요?"

홀로 떨어져 있는 스피아가 모두에게 머뭇머뭇 말을 걸었다. 나는 비로소 그녀를 제외한(밧줄에 칭칭 묶인 기르츠는 제외) 나머지 사람들이 내 근처에 있음을 깨달았다. 내 뒤에 커다란 설표가 있는데도.

"괜찮아. 스피아 씨. 아까도 봤잖아? 그녀가 저 남자를 때려주는 모습을. 이 표범은 적이 아냐."

'맞아. 맞아. 난 온순한 편이라고요. 사람을 공격하지 않는다고요~. 정 믿질 못하겠다면 모두를 내 매력에 빠뜨려버릴까?'

"그만. 오히려 역효과야."

나는 표범을 돌아보며 딴죽을 걸었다.

"저기 정말로 괜찮을까요?"

걱정하며 다가온 스피아가 무슨 영문인지 표범이 아니라 나를 보며 말했다.

"표범이 괜찮냐고 묻는 거야? 아니면 내 머리가 괜찮냐고 묻는 거야?"

"……그, 그보다도 피피 님. 어떤 방식으로 검증을 하겠다는 건가요?"

내가 도끼눈을 뜨고서 스피아에게 묻자 그녀가 순간 눈동자를 굴리다가 화제를 돌렸다. 해주고 싶은 말은 있었지만, 나 역시 피피가 어떻게 검증할지 궁금하므로 추궁하지 않고 이야기를 듣기로 했다.

"……음, 메어리 님이 표범과 대화를 나눌 수 있다고 가정하고서."

"가정이 아니에요! 진실이에요, 진실!"

이야기 시작부터 스스로 찬물을 끼얹고 말았다. 나는 헛기침을 하고서 이야기를 재촉했다.

"……일단 의사소통이 되는지 실험하도록 하자. 우선 메어리 님과 표범이 서로가 보이지 않도록 등을 돌린 채 멀어져."

나는 시키는 대로 등을 돌린 채 조금 떨어졌다. 뒤에서 무언가가 움직이는 소리가 난다. 아마도 표범도 등을 돌리고 있겠지.

"혹시 모르니 메어리 님의 눈도 가리는 게 좋겠다. 튜테 씨, 부탁해."

"아, 예. 그럼 아가씨, 실례하겠습니다."

피피가 지시하자 튜테가 내 뒤에서 손으로 눈을 가렸다. 이른바 '내가 누구~게?' 상태다.

"그래서 이제부터 뭘 할 거죠?"

나는 다음을 재촉했다.

"……이제부터 표범한테 네 자리 이상의 숫자를 보여줘. 표범이 그 숫자를 메어리 님한테 알려주는 거지. 메어리 님이 세 번 연속으로 맞추면 둘은 소통하고 있다고 볼 수 있어."

(아하, 전언 게임 같은 거네.)

"……그런데 표범이 숫자를 알고 있나?"

'무례하네~. 당연히 알고 있지.'

피피가 묻자 표범이 불만스러워하며 대답했다. 모두 말을 알아듣지 못해서 아무런 반응을 보이지 않았다.

"괜찮대요."

내가 대신 대답했다. 이것만으로도 이미 말이 통하는 게 증명된 거 아닌가? 하는 생각이 문득 들었지만, 뭐, 내가 멀쩡하단 것만 증명할 수 있다면 상관없다.

"아, 그럼 사피나도 모두한테서 떨어져서 뒤를 돌아. 너랑 나는 지금 전달 마법으로 이어져 있으니까 그쪽으로 정보를 누설했다고 의심할 수가 있어."

"아, 예, 알겠습니다."

사피나의 목소리가 들리더니 멀리 달려가는 소리가 들렸다. 이제 모든 준비를 마쳤다.

"……그럼 첫 번째 문제."

종이에 숫자가 적혀 있는지 피피의 목소리가 끊어졌다. 아마도 피피 본인과 표범만 숫자를 알 수 있도록 조치한 거겠지.

'으음, 1547.'

"1547."

나는 들은 숫자를 그대로 대답했다.

"……정답."

""""오오~.""""

바깥에서 박수가 들려왔다.

"……다음 두 번째 문제."

'46586732.'

"465파……. 잠깐, 잠깐만. 너무 빠르다고! 그리고 숫자가 너무 많잖아!"

'나 참~, 이만한 숫자도 못 외우다니~. 메어리는 바보구나?'

"누가 바보야! 당신이 서투르게 전달해서 그런 거잖아."

"……실험에 집중하도록."

"죄송합니다."

'미안합니다.'

피피가 실험에서 탈선한 우리에게 주의를 주었다. 피피는 화가 나면 무서우니 얌전히 따르도록 하자.

'으음~. 4658.'

"4658."

'6732.'

"6732."

"……정답."

""""오오오오~~.""""

환호성과 박수가 더 커졌다.

"……마지막 문제."

'584758698309586.'

"잠깐, 잠깐, 잠깐. 숫자를 불러도 정도껏 해야지! 내가 천천히 말하라고 했잖아."

'미안, 미안. 장난 좀 쳐본 거야♪'

"내 정신 문제와 관련이 있는 일이니 진지하게 해."

나는 낮은 목소리로 표범에게 충고해주었다.

'예~. 어디 보자 58475.'

"58475."

'86983.'

"86983."

'09586.'

"09586."

"……정답. 이렇게 긴 숫자를 정확하게 말했으니 역시 말이 통한다고 봐야 할 것 같아."

피피의 말을 듣고 나는 펄쩍 뛰고 싶을 만큼 기뻤다. 무죄 선고를 받은 것 같은 기분이다. 뭐, 재판 따윈 받아본 적이 없지만…….

튜테가 내 눈에서 슥, 하고 손을 뺐다.

"아가씨, 죄송합니다. 아가씨를 의심하다니."

"아~, 괜찮아. 딱히 미안해할 필요는……."

나는 뒤를 돌아보며 쓴웃음을 지으려다가 화들짝 놀랐다. 튜테가 예전에 나와 마기루카가 왕자님 앞에서 했던 넙죽절을 하고 있었기 때문이다.

"자, 잠깐, 튜테."

"전 아가씨를 너무 걱정한 나머지 아가씨의 말씀을 의심했습니다. 죄송합니다! 죄송합니다, 아가씨!"

그리고 보니 내가 튜테에게 넙죽절이 무슨 의미인지 설명한 적이 있었다. 울먹이며 사과하는 그녀의 모습을 보니 화를 낼 마음이 요만큼도 들지 않았다.

"튜테, 고개 들어. 넌 너 나름대로 날 걱정해줬을 뿐이잖아? 그냥 오해였을 뿐이야. 비웃는 녀석도 있었는데 넌 진지하게 날 걱정해줬어. 고마워, 튜테."

"아가씨이이이이이!"

고개를 든 튜테의 얼굴이 눈물에 젖어 엉망이 되어있었다. 그만큼 자신의 행동을 후회한다는 거겠지. 실례일지도 모르겠지만, 나는 그것만으로도 기뻤다. 나를 이토록 진지하게 생각해주는 소중한 메이드에게……

'좋은 이야기네~. 이 언니도 눈물이 나올뻔했어~.'

표범이 감동하며 이쪽으로 다가와 제자리에서 일어선 튜테의 뺨을 날름 핥았다.

"까아악!"

너무나도 갑작스러워서 튜테가 굳어버렸다.

"자, 잠깐. 튜테가 놀랐잖아! 이상한 짓 하지 마!"

나는 굳어버린 튜테를 끌어안아 표범으로부터 보호하며 손으로 쫓아내는 시늉을 했다. 표범은 알겠다며 우리에게서 조금 떨어졌다.

"……통하는 건 알았지만 어째서 메어리 님만 가능할까? 그게 의문."

피피가 무언가를 생각하며 우리에게 다가왔다.

(분명 그게 의문이긴 하네.)

"……메어리 님, 목소리가 들린다고 했는데 어떤 느낌?"

"어떤 느낌이냐니……. 글쎄, 전달 마법처럼 머릿속에서 목소리가 울린다는 느낌?"

'그야 그렇지. 난 전달 마법을 초월한 염화(念話)로 얘기를 하니까.'

표범이 자신만만하게 대화에 끼어들었다.

"전달 마법을 초월한 염화를 쓴대."

나는 그 말 그대로 피피에게 전했다.

"……염화? 그건 종족 구분 없이 누구와도 소통할 수 있는 환상의 마법이라고 알고 있는데."

"누구와도 할 수 있는 것 치곤, 저희 귀에는 안 들리는데요."

스피아가 피피에게 물었다.

'아아, 그건 내가 신수라서 그래~. 제한이 많아. 신수이니까 신비로운 이미지를 유지해야 하잖아? 그래서 아무나하고 수다를 떨 수가 없다고 해야 할까~.'

(신수가 이렇게 느긋하게 말하는 게 알려지면 신수의 위엄 따윈 실추되겠지.)

"신수한테는 제한이 있대."

나는 어이없어하면서도 표범의 말을 모두에게 전했다.

'맞아, 맞아 ♪ 우선 난 순혈종 인족이 아니면 대화를 할 수가 없어.'

"이 표범은 순혈종 인족이 아니면 대화를 할 수가 없는 모양이야."

"……즉 수인과 엘프 등 아인족이나 마족과는 대화를 할 수 없다는 뜻이군."

피피와 스피아가 내 말을 듣고 실망했는지 어깨를 축 늘어뜨렸다. 그래서 에밀리아가 신수는 말을 하지 못한다고 했던 건가? 나는 그녀의 말이 떠올랐다.

'그리고 말이지~. 5계급 이상의 마법을 다룰 줄 아는 사람이 아니면 안 돼~.'

"그리고 5계급……."

하마터면 그대로 말을 전할 뻔했다. 나는 황급히 입을 다물었다. 모두가 의아해하며 나를 쳐다봤다.

(야단났네! 야단났어! 여기서 이야기를 끊어버리면 어째서 튜테와 사피나의 귀에는 들리지 않았느냐고 추궁할 텐데, 솔직하게 말할 수도 없는 노릇이고! 마력 때문에 그렇다고 얼버무릴까? 아니지, 그랬다가 마기루카랑 마주치기라도 하면 어떻게 해?!)

"잠깐, 이쪽으로 와볼래?"

나는 표범을 모두에게서 떨어뜨리고자 이쪽으로 오라고 손짓했다. 어차피 내 귀에만 들리건만, 비밀 이야기를 할 때마다 숨는 버릇이 든 모양이다.

"또 없어? 그밖에 다른 제한은 없어?"

'다른 제한~? 앗! 그러고 보니 예외가 있었지~.'

"그게 뭔데?"

'신한테 인정받은 성녀님. 아니면 성자님이나 용사님.'

"성녀어어어어!"

기대를 배신한 대답에 나는 무심코 목소리를 높이고 말았다. 모두 깜짝 놀라 이쪽을 쳐다봤다.

"아, 아하하하, 아무것도 아니랍니다. 오호호호."

"……방금 성녀라는 단어가 들렸어."

귀가 밝은 피피가 귀를 쫑긋쫑긋 움직이며 모두에게 속삭였다.

(큭, 귀가 밝은 수인족답네. 역시 이건 마력의 문제라고 어물쩍 넘길 수밖에 없겠어. 크으으, 왜 내 귀에만 들리는 거야……. 마치 주파수를 맞춘 것처럼……. 응? 주파수?)

나는 하늘의 계시를 받은 것처럼 어떤 의미에서 훌륭하다고 할 수 있는 변명을 떠올려냈다.

"저기, 여러분. 아무래도 마력과 주파수 문제 때문에 들리는 사람과 들리지 않는 사람으로 나뉘는 것 같아. 뭐라고 해야 할까. 주파수가 맞는 사람과 맞지 않는 사람이 있는데 우연히 나만 마력과 주파수가 맞아서 신수의 얘기가 들리는 것 같아."

대놓고 거짓말을 하려니 대단히 마음이 괴롭지만 '5계급 이상의 마법을 다룰 수 있어서 들려' 혹은 '성녀라서 들려'라고 솔직하게 말하는 것보다는 낫다. 나는 그렇게 자기 자신을 타일렀다.

(좋아. 완벽한 변명이야! 스스로를 칭찬해주고 싶어!)

나는 마음속으로 주먹을 불끈 쥐었다. 그런데 무슨 영문인지 내 회심의 변명을 들은 모두가 멍한 표정을 짓고 있었다.

"……메어리 님."

"왜 그래?"

피피가 무표정한 얼굴로 말을 걸었다.

"……주파수가 뭐지?"

(그게 문제였나아아아아!)

전생의 현대과학용어를 사용한 내 변명이 허무하게 침몰할 것 같다. 왜 그걸 깨닫지 못했을까? 솔직히 나는 주파수를 자세히 설명하라 하면 대답할 자신 없다.

"……대단히 흥미로운 단어. 자세하게 설명을."

(제에에에엔장, 왜 기술자는 탐구심이 왕성한 거야? 질리지도 않나? 오호~, 그래~? 하고 아무 의심 없이 넘어가면 얼마나 좋아! 뭐, 그 탐구심 덕분에 누명을 벗을 수 있었으니 아무 말 할 수 없지만.)

피피가 슬금슬금 다가오자 나는 어색하게 웃으며 맞이했다. 속으로는 식은땀이 줄줄 흐르고 있다.

"그보다도 조심해라아아아! 아까 쓰러졌던 남자가 그 자리에 없잖느냐아아아! 녀석은 내가 만들고 있는 진정한 작품이 있는 방으로 가려고 한다. 어서 막아라아아아아아!"

내가 어떻게 할지 고민하고 있을 때 밧줄에 꽁꽁 묶여있는 기르츠가 애벌레처럼 기어 나와 외쳤다.

(이 상황을 흐지부지 넘길 기회가! 고마워요, 할아버지! 고마워요, 신님!)

나는 이때다 싶어서 주변을 둘러봤다. 비틀거리며 걷고 있는 한 남자가 눈에 띄었다. 저렇게 다쳤는데 잘도 움직이네, 싶었지만, 잘 생각해보면 성교국의 사제가 회복 마법을 써도 이상할 건 없었다. 발치에 못 보던 병이 굴러다니는 걸 봐선 마법으로도 부족해서 회복 아이템까지 총동원한 것 같았지만, 그래 봐야 숨만 겨우 붙어 있던 사람이 중상자로 바뀌었을 뿐이었다. 저런 꼴로 우리와 싸울 수 있을 리 없다.

"기르츠 씨, 진정한 작품이라니 무슨 소리죠!"

"말 그대로다. 다브잘을 위해서 만든 시작품을 바탕으로 연구를 거듭하며 제작 중인 진짜 말이다! 기르츠의 일생일대의 대작품이다!"

어깨를 견줄 만한 사람이 없다는 마공기사 기르츠의 일생일대의 대작품. 섬멸마공병기인지 뭔지가 시작품이라면 결과물도 평범한 아이템은 아닐 터.

나와 사피나가 황급히 그를 쫓았다.

실내에는 알 수 없는 실험결과물 잔해, 제작 중인 물건, 대량의 자료와 그림이 난잡하게 흩어져 있었다. 그리고 젊은 남자는 커다란 상자 앞에 서 있었다.

"훗, 후하하하! 이건가? 최고의 마공무기를 만들어왔던 기르츠의 걸작이! 으하하하, 이걸로 깡그리 다 죽여주겠어어어어!"

젊은 남자는 머리가 이상해진 사람처럼 웃음을 흘리고서 핏발이 선 눈으로 상자 내용물을 응시했다. 그러고는 손을 넣어 내용물을 꺼내 올렸다.

"""…………."""

너나 할 것 없이 침묵이 흘렀다.

젊은 남자가 꺼낸 건 사람의 머리처럼 생긴 물건이었다. 그런데 조악하다고 해야 할까? 서투르게 그린 초상화를 그대로 입체화한 것 같은 느낌이었다. 기괴하게 짝이 없었다.

다만 이것 하나만은 확신할 수 있었다. 저건 무기로 전혀 사용할 수가 없는 잡동사니다.

"……뭐, 뭐냐? 이건?"

필사적으로 이곳까지 와서 간신히 손에 넣었는데, 열어보니 정체를 알 수 없는 머리(?)가 나오자 젊은 남자도 당황스러움을 감추지 못했다. 그는 들고 있던 잡동사니를 던져버리고서 상자 속을 다시 뒤졌지만 역시나 죄다 비슷한 것들뿐이었다.

"……이럴 수가."

젊은 남자가 비틀거리면서 다른 상자로 이동했다. 그리고 내용물을 보고는 부들부들 떨었다. 혹시 그 상자에도 비슷한 물건이 들어있었나?

"이게…… 뭐야. 이게…… 최고의 무기를 만들어온 남자의 집대성……이라고……? 하, 하하핫…….."

그가 꺼낸 것은 어린아이가 그린 것 같은 모호한 형태의 손이었다. 젊은 남자가 헛웃음을 지으며 뒤로 비틀비틀 물러났다. 그러고는 등을 벽에 기대자마자 힘없이 털썩 주저앉았다.

(아~. 어쩐지 저 마음을 알 것 같기도 해⋯⋯.)

그가 완전히 전의를 상실한 것을 확인한 뒤 스피아와 피피에게 그를 연행하라고 지시했다. 그는 이미 마음이 꺾여버렸는지 스피아가 팔을 돌려 묶는데도 멍한 표정으로 가만히 있었다. 스피아가 그를 끌고 방에서 나오자 이번엔 피피가 꽁꽁 묶인 기르츠를 둘러메더니 내 앞에 던져버렸다.

"자, 기르츠 씨. 제자인 피피 씨를 내버려 두면서까지 저런 녀석들과 손을 잡고서 여기서 대체 뭘 하고 있었나요? 대답해주시겠어요?"

나는 팔짱을 끼고 우뚝 서서는 밧줄에 묶여 애벌레처럼 바닥을 기고 있는 기르츠를 내려다봤다.

"어, 으~음. 그러니까 다브잘이 의뢰한 초대형⋯⋯."

"그 시작품 말고요. 진정한 작품이 뭔지 묻고 있는 겁니다."

만났을 때 보여줬던 위엄은 어디로 갔는지 기츠르는 나에게서 시선을 돌린 채 위축되어 있었다. 뭔가 말할 수 없는 짓이라도 하고 있었나?

나는 아까 젊은 남자가 뒤지던 상자에 천천히 다가갔다. 그리고 안에 있던 잡동사니를 하나 꺼냈다.

"이거 꽤 찌그러져 있긴 하지만 자아아아아세히 보니까 사람 얼굴 같네요."

내가 거드름을 피우며 말하자 기르츠가 흠칫 떨었다.

"게다가 여기 난잡한 글씨로 적힌 자료가 있어요. 내 눈에는 '미스릴 광석을 이용하여 반영구적인 말랑말랑한 피부를 만들려면…….'라고 적혀 있는 것처럼 보이는데요?"

나는 한 장의 종이를 꺼내 눈으로 훑으면서 팔랑팔랑 흔들었다. 그러자 기르츠가 다시금 몸을 흠칫 떨었다.

"……스승. 여러 사람을 끌어들여 이런 소동을 일으키면서까지 정말로 뭘 만들었지?"

피피가 애벌레 기르츠의 머리를 양손으로 붙잡고 들어 올려 그의 얼굴을 물끄러미 쳐다봤다. 여전히 무표정했지만 싸늘한 기운이 느껴졌다.

기르츠는 뱀이랑 마주친 개구리처럼 온몸으로 식은땀을 흘리며 눈동자를 이리저리 굴렸다.

"……스승."

"마, 마공기술로 골렘을 만들려고 했다아아아!"

피피의 압박을 견딜 수 없었는지 결국 기르츠가 자백했다.

"골렘?"

"그, 그래! 마법사가 마법진을 이용하여 상상력과 마력을 불어넣어야만 만들 수 있는 그 골렘을 마공기사의 기술력으로 만들어낼 수 없을까 생각했다. 직접 만든 거라면 마법과 달리 시간제한이 없을 테니까! 성공만 하면 위업으로 남을, 대단히 숭고하고도 역사적인 시도지."

기르츠의 말에 일리가 있다. 마법사들이 만드는 골렘은 마력으로 움직이기 때문에 마력을 끊으면 그대로 부서진다. 말하자면 일회용품인 셈이다. 그걸 기술적으로 만들어낼 수 있다면 그건 로봇이라고도 할 수 있겠지. 성공한다면 위업일지도 모르지만, 나는 솔직히 이 할아버지를 칭찬할 수가 없었다.

"기르츠 씨. '무슨' 골렘이죠?"

나는 여기저기 널려있는 자료 중에 토야의 그림이 있다는 걸 깨달았다. 그건 젊은 여성 수인의 신체…… 부분도였다.

"고, 골렘은 골렘일 뿐…… 그 이상 그 이하도……."

"아까 야망을 이루기 위한 시작품으로 초대형 섬멸마공병기를 만들었다고 들었어요. 그런데 위대한 마공기사가 그 시작품을 미완성인 채 내팽개치고서 만들고자 했다는 그 일생일대의 진정한 작품은 대체 뭐죠?"

나는 토야가 그린 그림을 흔들면서 기르츠에게 보였다. 근처에 있던 사피나와 스피아가 "역시 메어리 님, 멋져요", "역시 엘리자베스 님과 닮았습니다" 하고 말했다. 마지막 말은 못들은 걸로 하자.

"……스승……. 상황이 이 지경이 됐는데 뭘 숨기지?"

기르츠가 무언가를 숨기려고 하자 피피가 쥐고 있던 손에 힘을 주었다.

"……고양이 귀이이이! 내가 꿈꾸는 고양이 귀 메이드 골렘을 만들고 싶었다아아아아아!"

기르츠의 자백이 실내에 울려 퍼졌다.

그리하여 이 사건의 발단이자, 세계 최고 마공기사인 기르츠가 여러 음모에 휩싸이면서까지 이루려고 했던 일생일대의 야망이 만천하에 공개되었다.

정적이 흘렀다.

스피아가 출구 쪽으로 슬금슬금 물러서는 모습이 보였다.

(응, 뭐. 무슨 마음인지 알겠어. 저 노인이랑 가까이 있고 싶지 않겠지.)

"저기…… 어째서?"

어쩐지 그럴 것 같다고 생각하긴 했지만, 예상을 초월하는 고양이 귀 메이드라는 초월 발언을 듣고 묻지 않을 수가 없었다.

"모든 건 이 녀석! 이 녀석 때문이다아아아!"

기르츠는 뜻밖에도 피피를 가리키며 목소리를 높였다.

"……나?"

자신이 화제에 오르자 피피는 여전히 무표정한 얼굴로 고개를 갸웃거렸다.

"어느 날 이 녀석이 찾아와 제자로 삼아달라고 졸랐지. 처음에는 수발을 들 테니 작업하는 모습만 보여 달라고 하길래, 성가신 집안일을 대신해준다면 괜찮겠다 싶어서 승낙해버렸다. 그런데 그, 그것이 비극을 낳았지……."

기르츠는 무언가 심각한 이야기를 하려는지 목소리를 낮게 깔고서 말했다. 애벌레 꼴이다 보니 뭘 해도 그런 분위기는 나오지 않았지만.

"뭘 한 거야, 피피?"

"……글쎄?

나는 반쯤 어이없어하면서 근처에 있는 피피에게 물었다. 그녀는 여전히 고개만 갸웃거렸다.

"너, 넌, 넌 하필이면……."

기르츠가 떨리는 목소리로 피피를 쳐다봤다. 정말로 피피가 나쁜 짓을 저지르지 않았을까? 하고 의심할 만큼 목소리에 박력이 있었다. 무심코 나는 침을 삼키고서 지켜봤다.

"메이드 복장으로 내 수발을 들었단 말이다아아아아!"

기르츠가 절규하자 내 침이 어디론가 사라져버렸다. 대체 무슨 소리를 하는 거지? 나는 자연스럽게 피피를 향해 고개를 돌렸다.

"……예전에도 말했지만, 스승의 제자가 되기 전에 다른 기술자의 집에서도 일했었어. 거기서 일을 할 때는 메이드복을 입곤 했는데, 반응이 좋기에 그 이후에도 그 옷을 입고 집안일을 했지. 근데 그게 뭐가 문제지?"

"……아무 문제 없을걸? 메이드가 아닌 사람이 메이드복을 입어서는 안 된다는 법은 없잖아? 어라? 레리렉스는 아니야?"

나는 스피아를 쳐다봤다. 스피아는 아무 말 없이 고개만 가로저었다. 여하튼 자신의 기척을 지우고 싶은 모양이다. 말을 걸어서 죄송합니다.

"문제가 없긴 왜 없어어어어어어!"

우리의 대화를 듣고 기르츠가 격앙했다.

"그 하늘거리는 아름다운 복장에, 쫑긋쫑긋 움직이는 복슬복슬한 귀. 치맛자락 밖으로 보이는 보들보들한 꼬리! 메이드복과 어우러진 그 하모니는 천사, 아니, 악마의 유혹이나 마찬가지란 말이다아아아!"

마치 미지의 체험을 한 것 같은 표정으로 열변을 토하는 할아버지가 나는 점점 하찮게 보여오기 시작했다.

"그런 나날이 이어지고 난 결국 작업에 집중할 수가 없게 되었다. 최고의 무기를 제작할 수 있는 마법 회로가 전혀 떠오르지 않을 만큼 내 머리가 타락해버렸지. 그러던 어느 날, 난 피피의 재능을 보았다. 그리고 그것이 신의 계시라는 걸 깨닫고서 피피한테 향후 기술개발을 전부 맡긴 뒤 그저 그녀의 보살핌을 받으며 은거하기로 했지!"

기르츠가 일단 이야기를 끊었다. 숨을 돌리고 싶었는지 심호흡을 하기 시작했다.

"그런데! 넌 악마 같은 짓을 했다! 제자가 되자마자 그 메이드복을 입지 않았어!"

호흡이 안정되자마자 또다시 이해할 수 없는 소리를 내지르는 할아버지. 그렇게 흥분하면 몸에 나빠요. 일단 무슨 소리인지 알고 싶어서 피피를 쳐다봤다.

"……제자가 되었으니 집안일보다는 마공기술이 더 우선이었다. 메이드복으론 작업을 할 수가 없으니까. 하지만 메이드복을 입지 않고도 집안일은 할 수 있지. 그래서 입지 않았어."

피피가 당연한 이유를 말하자 나는 달리 할 말이 없었다.

"하하하……. 그래, 그렇겠지. 허나 난 포기할 수 없었다. 짐승 귀 메이드를!"

"그렇게까지 원한다면 아무나 고용하면 되잖아요? 최고의 마공기사라면서요? 나름 돈도 모아놨을 거 아니에요?"

"……놨었지."

우리 세 사람은 부질없는 대화를 이어나갔다.

"홋, 이래서 꼬맹이는 어리석다니까……. 감미로운 즙을 한 번 맛본 남자는 더 고급스러운 것, 이상적인 것을 추구하는 법이다!"

남자의 심리론을 주장하며 느닷없이 디스를 당했다. 나는 기가 막힌다는 얼굴로 피피를 쳐다봤다. 그녀는 이해가 되지 않는지 고개를 가로저었다.

"난 문득 깨달았다! 이상형을 찾는 게 귀찮고, 누군가와 소통하기도 성가시다면 스스로 만들자고! 그래서 머릿속에서 골렘이 번뜩였다. 골렘이라면 내 말을 뭐든지 들어줄 것이고, 내 이상형대로 만들 수 있잖느냐!"

애벌레 할아버지가 이제는 우리를 무시하고서 열변을 토해냈다.

"허나 그 꿈은 바로 벽에 부딪히고 말았다! 골렘은 마법사의 전유물이었으니까! 게다가 완벽하게 사람처럼 생긴 골렘을 오래도록 부리는 마술사가 있다는 이야기는 들어 본 적도 없었다!"

(응, 그런 분야에 인생을 거는 마법사가 있을 리가…….)

그렇게 생각하다가 나는 어느 언데드 애호가 선배와 슬라임 애호가 마법사들이 떠올랐다. 꼭 없다고 단언할 수는 없을지도…….

"허나 난 포기하지 않았다! 이토록 가슴이 뜨거워지고, 창작 욕구가 샘솟은 건 이번이 처음이었다."

(아니, 그만한 무기들을 만들 때 보다 더 뜨거워졌다니요…….)

나는 열변을 토해내는 할아버지의 말허리를 끊지 않도록 마음 속으로만 딴죽을 걸었다.

"그때 발상이 하나 번뜩였다. 앞서 말했다시피 마공기사가 골렘을 만들 수 있지 않을까? 하는 생각이었다. 허나 수많은 시행착오를 생각하면 막대한 연구비용과 재료, 설비가 필요했다."

"아아~ 그래서 다브잘 시장과 손을 잡은 거군요~."

나는 건성으로 맞장구를 쳤다.

"맞다. 녀석도 내 골렘 계획에 무척 흥미로워하더군. 그래서 내 계획에 자금과 재료를 아낌없이 투입했다. 다만 조건이 하나 있었지만."

"그게 섬멸마공병기."

"뭐, 그렇지. 허나 내게는 사소한 일이었기에 승낙했다. 그동안의 작업성과도 시험해볼 수 있으니."

기르츠가 위험천만한 발언을 선선히 하자 나는 이제 저 할아버지에게 그 어느 것도 만들게 해서는 안 될 것 같다는 생각이 들었다.

"그로부터 수년. 시장의 명령대로 숨으면서 작업을 진행했다.

그리고 시끄럽게 잔소리를 해대는 시장의 입을 막고자 대충 제작한 미완성품을 건네주고 마치 굉장한 무기인 것처럼 거짓으로 꾸몄다. 그러고서 이대로 이곳에 눌러앉았지. 이제야 비로소 진정한 작업에 집중할 수 있게 되었거늘 난 또다시 커다란 벽에 부딪히고 말았다."

"아, 그러세요……. 그게 뭔가요?"

기르츠가 뜨겁게 말하자 나는 머리카락을 가지고 놀면서 무심하게 말했다.

"내 그림 실력이 형편없었다는 것이다! 이 나이가 되도록 전혀 몰랐건만."

나는 기르츠가 그린 조잡한 지도를 떠올렸다. 그리고 여기저기에 굴러다니는 이상한 형태의 물체들을 봤다.

(응, 그림 실력이라고 해야 할까, 예술 센스가 빵점이야. 하늘은 저 사람한테 예술 재능은 내려주지 않았나 봐. 고맙습니다, 신님.)

나는 마음속으로 신께 감사하면서 기르츠를 쳐다봤다.

여담이지만 마공기사가 제작하는 물건의 토대는 대부분 대장장이가 만들므로 대충 의사를 전달할 수 있으면 그림까지 그려가며 설명할 일이 없지만, 이번처럼 자신의 취향에 철저히 맞춰서 제작하려면 그러긴 어렵다. 설령 솜씨 좋은 대장장이의 힘을 빌린다고 하더라도 그런 그림 실력으로는 상대에게 자기 뜻을 눈곱만큼도 전하지 못하겠지. 어쩌면 그 결과가 이 잡동사니일

303

지도 모르겠다.

"섬멸마공병기는 어쨌죠?"

"그때는 완벽한 인체 조형을 추구하지 않았기에 그냥 몸통에 머리와 팔다리만 붙이면 되겠거니 싶어서 적당히 작업했지."

내가 묻자 기르츠가 대답했다.

(대체 어떤 처참한 결과물이 만들어졌을까? 조금 흥미가 생기네.)

나는 불경한 생각을 하고 말았다.

"얘기를 되돌리마. 여하튼 내 이상은 이 머릿속에 분명 존재한다. 허나 그걸 형태화라고 해야 할까, 그림으로 그릴 수가 없어서 제작할 수가 없었다."

왜 토야가 이번 사건에 휘말렸는지 이제야 이해가 되었다.

"그래서 여러 화가를 찾아가며 맡겨봤지만, 녀석들이 가져온 그림 속 모델들은 죄다 포즈를 취하고 있어서 보이지 않는 부분이 있거나 배경이 방해해서 의미가 없었다. 허나 그 녀석의 최신작은 설계도로 쓰기에는 더할 나위 없었지. 그래서 녀석한테 다양한 짐승 귀 메이드를 스케치해달라고 지시했고, 그리고 드디어 발견했다! 내 이상과 가장 가까운 체형으으으을!"

기르츠가 스피아 쪽으로 고개를 홱 돌렸다. 소름이 돋아 온몸의 털이 곤두선 스피아가 근처에 있는 사피나 뒤에 숨어버렸다.

"이 사람 어떻게 할까? 이대로 놔뒀다가 이쿠스 선생님이 데리고 올 병사들한테 넘길까?"

나는 어이없다는 표정으로 애벌레를 가리키며 제자인 피피에게 판단을 물었다.

"……엘리자베스 님께 사정을 설명해서 정상을 참작을 받아."

우리가 그런 박정한 말을 하고 있으니 위쪽이 소란스러워졌다. 아마도 이쿠스 선생님 일행이 도착한 모양이다.

(하아~. 어쩐지 큰일을 치르긴 했지만 그럭저럭 사건이 해결된 모양이야. 다행이다, 다행이야.)

나는 가슴을 쓸어내리며 방을 뒤로했다. 그와 동시에 위에서 이쿠스 선생님이 다급하게 내려오는 모습이 보였다. 이쪽은 다 끝났으니 서두르실 필요 없는데.

"이쿠스 선생님, 이쪽은 정리……."

"모두 대피할 준비를 해라! 시장의 저택 부근에서 거대한 물체가 출현하여 움직이기 시작했다는 보고가 들어왔어!"

이쿠스 선생님의 말을 듣고 떠오르는 건 하나밖에 없었다. 나는 밧줄에 꽁꽁 묶여있는 기르츠에게 따져 물었다.

"뭐예요! 움직이지 않는다면서요! 그곳에는 내 친구도 있다고요!"

"모, 몰라. 그걸 움직일 수 있는 동력이라고 해야 할까, 그런 방대한 마력이 있을 리가 없다! 게다가 동력을 넣더라도 순환 경로가 덜 이어져 있다고. 움직인다는 것 자체가 이론상 불가능하단 말이다……."

기르츠도 이해할 수 없는 상황인지 깜짝 놀란 얼굴로 대답했다.

아무래도 사건은 아직 끝나지 않은 모양이다.

막간 그 두 번째

　메어리 일행이 기르츠가 있는 곳으로 향하고 있을 때, 휘황찬란하고 호화로운 샹들리에가 번쩍거리는 홀에서는 다브잘이 주최한 만찬회가 한창이었다.

　말괄량이에다가 격식을 싫어하는 에밀리아가 바로 돌아가자는 말을 하지 못하도록 파티를 입식으로 준비했는데, 그게 어느 정도 먹혔는지 당장 돌아가겠다는 말을 하진 않았다.

　하지만 처음 의도와는 다르게 지금의 다브잘은 어떻게든 이 만찬회를 빨리 끝내고 싶은 일념뿐이었다.

　이유는 만찬회가 시작되고 첫인사를 마친 뒤 받은 소식 때문이었다. 종이에 '마녀가 그 상회를 수색하러 왔다'고 적혀 있었다.

　다브잘은 애가 탔다. 언젠가 그 상회가 발각되리라 예상하고는 있었지만, 마녀는 예상을 훨씬 초월하는 속도로 움직였다. 어찌나 놀랐는지 내색하지 않도록 참는 것조차도 버거울 지경이었다.

　한편 에밀리아 일행 역시 일찍 돌아갈 수가 없었다. 그 상회와 다브잘이 어떤 관계가 있을 가능성이 있다. 그래서 메어리 일행 쪽에서 어떤 지시가 올지 몰라 초조함만 가득 품은 체 자리를 지키고 있었다. 비공식 만찬이었기에 손님은 적었고, 마족 대부분은 에밀리아에게 인사를 하러 가서 나머지 세 사람은 비교적

자유롭게 다브잘의 동향을 주시할 수가 있었다.

한편 다브잘은 다른 손님들이 에밀리아와 인사를 나누는 사이에 어떻게든 현 상황을 파악하여 대책을 마련하고자 궁리하고 있었다.

그러나 에밀리아는 격식을 싫어하는 만큼 인사를 하러 온 사람들과의 대화를 일찍 끝내버렸다. 다들 에밀리아의 성격을 잘 알고 있었으므로 그냥 그녀답다며 그냥 넘어갔다.

"다브잘 시장, 왜 그럽니까? 아까부터 안절부절못하는 것 같군요?"

눈동자를 너무 굴렸나? 마치 심정을 꿰뚫어 보기라도 했는지, 이국의 왕자가 물었다. 다브잘은 혀를 차고 싶은 심정이었다. 레이포스 왕자는 이국 문화에 계속 흥미를 보이며 도대체 옆을 떠나려 하질 않았다. 신분이 있으니 매몰차게 떨쳐낼 수도 없어 환장할 노릇이었다.

왕자는 능숙하게 다브잘과의 대화를 이어나갔다. 때로는 다른 사람과의 대화에 다브잘을 끼워 넣기도 했다.

다브잘은 왕자가 제법이라고 생각했다. 그리고 저 남자를 얕본 것을 후회하기 시작했다. 알디아 왕국 제1왕자는 부왕과 닮지 않았다. 그 껍질을 뒤집어쓴 채 여태껏 진짜 모습을 숨기고 있었다. 그 왕비의 자식이라는 것을 다시금 인식할 수밖에 없었다.

요 며칠 동안 일이 마음대로 흘러가지 않았던지라 다브잘은 분노를 억누를 수가 없었다. 어째서 자신은 이런 상황에서 이런 연회를 연 것인가? 시간을 벌려고 스스로 꾸민 계획을 눈앞에 있는 왕자가 역이용하고 있다는 생각이 자꾸만 들었다.

"아뇨, 에밀리아 공주님께서 또 무슨 사고를 치지 않으실까 자꾸 신경이 쓰여서 그만. 죄송합니다."

"아뇨, 그 마음 잘 압니다."

두 사람은 말괄량이 공주 이야기를 하며 서로 쓴웃음을 지었다. 그러나 다브잘의 내심은 전혀 달랐다. 오히려 이 만찬회를 일찍 끝낼 수 있도록 에밀리아가 무슨 말썽을 일으켜주길 바랐다.

"전하, 다브잘 님. 잠시 괜찮겠습니까?"

마기루카가 어딘가 불편해 보이는 얼굴로 금색 머리칼을 찰랑거리며 다가왔다.

"무슨 일이죠?"

"죄송합니다. 조금 기분이 좋질 않아서 잠시 물러나도 되겠는지요?"

다브잘이 발언을 허락하자 마기루카가 미안해하며 말했다. 다브잘은 그야말로 동아줄이 눈앞에 내려온 듯한 심정이었다. 하지만 너무 기쁜 티를 내선 안 된다.

"오, 신경을 써드리지 못해서 죄송합니다. 휴게실로 안내해드리지요."

다브잘은 손을 내밀어 마기루카를 안내하려고 했다. 원래는 근처에 있는 메이드에게 맡길 일인데도 그가 직접 나선 것은 마기루카가 걱정되어서가 아니다. 자리를 뜰 구실이 생겼기 때문이다.

"그래? 그럼 자하. 너도 따라가도록 해."

"예, 전하."

다브잘은 그렇게 만찬장에서 나올 수 있었다.

근처에 마련된 휴게실로 두 사람을 안내한 뒤 다브잘은 메이드에게 손님을 잘 챙겨주라고 지시했다. 그러고는 다급한 사람처럼 보이지 않도록 필사적으로 마음을 억누르며 신사적으로 방을 뒤로했다.

그리고 다브잘은 만찬장으로 돌아가지 않고 집무실을 향해 걷기 시작했다.

"갔나?"

"어, 발소리를 들어보니 만찬장과는 반대 방향이야."

불편해하는 아가씨를 챙기라는 지시를 받은 메이드는 다브잘이 나가자마자 두 사람이 마치 아무 일도 없었다는 듯이 바깥을 살피자 어리둥절했다.

"아, 이제 괜찮아요. 돌아가도록 하세요."

마기루카가 웃으면서 말하자 메이드가 물러갔다.

"그래서 어쩔 셈이야?"

메이드가 휴게실에서 나가자 두 사람은 앞으로 어떻게 할지 의논하기 시작했다.

"얼핏 전혀 동요하지 않은 것처럼 보이지만, 태도를 보니 뭔가 다른 생각을 하는지 이쪽에 집중하지 못하는 것 같았어요. 아마 메어리 님 일행이 상회에 나타났다는 보고를 받았겠죠. 어쩌면 이곳에 있는 증거를 인멸할 가능성이 있어요."

"쫓을까? 어디로 갔는지 알아?"

"바보 같은 당신과 날 똑같은 사람으로 취급하지 말아줘요. 난 엘리자베스 님께서 보여주신 이곳 지도를 이미 외웠지요."

"예이, 예이, 잘나셨네요."

앉아 있던 마기루카가 문 앞에서 귀를 기울이고 있던 자하를 물리친 뒤 복도로 나갔다. 자하도 뒤를 따라갔다.

두 사람은 최대한 소리를 내지 않도록 조심하면서 빠른 걸음으로 이동하기 시작했다. 마기루카는 시장이 은밀히 움직일 수 있는 장소, 혹은 평소에 일하는 장소 중에서 이곳과 가장 가까운 데가 어디인지 머릿속 지도로 확인했다. 그러고는 망설임 없이 빠른 걸음으로 이동했다. 그리고 이내 그의 뒷모습을 발견해 냈다.

"있어요."

"너, 대단하네. 메어리 님 이상일지도."

"그분이라면 더 약삭빠르게 찾아냈을 거예요. 이런 식으로 시간을 들이지 않고서."

"……그럴지도."

두 사람은 복도 모퉁이에 숨어서 대화를 나눴다. 만약에 이곳에 메어리 본인이 있었다면 단호히 반대했겠지. 초조한 마음에서 해방되어 방심한 다브잘은 앞으로의 대책을 궁리하는 데 정신이 팔려서 두 사람의 존재를 전혀 눈치채지 못했다.

이윽고 다브잘이 자신의 집무실에 들어갔다.

"집무실인 것 같군요. 역시 쳐들어갈…… 수는 없겠죠."

"어쩔래? 몰래 엿들을까?"

"쓸데없는 짓이다. 저 방에는 방음 마법이 걸려있느니라. 그 녀석답게 철저하구만."

"……!"

누군가가 뒤에서 나타나 두 사람의 대화에 끼어들었다. 화들짝 놀란 마기루카와 자하는 큰소리가 나오기 전에 황급히 자신의 입을 막았다.

"고, 공주 전하. 어떻게 이곳에? 파티를 맡기로 하시지 않았나요?"

"이쪽이 더 재밌을 것 같아서 왕자한테 맡겨뒀다."

마기루카는 어처구니가 없어서 한 손으로 두 눈을 가리고서 하늘을 올려다봤다. 곤란해하고 있을 왕자의 모습이 눈에 선했다.

"자하. 당신이라도 돌아가서 왕자님을 호위하세요."

"안심해라. 크라우스 경을 곁에 붙여뒀다. 게다가 아까 연락을 받았다. 백모님이 그 상회에서 아이템을 위조한 마공기사를 체포했다. 그 구속 아이템은 왕국이 관리하는 품목이니 그들은 왕국의 물건을 횡령한 셈이지. 곧 왕국 병사가 여기로 밀어닥칠 거다. 하지만 나머지 물품들은 이미 다른 곳으로 빼돌린 것 같더군. 녀석들의 본거지가 따로 있는 모양이다."

"그, 그런가요?"

왕국 병사가 온다면 더더욱 공주가 기다리고 있어야 하는 게 아닌가 하는 생각이 문득 들었지만, 저 사람에게 과연 사람들을 신속하게 통솔할 수 있는 역량이 있을지 솔직히 의문스러웠으므로 마기루카는 그냥 침묵하기로 했다. 아마 그쪽도 공주를 믿고 있지 않겠지. 엘리자베스가 사전에 지시한 대로 움직일 뿐이다.

"뭐, 낭보도 있다. 백모님이 화물을 옮기는 마차를 쫓다가 다브잘의 부정을 밝혀낼 물건을 입수했다고 하는군. 녀석들은 놓쳤지만, 상대는 마족이 아니었다고 한다. 다브잘은 역시 다른 나라와 손을 잡고 있었던 모양이로군. 하지만 그 문제도 해결되겠지. 백모님이 그들과 일전을 치르는 사이에 따로 행동하던 메어리가 본거지를 찾아내 잠입했다고 한다. 그곳에 기르츠도 있다고 하는군. 허 참, 그 녀석은 참 굉장하구나."

에밀리아의 말을 듣고 마기루카와 자하는 서로를 보며 쓴웃음을 지었다.

"그분이라면……."

"메어리 님은 진짜 굉장~해."

"에구, 누가 나온 모양이군……. 저건 집사? 뭔가를 들고 있다. 새나 무언가에 다는 편지처럼…… 보이는데?"

눈이 밝은 에밀리아가 방에서 나온 자를 얼핏 보고 그리 말했다.

"좋아, 스피아. 저 녀석을……. 아, 망했다. 녀석은 백모님을 따라갔지. 아주 몹쓸 메이드로구만."

313

본인이 그곳으로 보내지 않았느냐고 차마 따질 수가 없었던 마기루카와 자하는 조용히 어떻게 할지 생각했다.

　"저게 만약에 그 상회와 연락을 취하려는 수단이라면 절대로 놓쳐서는 안 됩니다."

　"그렇지. 그럼 왕족의 권한으로 내용물을 확인하도록 할까?"

　에밀리아는 집사가 향한 곳으로 걷기 시작했다.

　"엇?! 잠깐, 공주 전하!"

　마기루카가 감시역으로 자하를 남겨두고서 황급히 그녀를 쫓았다.

　모퉁이를 돌자 에밀리아는 이미 집사에게 다가가 친근하게 어깨를 두르고 있었다.

　"여, 다브잘의 집사. 바빠 보이는군?"

　"에, 에밀리아 공주님……."

　"마인드 브레이크."

　집사의 말을 끊듯 에밀리아가 힘차게 말하자 집사의 발치에 마법진이 떠올랐다. 그러자 그는 마치 실이 끊어진 꼭두각시 인형처럼 쓰러져버렸다.

　의식을 빼앗는 마법. 좌표고정이라서 상대에게 접근하지 않으면 발동할 수 없는 대단히 성가신 마법이다. 상대가 자신과 계급이 같거나 높아도 통하지 않기에 알디아 왕국에서는 잘 알려지지 않은 마법이다.

　마법사인 마기루카는 수준이 훨씬 뛰어난 마족의 마법을 두려워하면서도 꼭 배우고 싶다고 생각했다.

그리고 마기루카는 문득 깨달았다.

"공주 전하. 이게 왕족의 권한입니까?"

"그렇다! 실력행사. 사후수습! 이것이야말로 왕권!"

에밀리아가 엄지를 척 세우며 자신만만하게 말하자 마기루카는 할 말을 잃고 한숨만 내쉬었다. 그건 절대로 아니라고 마음속으로 항변하는 마기루카를 아랑곳하지 않고 에밀리아는 쓰러진 집사가 소지한 편지를 빼앗은 뒤 주저하지 않고 펼쳐서 내용을 확인했다.

"역시 그 상회에 보내는 밀서였군……. 이걸로 증거가 늘었다. 크크큭."

마기루카는 이건 왕족이 할 짓이 아니라는 생각이 자꾸만 들었다. 아무것도 하지 않은 채 서로 책임만 떠넘기는 인족 귀족들과 비교하면 나은 편이지만…….

"그런데 공주 전하. 이런 저택 안에서 마법을 사용해도 괜찮은 건가요? 알디아 왕국에서는 금방 들통나게 되어있습니다만……."

"흐음, 우리 마족한테는 이렇다 할 기본 경비 시스템이 없느니라. 근처에서 마법을 쓰면 어지간해선 금세 알아차리니까."

"예? 그럼 아까 공주 전하가 마법을 쓴 것을 시장이 알아차렸다는 의미가……."

"아……."

에밀리아와 마기루카는 순간 할 말을 잃고 굳어버렸다.

두 사람은 황급히 자하 곁으로 돌아갔다.

"자하, 시장은?"

"응? 아니, 집사 빼고 저 방에서 아무도 안 나왔어. 그게 아니라, 왜 돌아온 거야? 집사를 쫓지 않았어?"

"그건 이제 됐다. 그런데 방 안에 계속 틀어박혀 있다니 이상한데."

"안 나오고 자시고, 지금 저 방에서 인기척이 느껴지지 않아. 불과 얼마 전까지만 해도 느껴졌는데."

에밀리아가 안 어울리게 생각에 잠기자 자하가 불쑥 중요한 말을 내뱉었다. 그리고 마기루카는 다시금 하늘을 올려다보며 한탄했다. 메어리는 저런 두 사람을 잘도 다루는구나 새삼 감탄했다. 뭐, 본인이 이곳에 있다면 다룬 적이 없다고 단호히 부정하겠지만…….

"방 안에 비밀 통로 같은 게 있어서 도주했을 가능성이 있어요. 시장의 집무실이니 그 정도쯤은 준비해놨을 거예요."

"뭐라! 당했다. 그런 수가 있었다니! 좋아, 모두 들어가자."

에밀리아가 황급히 뛰쳐나가 집무실 문을 열려고 했다. 그리고 당연하다면 당연하다고 해야 할까? 문이 잠겨 있어서 열리지 않았다.

"문을 잠가놓다니 야비한 짓을! 좋아, 자하. 부숴라!"

"오! 앗, 무리, 무리. 공주 전하, 무슨 소리를 하는 거야."

분위기에 휩쓸려 문 앞에 선 자하가 제정신을 차렸는지 에밀리아의 지시를 거부했다.

"에잇, 이 근성도 없는 놈 같으니! 문을 부수다가 어깨가 빠진 뒤에 그런 소리를 해라!"

이쪽도 무모한 말을 태연하게 내뱉었다.

"그럼 왕권행사다! 버스트으으으!"

이미 엉망진창이다. 황급히 물러난 자하의 뒤에서 집무실 문이 폭렬 마법을 맞고 날아가 버렸다. 이렇게 요란을 떨었으니 역시 주변이 시끄러워지겠지. 이내 시장의 병사들이 집무실로 달려왔다.

그러나 신께서 돕고 있는지 바깥이 시끄러워지기 시작했다. 마기루카가 창밖을 보니 레리렉스 왕가의 깃발을 단 마차와 부대가 집결하고 있었다. 그리고 병사들이 저택 내부로 들어가 저항하는 자를 제압하고 있는 모습도 보였다. 집무실 앞으로 달려온 병사들도 그 광경을 보고 당황하기 시작했다.

에밀리아는 그 병사들을 무시하고 집무실에 들어갔다. 폭렬 마법 때문에 문의 잔해가 주변에 널려있었다. 그리고 그 여파에 휩쓸렸는지 근처에 있던 물건도 날아가 버렸다.

그러나 자하가 말한 것처럼 다브잘의 모습이 보이지 않았다. 만약에 자하의 말이 틀려서 다브잘이 문 근처에 있었다면 어떻게 되었을까? 그건 그것대로 쉽게 붙잡을 수가 있었을 테니 조금은 괜찮은지도……. 마기루카는 그렇게 생각하다가 공주에게 옮아버린 자신의 사고방식을 황급히 수정했다. 애당초 다브잘이 그 마법을 맞고도 살아 있을 거라고 장담할 수가 없기 때문이다. 에밀리아가 엘리자베스가 날린 마법을 맞고도 멀쩡했다고 마족 모두가 그렇다는 법은 없다. 에밀리아가 그냥 튼튼한 걸 수도 있으니까.

"쳇! 역시 달아났나? 야비한 놈!"

욕설을 내뱉는 에밀리아를 무시하고 마기루카는 실내를 둘러봤다. 안쪽에 있는 말끔하게 정돈된 책장과 책장 틈새에서 위화감이 들었다. 그 주변이 지나치게 정돈되어 있고, 그 책장과 책장 사이만 살짝 벌어진 것 같은 느낌이 들었다. 어지간히도 다급했던 모양이다.

"공주 전하, 저 책장이 수상……."

"버스트으으으으!"

마기루카가 뭐라 말하기 전에 에밀리아가 거의 조건반사로 그 책장을 날려버렸다. 마기루카는 왜 주변 사람들이 저 사람을 험하게 다루는지 어쩐지 알 것 같았다.

에밀리아가 날려버린 책장 뒤에서 통로 같은 것이 보였다. 아마 저게 비밀 통로겠지.

"공주 전하……. 조금만 신중히."

"결과만 좋으면 장땡이니라! 자하! 무장을 허락한다, 검을 들어라."

질려버린 마기루카 향해 웃으면서 엄지를 세운 에밀리아는 자하에게 무기를 들라 명령했다.

비밀 통로는 지하로 내려가는 계단과 이어져 있었다. 뜻밖에도 통로가 깨끗한 게, 이번에 처음 사용한 건 아닌 듯했다. 다브잘이 지나갔다는 걸 증명하듯 주변에 불이 밝혀져 있었다. 세 사람은 좁은 통로를 일렬로 걸어갔다.

"잠깐. 뭔가 이상한 소리가 들려."

선두에서 걷던 자하가 갑자기 진지한 표정으로 두 사람을 세웠다.

"이상한 소리?"

자하의 말을 듣고 두 사람도 귀를 기울였다. 분명 무언가를 긁는 듯한 끼릭끼릭, 하는 소리가 들렸다.

"공주 전하. 마법은 금물입니다. 이런 곳에서 마법을 썼다가 통로가 무너지면 다 끝이에요."

마기루카가 사전에 단단히 일러두었다. 그리고 소리가 나는 쪽으로 걸어가니 문 하나가 나왔다. 그곳은 다른 문과 달리 비교적 튼튼해 보였다. 그 문 맞은편에서 누군가가 문을 긁는 듯한 소리가 들렸다.

"어쩌……."

"누구냐? 문을 긁는 녀석이이이이이!"

입을 연 마기루카를 무시하고 에밀리아가 다짜고짜 문을 열어버렸다. 마기루카는 이제 저 공주가 진심으로 싫어졌다. 일단 문이 이쪽으로 열리는 구조이기에 망정이지 반대쪽으로 열리는 구조였다면 문을 긁던 자는 어떻게 되었을까? 마기루카는 그런 생각을 하면서 에밀리아와 방 안으로 들어갔다. 실내는 아무것도 없어 살풍경했다. 그리고 아무도 없었다.

"뭐냐? 아무도 없나?"

"그런 것…… 꺄아!"

고개를 갸웃거리며 옆에서 방을 보고 있던 마기루카의 발치에 누군가의 콧김이 닿았다.

황급히 아래를 내려다보니 앙증맞은 작은 설표가 있었다.

""………….""

설표는 마기루카의 발치에서 냄새를 킁킁 맡은 뒤 짤막한 다리를 놀렸다. 살짝 이동하고서 또 킁킁거렸다. 복슬복슬한 하얀 털에 아름다운 반점이 박힌 동물을 응시하며 두 사람은 굳어버리고 말았다.

"둘 다 왜 그래?"

"뭐, 뭐죠! 이 귀여운 생물은!"

자하가 부르자 가장 먼저 움직인 사람은 마기루카였다.

"뭐냐니? 표범 새끼잖아?"

논점이 조금 어긋난 자하의 말 따윈 귀에 들어오지 않는지 마기루카는 천천히 쪼그려 앉고는 이리 오라며 손을 뻗었다. 그러자 작은 표범이 망설이지 않고 그녀의 손가락에 코를 대고서 혀로 핥기 시작하는 게 아닌가? 사람의 손이 꽤 익숙한 모양이다.

그 귀여운 모습에 마기루카는 참지 못하고 손을 뻗어 보들보들한 털을 쓰다듬었다. 표범은 그 손길을 싫어하기는커녕 오히려 몸을 더 바짝 붙였다.

"헉! 뭐냐? 이 귀여운 생물은!"

"그러니까 표범 새끼라고요."

뒤이어 비로소 재기동한 에밀리아가 마기루카와 똑같은 반응을 보였다. 자하 역시 똑같은 대답을 했지만 무시당했다.

그러나 에밀리아가 만지려고 하자 작은 표범이 확 떨어져 마기루카의 발치에 숨어버렸다.

"어머머, 공주 전하는 싫어하는……."

마기루카는 반쯤 농담으로 말하다가 무심코 입을 다물었다. 그만큼 에밀리아는 절망한 표정을 지었다. 충격이 컸는지 당장에라도 눈물을 터뜨릴 것 같았다.

"고, 공주 전하. 아, 아마도요. 이 아이는 자기가 원해서 여기서 사는 게 아닌 것 같습니다. 시장님이 이곳에 가뒀을 테죠. 그래서 마족을 경계하는지도 모릅니다. 공주님이 싫어서 그러는 게 아닐 거예요."

에밀리아가 뜻밖의 반응을 보이자 마기루카가 황급히 위로해주었다.

"그, 그런가? 만약에 그렇다면 다브잘 녀석을 용서할 수 없노라."

마기루카의 말에 에밀리아가 부활했다. 그리고 주변을 둘러보다 방 안쪽에서 결계가 처진 다른 문을 발견했다.

"이것 때문이더냐아아아! 이것 때문에 날 싫어하는 거냐아아아!"

에밀리아가 해주(解呪) 마법으로 그 결계를 파괴하자 바리링, 하는 소리를 내며 출입구 허공에 있던 마법진이 부서졌다.

"이제는 괜찮다!"

에밀리아가 의기양양하게 돌아봤다. 작은 표범은 결계가 파괴되는 소리에 놀랐는지 그녀에게서 더 멀어져 버렸다. 마기루카가 겁먹은 표범을 부드럽게 쓰다듬고서 안아주자 표범은 그녀에게 달라붙었다. 마기루카는 너무 귀여운 나머지 집으로 데리고 가고 싶은 충동이 샘솟았지만 곧 다시 마음을 다잡았다.

"공주 전하. 조금 차분하게 행동해주세요. 이 아이가 겁을 먹었잖습니까?"

"윽, 미, 미안하다. 놀란 모양이구나……. 그대를 방해하는 존재를 당장 지워버리고 싶었거늘. 용서해라……."

에밀리아가 평소답지 않게 자신이 벌인 행동 때문에 의기소침해했다. 마기루카는 표범을 안은 채 다가갔다. 에밀리아의 마음이 전해졌는지 표범이 능숙하게 뽕, 하고 뛰어 에밀리아의 팔에 달려들었다. 에밀리아는 황급히 표범을 안은 뒤 커다랗고 또랑 또랑한 눈동자를 쳐다봤다.

"오오…… 뭐냐? 용서해주는 것이냐?"

에밀리아가 그렇게 말하자 표범이 그녀의 코끝을 핥았다. 그것만으로도 에밀리아의 얼굴이 붉어지고, 침울했던 얼굴이 환하게 밝아졌다.

"아주 귀……, 귀엽구나! 이건 뭐냐? 무조건 가지고 돌아간다!"

"아, 치사합니다. 공주 전하. 저도……."

"이~봐. 두 사람 모두, 목적을 잊은 건 아니겠지?"

표범을 사이에 두고 대치한 두 사람을 어이없이 쳐다보던 자하가 결국 참지 못하고 끼어들었다.

"아, 그랬었지! 이토록 귀여운 아이를 이런 컴컴하고 더러운 곳에 가두다니. 용서 못 한다. 다브잘!"

"……공주 전하. 그를 붙잡아야 하는 이유가 바뀐 것 같은데요."

에밀리아가 주먹을 불끈 쥐고 격앙하자 마기루카는 표범을 땅바닥에 내려놓으면서 중얼거렸다.

한편 다브잘은 에밀리아가 쓴 해주 마법을 감지하고서 누군가가 이쪽으로 오고 있음을 눈치챘다. 집무실에 있었을 때는 누군가가 기절 마법을 쓴 기척이 느껴졌다. 이만큼 당당하게 마법을 쓰고 있으니 기척의 주인은 보나 마나 에밀리아일 거다. 다만 아무리 파격적인 공주일지라도 남의 집사에게 함부로 마법을 쓸 수는 없……을 터. 즉, 에밀리아가 강제권을 행할 수 있는 상황이었다는 뜻이다.

거기까지 생각이 미친 다브잘은 창밖으로 이 저택 주위를 에 워싼 왕가의 깃발이 보인 순간 그는 곧바로 이 지하 통로를 이 용하여 도주했다. 붙잡히면 틀림없이 공주가 구속하려 들 거다.

"아니, 도망친 게 아니지. 조금 이르긴 하지만 시운전 겸 비장 의 패를 사용하려 했을 뿐."

다브잘은 눈앞의 거대한 물체를 보고 점차 여유를 되찾았다. 방이 어두침침했으므로 형태가 잘 보이지 않았지만, 어차피 다 브잘은 뭔지 알고 있었으므로 딱히 상관없었다.

이윽고 멀리서 이쪽으로 달려오는 발소리가 들리기 시작했다. 다브잘은 여유롭게 웃으며 그들을 맞이하기로 했다.

"찾았다! 다브잘!"

예상대로 발소리의 주인은 에밀리아였지만, 틀림없이 병사들 과 함께 들이닥칠 줄 알았던 다브잘은 함께 따라온 알디아의 손 님을 보고 약간 실망했다.

에밀리아는 두 팔로 그 표범을 안고 있었다. 그 가증스러운 짐 승을 결계 감옥에서 빼낸 모양이다. 표범 역시 다브잘을 알아봤 는지 경계하듯 우~, 하고 소리를 냈다.

"이거, 이거 공주님 아닙니까? 이런 곳까지 오시게 하여 대단 히 송구스럽습니다."

다브잘은 여유롭게 신사의 예를 표했다.

"아주 여유롭구나, 다브잘. 네놈이 국가 자산과 비품을 횡령하 고, 타국과 내통했을 뿐만 아니라 정보까지 흘렸음이 밝혀졌다.

이미 군대가 포위하고 있으니 포기해라."

　궁지에 몰린 상대가 오히려 여유를 보이자 에밀리아는 시치미를 떼는 줄 착각하고 죄상을 읊었다.

　그러자 갑자기 다브잘이 한 손으로 얼굴을 가리고 고개를 숙인 채 웃기 시작했다

　"벌써 거기까지…… 크크크크큭……."

　"뭐가 우습지?"

　"5년입니다."

　"뭐?"

　"그 사람의 이야기를 듣고 계획을 준비해온 게 벌써 5년입니다. 계획은 순조롭게 진행되었고 목적 달성을 눈 앞두고 있었는데, 불과 며칠 사이에 모든 것이 들통났습니다……. 대체 제가 무슨 실수를 했길래 엘리자베스 님에게 들킨 겁니까?"

　"글쎄? 적어도 백모님은 잘 속인 것 같은데? 이유를 듣고 싶다면 메어리한테 물어. 그 녀석이 모든 퍼즐은 맞춘 것이나 다름없으니까."

　"메어리? 공주님이 데리고 오신 손님 중에 그런 이름이 있던 것 같은……."

　다브잘은 거기까지 말하고서 스스로 깨달았다. 그 소녀가 가장 경계해야만 했던 인물이었을 줄이야……. 보고 내용 곳곳마다 등장하는 백은의 소녀. 그녀가 모든 것을 망친 건가? 불과 며칠 만에…….

메어리 본인이 이곳에 있었다면 '네? 무슨 소리죠?' 하고 이해가 안 된다는 듯 대꾸했을 테지만, 공교롭게도 이곳에 본인은 없었다.

다브잘은 경악을 넘어 실소밖에 나오지 않았다. 그건 자신에게 보내는 실소였다.

"하하핫, 과연. 하지만 그녀를 이곳에 데리고 오지 않다니 큰 실수를 했군요. 내가 마족 최고의 마공기사 기르츠한테 의뢰한 마공병기가 이곳에 있으니까!"

다브잘이 두 팔을 활짝 펼치고서 자랑스럽게 외쳤다.

"마공병기라고!"

"그렇습니다. 성교국의 습격에 맞춰서 이 항구 도시에서 국내를 제압하고자 마련한 초대형 섬멸마공병기 말입니다!"

에밀리아가 경악하자 기분이 좋아졌는지 다브잘은 말이 많아졌다. 굳이 말할 필요가 없는 내용까지 떠들어댔다.

"성교국이, 라, 고. 어허, 좀 얌전하게 있거라. 지금 한창 이야기를 하는 중이 아니더냐."

긴장감 넘치는 대화 중에 표범이 다브잘에게 달려들려고 몸부림치는 바람에 에밀리아가 말을 하다 말고 달래기 시작했다. 귀여운 표범이 항의하듯 앙증맞게 으르렁거리며 에밀리아의 손에서 빠져나가려고 몸부림치자 분위기가 몹시 미묘해졌다.

아무리 달래도 말을 들을 것 같지 않아서 에밀리아는 표범을 자하에게 넘겼다. 어리다 해도 표범이라 힘이 제법 센 탓에 마기루카가 버틸 수 있을 것 같지 않았다.

다브잘은 어이없다는 얼굴로 안경을 고쳐 쓰며 그 광경을 쳐다봤다. 한창 달아오르고 있었는데 느닷없이 물을 끼얹으니 맥이 빠졌다.

"그런 어린 신수를 데리고 오니까……."

"어? 이 아이가 신수님이었습니까? 그럼 메어리 님이 구해주고 싶다고 했던 여동생 신수는 바로 이 작은 신수님이었군요!"

마기루카는 다브잘이 중얼거린 말을 듣고 무심코 목소리를 높였다. 그 말을 듣고 다브잘은 "또 메어리냐!" 하고 미간을 찡그렸다.

이곳에 신수가 한 마리 더 있다는 건 그 젊은 남자도 모르는 이야기다. 그 사람에게서 비밀리에 빌린 예비 수단이니까. 그런데 그 메어리인지 뭔지 모를 소녀는 대체 어디에서 신수 이야기를 들었단 말인가?

"그 짧은 시간 동안에 신수까지 알아낼 줄이야……. 실로 무섭군요. 엘리자베스 님보다 더 위험한 존재일지도 모르겠습니다. 앞으로의 내 계획을 방해할……."

다브잘은 마음을 다잡고서 뒤에 있는 커다란 물체로 향했다. 물체 중앙에는 여러 장치가 달려 있었다.

"뭐, 좋습니다. 시간도 별로 없고 하니 보여드리도록 하지요! 이 마공병기를."

다브잘은 품속에서 기동 열쇠 같은 것을 꺼내 장치에 꽂아 돌렸다.

순간 침묵이 흐르고…….

그리고 아무 일도 벌어지지 않았다.

"아무 일도 없는……데?"
에밀리아가 주변을 보며 중얼거리자 여유로워하던 다브잘의
얼굴에 초조한 기색이 번지기 시작했다.
"대체 뭐야! 왜 기동하지 않는 거냐!"
다브잘이 큰소리로 외치며 장치 주변을 확인하기 시작했다.
무슨 사태인지 모르는 세 사람도 그저 멍하니 보고만 있었다.
"뭐, 뭐냐? 이건!"
다브잘이 떨리는 손으로 뭔지 모를 장치를 쥐어 들었다. 장치
에서 선이 나와 있었는데, 그 선이 어디에 연결된 것도 없이 그
냥 축 늘어져 있었다. 잘린 게 아니라 그냥 거기가 끝부분인 것
같았다.
"훗훗훗……. 아무래도 그 영감한테 한 방 먹은 것 같구나? 다
브잘."
"빌어먹으으으을! 건방진 영감탱이이이! 내가 그동안 얼마나
자금과 재료를 대줬는데!"
에밀리아의 말을 듣고 상황은 이해한 다브잘이 들고 있던 장

치를 땅바닥에 내팽개치고서 격앙했다. 머리 혈관이 터질 정도로……

다브잘의 절규가 조용한 실내에 울려 퍼졌다. 그는 가슴을 쥐어뜯었지만, 분노를 억누르지 못했다.

에밀리아가 냉정을 잃은 다브잘을 마법으로 제압했다. 이제 병사가 오기를 기다리기만 하면 되리라.

그러나 문득 다브잘의 표정을 본 마기루카는 놀라서 움찔했다.

그는 웃고 있었다.

아직도 이 상황을 타파할 수단이 남아있는지 안경 너머로 보이는 눈동자에 광기가 타오르고 있었다.

"공주 전하! 다브잘 님을 꽉 붙들어 두세요! 어서!"

일개 영애가 공주에게 명령할 수 있을 리 없건만, 그녀는 당장 다브잘을 저지하지 않으면 안 된다는 생각이 들었다.

하지만 애석하게도 먼저 움직인 건 다브잘이었다.

"필드 다운포스!"

그러자 갑자기 자하와 마기루카가 억지로 붙잡힌 듯 무릎을 꿇었다.

"고, 공기가……. 마족은…… 이런 마법도 쓸 수, 있구……나."

공기에 짓눌리면서도 마기루카는 상황을 파악하려고 애썼다.

"어설픈 놈 같으니이이이! 브레이크 오브 스펠필드."

"액셀 부스트!"

홀로 멀쩡한 에밀리아가 그렇게 외치자 다브잘의 마법이 빵빵한 풍선이 터지듯 흩어져버렸다. 다브잘보다 더 높은 마법을 구사할 줄 아는 에밀리아가 그의 마법을 순식간에 무효로 되돌린 것이다. 그러나 직후 다브잘이 자리에서 사라졌다. 에밀리아도 이건 예상 밖이었는지 대처하지 못했다.

"에어 블릿!"

"바디 프로텍터!"

그리고 다브잘과 자하의 외침이 동시에 들렸다. 자하는 다브잘의 공격을 재빨리 방어했지만, 위력을 죽이지 못하고 그대로 날아가 버렸다. 다브잘은 자하가 표범을 놓치자 곧장 표범의 목덜미를 움켜쥐었다. 벽으로 날아가 버린 자하는 관심이 없는지 그는 손에 있는 표범을 내려다봤다.

"자하!"

마기루카가 황급히 자하의 곁으로 달려갔다. 마기루카는 마족의 마법 전투. 본 적도 없는 수많은 마법을 보면서 자신의, 아니, 알디아 왕국의 마법이 얼마나 뒤처졌는지를 통감했다.

"젠장, 역시 어중간한 무기로는 안 되나?"

그는 욕설을 내뱉으며 몸을 일으켰다. 자하는 공주의 허락을 받아 다브잘의 집무실에 걸려있던 장식용 검을 빌렸는데 그게 다브잘의 공격 한 번에 맥없이 부러지고 말았다. 덕분에 자하는 크게 다치지 않았지만, 상대가 날린 마법이 얼마나 위력적인지 알 수 있었다.

"이런, 그걸 막아낸 겁니까? 대단한 판단능력이군요. 왕자의 측근들은 하나같이 우수한가 봅니다. 뭐, 좋습니다. 원하던 건 손에 넣었으니."

다브잘은 마치 더러운 것을 다루는 것처럼 표범의 목덜미를 쥔 채 걷기 시작했다. 표범이 질색하며 발버둥을 쳤지만, 그 손을 뿌리치지 못했다.

"다브잘, 그 아이를 놔줘라!"

에밀리아가 외치자 다브잘이 뜻밖이라는 얼굴로 그녀를 쳐다봤다.

"이런, 이런. 인정사정 봐주지 않고 신수와 함께 저를 재로 만들어버릴 줄 알았는데, 공주님도 꽤 무르시군요. 겁쟁이 같으니."

다브잘이 빈정거리며 웃자 에밀리아가 이를 바득바득 갈았다.

"그럼 이 녀석은 내가 잘 이용하도록 하겠습니다. 하하핫! 운이 좋군요. 신께서 돕고 계신 모양입니다! 이 상황을 타파할 만한 물건이 때마침 여기 있으니 말입니다. 뭐, 이 계책을 생각해 낸 건 저이지만요, 아하하하하하!"

다시 거대한 장치까지 걸어간 다브잘이 뒤를 돌아보며 품속에서 크리스털 같은 것을 꺼내 보여주자 마기루카는 저도 모르게 숨을 삼켰다. 다브잘이 들고 있던 크리스털이 학원제에서 자신을 죽음으로 몰았던 크리스털과 비슷했기 때문이다.

"리버럴머테리얼?! 다브잘, 네 이노오오옴! 가지고만 있어도 사형으로 죄를 갚아야 할 금기 중의 금기를 감히 레리렉스에 들인 것이냐아아아아아아!"

"에인호르스 성교국에서 받은 거로군요."

마기루카가 흥분한 에밀리아를 진정시키고자 일부러 그녀 앞으로 나와 나직이 말했다.

"후훗, 눈썰미가 좋군요. 게다가 이런 상황에서도 냉정할 수 있다니 당신도 우수하군요. 왕자 전하가 부럽기 그지없습니다."

마기루카의 행동 덕분에 에밀리아는 열을 식히고 서서히 냉정을 되찾고 있었다. 그러나 흥분이 완전히 가라앉은 것은 아니었다. 에밀리아가 저토록 격노한 이유는 역사가 말해주고 있음을 마기루카는 알고 있었다. 과거에 리버럴머테리얼에 가장 많이 희생된 종족이 바로 마족이었다. 마력 보유량이 많다는 이유만으로 얼마나 많은 마족이 납치되어 실험에 희생되었는가. 그걸 잘 아는 에밀리아의, 아니, 마족들의 증오는 헤아릴 수가 없다.

"다브잘······. 성교국과 내통한 것도 모자라서 그 흉악하기 짝이 없는 물건까지 들이다니. 넌 마족의 얼굴에 먹칠을 했다! 부끄러운 줄 알아라!"

"부끄러운 줄 모르는 건 당신들 왕족이지요, 공주. 고작 인간 나부랭이인 백은의 기사 한 명한테 패배하여 고귀한 마족이 열등한 인족과 동맹을 맺게 하다니. 마족의 얼굴에 먹칠한 멍청이는 바로 네놈들이란 말이다아아아!"

애써 냉정을 유지하던 다브잘도 흥분했는지 말투가 험악해져

갔다.

"이건 나와 그들의 이해관계가 일치했을 뿐이다, 공주!"

다브잘은 에밀리아를 인족 나부랭이와 동맹을 맺은 멍청이라고 매도했지만, 결국 자신도 인족과 손을 잡고 있다는 모순은 깨닫지 못했다. 에밀리아는 거기서 한 가지 답을 도출해냈다. 지금 다브잘이 한 말은 스스로 깨달은 것이 아니라 다른 사람이 불어넣은 것이라고.

"고귀……, 열등……, 다브잘이여, 네놈은 언제부터 그런 생각을 하게 되었느냐. 마족이 언제부터 다른 종족을 차별하였냐는 말이다. 네놈이야말로 누군가의 꾐에 빠져 놀아나고 있는 게 아니냐. 어리석은 녀석 같으니."

에밀리아는 불쌍하다는 얼굴로 코웃음을 쳤다.

"다, 닥쳐라아아아!"

다브잘은 얼굴이 시뻘게질 만큼 큰소리를 질렀다.

"이놈이고 저놈이고 죄다 날 바보 취급하다니! 난 왕에 걸맞다는 소리까지 들은 몸이란 말이다! 그래서 이걸 넘겨받은 거다! 마왕을 초월할 수 있는 신기를!"

다브잘이 크리스털과 표범을 안아 올렸다.

"자, 리버럴머테리얼이여. 그 기적을 내게 보여다오! 제물로 이 신수를 바치겠다! 초대형 섬멸마공병기를 작동시켜다오오오오오오!"

다브잘의 외침에 호응하듯 어둑한 방 안에서 크리스털이 눈부실 만치 번쩍이기 시작했다.

10 네이밍 센스란?

나는 뒷일을 어른들에게 맡기고서 어수선해진 창고를 빠져나온 뒤, 스피아의 안내를 받아 전망이 좋은 곳으로 이동했다. 다행히도 항구 도시에서 멀리 떨어진 곳이라 도시의 전모가 훤히 보였다.

달빛이 비치는 도시 한편, 건물과는 전혀 다르게 생긴 무언가가 서 있었다.

거리가 멀어서 잘 보이진 않았지만, 도시에 있을 법한 물체가 아니라는 것쯤을 알 수 있었다.

(설마 저게 섬멸마공병기?! 저긴 시장이 있는 곳이잖아!)

"이쿠스 선생님! 레이포스 님 일행들은요?"

나는 여러 지시를 내리며 병사들을 지휘하고 있는 이쿠스 선생님에게 물었다.

"연락받은 내용에 따르면 왕가 병사들이 시장의 저택에 돌입하자마자 크라우스 경과 함께 빠져나가셔서 무사하시다고 한다! 하지만 시장을 추격하던 후툴리카와 에렉실이 공주 전하와 함께 행방불명되었어. 아마 저 거대물체가 원인인 것 같다! 너희들은 여기서 기다려라!"

이쿠스 선생님은 말을 마친 뒤 다시 주변에 있는 병사들을 지휘하기 시작했다.

(이, 이럴 수가……. 다들 무사하면 좋을 텐데. 설마 저 병기 근처에 있는 거야?)

자꾸 불길한 예감이 들어서 나는 안절부절못했다. 그리고 나와 마찬가지로 불안해하기 시작한 한 사람, 아니 한 마리가 있었다. 바로 자유가 되었는데도 굳이 내 곁에 붙어 있는 커다란 설표, 성미 느긋한 신수님이었다.

'어어어어, 어쩌지? 메어리! 지금껏 어디 있었는지도 몰랐던 여동생의 기척이 아까부터 미약하게나마 느껴지고 있는데~.'

애가 타는지 그 커다란 얼굴이 내 코앞까지 닥쳐왔다. 내 시야에 표범의 얼굴이 가득 들어찼다.

"가까워, 너무 가까워."

내가 어서 떨어지라고 손짓을 하자 표범이 나에게서 얼굴을 뗐다.

"그래서 어디에서 그 기척이 느껴지는데?"

나는 그다지 듣고 싶지 않았지만, 무시하기도 좀 그래서 결국 물어보았다.

그러자 표범이 앞발로 거대병기를 가리켰다.

쿠우우우우웅!

그때 커다란 폭발음과 함께 병기에서 폭발이 일어났다. 하지만 무슨 방어막이라도 있는지 병기는 별 지장이 없는 듯했다.

"저건 폭렬 마법! 틀림없이 공주님이에요! 그럼 혹시나……"

스피아가 폭발을 보고 소리쳤다.

(에밀리아가 응전하고 있구나. 일단 그녀는 무사하다는 뜻이네. 그럼 아마도 근처에 마기루카와 자하도…….)

친구들이 저곳에 있을지도 모른다는 생각이 들자 더더욱 걱정되기 시작했다.

(어떻게 하지? 가야 하나? 하지만 어떻게?)

힘 조절하지 않고 직선으로 달려가면 금방 도착하겠지만, 그랬다간 도시에서 무슨 일이 벌어질지 알 수 없다.

'이러고 있을 수는 없어! 가자, 메어리!'

"잠깐, 이봐. 뭘 하는 거야아아아아아아!"

"아, 아가씨이이이이!"

느닷없이 무슨 생각을 했는지 표범이 뒤에서 옷을 물고서 나를 허공으로 던져버렸고, 나는 그대로 불평(?)과 함께 허공을 날아 복슬복슬한 무언가에 착지했다. 직후 튜테의 목소리가 멀어지기 시작했다.

어느새 나는 표범의 등에 앉아 있었고, 신수는 달빛 반짝이는 하늘을 아름답고도 신비롭게 달리고 있었다.

(응? 이 전개는 뭐야?! 신수에 탄 소녀라니! 무슨 성녀님 같잖아!)

"아니, 근데 왜 당연하다는 듯이 나를 데리고 가는 거야!"

나는 뒤늦게 표범의 등에 대고 항의했다.

'메어리도 친구가 걱정됐잖아~. 그래서 길동무로 삼은 거야~.'

"야야, 앞부분 말은 참 고마운데, 뒷부분 말은 뭐야?"

앞부분 말에 감동할 새도 없이 바로 이어진 뒷부분 말을 듣고 나는 기분을 잡쳐버렸다. 도끼눈으로 표범을 쳐다보면서 등을 찰싹찰싹 때려주었다.

하지만 이건 좋은 기회였다. 이 신수는 속도도 빠르고 덩치도 크니, 등에 내가 타고 있다 한들 잘 보이지도 않을 터다. 어차피 하얀 표범에 시선을 빼앗길 테니, 내가 탔다고는 생각도 못 할 테지만.

(일이 잘 풀리면 사람들의 머릿속에 신수만이 기억될 거야. 나는 길가에 널린 돌멩이 취급을 받을지도⋯⋯. 됐다, 됐어 ♪)

'괜찮습니까! 메어리 님!'

"우햐아아아아!"

머릿속에서 갑자기 사피나의 목소리가 울리자 나는 이상한 소리를 내고 말았다.

'왜 그래, 메어리? 바보 같은 소리를 내고.'

'누가 바보 같다는 거야! 무례하네.'

'어? 메어리 님, 왜 그러세요?'

덩달아서 표범의 목소리도 머릿속에 울린 바람에 무심코 전달 마법으로 대답하고 말았다. 사피나가 이해하지 못해서 되물었다.

(젠장. 너무 성가셔서 정말로 채널을 돌리고 싶은 기분이야.)

'아무것도 아냐, 괜찮아, 사피나. 지금 신수를 타고 마공병기를 향해 가는 중이야. 마기루카 일행을 발견하면 데려올게.'

'알겠습니다. 조심하시길.'

'너도 조심해.'

사피나와 연락을 마친 나는 점점 가까워지는 목표물을 보고 문득 불길한 생각이 들었다.

"저기, 너, 설마 이대로 마공병기를 향해 달려들려는 생각은 아니지?"

'우선은 상황부터 파악해야지~. 그리고 이름이 없으니까 불편하네. 이봐, 혹은 너라고 불리는 건 좀~.'

"지금이 그런 걸 신경 쓸 때야? 그래서 이름이 뭔데?"

'그건 금칙 사항이거든~.'

"자기 입으로 말해놓고서 뭘 어쩌자는 거야!"

나는 분노에 몸을 맡긴 채 복슬복슬한 털을 잡아당겼다. 그러자 표범이 윗몸을 일으키며 갑자기 정지하더니 그대로 허공에 머물렀다.

'아파파파! 왜냐면~ 선조님이 경솔하게 진짜 이름을 밝힌 바람에 일족인 우리까지 계약에 구속돼버렸잖아~. 가능하면 가명으로 불러줘~.'

"그게 뭐야? 내가 가명을 지어달라는 거야?"

'맞아, 맞아. 내가 스스로 지으면 좀 부끄럽잖니~.'

표범이 긴박한 상황에서 전혀 긴박하지 않은 부탁을 했다. 뭐라 부를 이름이 필요하긴 했으니 나는 가명을 고민하기 시작했다. 가명이라고는 하지만 이름을 처음 지어보는 거라서 이 표범과 관련이 있으면서도 느낌이 괜찮은 이름을 지어주고자 생각에 잠겼다.

"그럼 하얀 털에 반점이 있는 표범이니까 '하얀점박이.'"

'뭔가 느낌이 으스스해서 싫어.'

"말이 많은 표범이니까 줄여서 '수다표범.'"

'메어리, 넌 네이밍 센스가 정말 없구나.'

"…………."

기가 막힌다는 얼굴로 나를 쳐다보며 말하는 표범을 나는 아무 말 없이 바라봤다. 허공에서 한동안 침묵이 이어졌다.

"네가 부탁한 거잖아! 불만이 있으면 스스로 지으라고오오오!"

나는 다시 표범의 털을 잡아당겼다.

'아파파파~! 폭력 반대~! 메어리는 깊이 생각하지 않는 편이 좋을 것 같아~. 자, 깊이 생각하지 말고 다시 도전~.'

(상황이 이렇게 긴박한데 우린 하늘에서 대체 뭘 하는 거람?)

이런 곳에서 놀고 있을 때가 아니니 이름 따원 아무렇게나 지어버리자. 나는 그런 생각으로 어떤 단어를 툭 던졌다.

"그럼 그냥 단순하게 설표의 설(雪) 자를 따서 스노우! 이게 싫으면 이제는 알아서 생각해!"

'스노우? 하얀점박이나 수다표범보다는 괜찮네~. 응, 그걸로 하자~.'

가명이 마음에 들었는지 '스노우'가 다시 달리기 시작했다. 문득 아래를 내려다보니 혼란에 빠진 도시의 모습이 보였다.

그런 와중에 마공병기에서 꽤 떨어진 널찍한 공간에서 사람들을 피난시키고 있는 왕자님과 크라우스 경, 그리고 마족 왕국 병사들의 모습이 보였다. 나는 몸을 굽혀 스노우에게 외쳤다.

"스톱! 스노우!"

'으앗! 소리치지 마. 왜 그래?'

허공에서 정지한 스노우는 고개를 돌려 곁눈으로 보면서 항의했다.

"미안, 미안. 여하튼 내려가자. 저 아래에 왕자님이 있어."

'왕자? 아아, 그 금발 청년? 어머나, 미소년!'

내 말을 듣고 스노우가 아래를 관찰했다. 왕자님을 발견하고는 무슨 영문인지 신나게 지상으로 내려갔다.

(미소년이라니……? 너 표범이잖아? 수컷 표범한테나 추파를 던지라고.)

나는 지상으로 내려가면서 마음속으로 스노우에게 딴죽을 걸었다.

"레이포스 님! 크라우스 님!"

내가 지상을 향해 내려가면서 부르자 왕자님이 내 목소리를 들었는지 주변을 두리번거리기 시작했다.

"위에요. 레이포스 님."

그러자 왕자님은 물론, 달아나던 주민들까지 모두 발을 멈추고 우리를 바라보았다. 우리가 내려오는 모습을 본 주민들이 알아서 자리를 비켜준 덕분에 스노우도 무사히 착지할 수 있었다.

스노우가 왕자님 앞에서 사뿐히 내려앉자 사람들이 웅성거리기 시작했다. 이렇게 커다란 표범이 하늘에서 내려왔으니 놀랄 만도 하겠지. 나도 너무 서두른 것 같아 후회했다.

"모두 무기를 집어넣어! 아군이다! 메어리 양이 타고 있어."

크라우스 경과 병사들이 공격 태세를 취하자 왕자님이 표범의 등에 내가 타고 있는 걸 가장 먼저 알아차리고서 제지했다.

"레이포스 님, 피신하셨다고 들었는데 어째서 이런 곳에!"

"사람들이 패닉 상태에 빠졌어. 누군가가 중심이 되어 선도하지 않으면 위험해질 거야. 우호국의 왕족으로서 협력을 아끼지 않겠다고 말했더니 여러모로 바빠 보였던 마녀님이 마지못해 맡겨줬지. 하핫."

"마지못해서요?"

도와주겠다는데 마지못해서 도움을 받는 게 대체 무슨 상황이지?

"나는 그럴 생각이 없지만, 우리한테 빚을 지고 싶지 않은 거겠지. 비공식적으로 방문하긴 했지만, 내가 도우면 알디아 왕국에 빚을 지는 셈이니까. 뭐, 외교적으로 여러 사정이 있겠지."

왕자님이 뭔가 아는 듯한 얼굴로 가볍게 훗, 하고 웃었다. 그저 한숨을 내쉰 것처럼도 보였지만, 자신이 모르는 왕자님의 면모를 엿본 것 같았다. 왕족은 참 힘들겠구나 싶어서 나는 아무말도 하지 않았다.

그러려고 했는데……

'어머. 역시 왕자님. 생각하는 게 다르네~. 좋은 남자일 뿐만

아니라 머리까지 영리하다니. 무훗 ♪ 보면 볼수록 괜찮네~.'

"너, 표범이라는 자각이 있는 거야? 불경하다고."

나는 꼬리를 살랑살랑 흔들며 한쪽 앞발로 입을 가린 채 실실거리고 있는 스노우의 머리를 가볍게 찰싹 때렸다. 그러자 왕자님이 내 말과 행동을 이상하게 쳐다봤다. 다른 사람들도 똑같은 반응을 보이자 나는 아차 싶었다.

(망했다. 왕자님은 얘가 말이 통하는 신수라는 걸 모르잖아.)

"아, 저기, 그, 그런데 공주 전하는?"

"만찬회 이후로는 만나지 못했어. 하지만 아마도 저 거대한 물체를 상대하고 있는 것 같아. 그녀가 저 물체를 반대쪽으로 유인해준 덕분에 이쪽에는 별 피해가 없어서 다행이야. 다만 마기루카와 자하도 그 곁에 있을 텐데 그게 걱정이군."

나는 화제를 돌려 상황을 어물쩍 넘기기로 했다. 왕자님도 딱히 개의치 않고서 내 물음에 답을 해주었다.

"마기루카와 자하는 제가 회수하겠습니다."

"응, 부탁할게. 주민의 피난이 끝나면 우리도 엘리자베스 님이 지시한 저쪽 언덕으로 갈 거야."

왕자님이 가리킨 곳은 공교롭게도 내가 스노우를 타고 달려온 방향이었다.

(즉 사피나 일행이 있는 곳인가? 저곳에는 식량과 의약품, 무기 등 여러 물자가 있으니 피난하기 적당할지도 모르겠네. 엘리자베스 님도 그걸 이용하자고 판단했을지도.)

"알겠습니다. 레이포스 님, 부디 무모한 행동은 자제하시길."

'대화 끝냈어? 그럼 어서 서두르자~.'

"""오오오오오오.'""

다시 두둥실 떠올라 서서히 상공으로 올라가는 우리를 보고 주변 사람들이 웅성거리기 시작했다.

"네가 보여준 행동에 비하면 이 정도는 무모하다고 할 수도 없지. 뒷일을 부탁한다."

"예. 크라우스 경, 레이포스 님을 부탁드립니다."

"알고 있습니다! 그나저나 아가씨. 그 커다란 표범은 일전에 말했던 그 신수입니까!"

"예! 여러 사정 때문에 지금은 우리 편이 되어줬어요! 자, 가자, 스노우."

'예~ 예~.'

내가 말하자마자 스노우가 다시 하늘을 달리기 시작했다. 그 신비로운 모습과 크라우스 경이 입에 담은 신수라는 단어가 사람들의 입을 통해 널리 퍼져나갔다. 다들 한동안 하늘을 올려다보며 꼼짝도 하지 않았다. 뭐라고 하는지는 잘 들리지 않았지만, 주민 몇몇이 갑자기 기도를 드리기 시작하는 모습이 얼핏 보였다.

(아, 아마도 스노우를 보고 놀랐거나, 신수라는 걸 알고서 기도를 하는 거겠지! 난 이 현상과 무관해. 응, 무관해! 난 눈에 띄지 않아, 결단코 눈에 띄지 않아.)

나는 속으로 초조해하면서 자신을 타일렀다.

⚜ 11 ⚜ 미안해…….

드디어 마공병기를 온전하게 볼 수 있는 거리까지 접근했다.

병기는 상상 이상으로 섬뜩한 모습이었다. 중심부는 인간의 상반신을 여러 개 이어붙인 뒤 옆으로 눕힌 듯한 형태였고, 동체 상부에는 커다랗고 아주 기다란 팔이 여러 개나 나 있었으며 하부는 여러 개의 팔과 다리가 몸을 지탱하고 있었는데, 그게 쉴 틈 없이 움직이고 있었다.

가까이 다가가서 보니 동체 부분에는 커다란 눈이 달린 사람 머리 같은 것이 여러 개 붙어 있었는데 그 눈이 주변을 두리번 거리고 있었다. 모든 것이 기계적으로 만들어졌을 텐데도 생물적인 요소가 섞여 있었다. 눈알도 그렇지만, 근육 섬유 같은 게 붙은 팔도 있었다.

(기르츠 씨의 조형 센스는 정말이지 최악이야. 아무리 봐도 닥치는 대로 붙여놓은 것 같은데 어떻게 움직이는 거지? 참 희한하네.)

나는 닭살이 돋은 팔을 쓰다듬으면서 주변을 둘러봤다. 병기가 지나간 자리는 쑥대밭이 되어있었다. 시장의 저택은 어떤 모습이었는지 상상조차 할 수 없을 만큼 완전히 무너져 있었다. 다행히도 주변에 사람은 없는 것 같았지만.

"우옷, 거기 있는 건 메어리냐!"

더 높은 상공에서 목소리가 들렸다. 거무칙칙한 병기를 내려다보던 나는 하늘을 올려다봤다. 그리고 이내 오렌지색과 분홍색이 섞인 머리카락을 지닌 마족을 찾아냈다.

"예! 공주 전하! 자, 스노우, 저 마족이 있는 곳으로 가!"

'예~.'

내 지시대로 스노우가 상공으로 떠올라 에밀리아에게 다가갔다. 에밀리아는 손에 무언가를 쥐고 있었다.

"자하 씨! 마기루카아아아!"

에밀리아가 자하를, 자하가 마기루카를 손에 쥐고 있었다. 마기루카는 의식이 없는지 축 늘어져 있었다.

"두 사람이나 들고서 비행을 유지하는 게 슬슬 버거워지던 참이었다. 녀석이 보는 앞에서 두 사람을 어디론가 내려놓을 수도 없어 곤란했는데 마침 잘 됐군. 메어리, 두 사람을 저쪽으로 피신시켜다오. 내가 녀석을 유인하마."

"예. 알겠어요. 스노우."

'상관없기는 하지만 세 사람이나 등에 태우면 잘 움직일 수가 없어. 전투를 벌이면 떨어뜨릴 수도 있는데?'

"지금은 싸우지 않을 거야. 우선은 두 사람을 피신시켜야 해. 공주 전하, 두 사람을 이쪽으로."

스노우에게 대답한 뒤에 나는 에밀리아에게 두 사람을 스노우의 등에 내려놓으라고 말했다. 그러자 그녀가 스노우를 보며 의아한 표정을 지었다.

"이 녀석은 우리가 만난 귀여운 표범 신수의 대형 버전인가?"

'여동생과 만났어어어어?'

에밀리아의 말에 스노우가 반응하여 그녀에게 다가갔다. 이래서야 두 사람을 등에 내려놓을 수가 없다.

"야, 스노우! 그 얘기는 나중에 해! 우선은 두 사람부터."

'하지만 여동생이!'

"마음은 알겠지만 우선은 할 수 있는 일부터 하자. 얘기를 듣고 싶어도 이 상태로는 어렵잖아?"

나는 그녀의 등을 쓰다듬으며 달랬다.

'알겠어.'

스노우가 얌전해지자 에밀리아가 두 사람을 내려놓았다.

"메어리, 아까부터 혼자서 뭘 시부렁거리고 있느냐? 결국 망상과 현실을 구분하지 못하고……."

"그 의혹은 풀렸습니다! 전 신수인 스노우와 대화를 할 수가 있다고요! 자세한 얘기는 피피 씨한테 들으세요!"

에밀리아가 안타까워하는 얼굴로 멀어져가자 나는 큰소리로 항의했다.

"그, 그랬느냐? 응, 뭐, 그건 나중에 듣도록 하자. 내가 유인할 테니 그대들은 어서 이탈해라."

몸이 가벼워진 에밀리아가 마공병기를 향해 날아갔다.

"메어리 님, 굉장해. 정말로 신수랑 대화할 수 있는 거야?"

내가 에밀리아의 동태를 주시하고 있으니 이야기를 들은 자하가 놀라워하면서 마기루카를 표범의 등 위에 잘 눕혔다.

"맞다. 마기루카! 마기루카, 왜 그래? 정신 차려."

나는 축 늘어진 채 눈을 뜨지 않는 마기루카를 쳐다봤다.

"괜찮아. 마법을 조금 남발해서 지쳤을 뿐이래. 그리고 뭐, 높은 곳에 있어서 속이 울렁거리기도 했을 테고."

내가 걱정하자 자하가 간략하게 설명해주었다. 아무래도 목숨에는 지장이 없는 모양이다. 그리고 그녀에게 고소공포증이 있다는 걸 떠올렸다.

"대체 무슨 일이 있었던 거야? 저 마공병기는 움직일 방법이 없다고 하던데."

"저 마공병기가 작동하지 않은 것까지 알아차린 거야? 역시 메어리 님. 사람들 말대로 모든 걸 다 알고 있네."

또다시 어딘가에서 바람직하지 않은 오해가 생겨난 듯하다.

'있잖아, 메어리. 여동생은?'

스노우가 나와 자하의 대화에 끼어들었다.

"알고 있어. 그렇게 안달하지 마."

"어? 뭔 소리야?"

갑자기 이야기가 흐름에서 벗어나자 자하가 고개를 갸웃거렸다.

"그냥 우리끼리 하는 얘기야. 신경 쓰지 마."

나는 또다시 스노우의 등을 쓰다듬으며 달래고서 자하에게 이야기를 계속하라고 재촉했다.

자하는 시장의 저택에서 있었던 일을 설명하기 시작했다. 도중에 작은 표범이 나오자 머릿속에서 스노우가 걔가 바로 여동생이라며 호들갑을 떠는 바람에 스노우를 달래느라 고생했지만 요는 다브젤이 무시무시한 아이템으로 병기를 강제 기동한 모양이다.

"리버럴머테리얼……."

마기루카의 목숨을 위태롭게 했고, 학원제를 망칠 뻔했던 그 아이템과 또다시 만났다는 사실에 벌레 씹은 표정을 지었다.

"시장은 그 어린 신수를 제물로 삼으려고 한 것 같은데, 아이템이 시장까지 통째로 삼켜버리더니, 저 그로테스크한 병기가 움직이기 시작하더라고. 그리고는 지하의 천장을 부수고 나가려 하기에 꼼짝없이 깔려 죽겠구나 싶었는데, 마기루카가 프로텍션 필드라는 마법으로 우리를 보호해줬어……."

자하는 이야기를 일단 멈추고서 마기루카를 바라봤다. 프로텍션 필드는 전방위 물리 방어 마법이다. 그런 오래 유지하고 있었다면 마력이 동나는 것도 이상하지 않았다.

"그사이에 내가 마기루카를 안았고, 공주 전하는 날 붙잡은 채 무너지는 천장을 요리조리 피하며 간신히 밖으로 빠져나왔지. 두 사람을 든 채 하늘을 나는 것만으로도 벅차서 공주 전하는 마음먹은 대로 회피하질 못했어. 그동안에도 마기루카는 잔해로부터 우리를 지키기 위해서 마법을 남발했고 마력이 거의 텅텅 비게 되었지. 마기루카는 갑작스러운 상황 속에서도 모든 것을 지시했어. 빠르고 정확한 지시 덕분에 살았다며 공주 전하도 칭찬했고."

"……그랬구나."

나는 축 늘어진 마기루카를 쳐다봤다. 그리고 자랑스러운 친구인 그녀를 부드럽게 쓰다듬었다. 그러자 그녀도 손길을 느꼈는지 눈을 살짝 떴다.

"……메어리, 님?"

"마기루카, 무사해서 다행이야."

"저기, 메어리 님……."

내가 부드럽게 속삭이자 마기루카가 무언가 호소하듯 떨리는 손을 내밀었다. 나는 그 손을 쥐었다.

"……왜 그래?"

"……노, 높아요……. 어서 내려주세요."

마기루카의 비통한 호소는 바람에 휩쓸려 사라질 만큼 가냘팠다. 지금껏 부유 마법으로도 오르지 않았던 고도에 있으니까. 그녀에게는 그야말로 지옥일 것이다.

"공주 전하, 일단 여길 벗어날게요! 저쪽에서 전하가 시민을 피난시키고 있습니다. 피난이 끝나면 함께 물러난다고 했어요."

"알겠다! 여긴 내게 맡기고 먼저 가라아아!"

(아아아아으읏! 공주, 그건 사망 플래그라고요오오오!)

에밀리아가 이럴 때 해서는 안 될 말을 큰소리로 외쳤다. 나는 무심코 속으로 딴죽을 걸었다.

"시간이 없으니까 근처에 내려줄게. 자하 씨는 마기루카를 업고

전하가 있는 곳까지 미친 듯이 달려! 공주 전하! 공주 전하께서
도 때를 봐서 피난하세요! 스노우, 하강해줘!"

'어? 어어어어! 여동생으으으은!'

"그건 나중에 어떻게든 할 테니까 지금은 시키는 대로 해!"

스노우는 내 지시를 마지못해 따라 병기에게서 조금 떨어진
곳으로 내려갔다. 자하는 아무 말 없이 마기루카를 업고서 그
대로 달리기 시작했다. 자신의 역할이 무엇인지 잘 알고 있다는
증거였다. 잠시 뒤 에밀리아가 합류했다.

"두 사람은 무사히 피신했나?"

"아마도요. 그럼 공주 전하도 이대로 피신을."

"안 돼! 내가 이곳에서 벗어난다면 저게 이쪽으로 올지도 모
른다. 주민들이 피난하고, 병사들이 준비할 시간을 벌어주는 것
이 이번에 별 활약을 못 한 내가 할 일……."

"공주 전하! 그 시간은 저와 스노우가 벌겠습니다."

나는 무례한 줄 알면서도 항의하는 에밀리아의 말을 끊고서
말했다.

"공주 전하는 아직도 도망치지 못한 사람이 있는지 확인하면
서 후퇴해주세요. 우리보다는 공주 전하가 가는 편이 사람들이
더 안심할 테죠."

"허, 허나. 그대들한테 저 괴물을 맡길 수는……."

"걱정하실 필요 없습니다. 이 스노우는 썩어도 신수이니까요.
게다가 그녀도 괜찮대요. 그리고 든든하게도 정 안 되면 파괴해

버리자고 하네요."

'좀~. 썩어도 뭐? 무례하네. 게다가 난 그런 말을 한마디도 한 적이 없어~. 날조야, 날조라고~.'

신수님이 불평을 토로하고 있지만 애써 못 들은 척하고서 나는 신수님이 모든 것을 어떻게든 해결해줄 거라고 단언했다. 내 귀에만 그녀의 목소리가 들리기에 가능한 폭거였다.

그래도 뭔가 마음에 걸리는 것이 있는지 에밀리아는 떠나는 것을 주저했다.

"하지만 그대를 혼자 남겨두는 건……. 이건 레리렉스의 문제가 아니더냐. 어찌 그대가 그렇게까지……."

에밀리아는 내가 왜 이렇게까지 나서는지 이해가 안 된다는 눈치였다. 나는 조금 우스워져서 키득 웃었다. 그러고는 스노우의 등에서 폴짝 뛰어내려 그대로 깜짝 놀란 에밀리아를 부드럽게 안았다.

"……에밀리아……. '친구'가 어려워하고 있어. 손을 빌려주는 건 당연한 일이잖아?"

나는 무례한 걸 알면서도 에밀리아를 이름으로 불렀다. 대단히 친근하게, 그리고 그게 당연하다는 듯이. 그러자 에밀리아는 나에게서 조금 떨어져 내 얼굴을 쳐다봤다. 그리고 무언가 말하려다가 결국에는 삼키고서 조용히 고개를 끄덕였다.

"……알겠다……. 잠시 이곳을 그대한테 맡기겠다. 무리하지 말거라, 메어리! 절대로. 친구와의 약속이다."

"응."

내가 미소를 지으며 대답하자 에밀리아는 날아올라 주변을 돌아다니며 두 사람을 뒤를 쫓았다. 그 모습을 한동안 지켜보던 내 귀에 거대한 물체가 여기저기를 부수면서 이쪽으로 접근해 오는 소리가 들려왔다.

"스노우, 많이 기다렸지? 네 여동생을 구해줄게."

'알겠어, 메어리.'

내가 등에 뛰어오르자 스노우는 힘차게 상공으로 날아올랐다.

'사피나! 사피나, 들려?'

나는 상공으로 올라가면서 전달 마법으로 사피나를 불러봤다.

'예, 무슨 일이신가요? 메어리 님.'

바로 대답이 돌아왔다.

'근처에 있는 기르츠 씨를 불러줄래? 그리고 공주 전하와 자하 씨, 마기루카도 무사하다고 전해줘.'

'다행이다. 아, 근처에 피피 씨와 기르츠 씨가 왔어요.'

나는 자하 일행에게서 들은 사건의 전말을 사피나에게 간략히 설명한 뒤 옆에 서 있는 두 사람에게 전해달라고 했다. 전달 마법은 마력이 많이 소비하므로 긴 내용은 전달하기가 어렵다. 나는 아무렇지 않지만, 사피나에게는 만만치 않은 부담일 테니 최대한 요약해야 했다.

스노우는 내가 사피나에게 전달하는 동안 너무 가깝지도 멀지도 않은 거리를 유지하며 저 거대병기를 붙잡아두고자 주위를 날아다녔다.

　이따금 크고 기다란 팔이 이쪽으로 다가왔지만, 그때마다 스노우는 능숙하게 피하고 있었다. 피할 때마다 떨어지지 않도록 버티고 있는 내 몸 따윈 요만큼도 신경 쓰지 않는 것 같은 기분이 들기는 했지만. 어차피 나도 이 정도로 떨어지거나 하진 않는다.

　'그 미지의 아이템이라면 그 병기를 억지로 작동시킬 수도 있다고 해요.'

　'즉 아이템으로 소환된 미지의 괴물이 동력부를 심장으로 삼은 뒤 근육과 혈관 같은 부위를 타고 온몸에 뿌리를 내려 지금과 같은 상태를 만들었다는 거네. 이른바 마공병기라는 육체에 미지의 괴물이라는 내장이 탑재된 상태라고 할 수 있으려나?'

　사피나가 설명하자 나는 나름대로 생각한 해석을 전했다. 아마도 그 해석이 거의 맞겠지. 이 얼마나 황당무계한 아이템인가. 저 생물 같은 부분은 괴물의 일부였단 뜻이다.

　'동력원이 어떻게 되었는지 확인해볼 필요가 있겠네. 사피나, 동력원이 어디에 있는지 물어봐 줄래?'

　'……동체 한가운데, 가장 단단한 곳에 있다고 해요.'

　"스노우! 눈으로 볼 수 있을 만큼 동력부에 접근할 수 있겠어? 저 녀석의 몸통 한가운데, 가장 단단한 곳 말이야."

　'마, 말도 안 되는 소리 하지 마~. 팔도 너무 많고, 무기도 있고, 관절도 자기 멋대로잖아. 메어리야 말로 마법으로 좀 어떻

게 해봐~.'

스노우가 뻗어오는 수많은 손을 요리조리 피하면서 불평했다. 스노우 말대로 동체 측면에서는 화살 같은 것도 계속 날아오고 있었기에 느긋하게 다가가 관찰이나 하고 있을 여유는 없었다.

'사피나, 마법 공격은 안 통한대?'

뭐 통했으면 에밀리아의 공격으로 진작 작살났을 것 같지만. 지금 대충 둘러봐도 망가진 부분은 보이지 않았다.

'……그 병기는 대마족(對魔族)에 특화되어서 마법 방어력이 강력하대요.'

'그렇구나. 그래서 공주 전하의 마법이 막힌 거였어.'

'일부는 마법 내성이 강한 미스릴 광석으로 만들어졌고, 마법 장벽을 펼칠 수 있는 술식도 여기저기 장착되어 있대요.'

'아주 귀찮게 만들어놨네. 뭐 약점 같은 건 없어?'

'……골렘이라서 마법을 날릴 수가 없으니 공격수단이라 해봐야 팔을 휘두르는 정도인데, 몸통에 딱 달라붙으면 공격하기가 어려워진다……. 그렇대요.'

"스노우, 접근하자! 어떻게든 저 팔들을 피하며 몸통에 달라붙어야 해. 그러면 상대가 공격을 못 한대."

'오케이~. 메어리가 어떻게 되든 거의 신경 쓰지 않을 거니까 자기 몸은 자기가 지켜~.'

"알겠어. 난 개의치 말고 돌입해."

내 말을 듣고 결의를 다진 스노우가 마공병기를 향해 파고들기 시작했다. 오늘 본 것 중에 가장 빠른 속도였다. 마공병기는 즉각 스노우를 막기 위해 팔을 휘두르기 시작했다.

그녀는 속도를 늦추지 않았다. 때로는 아슬아슬하게 피하기도, 예리한 날에 베이기도 하면서 그대로 파고들었다. 그리고 이윽고 공격이 멎었다.

어느새 우리는 심장부에 도달해 있었다.

병기의 심장부에는 거대한 심장이 반복적으로 펄떡펄떡 뛰고 있었다. 그 심장에는 다브잘이라 불리던 불쌍한 미이라와 몸이 야윈 작은 표범이 달라붙어 있었다. 그 광경을 본 순간 내 머릿속에서 스노우의 비통한 절규가 울려 퍼졌다.

'이럴 수가아아아아아! 여동생이, 여동생이이이이이!'

스노우는 그대로 심장부에 다가가려고 했다.

그러나 그때…….

"피해애애애애애!"

나는 불길한 예감에 대뜸 소리치면서 스노우가 나아가지 못하도록 몸을 옆으로 잡아당겼다. 스노우는 내 힘을 이기지 못하고 옆으로 끌려왔고, 마치 조준이라도 한 듯, 우리가 서 있던 곳에 파이어 볼이 비처럼 쏟아졌다.

그야말로 화염구의 집중포화였다.

내가 급하게 막았는데도 결국 스노우는 한두 발 정도는 맞은 모양이지만, 다행히 치명상은 없었다. 나는 무효화 스킬이 있기에 당연히 상처하나 없었다.

어느새 보니 심장부 주변에 무수히 많은 눈과 입이 튀어나와 있었다. 아마도 저 입들이 영창을 한 모양이다.

'할아버지! 마법 공격까지 하잖아아아아! 대체 무슨 일이냐고 오오오!'

나는 다친 스노우를 보고 화가 난 나머지 상대가 사피나인 것도 잊고서 전달 마법으로 호통을 쳤다.

'히익!'

사피나의 비명을 듣고 나는 그 분노를 다스리고자 애썼다.

'아, 미안. 사피나한테 하는 소리가 아냐.'

'……아, 예……. 으음…… 그건 자기가 넣은 기능이 아니고, 그 괴물이 자기 입맛대로 진화했을 뿐이래요. 어서 동력원을 파괴하라고 하네요.'

사피나가 마음을 다잡고서 바로 내 말을 전해줬는지 대답이 돌아왔다. 나는 다시금 사피나에게 사과하고서 생각에 잠겼다.

'메어리! 여동생이이이이, 여동생이이이이! 저대로 놔두면 죽을 거야!'

마공병기에게서 겨우 거리를 띄운 스노우가 다시 돌격하고자 황급히 자세를 취했다.

"진정해, 스노우! 저 아이는 일단 살아 있는 거지?"

나는 그녀의 목에 매달려 귓가에 대고 말했다.

'응. 하지만 마력이 점점 작아지고 있어. 신수는 마력을 양식으로 삼아 살아가고 있어. 마력이 사라지면 우린 끝이야.'

"그렇군. 저 괴물이 저 아이한테서 마력을 흡수하여 사용하고 있다 이거지? 그래서 점점 변화해가는 건가? 여하튼 저 녀석이 더는 마력을 빨아들이지 못하게 해야 해. 동력원을 파괴하라고 했는데 구체적으로 뭘 어떻게 하라는 거야?"

나는 사피나에게 물음을 전달한 뒤 대답을 기다렸다.

'저기…… 심장부를 꿰뚫어서 산산……조각을 내래요. 하지만 동력공급원인 신수가 있는 한 심장부가 재생한다고 하네요.'

'어? 그럼 어떡해?'

'……심장부를 꿰뚫는 것과 동시에 신수를 떼어내……래요.'

'과연, 알겠어.'

나는 어떤 생각이 떠올라 실행하고자 마음먹었다.

'어, 아, 떼어내라고 말은 했지만 그렇게 단순한 일이 아니래요.'

나는 사피나의 뜻밖의 말을 듣고 실행을 일단 중단했다.

'또 무슨 소리야?'

'그것한테 먹힌 존재는 그 육체의 일부가 된다고 하네요.'

'일부가 된다고?'

'다시 말해 떼어내기 전에 심장을 꿰뚫으면 그 신수도 육체의 일부로서 사멸한다. 반대 역시 마찬가지……래요.'

'그 말도 안 되는 설정은 뭐야! 엉망진창이잖아! 마기루카 때는 괜찮았잖아?'

'마기루카 씨는 먹히기 전이었으니까요. 이번에는…….'

너무나도 부조리한 설정에 나는 또다시 사피나에게 화를 풀고 말았다.

'그러니까……. 네?! 그, 그럴 수가!'

'사피나, 왜 그래?'

나는 불길한 예감밖에 들지 않았다.

'……신수라면 일체화에 저항하고 있을 테니 그 틈에 떼어내면……되지만, 얘기를 들어보니 지금 그 신수는 저항할 만한 힘이 없을 것 같대요…….'

'……그 말은…….'

'어, 아, 지금 엘리자베스 님이 하달한 명령에 따라 마족 병사들이 커다란 창을 발사할 수 있는 대형마공노포를 여러 대 준비했어요.'

'……그게 뭐야?'

나를 빼고 저쪽에서도 대책회의를 열어 이야기를 멋대로 진행하고 있는 모양이다.

'피해가 더 확대되기 전에 신수와 함께 꿰뚫어…….'

"신수와 함께 통째로 꿰뚫는다고!"

나는 얼토당토않은 말을 듣고 무심코 큰소리를 지르다가 황급히 입을 막았다.

'잠깐, 메어리……. 방금 뭐라고? 저기, 무슨 소리야?'

내 머릿속에서 노기가 담긴 스노우의 목소리가 울렸다. 기분

탓인지 털이 꼿꼿이 곤두선 것처럼 보였다. 나는 숨겨도 소용없
겠다 싶어서 아까 들은 이야기를 스노우에게 전했다.

'헛소리하지 말아! 우리를 그토록 부려먹은 것도 모자라서! 저
아이한테 무슨 죄가 있다는 거야! 저 아이는 태어난 지 얼마 되
지 않아서 아직 신수라는 자각도 없다고! 내 소중하고도 소중한
여동생이란 말이야! 그런 아이를 어쩔 수 없다고 죽이겠다는 거
야?! 이래서 인간은 싫어!'

내 머릿속으로 스노우의 분노와 슬픔이 봇물 터지듯 쏟아지는
듯했다. 스노우의 선조는 선의로 인간을 도우려다가 붙잡혔고
그 뒤로도 줄곧 계약을 악용당해 스노우 역시 자유를 빼앗겼다.
나아가 아직 아무것도 모르는 순진무구한 신수가 마족의 욕망에
이용당했다. 그리고 마지막에는 죽이겠다는 소리를 하고 있다.

(나 참, 너무 제멋대로네.)

나는 분노에 떠는 스노우의 머리를 부드럽게 쓰다듬었다. 그
녀는 그 손길이 싫다며 고개를 저었다. 그래도 나는 그만두지
않았다.

"그렇게 싫어하면서 왜 내게 힘을 빌려준 거야?"

'그건…… . 메어리가 오랜만에 말이 통하는 사람이었고, 또 그
지긋지긋한 상자도 부숴줬으니까…… 미, 믿어보려고…… .'

내 머릿속에서 말꼬리가 점점 작아지며 사라져간다. 그래도
나는 아주 기뻤다. 그리고 그녀와 마찬가지로 몹시 슬펐다.

"고마워, 스노우. 네가 왜 분노하는지 잘 알겠어…… . 뭐, 내가

그렇게 말할 처지는 아니지만 말이야. ……미안해, 스노우…….
이건 너무 잔인해……. 너무 제멋대로야…….”

시야에 비친 스노우가 점점 흐릿해져 간다. 눈에서 흘러넘치
는 눈물이 멈추지 않았다.

‘메어리…….’

내 마음을 피부로 느꼈는지 스노우는 손길을 피하듯 고개를
젓다가 멈췄다.

“스노우……. 난 네가 보내준 신뢰를 배신하지 않아! 난 네 여
동생을 반드시 구해줄 거야!”

나는 눈물을 훔치고서 결의를 굳히듯 외쳤다.

‘메어리…….’

“부탁이야, 스노우. 날 믿어.”

아득히 거대한 하늘에서 나와 스노우가 서로를 쳐다봤다.

“………….”

‘………….’

그리고 먼저 움직인 쪽은 스노우였다. 고개를 되돌리고서 다
시 병기를 쳐다봤다.

‘……믿을게.’

그 말을 듣고 나는 뜨거운 무언가를 느꼈다. 또다시 눈물이 살
짝 글썽였다. 스노우를 꼬옥 끌어안고 싶은 기분이었지만 지금
은 그러고 있을 여유가 없다. 저 아이를 구해낼 수 있는 시간이
얼마 남지 않았다.

"저기, 스노우. 여동생은 내 말을 알아들을 수 있어?"

'저 아이는 아직 어려서 복잡한 말은 알아듣지 못할 거야. 하지만 옛날부터 저 아이는 말보다는 마음의 소리에 더 잘 반응했어.'

스노우의 말을 듣고 자하가 했던 말이 문득 떠올랐다. 마족을 두려워하던 저 아이가 에밀리아가 사과하자 바로 용서해줬다고 했던 것 같다. 구해주고 싶다는 에밀리아의 마음을 정말로 이해했는지도 모른다.

'하지만 지금 저 아이한테 의식이 있는지 어떤지……. 게다가 일체화 상태에 저항할 힘은 이제…….'

"스노우! 언니인 네가 저 아이를 믿어주지 않으면 어쩌자는 거야! 잠깐이라도 일체화에 저항할 수 있으면 저걸 산산조각 부숴버릴 수 있어! 그러니까 스노우, 네 힘도 빌려줘! 함께 저 아이를 불러보자."

'산산조각이라니? 인간인 네가 가능할 리가…….'

"괜찮아. 난 이래도 몸만은 완전무적이니까."

내가 가슴을 활짝 펴고 선언하자 스노우가 웃고 있는지 몸을 흔들었다.

'후훗, 몸만이라고? 말이 이상하지 않아?'

"그, 그건 신경 쓰지 말아줘."

우리는 살짝 웃었다. 이러고 있을 상황은 아니지만, 한때의 여유가 지금은 아주 기분이 좋았다. 그리고 결심이 더욱 단단해지는 것이 느껴졌다.

'사피나, 들려?'

'……예, 메어리 님…….'

아까 나에게 무정한 말을 전해서 마음이 괴로웠는지 사피나의 목소리에 힘이 없었다.

'공주 전하는 도착했어?'

'아, 예. 방금 도착하셨어요. 마기루카 님과 자하 님도.'

'잘됐네. 그럼 공주 전하한테 전해줘. 이제부터 우리가 반드시 어린 신수를 구출하고서 저 병기를 부술 테니까 미안하지만 병사들한테는 견학이나 하라고 지시해달라고.'

'아, 예!'

내 말을 듣고 침울한 마음이 싹 가셨는지 사피나가 힘차게 대답했다.

(에밀리아라면 알아줄 거야. 틀림없이 날 믿고서 그 무자비한 공격을 멈춰줄 거야.)

나는 눈을 감고 한 번 심호흡을 했다. 그리고 저 아래에 있는 괴물을 노려봤다. 지금도 변화를 거듭하고 있는 저 이질적인 괴물은 아까보다 기다란 팔의 개수가 더욱 그로테스크하게 변모했다.

"스노우. 미안하지만 저 병기가 날 방해하지 못하는 지점까지 들어갔으면 하는데, 전부 맡겨도 될까?"

'응, 전력으로 달려들게! 그러니까 여동생을 부탁해, 메어리!'

방해를 받는다면 심장부를 공격하다가 어린 신수까지 날려버릴지도 모른다. 나는 아직 미숙하니 과신해서는 안 된다. 실패는 용납할 수 없다. 만전을 기하기 위해서라도 힘을 빌려줄 동료가 필요하다. 그리고 나에게는 지금 든든한 동료가 있다. 곁에도, 그리고 저 멀리에도…….

　스노우가 볼 수 없는데도 나는 등 위에서 미소를 지으며 고개를 끄덕였다.

　'자, 가자!'

　지금 최종결전의 막이 올랐다.

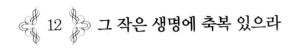

12 그 작은 생명에 축복 있으라

스노우는 내 지시에 따라 올라갈 수 있는 곳까지 힘껏 하늘을 올라갔다. 저 머나먼 아래에서 움직이는 괴물의 모습이 보였다. 우리는 괴물의 심장부와 수직이 되는 곳에 섰다.

'갈게요, 메어리! 꽉 붙잡아요.'

"응! 엑셀 부스트!"

나는 힘차게 외쳐서 스노우에게 가속 효과를 부여했다. 그걸 신호로 그녀는 돌진이 아닌 막무가내로 급강하를 개시했다. 목표는 심장부의 한 지점뿐.

그걸 감지했는지 병기도 움직이기 시작했다. 무수히 많은 손과 무기가 스노우를 향했다.

'신수를 얕보지 마!'

내 머릿속에 스노우의 목소리가 울리고, 포효가 이 일대에 메아리쳤다. 그녀는 공격을 피하거나, 그냥 맞으면서 심장부를 향해 곧게 나아갔다 스노우가 멈추지 않자 병기는 아까처럼 마법을 일제히 쏘기 시작했다.

'이게 내 전력이다아아아! 하울링 블래스트——!'

스노우의 포효가 충격파가 되어 병기가 발사한 공격을 밀어냈다. 그러나 병기도 그냥 당할 생각은 없는지 마법 장벽을 여러 겹 펼쳐 방어에 나섰다. 스노우의 포효는 장벽에 부닥쳐 위력이 점점 줄어들었고, 결국 심장부에 도달하기 전에 멈추고 말았다. 하지만, 병기도 완전히 막아내지는 못했는지, 주변에서 폭발이 일어나면서 남아있던 마법 장벽이 사라졌다. 이걸로 스노우는 제 역할을 충분히 했다. 이제 나와 심장부 사이를 가로막는 건 아무것도 없었다.

(좋아. 길이 열렸어!)

나는 곧장 스노우의 등을 딛고서 심장부를 향해 뛰어들 자세를 취했다.

하지만 병기는 아직 포기하지 않았는지, 시야 구석에서 수많은 팔이 이쪽을 향해 다가오는 게 보였다.

(어쩌지? 스노우는 마법을 쏜 직후라 움직이지 못할 텐데. 내가 막아내는 수밖에…….)

내가 멈칫하자 스노우가 자기 몸을 휘두르며 나를 힘껏 심장부를 향해 던져버렸다.

"스노우?!"

'어서 가, 메어리! 여동생을, 부탁해!'

쿠우우우우우웅!

엄청난 충격음과 함께 수많은 팔이 시야를 뒤덮었다. 하지만 이제 돌이킬 수 없다. 나는 그대로 앞을 보면서 활짝 열린 길을 따라 급강하했다.

"고마워, 스노우! 뒷일은 내게 맡겨!"

나는 몸을 활짝 펼쳐 하강 속도를 조금이라도 억제하면서 스노우가 열어준 길을 따라 떨어졌다. 평소였다면 스카이다이빙을 한 적이 없는 내 멘탈이 비명을 질렀을 테지만, 지금 내 마음 속에 두려움 따윈 남아있지 않았다. 마공병기의 팔도 전부 스노우에게 몰려갔으니 날 막을 건 아무것도 없다. 남은 건 어린 신수가 말려들지 않게끔 저 심장을 부수기만 하면 된다.

나는 오로지 구하겠다는 일념으로 신수를 향해 다가갔다.

아까 폭발로 문제가 생겼는지 심장부 주변에서 마법이 날아오지 않았다. 설령 날아왔더라도 그런 마법으론 날 방해하지 못한다. 오로지 그 아이에게만 집중하면 된다. 초조해하지 말고, 해야 할 일을 냉정하게 처리해나가는 모습을 상상하며 자신감을 북돋자. 준비는 다 마쳤다. 이제는 그 아이가 잠시라도 좋으니 저항해준다면.

바로 그때 뒤에서 포효가 들렸다.

아마도 스노우가 병기의 공격을 견뎌내며 그 아이의 이름을 부르는 거겠지. 염화가 아니라서 내 귀에는 들리지 않았다. 그러나 들렸다고 해도 나는 못 들은 척했겠지.

"제발! 네 언니의 포효를 들었지? 그녀의 마음을 들어줘! 잠시라도 좋으니 한 번만 더, 딱 한 번만 더 저항해줘! 그럼 내가 구해줄게. 기필코! 그러니까 날 믿고 굴하지 말아줘! 함께 언니 곁으로 돌아가자!"

나는 점점 가까워지는 표범을 향해 마음속으로 외쳤다.

그러나 변화가 보이지 않았다.

(제발, 신님! 저 아이를 구해주세요!)

　바로 그 순간, 흐릿하긴 했지만, 틀림없이 한순간 빛이 반짝였다.

　아주 약하디약한 빛이었지만, 그래도 작은 빛이 반짝거리기 시작했다.

　저 괴물을 향한 작고도 아담한 저항. 그래도 나에게는 커다란 저항이었다.

　그리고 나는 봤다.

　쇠약해진 작은 생명이 필사적으로 살고자 발버둥 치는 모습을.

　그 생명이 언니의 목소리가 들리는 위쪽을 향해 쭉 뻗은 팔이 괴물의 살덩어리에서 불과 수 센티미터 떨어지는 광경을.

　한순간일지도 모르겠지만 여하튼 떨어지는 데 성공했다. 수십 초쯤 지나면 다시 먹혀들 테지만 그래도 나에게는 충분한 시간이었다.

　"……고마워……."

　나는 그렇게 말하고서 공기저항을 없애고자 머리가 아래로 가도록 돌입 자세를 바꾼 뒤 하강 속도를 단숨에 올렸다.

　"프로텍션 필드."

저런 무도한 괴물은 봐주지 않는다. 나는 모든 것을 꿰뚫어버리겠다는 각오로 파고들었다. 그래서 그 충격으로부터 저 아이를 지키기 위해서 마법 장벽을 전개하여 씌웠다. 그걸 알아차렸는지 작은 표범이 이를 악물듯 희미하게 반짝였다.

"사라져라아아아아아아!"

나는 절규하면서 도려내듯 검을 계속해서 휘둘렀다. 심장부는 자기 몸을 지키고자 마법 장벽 같은 것을 몇 겹이고 펼쳤다. 그러나 나는 그것들을 모조리 깨뜨린 뒤 맥박이 뛰는 심장을 가차없이 뚫어버렸다. 그러고는 나머지 한 손으로는 마법 장벽에 쌓여 있는 작은 생명을 받아내어 몸에 바짝 끌어당긴 뒤 부드럽게 감싸 안았다.

살덩어리를 부수고, 장갑을 부수고, 모든 것들을 꿰뚫어가는 불쾌한 감촉이 내 몸에 엄습했지만, 나는 가슴에 안겨 있는 작은 온기를 확인한 것만으로도 만족했다.

항구 도시 일대에 엄청난 굉음이 울렸다. 그리고 마공병기가 뚝 멈췄다.

몇 분 뒤 주변이 거짓말처럼 조용해졌다. 이윽고 장갑 틈새에서 빛의 입자가 새어 나오기 시작했다. 그리고 마공병기의 몸체가 엄청난 소음을 내며 무너져내렸다.

끝났다.

'……메어리.'

잠시 뒤 머릿속에서 아주 부드러운 목소리가 들렸다.

나는 깔끔하게 착지할 수 없을 것 같아서 표범을 보호하듯 몸을 웅크린 채 떨어졌다. 그러고는 그대로 눈을 감았고, 잔해 속에 파묻힌 것까지는 기억이 난다. 어차피 나는 다치지 않으므로 내 몸이 표범의 방패가 되었다면 그걸로 족했다.

목소리에 호응하듯 눈을 뜨자 너덜너덜해진 스노우가 잔해를 치우고 있었다.

나는 그녀를 확인한 순간 제 몸으로 지켜낸 작은 표범을 봤다. 그 아이는 몸을 웅크린 채 모든 것을 나에게 맡기고 있었다.

살아 있다.

구출에 성공했다.

그러나 아까처럼 빛을 내지 않았다. 멀리서 봤던 것보다 훨씬 쇠약해져 있었다.

"마, 말도 안 돼……."

나는 떨리는 손으로 그 아이를 살며시 끌어안고서 아까 느꼈던 온기를 다시 확인했다. 온기는 남아 있었지만 점점 식어가고 있었다. 그게 무슨 의미인지 깨달았을 때 내 눈에서 구슬 같은 눈물이 뚝뚝 떨어지기 시작했다.

"아, 안 돼, 안 돼! 간신히 구해냈는데! 이제야 언니와 만났는데!"

나는 그 온기가 사라지지 않도록 외쳤다. 그래도 현실은 무정했다.

'……고마워, 메어리.'

스노우가 비틀거리며 다가왔다. 그녀는 만족스러운 표정으로 여동생에게 코를 대고서 비볐다. 그것에 호응해주지 못할 만큼 쇠약해진 작은 표범은 꼼짝도 하지 않았지만, 안심이 되었는지 온화한 표정을 짓고 있었다.

"뭐가 고맙다는 거야, 스노우! 왜 포기하는 거야!"

'나도 포기하고 싶지 않아! 하지만, 하지만…….'

내 머릿속에서 스노우가 나보다 더 크게 외쳤다. 그러나 말꼬리가 점점 작아져 간다. 그녀는 더는 손쓸 방법이 없다는 잔혹한 현실을 깨달은 거겠지. 그러나 나는 포기할 수 없었다.

(난 완전무적이야! 힘도, 마력도, 마법도 남들보다 월등하니 뭐든지 할 수 있어. 내가 뭔가 해줄 수 있을 텐데.)

"무슨 방법 없어?!"

'우린 마력을 양식으로 삼고 있어. 마력이 이 지경까지 소진되었으니……. 나도 나눠줄 마력이 이제는 없어……. 신수 한 마리를 일으키는 데 얼마나 많은 마력이 필요한데.'

"그럼 날 이용해! 얼마든지 마력을 뽑아내라고! 자, 가능하다면 어서, 어서 해!"

나는 마력만 있으면 된다는 이야기 저도 모르게 히스테릭하게 소리치며 헌혈하듯 팔을 스노우에게 내밀었다.

'무슨 말인지 모르겠어? 신수라고! 이 아이를 살리는데 엄청난 마력이 필요하단 말이야.'

"됐으니까 빨리 하라고오오오!"

나를 걱정하는지 스노우가 주저했다. 그러자 나는 그만 버럭 호통을 치고 말았다.

'아, 알겠어……. 어떻게 되든 난 몰라. 날 경유하여 네 마력을 이 아이한테 나눠줄 테니까 그대로 안고서 이 아이에게서 마력을 나눠준다는 상상을 계속해……. 그리고 나와 함께 마법의 말을 읊어줘.'

"응, 알겠어."

스노우가 나와 여동생 표범을 감싸 안았다. 따뜻한 온기가 느껴지자 나는 자연스럽게 눈을 감고 모든 것을 내맡겼다.

(제발, 내 마력을 줄 테니 일어나…….)

'간다, 메어리…….'

"응……."

""힐링 오브 하모니.""

나는 스노우와 입을 모아 마법의 말을 읊었다. 그건 어떤 마법이겠지. 어쩐지 나와 두 마리의 신수가 연결된 것 같은 기분이 들었다. 나는 눈을 감은 채 자신의 안에 있는 무언가를 모두에게 보내주는 상상을 계속했다. 그래서 우리 주변으로 사람들이 모여들기 시작한 것을 전혀 알아차리지 못했다.

"메, 메어리……. 뭐냐? 무슨 일을 벌이고 있느냐?"

(뭐지? 멀리서 에밀리아의 목소리가 들린 것 같은데?)

"……메어리가 신수와 함께 빛나고 있어……. 신수들의 상처가 치유되고 있다……!"

"""오오오오오오!"""

(응? 어째 여러 사람의 목소리가 들리는 것 같은데? 아아아, 그런데 어쩐지 좀 피곤하네. 안 돼, 의식이 점점…….)

'메어리…… 너, 대체 이 마력량은 뭐야! 이런 마력을 갖고 있다면 빨리 말을 했어야지~. 이 정도라면 마음껏 뽑아낼 수 있겠어. 아, 그리고 뽑아내는 김에 내 것도~.'

(야, 스노우, 은근슬쩍 빨아먹지 마……. 그래도 뭐, 이 아이는 살렸다……. 다행, 이다…….)

스노우가 마력을 너무 빨아들여서가 아니라 팽팽했던 긴장의 끈이 툭 끊어지면서 내 의식이 멀어져갔다.

'……고마, 워…….'

의식이 멀어지는 와중에 아주 어린 여자애가 작은 목소리로 무슨 말을 한 것 같았지만, 나는 대답할 수 없을 만큼 깊은 잠에 빠져들었다.

13 ✤ 백은의 성녀는 대체 누굴 말하는 건가요?

"……못 보던 천장이네."

눈을 희미하게 뜨자 그 말처럼 본 적이 없는 천장이 눈에 들어왔다.

"아가씨! 정신이 좀 드세요?"

내 말을 듣고 튜테가 나를 들여다봤다. 이젠 이것도 익숙해서 나는 그냥 자다 일어난 것처럼 튜테를 쳐다봤다.

"여긴 어디야?"

"공주 전하의 별장이에요. 다행히도 이 근처는 무사했던지라 이곳으로 모셨어요."

흐리멍덩한 머릿속으로 튜테의 말이 서서히 들어왔다. 그리고 나는 무언가 깨달은 것처럼 윗몸을 벌떡 일으켰다.

"아아아! 맞다! 그 아이는?!"

그러자 튜테가 내 옆에서 후아암~ 하고 크게 하품을 하고서 몸을 동그랗게 웅크린 작고 푹신푹신한 표범을 가리켰다.

"다, 다행이다……."

나는 옆에서 웅크린 작은 표범의 등을 쓰다듬었다. 표범은 마음껏 쓰다듬으라는 것처럼 그대로 가만히 있었다.

"그건 제가 하고 싶은 말이에요, 아가씨. 그 뒤로 꼬박 하루 동안 주무셔서 얼마나 걱정했다고요."

튜테가 안도하며 무언가 준비를 하기 시작했다.

"어? 꼬박 하루씩이나 잤다고? 왜?"

'아, 그건 내가 너무 신이 나서 네 마력을 좀 많이 빨아들였기 때문인지도 몰라~. 미안~.'

머릿속에서 전혀 미안한 것 같지 않은 목소리가 들리자 나는 주변을 둘러봤다. 그러자 침대 근처에서 웅크리고 있던 스노우 가 윗몸을 일으켰다.

"너, 대체 얼마나 빨아들인 거야?! 이게 미안하다고 될 일이냐!"

나는 근처에 있는 베개를 스노우의 얼굴에 던졌다. 그녀는 달게 맞겠다며 얼굴로 받아냈다.

'잠깐, 마력을 잔뜩 가져간 건 맞지만, 고갈 나서 쓰러진 건 아니야~. 오히려 그만큼을 가져갔는데도 남아돌았다고~. 그냥 그만한 마력을 한꺼번에 써본 적이 없어서 정신이 버티지 못했을 뿐이야~.'

확실히. 스노우의 말대로 그만한 마력을 단번에 쓴 적은 이제껏 한 번도 없었다.

'그보다도~, 메어리. 지금 네게 엄청난 일이 일어났어~.'

내가 던진 베개를 떨어뜨린 뒤 스노우가 한쪽 앞발로 능숙하게 입을 가리며 히죽거렸다.

"뭐? 엄청난 일?"

나는 의아해하며 튜테를 쳐다봤다. 그러자 그녀도 내가 뭘 묻고 싶은지 깨달았는지 곤혹스러운 표정을 지었다.

(아주 불길한 예감이 드는데.)

그리고 튜테는 내가 잠을 자는 동안 나에게 무슨 일이 벌어졌는지 설명해주었다.

간략하게 말하겠다.

레리렉스에서 '백은의 성녀'가 탄생했다!

"으아아아아아아아~~~~~."

나는 신음하면서 머리를 싸쥘 수밖에 없었다.

신수의 등에 탄 소녀가 왕자님과 대화를 나누던 장면을 주민들이 목격했다. 거기에 피피 일행이 신수와 대화를 나눌 수 있는 사람은 나뿐이라는 이야기를 전했다. 그리고 무심코 내뱉은 성녀라는 단어를 얼버무리고자 내가 주파수 운운하며 해명했던 것을 모두가 믿어버렸다. 심지어 내가 두 신수와 함께 어우러져 찬란하게 빛나는 광경을 사람들은 물론이요, 에밀리와 병사들까지 모두 봐버렸으며, 마지막에 가서는 다 죽어가던 신수가 부활하고 내가 쓰러지는 바람에 내가 신의 기적을 일으켰다는 오해가 단숨에 항구 도시 전역으로 쫙 퍼졌다. 그리고 사람들의 입에서 나온 단어가 바로 '백은의 성녀'였다.

암흑의 섬에서 성녀라니, 대체…….

피피의 증언으로 내가 신수와 대화할 수 있다는 걸 증명했는데,

그 대가가 이거라니. 기뻐해야 할지 슬퍼해야 할지 마음이 복잡하다.

(뭐, 다들 멀리서 봤다고 하니까 그 성녀가 나인지 누구인지는 어차피 모를 거야. 나중에 어떻게든 얼버무려서 용의 선상에서 벗어나야겠어. 일단 '백은의 성녀'가 나라는 걸 사람들이 알아채기 전에 서둘러서 섬을 빠져나가자. 아, 백은색 머리의 소녀라는 건 사람들이 알고 있으니 머리카락도 감춰야겠네. 하아~, 비공식 여행이라서 진짜 다행이야~.)

나는 당장 이 섬에서 탈출할 방법을 궁리하기 시작했다.

"근데 돌아가는 배편은 언제 출항해?"

"여러 사정이 있어서 이틀 뒤에 출항한답니다."

내가 물어볼 줄 알고 있었는지 튜테가 이미 조사해둔 모양이다.

"그럼 난 그때까지 여기서 나가지 않을 거니까 잘 부탁해……."

나는 다시 이불 속으로 들어갔다.

"그러실 줄 알고 여러모로 준비해뒀습니다."

내가 방에 틀어박히리라 이미 예상했다는 듯이 튜테가 여러 가지를 준비해놓았다. 아까부터 묵묵히 뭔가를 하고 있는데 그 때문이었나? 유능한 메이드라서 정말이지 살았다.

'어라~? 사람들의 숭배를 받으러 안 갈 거니?'

"갈 리가 없잖아! 내 모토는 노이벤트 굿라이프라고."

이불을 뒤집어쓴 채로 나는 스노우를 보지 않고 인생 설계를 선언했다.

'노이벤트 굿라이프? 그게?'

스노우가 가차 없이 딴죽을 걸자 나는 말을 삼킬 수밖에 없었다.

그 뒤에 내가 깨어났다는 걸 튜테에게 전해 들은 사람들이 병문안을 와주었다. 가장 바쁠 에밀리아가 가장 먼저 얼굴을 내밀어서 놀랐다. 나는 그녀에게 나에 관한 정보가 퍼지지 않도록 정보를 철저하게 통제해달라고 부탁했다. 특히 마공병기는 신수가 쓰러트린 거로 해달라고 몇 번이고 부탁했다. 계속 '우린 친구잖아?'라는 말을 덧붙이면서.

뭐, 왕가도 관리가 반란을 일으켰다는 이야기는 그다지 알리고 싶지 않을 테니.

참고로 기르츠 씨는 이건 사건 때문에 왕국의 감시를 받으며 살아가게 되었다고 한다. 외출을 비롯한 모든 행동에 제약이 생겼다. 그러나 병문안을 온 피피의 말에 따르면 원체 남들과 잘 어울리지 않고, 늘 거처에만 틀어박히는 괴짜인지라 국가가 수발을 들어준다면 아무래도 상관없다며 쾌재를 불렀다고 한다. 앞으로 이상한 물건을 제작하지 못하도록 단단히 감시해줬으면 좋겠다. 부탁해, 피피 씨.

여담이지만 내가 잠들어 있던 동안에도, 그리고 깨어난 뒤에도 여러 행사가 열렸던 모양이다. 그러나 몸 상태가 좋지 않다는 이유로 그 모든 행사에 불참하는 폭거를 저질렀다. 그래서 백은의 소녀의 존재는 공공연하게 드러나지 않았다. 위험했다,

위험했어.

"그런데 메어리 님. 이 아이의 이름은 뭔가요?"
병문안을 온 마기루카가 작은 표범을 안으면서 물었다.
"스노우. 이 아이의 이름은 뭐야?"
'금칙 사항입니다~.'
"그것도 금칙 사항이야? 그럼 가명이라도 지을까?"
나는 스노우의 대답을 듣고 자연스럽게 고민하기 시작했다.
그러자 무슨 영문인지 스노우가 부들부들 떨기 시작했다.
'메, 메어리가 이미 내게 가명을 붙여줬으니까 저기, 으음, 무
리할 거 없어요. 아, 다른 사람, 다른 사람의 생각도 들어보죠.'
무슨 영문인지 내가 가명을 지어주지 않기를 바라는 눈치라서
나는 조금 불만스러웠다. 그러나 사람들의 의견을 들어보는 것도
괜찮을 것 같아서 나는 마침 방 안에 있는 모두에게 물어봤다.
"이름? 하얗고 반점이 있으니까 하얀점박이는 어때?"
자하가 나랑 똑같은 의견을 내놓았다. 나는 침대 위에서 이마
에 손을 댄 채 고개를 푹 숙였다.
(자하 씨와 똑같은 생각을 한 것도 충격이지만, 막상 다른 사
람의 입을 통해 들어보니 내가 얼마나 센스가 지독한지 알겠네.
아주 충격이야.)

참고로 자하의 의견은 여성들의 싸늘한 시선에 묵살되었다.

"이름을 지어주는 건 어렵군. 뭔가에 빗대거나, 겉모습에 어울리는 이름을 지어주는 게 좋지 않을까?"

자하가 겁을 집어먹고 왕자님 쪽으로 달아나자 왕자님이 곤혹스러운 얼굴로 일단 의견을 냈다.

"전 그런 걸 잘하지 못해서요……. 마기루카 씨는 어떠세요?"

사피나는 백기를 들고서 마기루카에게 바통을 넘겼다. 그녀가 품속에 있는 표범을 물끄러미 내려다보자 표범도 시선을 느꼈는지 고개를 들어 마기루카를 올려다봤다.

"……리리……."

마기루카가 불쑥 중얼거렸다.

"오래된 이야기 속에 등장하는 신의 나라에서 피는 하얀 꽃이에요. '순진무구'라는 꽃말을 지닌 꽃이죠. 이 아이와 어울리지 않나요?"

마기루카가 기쁜 얼굴로 표범을 안아 올리자 그녀도 기쁜지 울음소리로 화답했다.

"리리……. 유래도 좋고, 울림도 좋고, 완벽해."

'메어리……. 저게 바로 네이밍 센스라고 하는 거야~.'

내가 혼자 감탄하고 있으니 옆에 있던 스노우의 목소리가 머릿속에 울렸다.

"하! 센스가 나빠서 미안하네요. 억울하면 너도 마기루카한테 새로 지어달라고 하지?"

나는 뾰로통해서 이불을 뒤집어썼다. 스노우가 달래듯 앞발로 톡톡 두드렸다.

'뭐, 난 스노우라는 이름이 좋아. 네가 붙여준 거니까.'

그리하여 여동생 표범 '리리'가 탄생하였다.

이윽고 돌아가는 날이 찾아왔다. 항구 도시는 복구 작업 때문에 분주했는데, 그 때문인지 배웅식이 조촐해서 나는 내심 안도했다. 또한 사건이 사건인지라 경비가 삼엄해져서 우리가 탈 배 주변에는 관계자 말고는 그 누구도 얼씬할 수가 없었다. 하지만 나는 방심하지 않고 챙이 넓은 모자로 머리카락을 가렸다.

(후후훗, 완벽하게 벗어났어!)

나는 속으로 주먹을 불끈 쥐었다.

이제 마지막 문제만 해결하면 된다.

"너는 왜 따라오는데?"

'달리 갈 곳도 없고, 메어리는 마력이 풍부하고, 말도 통하고 재밌을 것 같으니까~.'

스노우는 여동생을 데리고 배 주변을 날아다니며 이미 출항을 기다리고 있었다. 그 이유가 하나같이 석연치 않았지만, 굳이 만류할 이유도 없어서 그대로 데리고 가기로 했다.

(아버님께 뭐라고 하지? 허락해주시면 좋을 텐데.)

내 걱정을 아랑곳하지 않고 출항 준비가 착착 진행되어갔다. 피피와 기르츠도 배웅을 나와 주었다. 나는 피피에게 힘을 억제하는 아이템을 작고 예쁘게 개량해달라고 넌지시 부탁해두었다. 그리고 이번 일 때문에 눈코 뜰 새 없이 바쁠 엘리자베스 님도 배웅을 나와 주었다. 나는 초조해했지만 왕자님이 대응해줘서 뒤에 슬금슬금 숨어 고개만 숙였다. 이야기를 마친 엘리자베스 님이 살며시 다가와 내 귓가에 대고 속삭였다.

"정말 멋진 활약이었다. 네가 그를 내버려 둔 덕분에 확실하게 마무리할 수 있었어. 감사하마."

"예? 무슨 말씀이신지?"

"후후, 그렇게 말할 줄 알았어."

엘리자베스 님은 혼자서만 납득한 얼굴로 말한 뒤 슬쩍 웃음을 내비치고서 우아하게 돌아갔다. 나는 무슨 뜻인지 몰라서 멍한 표정을 지었지만, 상대는 그것도 '연기'라고 생각하겠지. 어차피…….

(왜 이렇게 된 거야? 알려줘요, 신님?)

"좋았어. 그럼 모두 출항이다!"

에밀리아의 목소리에 정신을 차린 나는 황급히 승선했다.

"그런데 공주 전하. 이 범선, 어디서 본 적이 있는 것 같은데, 설마 지난번에 탔던 그 배는 아니겠죠?"

"그 배가 맞다! 우리나라가 자랑하는 가장 빠른 범선으로 그대들을 보내주마!"

갑판에 오른 뒤 그 사실을 깨달은 내가 묻자 에밀리아가 자랑스럽게 대답했다.

"······그럼 설마 이 아래에 또 '켄코' 씨가 있는 건가요?"

"켄코 씨? 아아, 그 크라켄 말이냐? 그 녀석은 여러 문제가 있긴 하지만 범선업계에서는 톱클래스이니 안심해라!"

에밀리아가 내가 뭘 걱정하는지 전혀 눈치채지 못하고 경쾌하게 엄지를 척 세웠다.

"그걸 걱정하는 게 아니잖아요! 켄코 씨의 가정 문제는요? 혹시 행방불명된 오빠가 또 있는 건 아니겠죠?!"

"걱정 마라. 이미 말이 통하는 녀석을 불러다 물어봤다. 행방불명이 된 오빠는 더 없다고 하니 안심해라."

"그, 그······, 그거 다행이네요."

"대신 옛날에 엄마와 다투고서 가출한 뒤로 행방불명이 된 불량 여동생이 있다고 했지만. 뭐, 괜찮겠지."

"그게 뭐가 괜찮다는 거예요오오오오!"

내 절규와 출항을 알리는 신호가 항구 도시에 울려 퍼졌다.

그리하여 내 파란만장했던 첫 해외여행이 막을 내리게 되었다.

종막

메어리가 잠에 빠져있던 날.

대소동이 벌어진 항구 도시에서 떨어진 조용한 바다를 은밀히 항해하는 한 척의 범선이 있었다. 그 배는 마치 도망치듯이 전속력으로 섬에서 멀어지고 있었다.

해가 뜰 무렵에는 암흑의 섬이 보이지도 않았지만 범선은 목적지를 향해 쉼 없이 항해하고 있었다.

갑판에는 중상을 입어 온몸에 붕대를 두른 남자가 고통과 굴욕에 일그러진 표정으로 서 있었다. 메어리와 사피나가 쓰러뜨린 그 사제 복장을 한 젊은 남자였다.

"여기까지 왔으니 이제 쫓아오지 못하겠지. 다브잘 놈한테 마지막으로 감사해야겠네. 대소동을 일으켜준 덕분에 이렇게 도망칠 수 있었으니."

젊은 남자는 선원에게 뒤에서 쫓아오는 배가 없는지 주시하라고 지시한 뒤에 현재 항로를 확인했다. 곧 추적자는 없고 목적지에 거의 도착했다는 보고가 돌아오자 받자 긴장이 완전히 풀린 젊은 남자는 손에 들린 부서진 상자를 쳐다봤다.

"원래라면 자결했어야 했지만, 본국으로 돌아가서 이 상자와 그 여자애만은 보고해야만 한다. 그분, 아니, 추기경들은 착각하고 있어. 그 메어리라는 소녀는 대단히 위험해. 설마 '전설급'

아이템을 파괴할 수 있는 괴물이 있을 줄이야……. 게다가 모든 사건을 단숨에 꿰뚫어 보는 뛰어난 머리도 위험해."

은신처에서 실신했던 젊은 남자는 거대병기 소동을 틈아 달아나는 데 성공했다. 자신과 전투를 벌였던 그 두 명의 소녀는 알디아 왕국 제1왕자의 측근들이었다. 밤색 머리 소녀가 펼친 검술은 본 적조차 없는 기술이었다. 그대로 계속 단련을 한다면 장래에 상당한 실력의 검사가 되겠지. 그러나 백은 머리 소녀는 그런 수준이 아니다. 그녀는 이미 격이 다른 존재였다. 마법을 구사하는 솜씨가 예사롭지 않았다. 그는 그녀가 그때조차 전력을 내지 않았다는 걸 오랜 경험으로 느끼고 있었다. 지금 그는 메어리라는 소녀를 무력은 이리샤 이상, 마법은 엘리자베스 이상, 지략은 두 사람과 동등하거나 그 이상인 괴물로 평가하고 있었다. 설령 처벌을 받더라도 한시라도 빨리 본국에 돌아가 주인인 후석경에게 이 사실을 전해야만 했다. 그 소녀에게 딱 맞는 존재가 하나 있지 않던가.

"반드시 보고해야 해……. 그 소녀는 백은의 기사……."

"오호? 그 보고는 나도 듣고 싶은데."

그때 머리 위에서 그런 목소리가 들렸다. 그는 등골이 오싹해졌다.

날개가 달린 실루엣이 젊은 남자의 머리 위를 지나 뱃머리에 우아하게 내려앉았다. 칠흑 같은 의상, 선명한 흑자색 머리, 온몸을 휘감고 있는 차디찬 파동.

모두가 두려워하는 빙혈의 마녀, 엘리자베스였다.

"……어……떻게?"

젊은 남자는 그 말만을 겨우 짜냈다. 엘라자베스가 요염하게 웃으며 그를 쳐다봤다. 그것만으로도 젊은 남자는 심장이 얼어붙는 듯했다. 지난번에 싸웠을 때는 호각이라고 생각했는데 그건 하찮은 착각이었다. 남자는 빙혈의 마녀가 자신을 일방적으로 가지고 놀았을 뿐이라는 걸 본능적으로 깨달았다. 바로 그때 위에서 망을 보던 사람이 얼어붙은 채 떨어져 바닥에 충돌하면서 산산조각이 나버렸다. 그는 온몸에 전율이 일었다.

"어떻게? 후후, 그래. 나도 당신이 순순히 이곳으로 도망칠 줄은 생각 못 했거든. 메어리한테 감사해야겠어."

엘리자베스의 입에서 메어리라는 단어가 나오자 젊은 남자는 절망했다.

그는 모략에 빠졌던 것이다.

그 소녀는 자신이 거점으로 도망치게끔 모든 걸 유도했다. 일부러 살려두고 구실을 줘가며. 돌이켜보니 부자연스러운 것이 한둘이 아니었다. 소녀는 기껏 자신을 쓰러트리고도 죽이기는커녕 완전히 잊어버린 것처럼 행동했다. 메이드가 밧줄로 묶긴 했지만, 어차피 이 바닥에서 살아가는 사람에겐 대수롭지 않은 수준이었다. 무엇보다 보란 듯이 내버리고 간 이 상자가 결정적인 증거다.

사실 당시의 메어리는 신수 때문에 이 남자를 완전히 잊고 있었으며, 상자는 정말 아무래도 좋았기에 버린 거였다. 스피아가 그 상자가 보이는 곳에 구속한 남자를 놔둔 건 그야말로 우연에 불과했다…….

"……모든 것은…… 그 소녀의…… 계획이었나…….'

젊은 남자의 손에서 소중하게 쥐고 있던 부서진 상자가 스르르 떨어졌다.

"그래, 네가 순순히 도망친 덕분에 이렇게 성교국이 몰래 짓던 침공거점을 찾을 수 있었지. 그 아이는 너희가 쌓아놓은 물자를 보고 거기까지 내다본 거야."

"…………!"

젊은 남자는 엘리자베스의 말을 듣고서 뒤를 돌아보며 지시를 내리려고 했지만, 몸을 움직일 수가 없었다. 말조차 나오지 않았다. 유일하게 움직일 수 있는 눈동자를 굴려서 자신의 모습을 간신히 내려다보니 발에서부터 몸이 점점 얼어붙고 있었다.

"여기까지 안내하느라 고생했어. 이제 네 역할은 끝이야."

그리고 엘리자베스는 아름다운 그 얼굴로 웃음을 살짝 흘렸다. 그것이 젊은 남자가 본 마지막 장면이었다.

"누님은 참 잔인하구만."

엘리자베스는 뒤늦게 허공에서 내려온 남자를 힐끔 보고서 깊은 한숨을 내쉬었다.

"어리석은 동생아. 네가 메어리 만큼 내게 도움을 주었더라면 내가 이렇게 스트레스가 쌓였겠니?"

"메어리? 아아, 그 백은의 소녀 말인가?"

어리석은 동생이라 불린 그 남자── 마왕은 만찬회에서 봤던 백은의 소녀를 떠올렸다.

참고로 '백은'은 그가 대단히 질색하는 단어였다.

"알고 있니? 그 아이는 학원과 왕족 내에서는 하얀 희군, 또는 백은의 기사……라고 불린대."

"헉!"

그 말을 듣고 마왕은 말문이 막혀 경악의 눈빛으로 그녀를 쳐다봤다. 그 정도로 그 명칭은 마왕에게 뜻밖이었다.

"어리석은 동생, 내 말 무슨 뜻인지 알지?"

경악하는 마왕의 얼굴을 싸늘하게 쳐다보는 엘리자베스는 마치 일을 저지른 남동생을 나무라는 누나 같았다.

"아아, 두말하면 잔소리지……. 내가 최고라며 자만하는 생각은 그때 버렸어. 이 근육에 맹세코!"

마왕은 무거운 분위기를 나름 누그러뜨리고자 상완이두근에 힘을 주며 포즈를 취해봤지만, 오히려 그 모습을 보고 실망했는지 엘리자베스가 한숨을 크게 내쉬었다.

"아, 뭐, 어쨌든 녀석들이 은밀하게 기지를 짓던 섬을 이렇게 금방 찾아냈으니 기뻐해야 할 일 아닌가?"

이 화제를 이쯤에서 끝내고 싶었던 비굴한 마왕은 이야기를 억지로 진행했다. 이제 왕의 위엄 따윈 조금도 느껴지지 않았다. 그저 거역할 수 없는 무서운 누나 앞에서 머리를 조아리는 남동생만이 있었다.

"하아~, 뭐, 좋아. 파괴하는 것 말고는 별 능력이 없는 네게 딱 알맞은 일이야. 뒷일은 네게 맡길게."

"오, 맡겨달라고. 왕도는 아내한테, 항구 도시는 딸한테 맡겨 놨으니까. 여긴 내가 말끔하게 처리해주지. 이 근육을 걸고서!"

마왕은 또다시 엘리자베스에게 보여주듯 상완이두근에 힘을 주며 포즈를 취했다.

"후훗, 네 딸 말이야……."

누나가 아까와 다른 반응을 보이자 마왕은 의아해하는 표정을 지었다.

"에밀리아가 뭘 어쨌는데?"

"내가 항구 도시에서 난동을 부리는 마공병기를 당장 파괴하라는 명령을 전하자 그 아이가 대들더라. 후후후훗, 내 위압에도 겁먹지 않고 진지하게 항의한 게 언제더라? 이리샤 님이 얽혔던 그 사건 이후로 처음인가?"

엘리자베스가 키득키득 웃자 마왕은 무슨 소리를 하는지 잘 모르겠다며 의아해하는 표정을 거두지 않았다. 엘리자베스는 그런 마왕을 내버려 두고서 날개를 쫙 펼쳐 우아하게 날아올랐다.

"난 이만 돌아간다, 어리석은 동생아. 이번에는 마왕의 무서움을 단단히, 제대로 보여주도록 해라. 우리한테 칼을 들이밀면 어떻게 되는지 본국에 있는 녀석들이 똑똑히 알 수 있도록."

허공으로 떠오르는 엘리자베스의 눈빛이 괴이하게 반짝거렸다.

"아아, 하나도 남김없이 몽땅 파괴해주지."

그 눈빛에 이끌렸는지 마왕도 눈동자를 피처럼 붉게 반짝이며 송곳니를 드러내며 웃었다.

"이 근육에 걸고……."

"그건 이제 됐어."

마왕이 또다시 근육을 과시하는 포즈를 취하려고 하자 엘리자베스는 차갑게 쏘아붙인 뒤 배를 떠나갔다.

그리고 그날 작은 섬의 모양이 그곳에 있는 사람들의 공포와 함께 철저하게 바뀌었다.

며칠 뒤, 성교국에도 거점이 완전히 파괴되었다는 소식이 도달했다. 그와 동시에 레리렉스 왕국과 알디아 왕국은 항의 성명을 발표하는 한편, 여러 증거를 제시했다. 해상 국경선이 모호한 시대이긴 하지만, 그 지점에 거점을 세운 것은 누가 보더라도 인접국의 영해를 군사적으로 불법 점거한 행위였다. 이로써 성교국의 도를 넘은 행위가 널리 알려졌고, 성교국은 주변 국가들의 의심을 사게 되었다.

번외편 01 ✦ 아웃이에요. 엘리자베스 님

꼬박 하루 동안 잠들었다가 눈을 뜬 내가 에밀리아의 별장 근처에 있는 프라이빗 비치에 있었을 때의 이야기다. 모두 각자고른 수영복을 입고서 바다에서 놀고 있는 와중에도 나는 챙이넓은 모자를 쓰고서 파도가 치는 해변에 앉아 그 풍경을 바라보고만 있었다.

"바람이 상쾌하네."

'좀~. 내가 왜 네 자가용 겸 소파가 되어야 하는 거니?'

시원한 얼굴로 하늘을 올려다보던 내 머릿속에서 불만을 토로하는 누군가의 목소리가 울렸다. 온종일 방 안에 틀어박히자니어쩐지 시간이 아까운 것 같아서 휴식을 취하고자 아무도 오지않는 이곳으로 나왔다.

"어쩔 수 없잖아? 내가 빠지면 다들 내 눈치를 보느라 모처럼섬에 왔는데도 바캉스를 즐기지 못하잖아."

'자기 발로 걸을 수 있으면서 왜 환자인 척 굴어~?'

"크~, 나도 함께 놀고 싶은 마음이 굴뚝같아. 하지만 그러면내가 건강해졌다는 걸 알고서 에밀리아가 여러 행사에 날 끌고갈지도 모르잖아. 그런 사태만은 피해야 해. 사람들이 내 존재를 알아서는 안 된단 말이야. 메어리, 참아야 해~."

나는 고뇌에 고통스러워하는 얼굴을 숨기고자 스노우의 복슬복슬한 배에 묻고서 배를 만지던 손에 힘을 주었다.

'아파파파파! 꼬집지 마! 메어리, 날 꼬집지 마!'

"아, 미안. 나도 모르게 힘이 들어가 버렸네."

나는 스노우의 배에서 손을 떼고서 다시 부드럽게 쓰다듬었다. 별장에서 이곳까지 오는 동안에 나는 줄곧 스노우의 등에 타고 있었다. 자기 발로 일절 움직이지 않았다.

이따금 사람들이 이쪽을 쳐다보면 미소를 지으며 손을 흔들어 주었다. 이런 모습을 보면 누구나 나를 병약한 소녀라고 착각하겠지.

"왜지? 왜 이런 흉내가 내 특기가 된 거냐고. 크으으으, 분해 라아아아아~."

'아파파파파! 적당히 좀 해. 욕구불만을 내게 풀지 말라고오~.'

나는 또다시 무의식적으로 놀고 싶다는 욕구를 억누르고자 스노우를 희생시킨 듯하다. 나는 꼬집은 곳을 쓰다듬으며 사과했다.

"그나저나 리리는 어쩌고 있어?"

문득 나를 따라왔던 작고 귀여운 여동생 표범의 모습이 보이지 않아서 나는 주변을 두리번거렸다.

"아가씨, 리리 님은 다른 분들과 함께 바다에서 놀고 있어요."

옆에 서 있던 튜테가 넌지시 알려주었다. 바다 쪽으로 고개를 돌리니 모두와 함께 즐겁게 헤엄치고 있는 리리의 모습이 분명 보였다. 아주 즐거워 보인다.

"그런 일을 당하고 사람을 못 믿게 되면 어쩌나 싶었는데, 다행이야."

'그러네……. 그건 나도, 그 아이도 네게 고맙다고 인사를 해야겠어.'

모두와 즐겁게 놀고 있는 리리를 흐뭇한 눈으로 쳐다보는 스노우의 모습을 보고 나는 다시금 그녀를 쓰다듬어주었다.

"그런데 스노우. 표범이 헤엄을 칠 줄 알아? 아니, 물에 들어가도 괜찮나?"

'이봐, 메어리. 우리가 표범처럼 생기긴 했지만, 표범인 건 아니라니까? 깊이 생각하지 않는 편이 좋아~.'

"아, 그래?"

그때 온몸이 흠뻑 젖은 리리가 이쪽으로 달려왔다. 그 모습이 몹시 귀여워서 나는 안아주고 싶은 충동에 휩싸였다.

그런데 내 앞까지 온 리리가 갑자기 몸을 털더니 나에게 물을 끼얹었다.

"으아, 리리, 하지 마. 옷이 젖잖니."

나는 말은 그렇게 했지만, 미소만 지을 뿐 그녀를 말릴 생각이 없었다.

'메어리하고도 바다에서 놀고 싶은데 그러질 못해서 장난을 치는 게 아닐까? 뭐, 나였다면 물을 잔뜩 머금고서 뱉어줬을 테지만~.'

"그런 더러운 짓은 하지 말아줘. 아니, 근데 그런 것도 할 줄 알아?"

내가 신수 자매와 대화를 나누고 있으니 다른 사람들이 이쪽
으로 다가왔다. 그리고 내 뒤를 보고는 무슨 영문인지 발걸음을
멈추고 말았다.

"여러분, 즐거워 보여서 참 다행이군요."

내 뒤에서 엘리자베스 님의 목소리가 들렸다. 그래서 발걸음
을 멈췄던 건가? 그런데 뭔가 이상하다. 왜 다들 경악한 표정으
로 굳어 있는 거지?

"아, 엘리자베스 니…………."

스노우의 배에 기대고 있던 나는 일어서서 뒤를 돌아봤다. 그
리고 모두와 마찬가지로 굳어버렸다.

그곳에는 예상대로 엘리자베스 님이 서 있었다.

몹시 위험한 옷차림으로.

숨겨서 무엇 하랴, 내가 마기루카를 모델로 그린 그 수영복과
한없이 비슷한 옷이 현실이 되어 눈앞에 서 있었다.

(아, 아우우우우우웃!)

엘리자베스 님의 모습을 보고 느낀 점은 그것뿐이었다.

아름답고, 나올 데는 나오고 들어갈 데는 들어가고, 또한 성
인 여성의 매력을 물씬 풍기는 그녀가 무언가를 가리려야 가릴
수 없는 초소형 수영복을 입고 있단 말이야.

"에, 엘리자베스 님. 그, 그그그, 옷차림은?"

그나마 전생에서 (책으로) 본 적이 있어 내성이 붙어 있던 내

가 간신히 입을 열었다.

"응? 에밀리아한테서 들었어요. 이건 메어리가 고안한 최신 수영복이라면서요? 참신하다면 참신하다고 할 수 있군요. 이런 디자인을 수영복에 적용하다니. 난 생각도 못 했답니다. 역시 메어리."

나를 높게 평가하고 있는 엘리자베스 님은 에밀리아의 꾐에 속아 내가 반쯤 장난으로 그린 수영복을 입게 된 모양이다.

(그나저나 역시 마왕님의 누나답네. 자신의 몸매를 드러내는 데 전혀 주저함이 없어. 수영복이니까 하나도 부끄러울 게 없다는 건가?)

털끝만큼도 부끄러워하지 않는 엘리자베스 님의 앞에 서니 오히려 보는 사람이 다 부끄러워진다. 남성들은 귀까지 새빨개져 고개를 푹 숙이고 말았다.

"푸하하하핫! 이제 안 되겠다. 못 참겠어! 아하하핫!"

바로 그때 바위 뒤에서 에밀리아의 목소리가 들렸다. 그곳에 숨어서 관찰하고 있었던 모양이다. 엘리자베스 님은 무슨 상황인지 아직 파악하지 못했는지 평소답지 않게 고개를 갸웃거렸다.

"저기……, 엘리자베스 님. 말씀드리기가 대단히 송구스럽습니다만……, 그 디자인은 제가 반쯤 장난삼아 그린 거라서 수영복으로 채택되지 않았습니다. 공주 전하가 거짓말을 한 거예요. 현재 엘리자베스 님의 모습은 솔직히 아웃입니다."

"뭣!"

내 말을 듣고 엘리자베스 님도 사태를 파악했는지 갑자기 뺨을 붉히기 시작했다.

"꺄하하하하! 백모님, 그 꼬락서니를 하고도 부끄럽지 않나? 아바마마를 나무랄 처지가 아니구마아아안!"

에밀리아가 손가락으로 가리키고 박장대소하며 데굴데굴 구르자 엘리자베스 님이 몸을 부들부들 떨면서도 다가갔다. 하얀 해변에 찍힌 그녀의 발자국만이 얼어붙는 걸 보니 이건…….

"우히히히. 일단 신나게 만들기는 했지만, 이걸 누가 입겠냐 싶었는데, 설마 백모님이 의심하지 하지 않고 입을 줄이야! 히히히, 배꼽이, 빠지겠구갸아아아아악!"

엘리자베스 님은 배를 부여잡으며 굴러다니는 에밀리아의 얼굴을 아이언 클로로 잡은 뒤 그대로 들어 올렸다.

"우갸아아아아! 뇌가아아, 뇌가아아아!"

"얼어붙어라아아, 이 어리석은 조카야."

에밀리아의 절규와 뼛속까지 싸늘해질 것 같은 엘리자베스 님의 낮게 깐 목소리가 등 뒤에서 들려왔다. 우리는 그 현장에서 슬금슬금 물러나기로 했다.

"저, 저게…… 어른……이군요."

"내 심정을, 조금은 이해해준 것 같아서 기쁘네."

마기루카가 자기 몸을 보면서 중얼거리자 나는 스노우의 등에 오르면서 중얼거렸다.

(신님, 이 세상에는 뛰는 놈 위에 나는 놈이 있네요. 무정하게
도…….)

우리가 귀로에 오른 그날 밤. 나는 흠뻑 젖은 채로 갑판 위에서서 헛웃음만 흘리고 있었다.

내 눈앞의 바다에서 커다란 오징어 두 마리가 괴수대난투를 엎치락뒤치락 벌이고 있었기 때문이다.

"저 새로운 크라켄은 누구죠?"

"켄코 씨와 그 가출했다던 여동생인 것 같군."

크게 요동치는 갑판 위에서 내가 나직이 묻자 에밀리아도 냉정하게 대답했다.

"".............""

잠시 침묵이 흘렀다.

"이봐요오오오! 장담했잖아요오오오오! 괜찮긴 뭐가 괜찮냐고오오오!"

나는 반쯤 현실도피를 했던 사고를 되돌린 뒤 옆에서 같은 광경을 쳐다보는 에밀리아의 어깨를 쥐고서 마구 흔들었다.

"이이이이상하구나아아아, 왜애애애애 이렇게 된 거냐아아아."

내가 어깨를 흔들자 에밀리아도 현실로 돌아왔는지 의아해하며 대답했다.

"에이잇, 그만해라! 계속 흔드니 구역질이 날 것 같지 않느냐!"

에밀리아가 그렇게 말하고서 떨어지자 나는 원망스러운 얼굴로 그녀를 쳐다보며 괴수대난투를 가리켰다.

"내 탓이 아니다! 저 녀석이 멋대로 싸움을 걸지 않았더냐."

그렇다. 에밀리아의 말처럼 항해는 순조로웠다. 그날 밤 느닷없이 크라켄이 쳐들어오기 전까지는…….

"그래서! 이번에는 지난번의 일을 거울삼아 대화가 통하는 분이랑 함께 왔잖아요?!"

"물론이지. 그건 빼먹지 않았느니라! 다만……."

내 질문에 힘차게 대답하던 에밀리아가 말끝을 흐리며 바다 쪽을 쳐다봤다. 나도 덩달아 한창 벌어지고 있는 괴수대난투 쪽으로 시선을 돌렸다.

"그 녀석은 쳐들어온 저 크라켄의 다리 공격을 가장 먼저 맞고 뻗어버렸느니라. 상대한테 남의 말을 듣는 귀가 없었던 모양이로군. 핫핫핫."

"으아아악! 어쩔 거예요! 이제, 어쩔 거냐고오오오오!"

에밀리아가 헛웃음을 짓자 나는 또다시 어깨를 붙잡고서 마구 흔들기 시작했다.

"그그러니까아아, 그만하래도! 우읍, 나온다, 진짜로 나온다아아아!"

정말로 토할 것 같아서 나는 황급히 에밀리아에게서 떨어졌다.

"대체 왜 이 지경이 된 거냐고오오오! 그 가출했다는 여동생은 왜 쳐들어온 거야? 켄코 씨한테 뭔가 원한이라도 있나?"

"아~, 으음, 그쪽이 말하기를 최근에 언니가 일을 착실하게 잘해서 평판이 좋다는 소문을 들었는데, 우연히 한창 근무 중인 언니가 눈에 띄자 공연히 부아가 치밀어 심술을 부리고 싶어서 달려들었다고 하는구나. 핫핫핫."

"정말 민폐도 이런 민폐가 없네에에에에!"

"그래서 그 가출 여동생 때문에 이성을 잃은 켄코 씨가 난동을 부리는 바람에 하는 수 없이 우리 속에서 꺼내줬더니 보다시피 자매 싸움이 발발하고 말았구나. 핫핫핫."

대난투를 벌일 때마다 요동치는 갑판 위에서 흠뻑 젖은 채 허무하기 짝이 없는 대화를 거듭하는 우리를 무시하고, 바다 위에서는 자매 오징어가 알아들을 수 없는 욕설을 서로에게 내뱉으며 싸움에 열을 올리고 있었다.

'푸하하하! 그게 뭐야? 진짜 웃긴다~! 우히히히, 배 아파.'

내 머릿속에서 자지러지게 웃는 소리가 울렸다. 다름 아닌 스노우다. 그 신수는 허공에서 능숙하게 앞발로 땅을 때리는 시늉을 하며 폭소가 무엇인지 훌륭하게 보여주고 있었다.

"스노우……. 나도 어쩐지 공연히 부아가 치미는데 네게 한 번 풀어볼까?"

나는 허공에서 자지러지게 웃는 스노우를 도끼눈으로 노려보며 낮은 목소리로 중얼거렸다. 그러자 스노우는 허공을 때리던 앞발을 멈추고서 자세를 똑바로 고쳤다.

'그, 그래서 저거 어쩔 셈이야~. 저러고 계속 싸우면 배가 남아나질 않을 거야. 개인적으로는 리리가 무서워서 빨리 끝내

고 싶은데?'

스노우의 여동생인 리리는 현재 선실에서 대기하고 있는 마기루카의 품속에서 두려움에 떨고 있다. 어째서 모두가 대기하고 있는데 내가 여기에 있냐고? 리리를 무섭게 하는 것은 모두 죽이겠다고 난리를 치는 스노우를 만류하기 위해서 에밀리아가 그녀와 말이 통하는 나를 다짜고짜 둘러메고 왔기 때문이다.

"끝내고 싶다니? 어쩔 작정이야?"

'물어버릴 거야……, 저 다리. 싱싱해서 어쩐지 맛있을 것 같아. 주룹.'

정말로 군침이 나왔는지 스노우가 입을 닦는 시늉을 했다.

"맛있을 것 같다니……. 너, 표범이라는 자각이…… 아, 표범이 아니랬지."

내가 탄식하며 황당해하고 있으니 에밀리아가 우리의 대화를 듣고, 아니, 내 혼잣말을 듣고 무언가를 깨달았는지 허둥대기 시작했다.

"맛있겠다니……. 설마 저 신수가 크라켄을 먹을 작정이더냐! 먹을 거라면 가출한 여동생을 먹어다오! 켄코 씨 앞으로 식비가 얼마나 들어가는지 아느냐! 크게 다치기라도 하면 곤란하단 말이다!"

'어~. 그쪽은 어쩐지 불량하게 살아온 것 같아서 맛없어 보이는데~.'

"맛없을 것 같아서 싫대."

"무슨?! 설득 좀 해봐라! 그래서 그대를 여기로 데리고 온 게 아니더냐!"

나는 스노우의 말을 에밀리아에게 전했다. 지난번에 크라켄의 말을 통역해줬던 에밀리아와 처지가 뒤바뀐 것 같은 기분이다. 그리고 에밀리아가 사태를 조기 해결하기 위해서 마법을 막무가내로 쓰지 않은 이유도 찰싹 붙어서 대난투를 벌이는 두 오징어 중에서 여동생만 노리기가 어려웠기 때문이다.

"당신, 공주님인 주제에 이따금 쩨쩨한 소리를 하네?"

"쩨쩨하긴 뭐가 쩨쩨하단 말이더냐아아아! 손해가 나면 백모님한테 내가 혼쭐이 난단 말이다아아아!"

내가 어이없다는 얼굴로 쳐다보자 그녀는 울먹이는 얼굴로 다가와 역습을 가하듯 내 어깨를 붙잡고서 마구 흔들었다.

"아, 아아아아알겠으니까 흔들지 말아요!"

곧잘 하는 행동이긴 하지만, 막상 당하고 보니 장난이 아니라서 나는 반성했다. 나는 에밀리아에게서 당장 떨어진 뒤 공중에서 대기하고 있는 스노우를 쳐다봤다.

"스노우, 저쪽에 있는 맛없는 녀석을 부탁해. 쫓아내기만 하면 돼. 죽이지는 말고."

'우~, 그럼 딱 한 입만 깨물어볼까~.'

내가 지시를 내리자 스노우가 대난투가 벌어지는 현장을 향해 날아갔다. 에밀리아도 내 말을 듣고 가슴을 쓸어내렸다.

'잘 먹겠습니다~!'

스노우가 어금니를 드러낸 채 가출 여동생 오징어에게 달려들었다.

　바로 그때 늋늋, 하는 소리가 크게 들리더니 켄코 씨가 가출 여동생을 크게 밀쳐내고서 스노우의 앞을 막아섰다.

　덥썩!

　"꺄아아아아아아아! 켄코가 물렸다아아아!"

　에밀리아는 절규를 내지르며 머리를 싸쥐고서 눈앞의 광경을 지켜봤다.

　"저건 어쩔 수 없지. 멋대로 끼어들었으니까. 스노우는 아무 죄도 없어."

　물론 지시를 내린 나도 죄가 없다는 걸 은연중에 섞어 넣으며 나는 에밀리아를 달랬다.

　'어머머, 의외로 맛있네……. 어라? 이쪽이었던가?'

　"잠깐, 스노우! 그 오징어가 아냐아아아아! 계속 먹으면 안 돼애애애애!"

　스노우가 연달아 베어 먹기 시작하자 나는 제동을 걸었다.

　"아니, 그나저나 이건 무슨 상황이지? 공주 전하, 통역해주세요."

　늋늋.

　"어, 언니. 어째서 나 따위를 감싸준 거야?"

　늋늋.

"따위라니? 넌 누가 뭐라고 해도 내 소중한 여동생이야. 여동생을 지키지 않는 언니가 어디 있니!"

늏늏.

"어, 언니!"

늏늏

"동생아!"

늏늏 소리에 맞춰서 에밀리아가 반쯤 혼이 나간 상태로 통역해주었다. 그리고 뭐가 뭔지 잘 모르겠지만 자매 오징어가 괜찮은 느낌으로 서로 얽혔다.

우애가 넘쳐흐르는 아름다운 이야기라고 할 수 있겠지만, 우리는 그 둘이 움직일 때마다 배가 요동치는 바람에 몸이 흠뻑 젖어버렸으니 민폐도 이런 민폐가 없다.

(할 거면 딴 곳으로 가서 해줬으면 좋겠네.)

늏늏.

"언니, 내가 잘못했어요! 나, 생각을 고쳐먹었어요! 이제부터는 착한 크라켄이 될 거예요."

늏늏.

"그래, 이 언니도 기쁘구나!"

대난투 못지않게 난동을 부리고 있는 민폐 덩어리 자매 오징어의 대화를 에밀리아가 착실하게 통역했다.

'아, 이쪽이었던가? 잘 먹겠습니다.'

에밀리아의 통역이 들리지 않는 곳까지 이동한 스노우가 눈치없이 감동적인 장면에 찬물을 끼얹고자 또다시 가출 여동생을 베어 먹으려고 했다. 그러자 여동생을 지키고자 켄코 씨가 또 대신 물렸다.

또다시 바다 위에 에밀리아의 처절한 절규가 되울렸다.

여러분, 처음 뵙겠습니다……. 시리즈 세 번째 작품인데 처음 뵙겠습니다, 하고 인사하는 건 좀 아닌 것 같다는 생각이 드는 오늘, 여러분 오랜만에 뵙습니다.

안녕하세요. 챠츠후사입니다.

생각해보니 1년 전 이맘때에 1권이 발매되었습니다. 시간이 어찌나 빠른지 벌써 3권까지 발매되었습니다. 이건 오로지 응원 해주시고, 구매해주신 독자 여러분들 덕분입니다. 감사합니다. 앞으로도 잘 부탁드리겠습니다.

지금 3권을 손에 들고서 구매할지 말지 망설이고 계시는 당신, 그대로 계산대로 가서서 구매해주신다면 대단히 기쁘겠습니다.

3권은 지금까지의 이야기와 여러모로 다른 점이 있습니다.

제 나름대로 여러모로 시도해본 결과인데, 우선 시점을 바꿔 봤습니다.

메어리가 모르는 곳에서 무슨 사건이 벌어지고, 나중에 그녀가 그 사건을 꺾어버린다는 연출은 이야기에 좋은 양념이 되었다고 생각합니다. 또한 메어리가 모르는 곳에서 그녀의 주가가 올라가는 모습이 그려졌으니 그녀가 더더욱 착각의 늪 속에 빠져들겠구나 싶습니다.

또한, 무대도 학원이 아니라 암흑의 섬이라는, 어쩐지 판타지스러운 이름을 지닌 곳으로 옮겼습니다. 하지만 뭐, 모습이 이름을 따라가지 않는 건 이 이야기의 특징이지요.

그리고 모두가 한 번은 동경하는(?) 수영복 장면, 수영복 장면이 나왔습니다! 제가 그냥 써보고 싶었을 뿐이에요! 예, 직권남용이죠. 죄송합니다.

이번에는 사람이 아닌 마족과 수인 캐릭터가 많이 등장해서 볼거리가 더욱 풍성해진 것 같습니다. 특히 이번에 도전해본 캐릭터는 사람 형태가 아닌 캐릭터, 이번 권에 등장한 '신수'입니다.

처음에 편집자님과 논의했을 때는 머릿속에서 약속(?)한 것처럼 '늑대'가 팍 떠올랐습니다.

그러나 이야기를 진행해보니 제 머릿속에서 '늑대는 어쩐지 수컷 같지 않나?'라는 생각을 지닌 제멋대로인 주관(뇌 안에 있는 또 다른 자신)이 깨어나서 바꾸자고 마음먹었습니다.

'그럼 무엇으로 바꿀까?' 하고 생각해보니 '그럼 내 머릿속에서 암컷 같은 동물은 뭐지?'라는 결론이 나왔습니다.

그래서 팍 떠오른 게 '고양이'입니다.

좋아, 고양이라면 여자애처럼 묘사해도 먹히겠다!(어디까지나 제 주관입니다) 싶어서 이야기를 진행하려고 했습니다만, 또다시 제멋대로인 주관(뇌 안에 있는 또 다른 자신)이 막아섰습니다.

'거대한 고양이를 그려서 뭘 어쩌겠다는 거야?' 하고……

고민할 일인가 싶긴 하지만, 솔직히 그때는 정말로 고민했습니다.

그럼 어떻게 할까, 하고 모 SNS를 멍하니 보면서 생각하고 있으니 어느 동물원 관계자가 투고한 이미지를 보고 충격을 받았습니다.

그것은 새끼 '설표'였습니다. 전 복슬복슬하고 보들보들한 귀여운 설표에게 한 방 KO를 당했습니다. 무심코 마음속으로 '바로 이거야.' 하고 외쳤습니다. 더욱이 메어리에게는 하얗다는 이미지가 있고, 설표도 하얗다는 이미지가 있어서 아주 잘 어울릴 것 같았습니다!

그리고 표범에게는 여성적인 이미지가 있고, 또한 거대하게 묘사하더라도 위엄이 있을 것 같아서 제 뇌 속에 있는 또 다른 자신도 납득해주었습니다.

그래서 완성된 캐릭터가 그 신수들입니다.

휴우~, 너무 열변을 토해냈습니다(이쯤에서 물 한 모금).

뭐, 일러스트를 담당하시는 후미 님께 다소 민폐를 끼쳤는지도 모르겠습니다만, 그런 연유로 신수가 탄생하게 된 겁니다.

또한 개성적인 캐릭터들, 예를 들어 '엘리자베스'나 '에밀리아'에 얽힌 비밀 이야기(?)가 아직 남았습니다만, 길어질 것 같으니 이쯤에서 마무리하도록 하죠.

그럼 이 작품이 나오기까지 도와주신 분들께 감사 인사를 드리겠습니다.

정말로, 저~~~엉말로 글 쓰는 것이 느린 절 끈기 있게 지켜 봐 주시고, 3권을 출간해주신 마이크로매거진 여러분, 그리고 편집 I님. 진심으로 감사합니다. 집필 속도가 빨라지기는커녕 점점 느려지는 제 자신이 한심합니다.

또한 이번에 살색 비중이 높은 수영복 일러스트를 멋지게 그려주신 후미 님, 진심으로 감사합니다. 잘 먹었습니다. ←일러스트를 보면서.

또한, 기쁘게도 KADOKAWA에서 이 책과 함께 코믹판 「아무래도 제 몸은 완전무적인 것 같아요」 제1권이 동시에 발매되었습니다. 코믹판을 담당해주신 사바네코 님, 감사합니다! 코믹판 속 메어리 님도 아주 귀여워서 어쩔 줄 모르겠습니다.

강력한 더블 공격에 승천할 것 같아요.

어이쿠, 승천하면 안 되지! 아아, 전 행복한 사람이군요.

이야기가 벗어났습니다만, 마지막으로 이 책이 출간될 수 있도록 애써주신 모든 분, 응원해주셨던 독자 여러분께 인사를 올립니다. 감사합니다.

무엇보다 이 책을 구매해주신 독자 여러분 감사합니다. 무척 감격스럽습니다. 앞으로도 잘 부탁드리겠습니다.

자, 이야기가 길어졌습니다만, 다음 권에서 또 뵐 수 있기를 꿈꾸면서 이만 실례하겠습니다.

Douyara Watashino Karadawa Kanzenmuteki No Youdesune Vol.3
©2018 by Chatsufusa
First published in Japan in 2018 by Chatsufusa.
Korean translation rights reserved by Somy Media, Inc.
Under the license from MICRO MAGAZINE, INC., Tokyo JAPAN

아무래도 제 몸은 완전무적인 것 같아요 3

2019년 12월 25일 1판 1쇄 인쇄
2020년 1월 1일 1판 1쇄 발행

저   자 챠츠후사
일 러 스 트 후미
옮 긴 이 한수진
발 행 인 유재옥
본 부 장 조병권
담당편집자 조찬희
편 집 1팀 정영길 김민지 이성호 조찬희
편 집 2팀 김다솜
편 집 3팀 박상섭 임미나 김효연
라이츠담당 박선희 김슬비
디 지 털 박지혜
미   술 강혜린 박은정
발 행 처 ㈜소미미디어
인쇄제작처 코리아피엔피
등   록 제2015-000008호
주   소 서울시 마포구 토정로 222, 403호 (신수동, 한국출판콘텐츠센터)
판   매 ㈜소미미디어
마 케 팅 한민지 한주원
전   화 편집부 (070)4164-3962, 3963 기획실 (02)567-3388
              판매 및 마케팅 (02)567-3388, Fax (02)322-7665

ISBN 979-11-6507-178-3 04830
ISBN 979-11-6389-523-7 (세트)